COLLECTION FOLIO

Jonathan Coe

Numéro 11

Quelques contes
sur la folie des temps

Traduit de l'anglais
par Josée Kamoun

Gallimard

Titre original :

NUMBER 11
(OR TALES THAT WITNESS MADNESS)

Né en 1961 à Lickey près de Birmingham, Jonathan Coe est l'un des auteurs majeurs de la littérature britannique actuelle. Ses œuvres mettent en scène des personnages en proie aux changements politiques et sociaux de l'Angleterre contemporaine. S'il sait se faire grave et mélancolique, dans *La Femme de hasard* (2007), c'est avec *Testament à l'anglaise* (1995), prix du Meilleur Livre étranger 1996, où il présente une peinture au vitriol de l'époque thatchérienne, que son talent de romancier se fait connaître. Suivent *La Maison du sommeil* (1998), prix Médicis étranger 1998, le diptyque *Bienvenue au club* (2003) et *Le Cercle fermé* (2006), *La pluie, avant qu'elle tombe* (2009), *La vie très privée de Mr Sim* (2011), histoire picaresque d'un incorrigible ingénu, et *Expo 58* (2014), parodie de roman d'espionnage dans l'Angleterre des années 1950. L'essai *Notes marginales et bénéfices du doute* a paru en 2015. *Numéro 11,* paru en 2016, tisse une satire sociale et politique sur la folie de notre temps.

À la mémoire de David Nobbs,
qui m'a montré la voie…

Car il arrive un moment, ajouta-t-il en se penchant et en pointant la seringue vers Michael, il arrive un moment où la rapacité et la folie deviennent impossibles à distinguer. C'est une seule et même chose, pourrait-on dire. Et il arrive un moment où la tolérance – l'acceptation – de la rapacité devient également une sorte de folie.

JONATHAN COE
Testament à l'anglaise (1995)

LA TOUR NOIRE

Dans une autre partie du monde, il y a de l'ombre et des ténèbres.

TONY BLAIR
s'adressant au Congrès des États-Unis
le 17 juillet 2003

1

La tour ronde s'élançait, noire et luisante, contre le gris ardoise d'un ciel de fin octobre. En traversant la lande pour s'en approcher, Rachel et son frère la voyaient s'encadrer entre deux squelettes de frênes dépouillés de leurs feuilles. C'était l'heure qui précède le crépuscule, par un après-midi sans vent. Lorsqu'ils parviendraient au niveau des deux arbres, ils pourraient se reposer sur le banc placé entre eux et se retourner pour voir du côté de Beverley, à une courte distance, les maisons sagement groupées au cœur desquelles se dressaient les tours monumentales du Minster, deux tours grèges qui se répondaient.

Nicholas s'affala sur le banc. Rachel, qui n'avait que six ans, soit huit de moins que lui, ne le rejoignit pas ; elle avait hâte de courir vers la tour noire, de la voir de plus près. Pendant que son frère récupérait, elle partit comme une flèche et, une fois franchi le bourbier laissé par le passage des vaches, elle parvint tout contre l'édifice, paumes sur la brique noire brillante. Là, elle leva les yeux sans pouvoir appréhender la dimension ni l'échelle de la tour, arc-boutée dans sa perfection lumineuse contre un ciel menaçant que deux corneilles au cri rauque égratignaient en décrivant des cercles, indéfiniment.

« C'était quoi, avant ? »

Nicholas, qui l'avait rattrapée, haussa les épaules.

« Chais pas, un moulin à vent, peut-être.

— Tu crois qu'on pourrait entrer ?

— C'est muré. »

Un banc circulaire entourait le pied de la tour, et lorsque Nicholas s'y assit, Rachel prit place à côté de lui et leva les yeux pour croiser son regard bleu clair peu communicatif, qui, malgré toute sa froideur, lui donnait le sentiment d'avoir de la chance, d'être bénie des dieux, elle, la petite sœur d'un frère si beau, si sûr de lui. Elle espérait qu'un jour ses cheveux seraient aussi blonds que ceux de son aîné, sa bouche aussi bien dessinée, sa peau aussi duveteuse, son teint aussi uni. Elle se blottit contre son épaule, au plus près. Elle ne voulait pas lui peser, ne voulait pas qu'il s'aperçoive que dans cette ville inconnue, peu familière, elle voyait en lui le seul garant de sa sécurité.

« T'as froid, ou quoi ? demanda-t-il en baissant les yeux vers elle.

— Un peu. » Elle s'écarta légèrement. « Il va faire chaud, là où ils sont, tu crois ?

— Ben tiens ! Les gens partent pas en vacances pour se geler.

— Dommage qu'ils nous aient pas emmenés avec eux, dit Rachel avec ressentiment.

— Oui mais voilà, ils nous ont pas emmenés. »

Ils demeurèrent silencieux un moment, chacun

bataillant à sa manière avec cette énigme : leurs parents avaient préféré prendre les vacances d'automne sans eux. Puis Nicholas, qui commençait à éprouver la morsure du froid, se leva d'un bond.

« Allez viens, on va la voir avant qu'il fasse nuit, cette cathédrale, oui ou non ?

— C'est un minster, pas une cathédrale, objecta Rachel.

— C'est du pareil au même. Appelle ça comme tu voudras, c'est jamais qu'une vieille église plus grande que les autres. »

Il se mit en marche d'un bon pas, Rachel courant pour se maintenir à sa hauteur. Cependant, à peine s'étaient-ils engagés sur le sentier qui les ramenait à la route qu'ils furent arrêtés dans leur élan par l'apparition de deux personnes encore loin, mais venant dans leur direction. L'une d'entre elles était dans un fauteuil roulant ; il s'agissait apparemment d'une très très vieille femme, entortillée dans d'épaisses couvertures de laine pour la protéger du froid de l'après-midi. Tête baissée, courbée par la lassitude, on ne distinguait guère ses traits d'autant qu'elle portait un foulard de soie cachant les trois quarts de son visage. En fait, plus les enfants l'observaient, plus ils se disaient qu'elle devait être profondément endormie. Son fauteuil était poussé comme un ballot de linge sale par un homme d'allure juvénile en tenue de motard, qui tenait quelque chose en équilibre sur son avant-bras gauche. Ils ne purent tout d'abord identifier ce quelque chose, mais lorsque les silhouettes se rapprochèrent, on aurait dit – pour improbable que cela pût paraître – une espèce d'oiseau. Cette intuition se vérifia de manière spectaculaire lorsque la créature déplia son envergure formidable, et battit nonchalamment des ailes, en découpe noire contre le ciel gris. À cet instant, Rachel crut voir une bête hybride tout droit sortie de la mythologie plutôt qu'un oiseau connu d'elle.

Nicholas restait immobile et Rachel demeura à ses côtés en serrant sa main, tout heureuse qu'il lui réponde par une légère pression de ses doigts nus et froids. Ne sachant trop que faire, ils observèrent l'homme en tenue de motard bloquer le fauteuil puis dire quelques mots à l'oiseau, qui sauta docilement de son bras pour se percher sur l'une des poignées de celui-ci. Les deux mains libres à présent, l'homme s'assura que sa protégée était confortablement assise et bien au chaud, il remonta ses couvertures et les ajusta autour d'elle plus douillettement encore. Puis son attention se porta de nouveau vers l'oiseau.

Rachel tentait de tout petits pas en avant, cherchant à entraîner son frère avec elle.

« Qu'est-ce que tu fais ?

— Je croyais que tu voulais qu'on bouge.

— C'est vrai, mais je suis pas sûr que ce soit prudent. »

L'homme avait sorti de sa poche une longue ficelle avec un objet attaché au bout, et il la faisait tourner autour de sa tête, lentement, en un long mouvement circulaire. Il ne passait personne sur la grand-route, pour l'instant ; et dans la quiétude de l'après-midi, les deux enfants entendaient le sifflement régulier de la ficelle qui balayait l'air.

Ils entendaient même le faucon, car il était clair qu'il s'agissait d'un faucon, à présent, battre des ailes. L'oiseau prenait son essor, fondait sur le morceau de viande au bout de la cordelette avec une précision meurtrière et le manquait pourtant de très peu, car à la dernière seconde l'homme réussissait à l'escamoter en déployant des prodiges de force et de précision rythmique. Chaque fois que le rapace manquait l'appât, il descendait plus bas en piqué, pour se propulser ensuite d'une aile puissante jusqu'en haut de sa parabole ; il y restait en suspens une fraction de seconde, tournoyait, puis s'abattait de nouveau à une vitesse inouïe sur le bout de viande convoité, mais de justesse soustrait à son bec avide.

Lorsque ce grisant rituel se fut répété deux ou trois fois, Nicholas et Rachel se remirent en route avec circonspection. L'homme s'étant planté au beau milieu de la chaussée pour faire tourner son leurre au-dessus de sa tête, ils jugèrent nécessaire de dévier légèrement de leur axe – assez du moins pour ne pas se trouver sur la trajectoire de la corde. Mais cela ne suffit pas au fauconnier qui, sans quitter l'oiseau des yeux une seconde, leur hurla :

« Poussez-vous de mon chemin, bon Dieu ! Vous pouvez pas passer au large ? »

Mais ce ne fut pas la colère dans sa voix qui surprit les enfants, ce fut son timbre, aigu, strident – féminin sans le moindre doute. Et maintenant qu'ils n'étaient plus qu'à quelques pas de la silhouette tendue par la concentration, leur méprise devenait flagrante. Il s'agissait d'une femme, qui pouvait avoir dans les trente-cinq ans (à ceci près qu'ils n'étaient ni l'un ni l'autre très forts pour évaluer l'âge des adultes). Pâle, les joues hâves, elle était coiffée en brosse – une coupe sévère et sans concession. Un tatouage bleu-vert sombre, de forme indistincte, recouvrait son cou et sa gorge. C'était la femme la plus effrayante que Rachel eût jamais vue. Nicholas lui-même paraissait interdit. Et comme pour aggraver l'effet de sa physionomie, une rage s'entendait dans sa voix face à la témérité, l'insolence de ces enfants qui osaient empiéter sur ce qu'elle considérait sans doute comme leur territoire, à l'oiseau et à elle. « Dégagez, foutez-moi le camp, merde ! Vous avez pas deux sous de bon sens ! »

Nicholas serra plus fort la main de sa sœur, et opéra un brutal virage à gauche pour tourner le dos à la zone de danger. Ils accélérèrent jusqu'à courir ou presque. Quand ils eurent mis une vingtaine de mètres entre eux et cette scène, ils se retournèrent une dernière fois pour l'observer. C'était un tableau, un arrêt sur image, qui resterait à tout jamais gravé dans la mémoire de Rachel. La Folle à l'Oiseau, comme elle l'appellerait désormais, en train de faire tournoyer le leurre au-dessus de sa tête, avec une énergie et une concentration farouches, la promptitude et la sûreté de vol de l'oiseau qui fondait sur sa proie puis fusait dans les airs, feinté mais nullement découragé pour autant, avec à l'arrière-plan la tour noire, haute, implacable, menaçante et, devant, la vieille dame dans son fauteuil roulant, bien réveillée à présent, les yeux brillants, ses lèvres fardées de rouge vif fendues d'un sourire extatique. « Allez, Tabitha, pique, pique, attrape-le ! » criait-elle au rapace.

*

Rachel fut rebutée par l'allure du Minster. Il était presque quatre heures et demie et le crépuscule descendait sur la ville quand ils gagnèrent la grande porte par la cour nord. Les fins lambeaux de brume qui avaient rampé le long des rues et entre les maisons toute la journée viraient au bleuâtre dans le jour déclinant, ils lançaient leurs volutes à l'assaut des lampadaires aux cigares jaunes flous. Et à présent, une lumière plus sombre, plus rabattue, d'un bleu noir, gommait les contours du Minster vers lequel Rachel avançait en traînant les pieds et qui n'étaient plus qu'une allusion chuchotée à la masse de l'église, surgie dans sa malveillance. Déjà transie dans les prés du Westwood, au pied de la tour noire, elle avait maintenant l'impression que ses os s'étaient changés en glaçons. Elle avait beau serrer son duffel-coat contre son corps frissonnant, enfoncer les mains dans ses poches pleines de papiers de bonbons, rien n'y faisait. Bientôt, le froid et l'appréhension avaient ralenti sa marche au point qu'elle s'arrêta à quelques pas du portail.

« Qu'est-ce qu'il y a encore ? demanda Nicholas, agacé.

— Il faut vraiment qu'on entre ?

— Pourquoi on n'entrerait pas, puisqu'on a fait tout ce chemin ? »

Pourtant Rachel ne bougeait pas. Sans qu'elle sache pourquoi, son malaise à la perspective de passer le portail s'aggravait, il confinait à la terreur. Nicholas la prit par la main mais, cette fois, elle ne puisa aucun réconfort dans ce geste ; il la tirait vers la porte.

Un instant plus tard, ils pénétraient dans les ténèbres. Ou du moins dans un petit vestibule, mais avant qu'ils soient allés plus loin, quelque chose les fit sursauter. Ils s'étaient crus seuls dans cet espace exigu, et soudain, sans crier gare, une silhouette surgit mystérieusement d'une des zones d'ombre, sans doute, tout au fond. L'homme leur apparut si inopinément, sans avoir fait le moindre bruit sur les pavés de l'église, que Rachel ne put réprimer un cri.

« Oh, pardon ! dit-il. Je t'ai fait peur, hein ? »

C'était un homme de petite taille, à la physionomie singulière. Il avait les cheveux d'un blanc albinos, le teint pâle jusqu'à la transparence, et Rachel ne lui voyait pas de sourcils. Il portait un mackintosh beige défraîchi sur un costume gris clair, avec une cravate marron très large comme on les aimait vingt-cinq ans plus tôt, dans les années soixante-dix.

« Je peux faire quelque chose pour vous ? » leur demanda-t-il. Le ton de sa voix était cordial et pourtant intimidant. Son léger défaut de langue évoquait le sifflement d'une vipère.

« On voulait simplement entrer jeter un coup d'œil, expliqua Nicholas.

— Le Minster est fermé ; on ferme à quatre heures », répondit l'homme.

Une onde de soulagement vint réchauffer Rachel. Ils ne seraient pas obligés d'entrer. Ils pourraient repartir en courant et regagner le sanctuaire relatif de la maison de leurs grands-parents ; ce cauchemar lui serait épargné.

« Ah bon, tant pis, alors… » dit Nicholas, déçu.

L'homme hésita un court instant.

« Allez-y, si c'est comme ça, suggéra-t-il avec un sourire ponctué d'un clin d'œil louche. Vous avez encore quelques minutes pour vous balader, ils vont pas fermer tout de suite.

— Vous êtes sûr ? C'est vraiment gentil de votre part.

— Pas de problème, petit. Si on vous le demande, dites que Teddy vous l'a permis.

— Teddy ?

— Teddy Henderson. Le gardien adjoint. Tout le monde me connaît, ici. » Il vit que les enfants hésitaient toujours : « Eh bien, allez-y. Qu'est-ce que vous attendez ?

— Très bien, merci ! »

Nicholas était déjà parti vers la grande porte. De deux choses l'une : soit Rachel le suivait, soit elle restait en la compagnie souriante de Mr Henderson. Affreux dilemme ! Sans un regard pour l'inconnu qui la mettait mal à l'aise, elle inspira un bon coup et suivit son frère.

Tout semblait tranquille sur le parvis du Minster et dans le vestibule mais, une fois à l'intérieur de la nef, Rachel se sentit enveloppée d'un calme d'un tout autre ordre. Il y régnait un silence accablant. Elle marqua un temps pour l'écouter, l'absorber, en retenant son souffle. Puis elle fit quelques pas en direction de l'allée centrale et ces pas eux-mêmes, feutrés et hésitants, résonnèrent de manière indiscrète sous les voûtes silencieuses. Elle chercha Nicholas des yeux et ne le trouva nulle part. Le froid et le silence l'oppressaient. De pâles ampoules électriques jetaient une faible lueur ici ou là sur les murs et quelques cierges vacillaient dans leurs candélabres du côté de la chaire. Mais rien qui allège cette chape de nuit et de silence surnaturel. Où était passé Nicholas ? Elle remonta vivement l'allée centrale en regardant à gauche et à droite avec anxiété. Il ne pouvait pas être loin, elle allait l'apercevoir d'une seconde à l'autre. Elle était presque parvenue aux bancs du chœur lorsqu'un bruit la figea sur place. Un long fracas qui résonna, atrocement fort. Le bruit d'une porte qu'on refermait. Elle se retourna aussitôt. S'agissait-il de la grande porte ? Est-ce que Mr Henderson était en train de fermer avant de rentrer chez lui ? Elle se trouvait confrontée à une de ses peurs primaires et violentes, celle d'être enfermée dans le noir, et de devoir passer la nuit dans la solitude d'un lieu inconnu. Cette peur était-elle en passe de se réaliser ? Elle aurait voulu courir jusqu'à la porte pour voir ce qui se passait, mais elle était clouée au sol ; paralysée par l'indécision. Ses yeux s'emplirent de larmes, elle se recroquevilla, convulsée de terreur.

Elle perçut du mouvement derrière elle ; elle entendit des murmures. En se retournant brusquement, elle crut distinguer deux silhouettes dans l'ombre, derrière les bancs du chœur. Elle inspira et, rassemblant son courage, lança : « Qui est là ? »

Une seconde plus tard, les voix se turent et l'une des deux formes s'avança. C'était Nicholas.

Rachel dut étouffer un piaulement de joie. Elle s'élança vers lui, se jeta dans ses bras. Il la serra en retour, mais il y avait quelque chose de froid, d'absent dans son geste. Il ne la regardait pas, et semblait à peine s'apercevoir qu'elle s'accrochait à lui. Il se dégagea très vite et se tourna vers l'endroit où elle l'avait entendu parler, les sourcils froncés, comme si ce qu'on venait de lui dire le laissait perplexe.

« Où tu étais ? » lui demanda Rachel d'une voix lourde d'amour et de reproche. Et comme il ne répondait pas, elle ajouta : « Et c'était qui ? Avec qui tu parlais, là tout de suite ?

— À une des gardiennes. » Il continuait de regarder vers le fond de l'église. Puis il secoua la tête et d'une voix brève et soucieuse : « Allez, viens, il faut qu'on parte. C'était pas une bonne idée. »

Il se dirigea d'un pas rapide vers la grande porte ; sur ses talons Rachel peinait à le suivre, une fois de plus.

« Nick, attends, ralentis, tu veux ? »

La porte du vestibule restait encore ouverte, mais la grande, celle qui menait au monde extérieur, était maintenant close.

« C'est fermé, dit Nicholas en soulignant l'évidence après avoir tourné la poignée plusieurs fois.

— Je sais, je l'ai entendu la fermer, l'homme qui a des drôles de cheveux.

— Viens ! »

Il repartit à grands pas vers les bancs du chœur et elle se précipita à ses trousses.

« Où on va, là ? Comment on va faire pour sortir ?

— Il y a une autre issue. Une petite porte qui mène à un passage, la dame me l'a dit. »

Rachel elle-même ne pouvait plus s'y tromper, elle entendait une nuance de panique dans la voix de son frère – ce qui était pire que tout. Car pour qu'il ait peur, il fallait que la situation soit critique.

« Tu peux pas la trouver, la dame ? Elle nous ferait voir où passer…

— Je sais pas où elle est. »

Les cierges avaient été mouchés, et voilà qu'avec un déclic qui se répercuta sur les murs du Minster, s'étira et s'amplifia cent fois, les lampes s'éteignirent presque toutes en même temps. Les ténèbres les engloutirent. Il ne restait plus qu'une lueur grosse comme une tête d'épingle, au flanc nord de la nef.

« Viens, dit Nicholas, ça doit être par là. »

Elle aurait voulu s'accrocher à sa main, mais il était déjà parti. Cette fois, elle piqua un sprint pour le rattraper. Quelques secondes plus tard, ils parvenaient devant une petite porte voûtée qui menait à un couloir étroit et bas de plafond, au bout duquel on pouvait lire « Sortie de secours ».

« Ouf, c'est là, dit Nicholas. Tout va bien. »

Elle le suivit dans le corridor étranglé, mais au lieu d'ouvrir la porte, Nicholas s'adossa au mur un instant en respirant bruyamment pour retrouver son calme.

« Qu'est-ce qu'il y a ? » demanda Rachel. Comme son frère ne répondait pas, elle suivit son intuition et précisa sa question. « C'est quelque chose que la dame t'a dit, hein ? Qu'est-ce qu'elle t'a dit ? »

Il se tourna vers elle, sa voix n'était plus

qu'un chuchotement de conspirateur. « Elle m'a demandé ce que je faisais là, alors je lui ai dit que Mr Henderson nous avait donné la permission de jeter un coup d'œil. Mais elle m'a répondu que c'était pas possible parce que… »

Il laissa sa phrase en suspens. Rachel était trop pétrifiée pour parler, mais ses yeux rivés à son frère exigeaient qu'il achève.

Enfin, il déglutit avec effort et conclut dans un souffle où s'entendait une angoisse plus vive encore : « Elle a dit que ça pouvait pas être lui parce qu'il est mort depuis dix ans. »

Il baissa les yeux vers elle, guettant sa réaction. Elle lui rendait son regard, mais ses yeux étaient fixes, sans expression. Il fut clair, tout d'abord, qu'elle ne comprenait pas la portée de ses paroles. C'était trop épouvantable. Mais les mots firent leur chemin. Ses yeux s'agrandirent, elle porta sa main à sa bouche sous le coup de l'horreur.

« Tu veux dire qu'il est, tu veux dire que c'est… »

Il hocha la tête lentement et puis, sans ajouter un mot, il s'empara de la poignée de la porte, l'ouvrit et fonça dehors dans l'air glacial d'octobre, longea le chemin qui menait à la cour nord, puis déboucha du côté des boutiques – sauvé ! Il distança Rachel rapidement, et elle ne put le rattraper que lorsqu'il s'arrêta pour souffler sur le seuil d'un magasin de bonbons. Quant à elle, elle avait couru comme une folle, tête baissée sous l'emprise de la panique ; elle avait déjà perdu tout souvenir de sa fuite. Et voilà que Nicholas était plié en deux ; ses épaules tressautaient. Comme d'habitude, elle aurait voulu le serrer dans ses bras, s'accrocher à lui, mais cette fois, ce fut autre chose qui la retint. L'ombre d'un doute. Elle le regarda de plus près. Sa capacité de raisonnement lui revint à mesure que les battements de son cœur se calmaient. Et c'est alors que la vérité la heurta de plein fouet. Ce n'était pas la peur, ce n'était pas l'essoufflement qui soulevait ainsi les épaules de son frère, c'était le rire. Il riait ! D'un fou rire muet, irrépressible, inextinguible. Mais même alors, elle ne put imaginer ce qui le faisait rire à ce point. Sa réaction à l'aventure qu'ils venaient de vivre lui semblait inexplicable.

« Qu'est-ce qu'il y a ? Qu'est-ce qu'il y a de si drôle ? »

Il se redressa et la toisa. Il riait tellement que des larmes ruisselaient sur ses joues et qu'il avait beaucoup de mal à tenir des propos cohérents.

« Tu aurais vu ta, ta tête, bafouilla-t-il enfin, quand je t'ai raconté cette histoire.

— Quelle histoire ?

— Ah, je te jure, c'était impayable ! » Lorsque son hilarité se calma, il s'aperçut que sa petite sœur le regardait toujours, ébahie. « L'histoire du gars qui nous a laissés entrer.

— Le fantôme, tu veux dire ? »

Il se mit à rire de plus belle. « Mais non, bêta ! C'était pas un fantôme, j'ai tout inventé.

— Mais la dame à qui tu as parlé t'a dit que…

— Elle m'a rien dit du tout, sauf de sortir.

— Mais alors… »

Enfin, elle comprit. Elle comprit, et elle mesura la cruauté absolue de la farce qu'il venait de lui faire. Ce garçon en qui elle avait toute confiance, cet être auprès duquel elle croyait trouver son seul réconfort, n'avait cherché qu'à l'angoisser, la tourmenter.

Pourtant, sans un cri, sans une larme et sans même un coup de gueule, elle se sentit s'engourdir et déclara simplement :

« T'es méchant, et je te déteste. »

Elle lui tourna le dos et s'éloigna, ignorant totalement où elle allait. Elle se demande encore comment elle a fait pour retrouver la maison de ses grands-parents.

2

Tel est le paradoxe : pour ne pas perdre la raison, j'en suis réduite à me dire que je deviens folle.

Car quelle serait l'autre hypothèse ? L'autre hypothèse serait de croire que la chose que j'ai vue l'autre nuit existe bel et bien. Or si je me laissais aller à le croire, il ne fait aucun doute que l'horreur même me ferait perdre la tête. Autrement dit, je suis coincée. Coincée entre deux voies, qui mènent l'une comme l'autre à la démence.

C'est le calme. Le silence, le vide. Voilà ce qui m'a réduite au point où j'en suis. Je n'aurais jamais imaginé qu'au cœur même d'une cité aussi vaste il se trouve une maison enclose d'un tel silence. Certes, depuis des semaines, il m'a fallu supporter le boucan des ouvriers qui travaillent à l'extérieur, sous la terre, et qui creusent, qui creusent, qui creusent. Mais c'est presque fini aujourd'hui, et puis le soir, une fois qu'ils sont rentrés chez eux, le silence descend. C'est là que mon imagination prend le pouvoir (tout se passe dans mon imagination, il faut que je m'accroche à cette idée) ; alors, dans l'obscurité et le silence, je me mets à croire que j'entends des bruits. D'autres bruits. Des grattements, des froissements. Le transit des entrailles de la terre. Quant à ce que j'ai vu l'autre nuit, ce ne fut qu'une apparition fugace, quelques secondes, une turbulence dans l'épaisseur des ombres au fond du jardin, suivie d'une vision de la chose elle-même, de la créature, mais qui ne saurait avoir d'existence réelle. Cette vision ne peut que renvoyer à un souvenir qui me hante, et c'est pourquoi j'ai décidé de plonger dans ma mémoire afin de voir ce qu'elle pourra m'apprendre, de comprendre le message qu'elle m'envoie.

Et puis, je prends la plume pour une autre raison tout aussi bonne et fort banale, à savoir que je m'ennuie, et c'est cet ennui et rien d'autre, bien sûr, qui m'égare et engendre ces chimères absurdes. J'ai besoin de m'occuper, de me fixer une tâche (que je croyais trouver, naturellement, en travaillant pour cette famille, mais mon emploi se révèle singulier, bien différent de ce à quoi je m'attendais). J'ai donc décidé que ma tâche serait d'écrire. Je n'ai rien tenté de sérieux dans ce domaine depuis ma première année à Oxford, alors même qu'avant de partir Laura m'avait dit que je devrais continuer, qu'elle aimait ce que j'écrivais, qu'elle me trouvait du talent. Ce qui, venant d'elle, m'importait beaucoup. M'importait au-delà de tout.

Laura m'a également dit qu'il est essentiel de s'organiser quand on écrit. Il faut commencer par le commencement, et tout raconter dans l'ordre. Comme elle l'a fait, je suppose, en me confiant l'histoire de son mari et du Jardin de cristal. Mais, pour l'instant, il semble que j'aie du mal à suivre son conseil.

Eh bien soit. Je vais mettre fin à ces élucubrations et tenter de restituer une autre visite à Beverley chez mes grands-parents, l'été 2003. Une visite que je n'avais pas faite avec mon frère, cette fois-là, mais avec ma chère Alison, celle que j'ai enfin retrouvée après toutes ces années d'éloignement incompréhensible et avec laquelle j'ai pu renouer une précieuse amitié. C'est notre histoire, en fait, l'histoire de notre premier rapprochement avant que des forces bizarres, pour ne pas dire absurdes, nous séparent. Et puis c'est aussi l'histoire de…

Mais il ne faut pas que j'en dise trop tout de suite. Reprenons au commencement.

3

Le corps du Dr David Kelly, ancien inspecteur de l'ONU en Irak, fut découvert par la police de l'Oxfordshire à 8 h 30 du matin, le vendredi 18 juillet 2003. Il se trouvait à moins de deux kilomètres du village de Longworth, dans une partie boisée de Harrowdown Hill seulement accessible à pied, où on savait qu'il faisait parfois sa promenade de l'après-midi. Les conclusions de l'enquête ne se firent pas attendre : suicide.

La mort de Kelly souleva un intérêt public considérable. Pour justifier le soutien britannique aux troupes américaines en Irak, Tony Blair s'était employé à convaincre ses compatriotes que le régime de Saddam Hussein présentait une menace grave contre leur sécurité. Un rapport avait été rédigé, où l'on pouvait lire que l'Irak détenait des armes de destruction massive, qu'il pourrait diriger sur l'Angleterre en quarante-cinq minutes. Or, dans une interview à un journaliste de la BBC, le Dr Kelly avait jugé cette allégation sans fondement ; selon lui, le dossier lui-même avait été « gonflé » pour paraître « plus sexy » et donner des arguments aux bellicistes. Pareille insinuation, venant du plus éminent inspecteur britannique en matière d'armement international, avait fait de lui une figure controversée et politiquement gênante.

Au fond, je ne sais pas pourquoi je pense si souvent à la mort de David Kelly. Sans doute est-ce parce que je n'avais que dix ans à l'époque, et que c'était la première fois que j'étais marquée par un fait divers. Peut-être y avait-il là une image forte à glacer le sang : celle d'une mort solitaire, d'un cadavre découvert au bout de longues heures dans le silence d'un bois perdu où il ne passait jamais personne. À moins encore que ce n'ait été la réaction de mes grands-parents, car il était clair que pour eux cette mort n'avait rien de banal, qu'elle serait au contraire lourde de conséquence et ferait des vagues dans tout le pays, où elle susciterait malaise et défiance. Que, désormais, l'Angleterre ne serait plus la même et vivrait hantée par l'inquiétude.

La première fois que j'en ai entendu parler, c'était au journal de six heures du soir. Ce jour-là, Grand-Père était venu nous chercher à Leeds en voiture, Alison et moi. Nous avions fait des adieux mouillés et pas très rassurés à nos mères respectives, qui prenaient l'avion ensemble le soir même. Une fois à Beverley, nous nous étions installées dans la chambre que j'avais occupée bien des fois, tantôt seule, tantôt avec mon frère. Défaire nos valises nous avait pris environ deux minutes, après quoi Alison était descendue au jardin, et je l'avais suivie de peu. Mais j'avais dû jeter un coup d'œil dans le séjour d'abord, pour demander je ne sais quoi à mes grands-parents, et la nouvelle m'était tombée dessus. Ils étaient tous deux accrochés à la télévision, et en temps ordinaire, quand je voyais les adultes dans cette attitude, je leur fichais la paix ; mais cette fois, le fait divers avait quelque chose qui me retenait. J'étais entrée dans le séjour et m'étais assise sur le canapé à côté de Grand-Mère, qui s'était tout juste aperçue de ma présence. Sur l'écran, une voix solennelle commentait des images prises par hélicoptère – campagne anglaise verdoyante, petit bois. Mais à la télévision et dans notre séjour, il régnait une atmosphère que je n'y avais jamais trouvée (ou à laquelle je n'avais jamais été sensible). Sous le choc, la tension était palpable, et l'inquiétude aussi. Je suis restée là à regarder sans rien dire, ne comprenant pas très bien ce que je voyais, sinon qu'un homme était mort, un médecin qui vivait dans l'Oxfordshire et qui avait un rapport avec l'Irak et les armes nucléaires, moyennant quoi tout le monde était sens dessus dessous, rongé par l'inquiétude.

À la fin du reportage, Grand-Père s'est tourné vers Grand-Mère, et il a dit : « Et voilà, hein, on y est : à présent il a du sang sur les mains. »

Grand-Mère n'a fait aucun commentaire. Elle s'est levée lentement et avec effort, et elle est partie dans la cuisine en traînant les pieds. Je me suis levée à mon tour et je l'ai suivie.

« Qu'est-ce que ça veut dire ? »

Elle a plongé la main dans le placard pour attraper des conserves, je crois.

« Quoi donc, ma petite puce ?

— Ce que dit Grand-Père. De qui il parle ? »

Elle a émis un claquement de langue réprobateur et elle est revenue à ce qu'elle faisait. « Oh, ne fais donc pas attention à lui, il faut toujours qu'il monte sur ses grands chevaux. »

Ça ne s'appelait pas répondre à ma question mais, avant que j'aie eu le temps de lui demander des éclaircissements, Grand-Père a fait irruption dans la cuisine en ronchonnant : « Allons bon, pourquoi tu ne m'as pas dit que tu préparais le souper ? On avait décidé que c'était moi qui m'en chargeais. Il ne faut pas que tu laisses les gamines t'épuiser. »

Elle a fait volte-face pour lui répondre : « Combien de fois il faudra que je te le répète ? Je ne suis pas fatiguée.

— Je m'en fiche. Tu dois lever le pied. Laisse-moi faire. »

Je les ai abandonnés à leurs chamailleries, et je suis sortie dans le jardin appeler Alison, en suite de quoi nous avons tous pris place autour de la table de cuisine pour manger des toasts à la tomate et à la sardine. Grand-Père avait l'air de mauvaise humeur, il n'a pas dit grand-chose. Moi, je repensais au fait divers, au docteur retrouvé mort adossé à un arbre dans cet Oxfordshire dont le nom ne me disait rien. Et à la remarque de Grand-Père sur l'autre, l'inconnu qui avait du sang sur les mains. Très perturbant, tout ça, très mystérieux. J'ai donc laissé Grand-Mère et Alison bavarder. Grand-Mère lui demandait ce qu'elle avait envie de faire la semaine qui venait et Alison répondait qu'elle n'y avait pas réfléchi, et que ça lui était égal. « J'espère que tu ne vas pas trouver que c'est trop calme, ici, c'est tout. Parce que ça n'est pas la grande ville, tu sais. » La grande ville, pour elle, c'était Leeds, qu'elle s'imaginait comme une métropole fourmillante, alors que le quartier où nous vivions, Alison et moi, ne correspondait guère à cette image.

Quelques minutes plus tard, au jardin, Alison m'a demandé : « C'est vrai au fait, qu'est-ce qu'on va faire de toute la semaine, ici ? Parce que sans vouloir vexer tes grands-parents… c'est des vieux, quoi.

— Je sais pas, j'ai dit en haussant les épaules, on trouvera bien. Il y a une grande lande, avec des bois, des arbres, tout ça. » Cette annonce n'a pas fait une forte impression sur Alison et j'ai ajouté : « Ah, et puis il y a une bibliothèque.

— Une bibliothèque ? Génial. Une semaine le nez dans les bouquins…

— Je suis sûre qu'ils ont aussi des CD, des trucs comme ça. »

Alison commençait à m'agacer. Nous lui faisions une faveur de l'inviter ici, après tout. Elle ne comptait même pas parmi mes meilleures amies.

« Qu'est-ce qu'il y a dans cette cabane ? elle a demandé.

— Allons voir. »

Nous avons passé quelques minutes à farfouiller dans le petit appentis de Grand-Père, mais le butin a été maigre : une batte de cricket et deux très vieilles balles de tennis. J'étais sur le point de récupérer ce que nous prenions pour une corde à sauter dans un coin tout au fond quand j'ai vu quelque chose qui m'a arraché un petit cri et fait déguerpir sur la pelouse.

« Qu'est-ce qu'il y a ? m'a demandé Alison en me rejoignant.

— C'est plein d'araignées là-dedans, et j'ai horreur de ça.

— C'est vrai ? De quoi t'as peur, chez les araignées ?

— Tu n'as jamais entendu parler de l'arachnophobie ? »

À mon avis, le mot lui était inconnu. Elle s'est contentée de me dire : « Tu es aussi atteinte que ma mère. Quand elle en voit une, elle pète les plombs, surtout si c'est une grosse. Une fois elle s'est évanouie. Sérieux ! »

Il était clair qu'elle trouvait cette phobie navrante chez sa mère alors que, moi, je compatissais. Pour ne plus y penser, j'ai regardé autour de nous et j'ai dit : « Tu crois qu'on pourrait grimper à cet arbre ? »

Nous sommes allées lui jeter un coup d'œil. Chemin faisant, je me suis rendu compte que si la maison était de proportions modestes vue côté façade, le jardin qui s'étendait derrière était vaste. La pelouse se déroulait sur deux niveaux, chacun en pente douce, de sorte que le terrain où se trouvait l'arbre en question était surélevé, presque à la hauteur du premier étage.

Je ne sais pas ce qui m'avait pris de proposer d'y grimper. Chez ma mère, j'aimais bien emprunter à la bibliothèque des livres jeunesse d'une autre époque : des histoires où des enfants de la bourgeoisie couraient la campagne en toute liberté, pique-niquaient, s'aménageaient des tanières et appréhendaient les malfaiteurs du coin dans la foulée. Or, dans leur univers, les arbres étaient faits pour grimper. Donc Alison et moi pouvions très bien monter à l'assaut de celui-là. C'était un prunier, Grand-Mère me le dirait plus tard, et il ne manquait pas de branches basses bien solides ; mais même ainsi, pour deux gamines de la ville habitant des maisons sans vrai jardin, c'était une perspective intimidante.

Alison est montée la première et, en moins de deux, elle s'est juchée avec agilité sur une branche aux trois quarts de la hauteur. Après quelques secondes d'hésitation, je l'ai rejointe tant bien que mal.

« C'est cool », a-t-elle déclaré tandis que, depuis notre perchoir, nous dominions notre nouveau domaine.

Nous avions une vue imprenable sur les jardins adjacents, et même sur tout le voisinage. Des jardins impeccables, semblables à celui de mes grands-parents, s'étendaient en effet dans toutes les directions : pelouses tondues, bassins à nénuphars, meubles extérieurs – tout y disait la même vie modeste, confortable et pépère. Les voisins d'à côté, couple sensiblement du même âge que mes grands-parents, étaient assis à une table de jardin en plastique où ils buvaient du vin blanc en picorant des Pringles dans un Tupperware. Ils ont levé les yeux vers nous et Alison leur a fait un joyeux signe de la main en criant : « Coucou, vous autres ! » L'homme l'a regardée, étonné, et la femme lui a rendu un petit salut frileux.

Nous sommes restées là je ne sais combien de temps. C'était chouette ; une longue soirée de juillet tiède et dorée ; on aurait pu traîner dans notre arbre jusqu'à la nuit. Au bout d'un moment, Alison a regardé sa montre.

« Nos mères vont décoller d'une minute à l'autre », elle a dit.

« Vous voulez du gâteau, les filles ? »

C'était Grand-Mère, qui nous appelait depuis la porte de derrière. Je suis descendue la première en prenant tout mon temps et avec précaution. Mais quand Alison s'est retrouvée à un mètre cinquante du sol, elle a choisi de sauter et elle a atterri sans douceur sur sa jambe gauche.

« Oh putain, oh merde ! »

Je l'ai regardée, stupéfaite, le rouge au front. Jamais au grand jamais je n'aurais osé prononcer ces mots, même en l'absence d'adultes pour les entendre. Mais l'heure n'était pas aux assauts de beau langage. Elle avait l'air de s'être fait très mal et, sur le moment, elle n'a même pas pu se relever.

« Je vais chercher Grand-Mère. »

Je me suis précipitée dans la maison et je suis revenue avec mes grands-parents. À nous trois, nous avons aidé Alison à se remettre debout et elle a pu rentrer en traînant la patte, appuyée sur nos épaules.

« Allez, hop, on enlève ce jean, a dit ma grand-mère comme Alison s'effondrait avec une grimace de douleur sur une des chaises de la cuisine. On va jeter un coup d'œil à ta jambe. » Grand-Père était resté dans le secteur mais elle l'a gratifié d'un regard éloquent qui signifiait « Dehors ! ». Et comme il tardait à saisir le message, elle lui a lancé : « C'est bon, Jim, va faire un tour ! »

Voyant Alison retirer son jean, il a enfin compris et il a marmonné : « Je m'en vais... prendre l'air. »

Grand-Mère a examiné la jambe de près, mais elle n'a rien vu d'inquiétant. « Bon, il n'y a pas de bleu, je ne vois pas d'égratignures non plus. Ça commence à enfler un peu tout de même. » Elle a posé son doigt sur la jambe d'Alison, au-dessus du genou, et elle a appuyé doucement.

Alison a grimacé de nouveau. « Cette bosse n'est pas d'aujourd'hui. Ça doit pas être bien grave. »

Grand-Mère a mis un onguent sur la bosse en question, et là-dessus Alison a décidé qu'elle avait épuisé les joies du grand air ; elle est restée dans la maison regarder la télé. Moi, je suis ressortie dans le jardin au hasard, et j'ai trouvé Grand-Père en train de bavarder par-dessus la clôture avec son voisin, celui dont la femme nous avait fait un petit signe de la main.

« Bonjour, m'a dit cet homme aux cheveux blancs et au teint rougeaud en me considérant d'un air radieux. Tu es Rachel, toi, je crois ?

— Oui.

— Je me souviens de toi, la dernière fois que tu es venue. Bon sang, qu'est-ce que tu as grandi !

— Merci, j'ai répondu, pensant qu'il fallait le prendre comme un compliment.

— Et cette fois-ci, tu as amené une petite camarade noire avec toi, je vois. »

Voilà qui m'a laissée carrément perplexe. Il ne me serait jamais venu à l'idée de décrire Alison en ces termes. Du reste, c'était la première fois que j'entendais quelqu'un évoquer la couleur de sa peau. J'ai répété « Merci » un peu bêtement parce que c'était tout ce que je trouvais à dire, et je me suis demandé pourquoi ce drôle de bonhomme me souriait si gentiment.

4

La mort est sans appel. C'est une banalité, je le sais, mais ce que je veux dire, c'est que cette semaine-là, à Beverley, je l'ai compris pour la première fois. Et, oui, c'est sans doute la raison pour laquelle je n'ai jamais oublié celle de David Kelly. C'était la première fois que la réalité de la mort me touchait. C'était, si vous voulez, la première mort au sein de notre famille.

Jusqu'à ce jour, je ne savais quasiment rien de la guerre contre l'Irak, mais j'ai bien vu que quelque chose avait changé, qu'on venait de franchir une ligne. Un homme honorable était mort et rien ne le ramènerait. Et notre Premier ministre (car c'était de lui que Grand-Père parlait, je l'avais compris) avait du sang sur les mains.

« Tu pourras dire ce que tu voudras, mais Mrs Thatcher n'aurait jamais laissé une chose pareille se produire. C'était une grande dame.

— Il est reparti à chanter les louanges de cette bonne femme, a dit Grand-Mère pendant qu'on faisait la vaisselle toutes les deux. Serait temps qu'il change de disque ! »

Elle le critiquait à tout propos, et pourtant ils paraissaient bien plus attachés l'un à l'autre que mes parents en leur temps. (Ils étaient séparés, à présent. Ces vacances qu'ils avaient prises sans moi – la fois où on m'avait envoyée à Beverley, avec mon frère – avaient été leur ultime tentative pour rafistoler leur couple. Inutile de dire qu'elle n'avait pas réussi et ils n'avaient pas tardé à partir chacun de leur côté ensuite.) Ce qui me frappait, c'est que Grand-Père ne supportait pas de voir Grand-Mère sortir de son champ visuel, et qu'il n'aimait pas qu'elle fasse le moindre effort physique.

« Est-ce que Grand-Mère a été malade ? je lui ai demandé au début de notre séjour chez eux.

— Qu'est-ce qui te fait penser ça ? m'a-t-il demandé sans lever les yeux de ses mots croisés du *Telegraph*.

— Je sais pas. Tu la laisses jamais rien faire. Maman était comme ça avec moi, l'an dernier, quand j'ai eu la scarlatine. »

Du coup, il m'a regardée. « Il y a quelques semaines, elle a eu… un drôle de petit malaise. Alors le médecin m'a demandé de la surveiller, c'est tout. »

Je comprends aujourd'hui que cette façon de parler était typique de mon grand-père. Ce qu'il appelait « un drôle de petit malaise » n'était autre qu'une crise d'épilepsie, si grave en l'occurrence qu'il avait fallu appeler une ambulance et qu'au bout de plusieurs jours d'hospitalisation on avait dit à Grand-Mère qu'on allait lui faire un scanner du cerveau. Presque quatre semaines plus tard, ils attendaient encore les résultats, bien conscients que les nouvelles pourraient être mauvaises ; une tumeur au cerveau serait l'explication la plus plausible de cette crise, et les patients atteints de gliome ont une espérance de vie qui ne dépasse guère six mois.

Bien entendu, j'étais loin de me douter de tout ça. Je ne savais pas que l'ombre de la mort, dans sa terrible irréversibilité, venait de s'inviter brutalement et planait sur leur couple. Mais j'avais cependant noté une chose : mes grands-parents étaient plus proches l'un de l'autre que n'importe quels autres adultes de ma connaissance et cette proximité se traduisait non seulement par un besoin constant de contact physique, un refus de se perdre des yeux, mais aussi par un état permanent de – comment dire ? – d'irritation affectueuse. L'un ne pouvait pas ouvrir la bouche sans froisser un nerf chez l'autre et lui provoquer un sursaut d'exaspération. Mais il ne fallait y voir qu'un symptôme de l'angoisse presque insupportable dans laquelle ils vivaient, ayant redécouvert l'amour qu'ils se portaient à la perspective de se perdre.

Comme je l'ai dit, le fond de l'affaire m'échappait, mais j'étais sensible aux manifestations extérieures. Ce qui me dérangeait vraiment chez Alison, au tout début de notre séjour, c'était précisément son indifférence à ce qui se passait autour d'elle. En voyant mes grands-parents assis dans les fauteuils en plastique du jardin, un après-midi qu'ils buvaient du thé dans leurs mugs en se tenant du bout des doigts, elle m'avait confié : « Regarde-moi un peu ces deux-là. Pourvu qu'on finisse pas comme eux, hein ? » Et elle ne ratait jamais une occasion de souligner à quel point ils lui paraissaient vieux et décrépits.

Nous n'avions pas grand-chose en commun, je m'en suis aperçue très vite. L'amitié qui comptait, c'était celle de nos mères, pas la nôtre. À l'école, nous n'étions pas assez souvent ensemble pour nous agacer mutuellement ; mais ici, à partager une maison, et même une chambre, nos rapports étaient déjà tendus. Ce qui commençait à m'énerver, aussi, c'était sa tendance à récupérer tout ce que j'éprouvais pour essayer de se l'approprier. La mort de David Kelly en fut un exemple type.

« Qu'est-ce que tu fais ? » m'a-t-elle demandé le samedi matin où elle m'a trouvée dans le séjour, après le petit déjeuner, occupée à décrypter le *Daily Telegraph* de mon grand-père.

Ce que je faisais se voyait à l'œil nu. « Je lis le journal.

— Depuis quand tu t'intéresses à l'actualité ?

— Tu le savais, au moins, qu'on était en guerre depuis des mois ?

— Bien sûr que je le savais. Mais des guerres, il y en a tout le temps. Ma mère dit que la guerre, c'est bête et que les gens sont bêtes.

— Cette fois on n'avait pas le choix. Il fallait la faire parce que l'Irak avait des armes nucléaires braquées sur nous, et qu'il aurait pu nous anéantir en quarante-cinq minutes.

— N'importe quoi ! Qui est-ce qui dit ça ?

— Tony Blair. »

Alison a paru manifester une lueur d'intérêt, pour la première fois. En désignant la une du journal, elle m'a demandé : « Alors c'est qui, ce type ? »

Je lui ai expliqué du mieux que j'ai pu, dans la limite de mes connaissances et compétences de l'époque, qui était David Kelly et dans quelles circonstances il était mort. Au milieu de mes considérations quelque peu verbeuses, j'ai vu qu'elle perdait de nouveau tout intérêt pour la question. Mais elle sentait bien que cette affaire me troublait ; elle voulait partager cette inquiétude, soit pour se rapprocher de moi, soit pour la revendiquer. Elle s'est donc emparée d'un détail, la découverte du corps adossé contre un arbre dans ce coin de forêt à l'écart, en haut de la colline.

« Bouh, ça fout la trouille, a-t-elle dit en s'attachant à cet aspect accessoire à mes yeux. Tu te rends compte ? Tu sors faire ta balade un matin, promener ton chien, n'importe quoi, et puis crac, voilà ce que tu trouves au beau milieu de ton chemin.

— Personne ne sait vraiment pourquoi il a fait ça, malgré tout, Grand-Père dit que c'est la faute de Tony Blair, mais comme il peut pas le sentir… »

Alison s'en fichait. Tout ce qui l'intéressait, c'était cette image, qui semblait s'être imprimée en elle comme une scène de film d'horreur.

« Putain, ça me foutrait les jetons de trouver un cadavre, comme ça, au fond des bois. »

Je l'ai regardée fixement, submergée par une vague de détestation subite. Encore ce vilain mot, et dans la maison de mes grands-parents ! J'aurais voulu lui dire quelque chose, et je m'en voulais à mort que les mots refusent de sortir. J'étais une lâche. Une dégonflée.

5

Alison possédait un appareil qui me paraissait authentiquement magique, à l'époque. Ça s'appelait un iPod, ce n'était pas plus gros qu'une boîte d'allumettes et, pourtant, on pouvait y stocker des milliers de chansons qu'on emportait partout, et qu'on écoutait quand on voulait. L'appareil était d'un beau blanc tout propre ; il y avait un petit rouage, au milieu, qu'on enclenchait en le tournant du bout du doigt.

Pourtant, je trouvais un peu triste qu'avec cette capacité de stockage Alison se passe toujours le même album. Elle l'écoutait en boucle, et quand elle ne l'écoutait pas, elle me le faisait écouter.

« Elle a une jolie voix, ta maman », lui assurais-je en retirant de mes oreilles les écouteurs imprégnés de cérumen pour lui rendre l'appareil. À vrai dire, je n'étais pas emballée par cette chanson qu'elle venait de me passer pour la énième fois. Enfant précoce, je m'intéressais déjà davantage à la musique classique et, chez moi, mon CD préféré était un enregistrement du *Requiem* de Fauré.

« Elle l'a chantée dans *Top of the Pops.*

— Oui, tu me l'as dit.

— Elle est connue, en fait.

— Je sais, tu me l'as dit. Mais… » (j'avais envie de lui faire cette remarque depuis un bon moment mais je ne trouvais pas de formule qui ménage sa susceptibilité) « … mais, c'était il y a quelques années, non ?

— Et alors ? a répondu Alison avec une moue en rangeant l'iPod dans le petit cartable qu'elle avait avec elle. Elle chante toujours, tu sais. Elle fait des démos, et tout et tout. On peut toujours revenir sur le devant de la scène. »

Il était assez tard, ce soir-là ; nous étions assises au pied de la tour noire, adossées à sa brique luisante. Nous devenions intrépides, ces derniers temps, dans nos explorations et nos vadrouilles jusqu'à la nuit close. En général, nous mettions le cap sur le Westwood, que nous commencions à bien connaître même si, en petites citadines, nous avions du mal à nous habituer à l'idée de pouvoir parcourir en toute liberté cette lande et ces bois immenses. Nous aimions bien aller jusqu'à la tour parce que nous espérions revoir la Folle à l'Oiseau, que j'avais décrite en détail à Alison, son image m'ayant marquée à tout jamais depuis cette unique entrevue fugace, quatre ans auparavant. D'après Grand-Père et Grand-Mère, elle vivait toujours à Beverley, dans la grande maison que lui avait léguée en mourant la vieille dame clouée dans son fauteuil. De son vrai nom, elle s'appelait Miss Barton.

« J'ai l'impression que les gens ne l'aiment pas beaucoup, j'ai dit à Alison. Ils trouvent qu'elle n'aurait pas dû hériter de la maison. Grand-Mère dit que c'est louche.

— Louche ? C'est-à-dire ?

— Sais pas.

— Peut-être… peut-être qu'elle a assassiné la vieille. Pour mettre la main sur la maison. »

C'était bien d'Alison, une supposition pareille. Absurde, farfelue. « Tu racontes des bêtises », j'ai dit – ce qui l'a réduite au silence. Craignant de l'avoir vexée, et voulant poursuivre cette conversation, j'ai ajouté : « Et puis, elle n'a plus l'oiseau.

— Sans doute qu'elle ne passe plus tellement par ici, a conclu Alison en se levant. Allez viens, on rentre.

— D'accord. » Il y avait une émission que je voulais voir à la télé, une de mes émissions comiques préférées. « De toute façon, il va être neuf heures.

— Onze heures à Corfou, a dit Alison qui n'arrivait pas à presser le pas et m'obligeait à ralentir. Il est presque l'heure de se coucher. Je me demande si l'une de nos mères a décroché le jackpot.

— Quel jackpot ? » Je ne comprenais pas. « Je ne crois pas qu'elles soient parties jouer dans les casinos, ni rien. »

Alison a ri de son rire narquois qui me portait sur les nerfs. « Allez, Rache, fais pas l'innocente », et voyant mon air ahuri : « Pourquoi tu crois qu'elles sont parties ensemble ?

— Je sais pas, tout le monde a besoin de vacances de temps en temps.

— Elles sont célibataires l'une comme l'autre depuis des années. Tu percutes pas ? Elles sont parties se chercher un homme. »

L'idée m'a horrifiée et indignée. « T'es dégoûtante ! j'ai dit.

— Qu'est-ce qu'il y a de dégoûtant là-dedans ?

— Ferme-la, Alison. Je commence à en avoir marre de toi.

— Reviens sur terre.

— Tu dis n'importe quoi. » Je refoulais mes larmes, à présent.

« Pas du tout. Où est le mal ? Si ta mère veut partir une semaine s'envoyer en l'air avec un serveur grec, pourquoi elle se priverait ? »

Pendant quelques secondes, il s'est fait un silence effroyable entre nous. Et puis je l'ai giflée à toute volée. Elle a poussé un cri de douleur et s'est caché le visage dans ses mains ; j'en ai profité pour la pousser et la faire tomber. Et puis j'ai éclaté en sanglots et je suis partie comme une folle vers la maison. Je me suis retournée une fois et j'ai vu qu'elle était toujours là, sur l'herbe jaune recuite au soleil ; elle se frottait la joue en me regardant disparaître.

*

Mon émission comique, je ne l'ai pas vue parce que, quand je suis arrivée, Grand-Père était en train de suivre un reportage politique sur une autre chaîne. Apparemment, ce qu'il voyait le mettait très en colère, mais plus il s'énervait, plus il était accroché. Il s'agissait d'un documentaire sur le trafic d'êtres humains et la servitude moderne en Angleterre. Inutile de dire que c'était la première fois que j'entendais ces expressions. Lorsque le commentateur s'est mis à parler des travailleurs migrants réduits à un véritable « esclavage », j'ai été très perplexe parce que, pour moi, le mot était associé à des images de galères romaines avec des esclaves enchaînés, fouettés par des gardes-chiourme torse nu et musclés. Mais le sujet de cette émission semblait presque aussi horrifiant dans son genre. J'ai bientôt été abasourdie par la litanie d'histoires de ces ouvriers du bâtiment et travailleurs agricoles qu'on obligeait à trimer de longues heures et à coucher à vingt dans la même turne abominable.

« Quelle honte ! » répétait Grand-Père. Mais avant que j'aie pu faire chorus, il a montré sans équivoque qu'il était sur une tout autre ligne. « Bon an mal an, la BBC nous abreuve de cette propagande gauchiste. Si les Lettons et les Lituaniens sont pas contents des boulots qu'on leur donne, ils ont qu'à retourner chez eux en trouver de meilleurs. Tu le savais qu'à Selby il y a une épicerie qui ne vend plus que des produits polonais ? »

Je pense que cette question s'adressait à Grand-Mère, mais elle avait quitté la pièce un instant plus tôt. Comme Grand-Père me paraissait pouvoir se passer de public, je me suis éclipsée discrètement et je suis montée me coucher. Alison n'était pas encore rentrée, ce qui m'aurait inquiétée en temps normal, mais j'étais trop fâchée contre elle pour me préoccuper de son sort.

J'ai dû m'endormir très vite. Le bord des rideaux s'ourlait encore d'un ciel bleu sombre quand je me suis réveillée, secouée par l'épaule. J'ai ouvert un œil somnolent. C'était Alison, bien sûr.

« Qu'est-ce qu'il y a, qu'est-ce qui te prend ? Je dormais.

— Je sais, mais c'est important. »

À contrecœur, je me suis assise dans mon lit ; mes yeux se sont ouverts un peu plus, et la première chose que j'ai remarquée, c'est qu'Alison tremblait.

« Qu'est-ce qui s'est passé ?

— J'en ai vu un, Rache, m'a-t-elle dit d'une voix frémissante. Je viens d'en voir un, dans les bois, là tout de suite.

— Un quoi ?

— Un corps, un cadavre. »

Nous nous sommes regardées.

« Là tout de suite », a-t-elle répété comme pour rendre la chose plus crédible.

Je me suis recouchée en lui tournant le dos, face vers le mur.

« Alison, tu me fais pitié.

— C'est vrai, Rachel, je t'assure. »

Je me suis retournée, vers elle cette fois, l'œil mauvais.

« Un cadavre, ah oui. Dans les bois, comme le type du journal, quoi. Il était adossé contre un arbre ?

— Mais oui ! » a dit Alison, et cette fois, j'entendais une telle détresse, une telle insistance dans sa voix que j'ai commencé à croire qu'elle disait peut-être vrai.

« Je te crois pas, j'ai tout de même répondu. J'en crois pas un mot.

— C'était terrifiant, merde, sa tête a eu comme un sursaut quand je suis arrivée devant lui, on aurait dit qu'il me regardait. Il avait les yeux ouverts, des cheveux tout gris, longs, emmêlés, la peau jaune – toute ridée. Il était tellement maigre… »

Je me suis rassise et je l'ai regardée avec attention. Il y avait de tristes précédents dans ma vie en matière de canulars ; j'étais crédule.

« Qu'est-ce que tu as dans la main ? » j'ai demandé en baissant les yeux.

Elle serrait une carte à jouer.

« Je l'ai ramassée dans le bois, il y en avait des tas, éparpillées autour de lui. »

Je lui ai pris la carte dont le dos s'ornait de carreaux noirs et jaunes et, en la retournant, j'ai découvert qu'elle représentait une araignée. C'était un dessin grotesque et horrible à la fois ; la créature se tenait debout sur ses pattes de derrière et levait celles de devant d'un air farouche, comme pour provoquer un adversaire au combat. Sur le fond noir brillant, l'abdomen vert pâle ressortait comme une gelée immonde. L'artiste avait parsemé de poils grossiers le ventre distendu, au bas duquel – détail qui m'écœurait particulièrement – pendait une sorte de sac de chair rempli de Dieu sait quoi. Le trait était minimal comme celui d'une caricature et, pourtant, il dégageait un réalisme encore bien trop puissant.

J'ai rendu la carte à Alison en frissonnant, et elle s'est jetée dans mes bras, tête nichée contre mon cou, en me serrant fort. Elle tremblait comme une feuille, et à partir de ce moment-là il m'a bien fallu croire tout ce qu'elle m'avait dit.

6

« C'est cet arbre, celui-là, a dit Alison.

— Tu es sûre ? »

Nous étions le lendemain, un matin splendide, tiède et ensoleillé. Nous explorions la petite combe boisée à la pointe est du Westwood. Le soleil filtré par les frondaisons au-dessus de nos têtes nous dispensait une lumière vert pâle, fraîche et délicieuse. L'air était vif, et l'on n'entendait que des gazouillis d'oiseaux de temps en temps, avec le bourdonnement lointain de la route. C'était l'endroit idéal pour pique-niquer ou venir lire, allongé au pied d'un arbre. Sauf que nous, nous cherchions un cadavre.

« Il n'y a rien, ici », j'ai commenté au bout de quelques secondes à regarder un carré d'herbe vide. Il fait bon souligner l'évidence, parfois.

« Il a disparu », a convenu Alison.

Que faire ? J'avais lu assez de livres d'aventures et d'enquêtes de Sherlock Holmes pour savoir qu'il y avait une procédure à suivre en pareille circonstance. Je me suis mise à genoux, et j'ai entrepris de scruter le sol.

« Qu'est-ce que tu fais ? m'a demandé Alison.

— Je cherche des indices. »

Elle s'est accroupie à côté de moi. « Quel genre d'indices ?

— Je ne sais pas... » J'ai d'abord pensé à dire des traces de pas, ou des empreintes digitales, mais ça faisait un peu vieillot. Et puis je me suis souvenue d'une émission de télé que j'avais vue récemment. « De l'ADN, j'ai dit avec un bel aplomb. On trouve toujours de l'ADN sur une scène de crime.

— OK. »

Nous nous sommes mises en devoir de passer les lieux au peigne fin, allant jusqu'à écarter les brins d'herbe du bout des doigts.

« À quoi ça ressemble, l'ADN ?

— C'est un peu... visqueux, je crois. » (Je disais absolument n'importe quoi.) « Visqueux et translucide.

— Ben je vois rien qui ressemble à ça. »

Alison n'avait pas ma patience. Au bout d'un petit moment, elle s'est relevée, elle a regardé autour d'elle sans intention précise. J'ai eu un claquement de langue réprobateur et j'ai continué ma fouille. Peut-être qu'à défaut d'ADN je trouverais un autre indice significatif, bouton, lambeau de vêtement. Mais d'un autre côté, peut-être que je perdais mon temps purement et simplement et qu'Alison me faisait une mauvaise blague pour se venger de la gifle de la veille, gifle dont elle n'avait toujours rien dit et dont je ne m'étais pas excusée.

Bientôt, elle s'est éloignée. Je ne savais pas où elle était passée. Tout ce qui m'apparaissait, c'était que le bois était plus silencieux que jamais. On aurait dit que les oiseaux eux-mêmes s'étaient tus. Pas le moindre bruit de voiture alors que la route n'était qu'à deux cents mètres. Alors quand j'ai entendu une branche ou une brindille craquer tout près, j'ai presque cru à un coup de feu. Je me suis redressée en sursautant, et j'ai regardé de tous les côtés. Personne.

« Alison ? » j'ai appelé.

Pas de réponse.

Je suis restée comme ça une minute ou deux, toujours agenouillée. Silence total, de nouveau. J'avais dû entendre un oiseau sautillant de branche en branche ; un lapin, peut-être (nous en avions vu, ces derniers jours). Ou alors Alison, qui jouait à cache-cache – c'était malin ! Inutile de réagir aussi nerveusement. J'allais reprendre ma recherche d'indices.

Le deuxième bruit a été plus fort que le premier, et il m'a paru provenir d'un endroit situé à une dizaine de mètres, vers ma gauche. Plus fort qu'une brindille qui casse, oui, on aurait franchement dit un pas dans le sous-bois. En même temps, j'ai vu ou cru voir le mouvement flou de quelque chose ou quelqu'un dans les buissons. L'ombre d'un déplacement, rien de plus. Et puis, tout est retombé dans le silence et l'immobilité.

Alison. Ce ne pouvait être qu'elle. À quoi jouait-elle ?

« Alison ? j'ai appelé. Alison, où es-tu ? »

La situation prenait un tour carrément désagréable. Ou, plutôt, je faisais tous les efforts pour la trouver désagréable sans plus, pour ignorer les battements accélérés de mon cœur et le voile de sueur sur mon front. Je me suis relevée, lentement et avec précaution, sentant bien que j'avais tout intérêt à faire le moins de bruit possible. De nouveau, j'ai regardé vers les buissons que je croyais avoir entendus craquer, et où j'avais cru voir un mouvement fugace. Il devenait difficile de résister à la tentation de prendre mes jambes à mon cou. Mais j'ai décidé de ne rien faire d'aussi brusque. Dans un repli stratégique bien étudié, j'ai opéré un virage à cent quatre-vingts degrés, pour tourner le dos au buisson et au danger que mon esprit enfiévré y croyait tapi. Encore une douzaine de pas, et je serais sortie de ce taillis inextricable pour déboucher sur une zone plus dégagée. Alors, et seulement alors, je me mettrais à courir.

Au bout de quelques pas, cependant, mon attention a été attirée par quelque chose, et je me suis immobilisée. Accrochée aux branches d'un buisson, un peu au-dessus du niveau de mon regard, il y avait une autre carte à jouer, parfaitement semblable à celle qu'Alison avait trouvée, à ceci près qu'elle ne représentait pas une araignée mais un poisson. Un poisson à rayures bleues et jaunes sur fond noir brillant. Tout comme l'araignée, il avait quelque chose de dérangeant et même de répugnant, ce poisson croqué à grands traits avec ses yeux globuleux et sa bouche stupidement ouverte. Était-ce l'indice que je recherchais sans trop le savoir ? Je ne voyais pas du tout le rapport entre ces cartes et la macabre découverte d'Alison dans les bois, la veille, mais il me semblait désormais crucial de récupérer cette éventuelle pièce à conviction. J'ai tendu la main, mais la carte restait hors de ma portée ; elle me narguait. J'ai fait un pas en avant et me suis dressée sur la pointe des pieds. Si je m'étirais davantage, j'allais tomber, à coup sûr. J'arrivais presque à la toucher. Il suffirait d'un centimètre ou deux pour que je puisse au moins l'attraper entre le pouce et l'index.

C'est alors qu'une autre main, une main d'adulte, est apparue comme par enchantement, s'est tendue vers la carte et s'en est emparée.

Le souffle coupé, je me suis retournée : elle était là, derrière moi, rouge de fureur, ses cheveux en brosse, son cou et sa gorge tatoués, en tout point semblable à elle-même. Ses yeux gris me transperçaient.

La Folle à l'Oiseau.

« C'est à moi, merci beaucoup », a-t-elle dit.

Tout à coup – par où était-elle passée ? – voilà qu'Alison se trouvait à mes côtés. Nous avons donc fait face à cette apparition avec la même terreur. Nous la dévisagions, elle nous dévisageait, sans un mot de part et d'autre. On aurait dit qu'on jouait à qui baissera les yeux la première. Le silence du bois nous oppressait.

« Il y en a d'autres comme celle-ci dans le coin ? a fini par demander la femme.

— Je... je ne crois pas, Miss, a bredouillé Alison.

— Il faut me les rendre. Toutes. Et vous n'en parlerez à personne.

— Oui, Miss, avons-nous répondu à peu près en chœur.

— Très bien. Maintenant dégagez. »

Nous n'avons pas bougé, nous étions trop abasourdies.

« Et que ça saute ! » a-t-elle crié.

Nous avons détalé sans demander notre reste, nous sommes sorties des taillis et nous avons retraversé le Westwood pour nous mettre à l'abri ; nos corps d'enfants n'étaient plus qu'une turbine de bras et de jambes, nos silhouettes réduites à presque rien par la masse impassible et intemporelle de la tour noire, derrière nous.

7

La maison de mes grands-parents ne nous a pas franchement offert le refuge espéré. À notre arrivée, il y avait foule dans le séjour. Foule de vieux, devrais-je dire. Des têtes chenues et des tasses de thé dans tous les coins. Après un coup d'œil sur l'assemblée (Grand-Père et son voisin étant les seuls que je connaissais), nous avons promptement battu en retraite vers la cuisine où Grand-Mère, debout devant la table, dressait des assiettes de biscuits fourrés au chocolat ou à la crème.

« Qu'est-ce qui se passe ? j'ai demandé.

— C'est le club des Conservateurs. C'est notre tour d'héberger sa réunion.

— Vous parlez d'une bande de fossiles ! a dit Alison.

— T'occupe, a dit Grand-Mère. Tenez, les filles, emportez ça, que je me pose cinq minutes. »

Elle nous a tendu une assiette de biscuits chacune, et nous sommes allées faire les jeunes filles de la maison, pas très à l'aise. Quand nous sommes entrées dans la pièce, le voisin de Grand-Père, qui s'appelait Mr Sparks, je l'ai appris plus tard, développait son point de vue sur la question du *vagabondage*, mot que j'entendais pour la première fois, lui aussi.

« La recrudescence du vagabondage est en passe de devenir un problème préoccupant à Beverley et ses *environs**[1], déclamait-il. Le conseil municipal devrait s'y attaquer, mais on a nettement l'impression qu'ils n'en ont ni l'envie ni les moyens. » À ce moment-là, il s'est aperçu que je lui présentais une assiette de biscuits. « Ah, c'est pour moi ! Très gentil. »

« Comme d'habitude, a dit une dame aux lunettes dangereusement effilées vers les tempes qui avait pris le fauteuil de Grand-Père, Norman a mis le doigt sur le problème. Ce que j'ai à raconter n'est qu'une anecdote, mais samedi, au marché, j'ai observé une progression marquée du nombre d'indésirâbles. » Elle a presque chanté le mot, d'une voix de contralto vibrante, avec un accent circonflexe sur le *a*. « Inutile de dire que beaucoup d'entre eux appartiennent à des... minorités ethniques. » Comme elle prononçait ces deux mots dans un souffle, elle s'est aperçue de la présence d'Alison qui, plantée devant elle, lui offrait des biscuits au chocolat avec son plus beau sourire. « Oh, merci, mon petit, a-t-elle dit, rouge de confusion. Tu penses bien que je ne fais pas... l'amalgame. »

Nous sommes reparties à la cuisine avec nos

1. Les mots et expressions en italique suivis d'un astérisque sont en français dans le texte original. (*Toutes les notes sont de la traductrice.*)

assiettes encore à moitié pleines de biscuits, auxquels nous avons entrepris de faire un sort.

« De quoi ils jacassent, là-bas ? a demandé Grand-Mère, qui ne semblait pas tenir en haute estime les amis de Grand-Père.

— Je n'écoutais pas vraiment, j'ai répondu, ils disaient qu'il y avait une recrudescence de *bacs à montage* au marché, samedi.

— On m'a traitée de minorité ethnique, a dit Alison d'une voix où la fierté perçait sous la perplexité.

— Grossiers personnages !

— Je ne crois pas que la dame voulait être désagréable, j'ai glissé, elle a seulement vu que tu venais d'une culture différente, à mon avis.

— En voilà une ânerie. Alison vient de la même culture que nous autres, hein, ma puce ?

— Ben non, quand même, a rectifié Alison, moi je suis de Leeds. » Elle s'est emparée du dernier biscuit et l'a fourré tout entier dans sa bouche. « De toute façon, c'est mon papa qui est noir, et je le vois presque jamais. Ma maman, y a pas plus blanc, alors je comprends pas de quoi ils parlent.

— Très juste », a conclu Grand-Mère, et nous nous sommes tues toutes les trois.

« C'est quoi, un conservateur, au fait ? j'ai demandé tout à coup.

— Eh bien, un conservateur, c'est quelqu'un qui pense que les choses sont bien comme elles sont. Il pense qu'en gros le monde est comme il devrait être, et qu'on n'a pas trop intérêt à le retoucher. »

Après y avoir réfléchi un instant, j'ai dit : « Ça

me va. Moi, j'aime bien les choses comme elles sont. Et Tony Blair ?

— Mr Blair est le chef du Parti travailliste. Dans le temps, les travaillistes croyaient à ce qu'on appelle le socialisme. Les socialistes pensent que le monde pourrait être beaucoup plus juste. Seulement, pour y parvenir, il faut mettre en place deux-trois changements, quitte à décaper quelques traditions qui paraissent dépassées.

— Mais il n'y croit plus ?

— Alors là, bien malin qui peut dire à quoi il croit, celui-là.

— Et toi, Grand-Mère, tu es de quel bord ? »

Elle a poussé un gros soupir. « Franchement, Rachel, maintenant je fais partie des gens qui commencent à penser que ça ne veut rien dire, ces machins-là. »

Elle a tourné la tête. Peut-être qu'elle refoulait ses larmes, mais nous ne risquions guère de nous en apercevoir, Alison et moi. Le sujet commençait à nous lasser, nous avions des nouvelles autrement plus excitantes à lui donner.

« Ooh, Grand-Mère, devine qui on a vu dans le bois ! j'ai dit. La Folle à l'Oiseau. Elle nous a fait une peur bleue. »

Alison m'a jeté un regard comme pour me rappeler que nous n'étions pas censées en parler à qui que ce soit. Mais puisque le secret était éventé, elle a ajouté :

« On se baladait sans rien demander à personne et elle a surgi de derrière un arbre, on aurait cru qu'elle voulait nous faire peur. On a failli avoir une crise cardiaque.

— Oh mon Dieu ! Ça a dû être affreux pour vous. Elle est vraiment désagréable, c'est une enquiquineuse. » Grand-Mère a pincé les lèvres. « Si vraiment elle vous a fait peur exprès, il faudrait tout de même que moi, ou quelqu'un d'autre, on aille lui dire deux mots. » Elle a laissé sa phrase en suspens, il était clair que la perspective de cette confrontation ne l'emballait pas. J'en étais peinée pour elle.

« Ne t'en fais pas, Grand-Mère, j'ai dit. Inutile d'aller lui parler, hein, Ali ? »

Du regard j'ai quêté l'approbation de mon amie, mais elle a seulement demandé : « Où elle habite ? »

Et Grand-Mère, qui rinçait les assiettes à biscuits sous le robinet d'eau chaude, a dit :

« Il y a une toute petite route qui part de Newbegin. Elle s'appelle Needless Alley[1] parce qu'elle ne va nulle part. C'est là qu'habitait Mrs Bates, et quand elle est morte elle a légué sa maison à Miss Barton.

— Pourquoi elle a fait ça, je me le demande.

— Tu n'es pas la seule à te le demander. D'ailleurs, les gens ne s'en sont pas tenus là. Ils s'en sont offusqués, ce qui est bien bête.

— Oui, parce que ça ne les regardait pas, après tout, j'ai dit.

— Exactement. Mais les gens, parfois, s'empressent de juger.

— Elle habite à quel numéro ? » a demandé Alison négligemment – mais je me doutais qu'elle avait une idée derrière la tête.

1. « Newbegin » signifie « nouveau départ » tandis que « Needless Alley » signifie « allée superflue ».

« Là tout de suite, je ne me souviens pas, mais enfin on ne peut pas la rater parce que c'est celle qui est couverte de lierre et de laurier et Dieu sait quoi encore, il y a du grillage partout vu qu'elle élève des oiseaux.

— Des oiseaux ?

— Ah oui, elle a toute une volière, des perruches, des canaris, toutes sortes d'oiseaux.

— Mais pas de faucons, au moins ? j'ai demandé.

— Non, elle n'a plus de faucon, je ne sais pas ce qu'il est devenu. »

Apparemment, Grand-Mère ne savait pas grand-chose de plus sur le sujet, mais notre curiosité était à son comble. Quand nous sommes montées discuter de notre programme pour le reste de la journée, je devinais ce qu'Alison allait proposer.

« On n'est pas obligées d'entrer, je voudrais juste voir à quoi elle ressemble. T'as pas envie de voir les oiseaux et tout le reste ? »

C'était vrai, je mourais d'envie de voir où vivait la Folle à l'Oiseau, même si elle me faisait une peur bleue. Si bien qu'un peu plus tard dans l'après-midi Alison et moi nous sommes mises en quête de Needless Alley.

Il ne nous a pas fallu longtemps pour y parvenir. Newbegin Street était une longue rue à sens unique, qui menait du Westwood au centre-ville. Needless Alley en partait vers la gauche, tout d'abord entre les murs de deux hautes maisons, où elle était si étroite que nous avions tout juste la place de marcher de front ; bientôt, cependant, elle s'élargissait pour devenir une courte rue pavée entre de vénérables demeures du XVIIIe siècle.

Celle que nous cherchions était en effet immanquable. Elle se dressait un peu à l'écart de ses voisines, séparée de la plus proche par un long muret enserrant un jardin ensauvagé pour ne pas dire un capharnaüm végétal. Sur la porte était cloué le numéro de la maison en chiffres rouillés : 11.

C'était selon toute probabilité une maison de brique, mais on ne s'en serait jamais douté à la voir depuis la rue, car toute la façade était recouverte de feuillages divers et variés, du lierre surtout, mais aussi toutes sortes de plantes grimpantes inconnues de moi, qui s'entremêlaient, s'enchevêtraient, s'enroulaient les unes aux autres, tissant une jungle dense. Et dans ce fouillis, des douzaines de petits oiseaux sautillaient, voletaient, ou venaient se poser ; il y en avait d'exotiques, aux couleurs chatoyantes, mais, pour la plupart, il s'agissait d'oiseaux chanteurs familiers, moineaux, grives, et autres. Un grillage vert foncé était tendu sur toute la façade pour les empêcher de choisir la liberté. En somme, ils étaient prisonniers d'une immense cage de verdure à ciel ouvert mais ils avaient l'air tout à fait heureux, et leurs plaisants gazouillis contrastaient avec l'ambiance autrement sinistre de la maison de la Folle. Je n'ai pas pu m'empêcher d'observer que le lierre grimpait sur les murs en un épais manteau, qu'il empiétait même sur les fenêtres, en obstruant presque entièrement une sur deux, au point qu'il devait faire quasi-nuit dans la plupart des pièces de la maison. J'étais contente que nous l'ayons trouvée, que nous ayons vu les oiseaux, n'empêche que c'était le genre de bâtisse qui vous donne envie de fuir à un kilomètre, le genre qui vous inspire des mauvais rêves. Il fallait être cinglé pour vouloir y vivre. Et même y entrer, d'ailleurs ; voire s'en approcher davantage.

C'est alors qu'Alison a joyeusement poussé la porte du jardin où elle est entrée.

« Qu'est-ce que tu fabriques ? j'ai sifflé. On avait dit qu'on se contenterait de regarder. »

Elle s'est retournée vers moi avec un sourire de défi. « Tu viens ?

— Où ça ?

— Allez, on peut bien jeter un coup d'œil par les fenêtres du rez-de-chaussée, au moins.

— Pour quoi faire ? À quoi ça rimerait ? Qu'est-ce que tu cherches ? »

Sans m'en apercevoir, je m'étais avancée de quelques pas, et je me trouvais avec elle dans le jardin, le cœur cognant à me faire mal dans la poitrine.

« Tu as oublié ce que j'ai vu dans les bois hier soir ?

— Ce que tu as cru voir, j'ai marmonné à mi-voix, toujours pas convaincue qu'il existe le moindre lien entre la mort de David Kelly et sa trouvaille opportune.

— Moi, ce que je dis, c'est que la Folle a sans doute quelque chose à voir avec ça, m'a-t-elle répondu en marchant précautionneusement entre des débris de rocaille qui jonchaient l'allée du jardin.

— Comment est-ce que tu en arrives à cette conclusion ? » J'y voyais une pure spéculation.

« Si elle nous a fait peur, c'est pour pas qu'on s'approche, non ? »

À ce moment-là, comme nous arrivions devant la porte d'entrée, Alison a marché sur une très grosse pierre et a failli tomber.

« Et merde », elle a dit. Elle avait à peine trébuché, pourtant il lui a fallu s'asseoir et elle s'est frotté la jambe.

« Ça va aller ?

— Ma jambe me fait encore mal depuis que je suis tombée de l'arbre, tu sais ?

— Toujours au même endroit ?

— Ouais. »

J'ai jeté un coup d'œil inquiet autour de nous, en proie au sentiment irrationnel qu'on nous épiait. Et puis j'ai remarqué quelque chose.

« Sur quoi tu es assise ?

— Hein ? »

Elle s'est aperçue qu'elle avait pris place sur une sorte de fauteuil métallique, entouré de buissons fous, qui s'étaient pris dans son armature et l'enchaînaient au sol. En fait, c'était un fauteuil roulant. Elle s'est levée d'un bond, comme si elle avait touché un objet souillé.

« Bouh, qu'est-ce que ça fiche là ?

— Ça doit être celui de Mrs Bates ! j'ai dit en tentant en vain d'arracher les vrilles du lierre entre les rayons d'une roue. Il n'a pas dû bouger depuis qu'elle est morte.

— Bon Dieu, ça fout les jetons ! Viens, on espionne par les fenêtres, et puis on se tire d'ici. »

Nous nous sommes glissées jusque devant la maison. Nous avions le nez collé contre le grillage, au point qu'un ou deux oiseaux plus hardis et plus curieux ont sauté de leurs perchoirs dans les feuilles pour venir nous regarder. Peut-être espéraient-ils quelques miettes de pain, mais nous n'avions rien à leur donner. En regardant à travers l'entrelacs du lierre, nous avons deviné, par l'une des fenêtres du rez-de-chaussée, une pièce qui paraissait presque vide et de toute façon si sombre qu'on n'y distinguait qu'un grand tableau lugubre accroché à un mur. La seconde fenêtre donnait sur la même pièce. Cela fait, l'honneur était sauf, nous pouvions nous replier dignement.

Mais Alison avait d'autres projets.

« Hé, où tu vas, maintenant ? j'ai lancé d'une voix tendue par la panique.

— Allez, il n'y a personne !

— Qu'est-ce que tu en sais ? »

Je me suis précipitée à ses trousses, car elle s'était engagée dans la petite allée au flanc de la maison.

« Qu'est-ce qu'on cherche, au fait ?

— Je sais pas », a dit Alison, qui regardait à droite et à gauche d'un air préoccupé.

La courette était jonchée de détritus et trois poubelles vertes à roulettes menaçaient d'y vomir leur contenu. J'ai remarqué des tas de vieux pinceaux et de pots de peinture.

« Je voulais me faire une idée, c'est tout, voir quel effet… »

Elle s'est arrêtée net ; il vaudrait mieux dire qu'elle s'est pétrifiée. Son regard était fixé sur une fenêtre longue et basse, à l'arrière de la maison, au-dessous du niveau de la pièce que nous venions d'observer. Une sorte de soupirail, si l'on veut. Derrière la vitre striée de poussière et de crasse, la lumière jaune, vive et crue d'une ampoule de fort voltage. Et c'est cette lumière qui nous a permis de distinguer nettement les contours d'une silhouette humaine en contrejour.

On la voyait de profil. L'homme, ou la femme, était debout ou plus probablement assis parfaitement immobile. On devinait un visage, le nez court et aplati, le menton pointu, la chair flasque au-dessous, avec des mèches de cheveux clairsemés mal peignés, qui tombaient presque jusqu'aux épaules. Nous n'en avons pas vu beaucoup plus, mais ça suffisait pour qu'Alison lâche à mi-voix, effarée :

« C'est lui ! Enfin, c'est elle… c'est ça… » Puis elle finit par me mettre les points sur les *i* : « C'est la personne que j'ai vue hier dans les bois. »

Nous avons échangé un regard et la réalité de la situation a fait son chemin. Nous ne pouvions ni l'une ni l'autre nous expliquer ce qui se passait ; ni l'une ni l'autre n'y comprenait quoi que ce soit, loin de là, mais nous étions toutes deux convaincues que nous venions de faire une découverte énorme – que nous étions sur une affaire louche, secrète et potentiellement explosive. C'était la chose la plus énorme, la plus choquante qui nous soit arrivée.

Tout à coup, à l'étage, une fenêtre s'est ouverte brutalement, et une voix de femme a crié :

« *Rhâ*, encore vous deux ! »

Nous n'avons même pas levé les yeux pour croiser son regard furibond. Nous avons tourné les talons et couru, couru, retraversé le jardin, remonté Needless Alley ; nous ne nous serions jamais crues capables de courir aussi vite.

8

Il était tard, ce soir-là ; nous avions déjà éteint la lumière et je m'endormais lorsque Alison a eu son flash.

« Oh ! Oh là là ! Oh mon Dieu ! s'est-elle exclamée en se redressant lentement en position assise dans le lit. Je crois que j'ai compris. Je sais ce qui se passe dans cette maison. »

Je me suis assise à mon tour, attendant l'explication : « Alors ?

— Tu as vu *Psychose* ?

— *Psychose*, le film ? Tu plaisantes ? Bien sûr que non, j'ai pas vu *Psychose.*

— Tu en as quand même entendu parler, non ?

— Il paraît que c'est le film le plus épouvantable, le plus flippant qu'on ait jamais fait. Pourquoi ? » Et puis je n'ai pas pu m'empêcher de poser la question, même si la réponse était assez prévisible. « Ne me dis pas que tu l'as vu, toi…

— Bien sûr que si. Ma baby-sitter l'a apporté et je l'ai regardé avec elle, ça doit faire trois ans.

— Ta baby-sitter ? » Chaque fois que j'avais droit

à ces petits aperçus de la vie d'Alison, j'étais partagée entre l'horreur et l'envie.

« Ben tiens ! Elle était cool. Enfin bref, tu sais de quoi ça parle ?

— Rappelle-moi quand même… » Je n'en avais pas la moindre idée.

« C'est un type, il est fou, c'est lui qui a la psychose. Il habite dans une vieille baraque, au bord de la route. Et à côté de sa maison, il tient un motel, et puis y a une femme qui vient y passer la nuit, et il la tue pendant qu'elle prend sa douche. Après, la sœur de la femme, elle part à sa recherche, elle rencontre le type, et elle comprend tout de suite que c'est un dingue ; du coup, elle entre dans la maison pour retrouver la mère du gars, parce qu'elle croit qu'il la retient peut-être prisonnière, tu vois. Donc elle descend à la cave, et elle trouve la mère assise dans un fauteuil. Sauf qu'elle est morte.

— Morte ?

— Ouais, elle est même morte depuis des années, et il a gardé son cadavre chez lui. Des fois il la descend à la cave, et des fois il la monte au premier pour la coucher dans son lit. »

J'ai réfléchi à ce qu'elle me disait et à l'inconvénient pratique que la chose présentait. « Mais, au bout de quelques jours, les gens… ils commencent pas à sentir ?

— Il l'a mise en conserve », m'a répondu Alison avec un parfait naturel.

Je me représentais le corps de la vieille macérant dans un bocal géant au sein d'un liquide immonde comme celui où ma mère conservait les oignons.

Comment était-ce possible, voilà qui me dépassait, mais sur le moment c'était le cadet de mes soucis.

« Tu insinuerais que…

— Pourquoi pas ? Ta grand-mère a bien dit qu'il y avait du louche dans le fait que la vieille soit morte en lui léguant sa maison.

— Oui, mais supposons qu'on tue quelqu'un pour avoir sa maison, pourquoi garder le corps ? On chercherait au contraire à s'en débarrasser.

— Quelqu'un de normal, oui. Mais elle, c'est une folle, tu le sais bien. »

Les objections à cette théorie ne manquaient pas.

« Mais toi, le corps, tu l'as vu dans les bois, pas dans la maison.

— Oui, elle l'y avait amené.

— Pourquoi ?

— Je sais pas. Pour lui faire prendre l'air, pour lui dégourdir les jambes. Elle est dingue, Rachel. Complètement timbrée. Faut être dingue pour vivre dans une maison couverte d'oiseaux.

— Comment veux-tu qu'elle charrie le corps dans les bois, il est trop lourd. »

Alison est restée coite et j'ai bien cru avoir marqué un point. Mais ma victoire a été de courte durée.

« Le fauteuil roulant, tiens ! Voilà pourquoi elle le garde dans son jardin. »

Cet argument ne m'a pas convaincue longtemps. « Mais il était couvert de lierre, il avait l'air de ne plus avoir servi depuis des mois. »

Alison a ignoré cette objection et joué son atout maître. « Peu importe. Dans le film, tu sais comment il s'appelle, le psychopathe ? Norman Bates. Sa mère s'appelle Mrs Bates. *Mrs Bates.* »

Je serais bien incapable de vous dire aujourd'hui pourquoi c'est cet argument – le plus saugrenu, le plus irrationnel – qui m'a ralliée à son idée. Peut-être qu'elle m'avait eue à l'usure. Mais à partir de ce moment-là, sans admettre que les aspects de la situation présente correspondaient point par point aux détails du film (dont je n'avais qu'une vague idée, de toute façon), j'ai été plus convaincue que jamais que nous avions mis le doigt sur une énigme dont la Folle à l'Oiseau était la clé. Si nous voulions l'élucider, il faudrait en savoir plus, sur la personne, ou sur la chose, d'ailleurs, dont nous avions aperçu la silhouette cet après-midi-là, par la fenêtre du numéro 11, Needless Alley.

En clair, il nous faudrait descendre à la cave.

9

Alison a eu son deuxième éclair de génie le lendemain, en fin de matinée.

Quand elle est venue m'en faire part, j'étais perchée tout en haut du prunier pour y chercher le calme et la paix.

La matinée avait été stressante. Au petit déjeuner, Grand-Père et Grand-Mère m'avaient paru tendus, ce qui n'était pas leur habitude. Grand-Mère faisait griller du pain et préparait le thé distraitement, à grand renfort de gestes inutiles, et Grand-Père se cachait derrière son journal. Comme toujours, c'était la guerre en Irak qui faisait la une : « Les fils de Saddam Hussein capturés et tués. »

Tout en beurrant ma tartine et en sucrant mon thé, je m'étais sentie désemparée par le silence qui régnait entre eux, et qui était si peu dans leur manière.

« Grand-Père, j'avais demandé timidement, je peux te poser une question ?

— Quoi ? m'avait-il répondu sur un ton rien moins qu'encourageant, mais qui ne m'avait pas dissuadée.

— On est toujours en guerre avec l'Irak ?

— C'est compliqué, avait-il dit sans lâcher son journal.

— Ah bon. »

Grand-Mère avait entendu la déception dans ma voix, contrairement à lui.

« Personne ne comprend vraiment ce qui se passe, m'avait-elle dit. Mais ça se passe loin de chez nous, c'est déjà quelque chose.

— Saddam Hussein va se fâcher tout rouge, non, maintenant qu'on lui a tué ses fils ?

— Il était déjà fâché, si tu veux mon avis, entre une chose et l'autre.

— Mais est-ce que ça veut dire qu'il pourrait nous attaquer, maintenant ? Parce que je sais qu'avant de mourir David Kelly avait dit… »

Sans me laisser le temps de poursuivre, mon grand-père avait fait claquer son journal sur la table en grognant.

« Ta grand-mère a mieux à faire que répondre à tes questions idiotes ! » s'était-il exclamé. Sur quoi il s'était levé, avait cherché ses clés de voiture dans sa poche. « Je sors l'auto du garage, avait-il dit à Grand-Mère. Elle… » (c'était moi qu'il avait désignée) « … n'aura qu'à faire la vaisselle quand on sera partis. Avec l'autre, si elle arrive à se tirer du lit. »

Il avait quitté la cuisine et, dans le silence glacial qui avait suivi, Grand-Mère avait posé sa main sur mon épaule, qu'elle avait serrée.

« Ne fais pas attention, m'avait-elle dit. Il est à cran, ce matin. »

Son geste m'avait réconfortée : l'attitude de Grand-Père m'avait surprise et peinée. « Vous sortez ?

— On va chez le docteur, c'est tout. Il va falloir qu'on vous laisse une heure ou deux, les filles… Je devrais peut-être demander à Mrs Sparks de venir vous garder, avait-elle ajouté avec une moue dubitative.

— Pas la peine, j'avais dit pour tuer l'idée dans l'œuf. On sera bien sages, on ne sortira même pas de la maison.

— Bon, si tu en es sûre… je ne vois pas pourquoi ça poserait un problème. Si vous avez besoin de quoi que ce soit, il vous suffit d'aller frapper à côté. »

Environ une demi-heure plus tard, mes grands-parents s'en étaient allés, pâles comme des linges. Je comprends aujourd'hui qu'ils avaient attendu cette matinée depuis des semaines. C'était en effet la réunion au cours de laquelle on allait leur dire une fois pour toutes la cause du « drôle de petit malaise » de ma grand-mère, où on leur dirait, en gros, si elle allait vivre ou mourir. Mais j'étais loin de m'en douter à l'époque et, en déambulant dans le jardin, je n'avais rien eu de plus grave à l'esprit que ce coup de gueule de Grand-Père, aucune inquiétude plus pressante que les éventuelles propositions d'Alison pour poursuivre notre enquête autour du 11, Needless Alley – enquête dont je commençais à considérer qu'elle était déjà allée assez loin.

Au fond du jardin, une fois de plus, j'avais grimpé dans le prunier et trouvé mon coin favori parmi ses branches. Je m'étais prise d'affection pour l'arbre. Je ne connaissais rien de meilleur que de m'asseoir là, toute seule, dans le léger bruissement du feuillage, avec vue sur les jardins environnants, à observer les menus fragments de la vie de banlieue qui se jouait là, ou bien à offrir mon visage au soleil, pour sentir sa douce chaleur sur mes paupières closes. J'aurais pu rester là des heures. Ma semaine chez mes grands-parents aurait dû être à cette image, au lieu qu'Alison vienne la gâcher avec ses obsessions imbéciles et égoïstes et le scénario bizarroïde qu'elle avait bâti autour de la Folle à l'Oiseau, du cadavre dans les bois et du secret du 11, qui n'était peut-être qu'un secret de Polichinelle. Et justement, voilà qu'elle s'amenait au trot dans l'allée du jardin, l'œil allumé par une malice qui m'était devenue familière : elle brûlait visiblement de me faire part de sa nouvelle lubie ou d'une information saugrenue pour me tourmenter. Tout à coup, la vérité m'est apparue nue et crue : j'étais en train de la prendre en grippe.

« Bon », m'a-t-elle dit en escaladant maladroitement la branche la plus proche de moi, qu'elle a fait ployer et frémir, tout en cassant au passage une brindille qui n'y était pour rien. « J'ai tout mis au point.

— Ah oui ? j'ai dit d'une voix aussi indifférente que possible.

— En somme, qu'est-ce qui nous empêche d'y retourner, de frapper à la porte et d'entrer dans la maison ? »

J'ai soupiré.

« Ce qui nous en empêche, c'est qu'elle nous ouvrira jamais, tiens !

— Exact, sauf si on a un prétexte. Par exemple si on a un truc qu'elle veut.

— Ça n'est pas le cas.

— Oh que si, a répliqué Alison en brandissant la carte à jouer, l'affreuse carte qui représentait une araignée aux couleurs criardes. N'oublie pas ce qu'elle nous a dit dans les bois, "Il faut me les rendre. Toutes", et nous, on lui a pas donné celle-ci. »

Mon cœur a sombré dans ma poitrine. Une fois de plus, Alison s'était montrée plus maligne que moi. C'était vrai, la Folle à l'Oiseau avait bien précisé qu'il fallait les lui rendre, si bien que nous ne ferions que lui obéir.

« Donc tu penses qu'on devrait la lui apporter.

— Ouaip.

— Quand ? » J'étais tout heureuse, sur mon perchoir, et moins pressée que jamais d'en descendre.

« Pourquoi remettre à demain ? a lancé joyeusement Alison. Allons-y tout de suite et finissons-en. »

Nous avons fermé la maison de mes grands-parents avec le trousseau de clés qu'ils nous avaient laissé, et nous nous sommes dirigées vers la ville. Nous étions en train de manquer à notre promesse de ne pas sortir, mais Alison n'en était plus à ça près. Elle avait pris les devants et marchait si vite qu'il ne nous a pas fallu beaucoup plus de dix minutes pour parvenir à Needless Alley. On allait sur midi et le féroce soleil de juillet était haut dans le ciel. Beverley semblait paisible et bénin, ce matin-là, mais dès que nous nous sommes engagées dans le rétrécissement entre les deux hautes maisons, les ombres se sont allongées, on aurait dit que la température dégringolait, et, à mesure que nous nous en approchions d'un pas de moins en moins décidé (moi, en tout cas), le numéro 11 présentait une allure plus menaçante que jamais. Une chape de silence pesait sur la rue, comme la veille, et il a fallu attendre d'avoir traversé le jardin et de nous présenter à la porte pour que ce silence soit rompu, d'abord par nos pas qui tâchaient d'éviter la pierraille, et puis par le gazouillis mélancolique des oiseaux captifs de cette volière végétale qui constituait la façade insolite de la maison.

Au pied des quatre hautes marches du perron, nous avons marqué un temps. Nous y étions. Si nous voulions renoncer à l'aventure et battre en retraite, c'était notre dernière chance.

Nous avons échangé un regard, et, dans les yeux d'Alison, j'ai vu ce dont je ne m'étais encore jamais doutée : elle avait autant d'appréhension que moi. Seulement elle était bien plus courageuse ; de sorte que, sans plus tergiverser, elle a monté les marches d'un pas ferme, empoigné le lourd heurtoir de fer en forme de gargouille grimaçante et l'a laissé retomber trois fois contre la porte de chêne massif.

Il s'est écoulé un long moment, assez long pour me permettre de savourer une délicieuse impression de soulagement, le précieux espoir que personne ne réponde. Mais au bout de quelques minutes, nous avons entendu un bruit de pas derrière la porte, qui s'est ouverte.

Déjà assombri par la suspicion, le visage de la Folle à l'Oiseau s'est encore durci lorsqu'elle nous a reconnues.

« Vous ! Mais qu'est-ce que vous voulez, encore ?

— S'il vous plaît, Miss, a dit Alison, nous avons quelque chose qui vous appartient et nous sommes venues vous le rendre. »

Je l'ai regardée, pleine d'une admiration nouvelle : elle avait trouvé le ton juste entre insolence et politesse enjôleuse. Elle a brandi la carte-araignée et, aussitôt, la Folle a tendu la main pour s'en emparer.

« Ah oui, nous nous demandions où elle était passée, celle-là. Allez, donne. »

Mais Alison a gardé la carte. « S'il vous plaît, Miss, on a traversé toute la ville pour vous l'apporter et maintenant on a soif. On peut avoir à boire, s'il vous plaît ? »

Les yeux de la femme se sont étrécis devant l'audace de cette requête, elle a passé sa langue sur les piercings de sa lèvre inférieure, réfléchi quelques secondes et dit : « D'accord, entrez. »

Nous nous sommes glissées devant elle dans un couloir passablement lugubre, qui a été plongé dans des ténèbres plus épaisses encore sitôt qu'elle a claqué la porte derrière nous. À présent, elle n'était plus qu'une ombre, une masse aux allures garçonnières floue contre le mur couleur de suie. Nous étions toutes trois réduites à des ombres.

« Je vais vous chercher de l'eau, elle a dit.

— J'aimerais mieux une tasse de thé. Avec du lait, et puis deux sucres », a répondu Alison.

La femme a émis un grognement incrédule et s'est exclamée : « Voyez-vous ça ! » Mais elle a ouvert une porte en grand, et l'a tenue pour nous laisser le passage. « Par ici, alors. »

Nous avons pénétré dans une pièce un peu plus – à peine plus – éclairée que le vestibule d'où nous venions. Le soleil de midi y était tenu en respect par l'épais écran de lierre qui masquait une bonne partie de la fenêtre, au milieu duquel deux douzaines d'oiseaux sautillaient, nichaient, et nous regardaient de leurs yeux brillants, tête légèrement penchée par la curiosité. Nous étions dans la pièce même que nous avions observée du dehors la veille. Une longue table étroite en bois sombre y trônait, avec de lourds chandeliers en fer forgé à chaque extrémité, ainsi qu'une grande peinture à l'huile aux contours flous, mi-abstraction mi-paysage, qui occupait presque tout le mur opposé aux fenêtres. Les murs avaient dû être blancs jadis, et tiraient aujourd'hui nettement sur le gris. Il y avait des toiles d'araignée dans tous les coins, qui pendaient des corniches écaillées. C'était une pièce singulièrement froide et sans joie.

« Alors, tu me la donnes ? a dit la Folle en tendant la main.

— Le thé d'abord, la carte ensuite », a dit Alison d'une voix où l'on entendait chanter le défi. La femme lui a jeté un regard noir en quittant la pièce, dont elle a sèchement claqué la porte.

Je me suis ruée dessus et j'ai actionné la poignée, mais en vain.

« Voilà ce que tu as fait ! j'ai pleurniché. On est prises au piège, elle nous a enfermées. »

Alison s'est avancée d'un pas nonchalant, et elle a ouvert la porte d'un seul geste détendu et souple.

« Calme-toi, voyons, tu tournais la poignée à l'envers. On part quand on veut.

— Alors partons tout de suite. Elle n'a pas envie qu'on traîne ici. J'ai cru qu'elle allait nous assassiner. Tu as vu ces... trucs qu'elle a sur le visage, et ces tatouages ?

— Des tatouages, elle est pas la seule à en avoir. Et si elle voulait pas qu'on entre chez elle, elle nous aurait pas proposé de thé. » Alison s'est approchée d'un autre tableau, plus petit, un genre de nature morte, accroché à côté de la porte. « Qu'est-ce que tu penses de celui-là ?

— Pour l'amour du ciel ! On n'est pas venues regarder des tableaux. Pourquoi tu as voulu entrer ? Pourquoi on s'est pas contentées de lui donner la carte avant de repartir ?

— Parce que c'est pas pour ça qu'on est venues. Maintenant, écoute, quand elle va revenir, je vais m'éclipser en douce et descendre à la cave, et toi, pendant ce temps-là, tu lui feras la conversation. »

J'étais horrifiée. « Comment ça ? J'y arriverai jamais !

— D'accord, alors c'est moi qui le ferai, et toi, tu descends à la cave.

— Non ! Je pourrai jamais descendre à la cave non plus !

— Ouais, mais vu qu'on n'est que nous, t'as le choix entre les deux. Tu crois que c'est une raquette de tennis, ça ? Et ça un ballon de foot ? »

Je l'ai arrachée à son observation du tableau, effarée par l'insouciance avec laquelle elle semblait maintenant accepter notre situation désespérée – car j'étais persuadée que nous ne sortirions pas vivantes de cette maison.

« Au fait, tu as remarqué ce qu'elle a dit ?

— Quand ?

— Quand on était sur le perron et que je lui ai montré la carte. Elle a dit : “*Nous* nous demandions où elle était passée, celle-là.” *Nous*, pas *Je*. »

Alison a hoché la tête d'un air entendu, pour souligner sa satisfaction à voir sa théorie se vérifier. Pour ma part, cette preuve supplémentaire – si preuve il y avait – de la folie de la fauconnière ne faisait que m'abattre le moral davantage. L'idée d'être seule avec elle me donnait la nausée, point final ; c'était au-dessus de mes forces, il n'en était pas question. J'allais devoir choisir ce qui m'apparaissait maintenant – incroyable ! – comme le moindre mal.

« Écoute, Ali, je vais descendre à la cave, et toi, tu la feras parler.

— Tu es sûre ? »

J'ai fait oui de la tête d'un air malheureux, et juste à ce moment-là notre hôtesse croquemitaine est entrée à reculons, un plateau de thé dans les mains plutôt que la hache et le couteau auxquels je m'attendais. C'était toujours ça de gagné, même s'il n'était pas exclu qu'elle veuille nous empoisonner.

« Voilà, vous êtes servies, deux mugs de bon thé », a-t-elle dit en posant le plateau sur la table, sur quoi elle a fait tourner le thé dans la théière avant de le verser. « Ah ah ! » (Elle venait de remarquer qu'Alison s'était approchée du grand tableau.) « Tu admires mon œuvre, on dirait ?

— C'est vous qui avez peint ça ?

— Toutes les toiles de cette maison sont de moi.

— Cool. Et c'est où ? »

Sans lâcher la théière, la Folle s'est placée à côté d'Alison pour regarder le tableau de plus près. Malgré tout, il attirait aussi mon regard. Maintenant que je l'observais avec attention, j'y voyais en effet une lande sinistre, sous un ciel d'orage aux nuées menaçantes, le tout exprimé par des touches si furieuses qu'on n'y percevait tout d'abord qu'un fouillis d'ombres grises et noires.

« C'est dans le nord du Yorkshire. Tu vois cette maison ? »

Elle a mis le doigt sur un détail qui nous avait échappé à l'une comme à l'autre. Tout en haut de la crête d'une immense montagne rébarbative qui dominait une vaste étendue d'eau triste et uniforme, se dressait une demeure spectrale, rendue dans les noirs les plus noirs. Elle ne prenait qu'une toute petite place et, pourtant, elle semblait s'imposer dans le tableau : c'était un conglomérat fantasmagorique de tours gothiques, néogothiques, infragothiques et pseudogothiques dont l'ensemble évoquait assez bien une main géante, prête à s'emparer des nuages comme si, malgré leur immatérialité vaporeuse, on pouvait les arracher au ciel.

Dans le coin, en bas à droite, deux mots : « Winshaw Towers », suivis des initiales « PB », avec la date : « 1991 ».

« Cette maison existe, a poursuivi la femme. J'y ai travaillé quelque temps, comme infirmière. Jusqu'à ce qu'une nuit, il y a douze ans… »

Elle s'est tue, perdue dans ses souvenirs – pas très agréables, de toute évidence.

« Il y a douze ans ? a repris Alison.

— Les choses ont mal tourné. »

Nous avons attendu, mais il était clair qu'aucune explication ne viendrait. La Folle, qui n'avait plus envie d'en parler, ni même d'y penser, est revenue vers la table et le plateau de thé. « Du lait et deux sucres, tu m'as dit ? La même chose pour toutes les deux ?

— Oui, s'il vous plaît », et puis j'ai ajouté pour mettre le plan en route, étonnée de mon propre courage : « Vous permettez que j'utilise vos toilettes ? »

Elle m'a jeté un regard méfiant, mais après avoir brièvement pesé ma requête, elle s'est apparemment laissé convaincre. En me tournant le dos pour verser le thé, elle a marmonné : « Tu vas trouver trois portes au bout du couloir. C'est celle de gauche. Ne pousse pas les autres et reviens tout de suite.

— Bien sûr, merci. »

Je suis sortie de la pièce lentement et à contrecœur. Maintenant qu'il fallait passer à l'acte, je n'étais pas sûre d'en avoir le cran. Alison m'a jeté un regard éloquent, qui m'intimait de ne pas traîner. Mais je m'attardais pourtant, en proie à une absurde inertie. En désespoir de cause, Alison s'est tournée vers la femme et s'est mise à babiller à propos de l'autre tableau.

« Je peux vous poser une question sur celui-ci ? Je me demandais ce que vous aviez voulu faire. Parce que, bon, c'est un ballon de foot, hein ? Et ça une raquette de tennis ? »

En entendant ces mots, la Folle a émis un son que nous n'avions pas encore entendu – on aurait dit un grognement animal –, elle a posé le pot à lait et elle s'est ruée vers le tableau. C'était le moment ou jamais de tirer ma révérence, et cette fois, j'ai réussi à sortir discrètement dans le couloir, où je suis restée assez longtemps pour entendre l'artiste dépitée déclarer :

« Pourquoi est-ce que tout le monde se trompe sur cette toile ? Mais enfin, c'est la lyre d'Orphée, et sa tête coupée que charrient les eaux de l'Euros. Combien de fois faudra-t-il l'expliquer… »

Je l'ai laissée à ses protestations et me suis faufilée jusqu'au bout du couloir obscur, en passant devant un escalier tendu d'une fine carpette qui montait à l'étage, sur la droite, et je suis arrivée aux trois portes du fond.

La première, à gauche, était celle d'un petit cabinet avec W-C et lave-mains. La deuxième, au milieu, était fermée à clé, et la troisième donnait sans doute accès à l'escalier qui me conduirait à la cave. Avant de poser la main sur la poignée, j'ai prié le bon Dieu qu'elle soit fermée à clé aussi, moyennant quoi il ne me resterait plus qu'à aller retrouver Alison en lui expliquant que j'avais fait chou blanc. Du moins me serais-je acquittée de mon devoir. Mon Dieu, je vous en prie, faites qu'il en soit ainsi. Ne m'obligez pas à descendre dans cette cave. Ne m'obligez pas à m'enfoncer dans les ténèbres.

Puis j'ai serré la poignée, l'ai tournée et… la porte s'est ouverte dans un grincement.

Ce qui m'a frappée tout d'abord, c'est une drôle d'odeur de moisi venue des profondeurs. Ça sentait la pourriture sèche, le fruit blet et les oignons frits – la friture, en tout cas. Mais je m'attendais à plus rebutant.

Dissuasive, par contre, était l'épaisse obscurité qui m'a accueillie quand je me suis avancée pour regarder en bas. On n'y voyait quasiment rien. De la main gauche, j'ai tâté une rampe à laquelle me tenir. Sous mes pas, les marches étaient en ciment. Je me suis retournée pour regarder vers la pièce où la Folle à l'Oiseau nous avait servi le thé – je m'attendais presque à la voir m'épier depuis l'embrasure de la porte – et puis j'ai entamé ma descente.

À mesure que je m'approchais du pied de l'escalier, le silence se faisait plus lourd, et l'odeur plus forte. Curieusement, il devenait également plus facile de voir devant moi. J'ai compris que c'était parce que l'escalier venait buter sur une porte close, ourlée d'une lueur jaune. Ainsi, qu'il y ait quelqu'un ou non à la cave, une chose était sûre, il y avait de la lumière. Comme nous l'avions vu la veille, par la fenêtre.

Je me suis immobilisée devant la porte. Dans le silence ambiant, j'entendais ma propre respiration, mon cœur qui cognait dans ma poitrine et mon sang qui battait dans mes oreilles. Rien d'autre. Pas le moindre bruit.

J'ai posé la main sur la porte et j'ai poussé. Elle s'est ouverte.

De nouveau, elle a grincé, bien plus fort que celle du haut de l'escalier. Mais pas assez fort pour déranger la silhouette assise devant la table au milieu de la pièce.

D'où j'étais, il ne faisait pas de doute qu'il s'agissait du cadavre d'une dame âgée. Elle me tournait le dos, dans la lumière crue d'une ampoule qui pendait juste au-dessus d'elle. Je voyais les mèches grises et clairsemées qui partaient de son crâne pour tomber jusqu'à ses omoplates décharnées.

Elle portait une blouse déchirée, mangée aux mites, presque en lambeaux. Ce qui restait de sa chair jaunâtre apparaissait en plaques, au-dessous. Bien à contrecœur, j'ai fait quelques pas vers elle, terrorisée, la tête bourdonnante, l'estomac révulsé par la nausée, et tout en sachant pertinemment qu'elle était morte, je n'ai pas pu m'empêcher d'appeler d'une toute petite voix : « Mrs Bates ? Mrs Bates ? »

Mais le corps n'a pas bougé. En m'approchant, je me suis rendu compte qu'elle était assise, ou du moins qu'on l'avait placée, devant une table. Une table à jouer en moleskine verte. Un jeu de Pelmanism y était étalé. Les cartes présentaient ces images rudimentaires d'animaux, un peu repoussantes et désormais familières ; elles étaient posées par paires, les poissons avec les poissons, les tigres avec les tigres, les serpents avec les serpents. Il n'y en avait qu'une dépareillée, et c'était celle de l'araignée géante debout sur deux pattes. Elle attendait son homologue manquante, celle que nous étions venues rapporter. J'ai réussi à m'arracher à cette image horrible et pourtant fascinante, que j'apercevais par-dessus l'épaule décharnée du cadavre, et j'ai levé la main lentement, me demandant si j'oserais toucher la *chose* elle-même. Allait-elle tomber en poussière aussitôt, malgré les précautions que je prendrais ? Son bras allait-il se détacher dans un nuage de poussière, et tomber sur le sol dans un cliquetis d'ossements ? Depuis combien de temps était-elle là ? Dans quel état était-elle ?

Ma main s'est approchée, approchée de cette omoplate pointue et friable.

« Mrs Bates ? » j'ai chuchoté une fois de plus.

Et puis, à l'instant du contact…

À l'instant du contact, il s'est produit quelque chose d'absolument stupéfiant. Le cadavre est revenu à la vie dans un sursaut violent. Il a pivoté sur son fauteuil et, au lieu de me trouver face à un crâne desséché, j'ai croisé deux yeux hagards, grands ouverts. Alors la bouche s'est ouverte, elle aussi, et il en est sorti un son atroce, une longue plainte animale monocorde, un cri de terreur et d'incompréhension qui semblait ne devoir jamais finir. Deux hurlements se superposaient, car, de mon côté, je m'égosillais aussi et sans doute était-ce la raison pour laquelle la silhouette avait levé ses pauvres bras maigres qui étaient allés percuter l'ampoule, laquelle se balançait à présent, de sorte que le visage du dément (il s'agissait d'un homme finalement, sans le moindre doute) apparaissait grimaçant tantôt dans la lumière, tantôt dans l'ombre, et que, les yeux dans les yeux, nous continuions à brailler à qui mieux mieux jusqu'à ce qu'un pas dans l'escalier…

10

Quand je suis revenue à moi, j'étais installée dans un fauteuil des plus confortables, au milieu d'une pièce inondée de lumière naturelle, entièrement vitrée sur un côté avec vue sur un magnifique jardin clos méticuleusement entretenu, agrémenté de fontaines et de rosiers. On entendait en musique de fond un joli morceau de guitare classique. Alison était assise sur un tabouret et me tenait la main. Sur une petite table, à côté de mon fauteuil, il y avait un mug de thé tout chaud dont j'ai bu une gorgée : il était fort, bien sucré, et délicieusement revigorant.

« Où suis-je ? ai-je murmuré.

— Dans l'atelier de Phoebe. Super, non ? »

J'étais si fatiguée qu'il m'a fallu faire un effort pour articuler : « Phoebe ?

— La Folle à l'Oiseau. Mais je me dis qu'il ne faut plus qu'on l'appelle comme ça. Son nom, c'est Phoebe. »

J'ai réussi à tourner la tête et à regarder autour de moi. La pièce était en effet encombrée de toiles, de chevalets, de pots de peinture et de pinceaux.

Là aussi, il y avait une table, deux fois plus petite que celle du séjour – où l'homme de la cave était assis, emmitouflé dans une couverture, et toujours absorbé dans son jeu de Pelmanism.

« Qui est-ce ? ai-je soufflé à Alison.

— On n'en sait rien. Mais on pense qu'il s'appelle Lu, ou quelque chose d'approchant, et qu'il vient de Chine. »

Une porte s'est ouverte et Phoebe elle-même est entrée. En apercevant le vestibule, j'ai compris que ce magnifique atelier lumineux et aéré devait correspondre à la deuxième porte que j'avais tenté d'ouvrir, celle qui était fermée à clé. À ce souvenir, des images de ma descente dans l'enfer de la cave me sont revenues en foule pour la première fois. J'ai repris du thé, avidement.

« Comment tu te sens, Rachel ? a demandé Phoebe.

— Ça va, merci », j'ai dit. Était-ce bien la femme qui me faisait si peur depuis quelques jours ? Elle avait l'air tellement douce et gentille.

« Tu as eu tort de descendre, petite sotte. Vous avez dû vous fiche une sacrée frousse, tous les deux. »

J'ai souri. « Pour ça, oui ! »

À la table, Lu a poussé comme un cri de satisfaction. Phoebe s'est approchée pour voir où il en était, elle a posé une main sur son épaule en lui disant : « Ça y est, bravo ! Il ne manque plus une seule carte. Tu as réussi ! » À quoi elle a ajouté quelques mots dans une langue qui devait être du chinois. Lu s'est tourné vers elle et lui a souri. Il lui manquait au moins une dent sur trois, mais c'était quand même un beau sourire.

« *Wǒ zuòdào le* », il a dit d'une voix rauque, éraillée.

« Il tente cette réussite depuis plus d'une semaine, a expliqué Phoebe en tirant une chaise pour se mettre entre nous. Je lui ai donné ces cartes parce que j'ai l'impression qu'il a perdu la mémoire, et je me disais que ça pourrait l'aider à la retrouver. C'est un jeu très ancien, qui appartenait à mes parents. Les images sont affreuses, mais du coup elles sont faciles à mémoriser.

— Mais… qu'est-ce qu'elles faisaient dans les bois ?

— Je ne peux pas l'enfermer, a expliqué Phoebe avec douceur. Je ne peux pas le séquestrer, ça n'est pas mon idée. Je voulais juste lui offrir un refuge, pendant un moment. Il est libre d'aller et venir à sa guise. Alors, un soir, il est sorti s'installer dans les bois et il a emporté les cartes. D'ailleurs, il les emporte partout. Mais je suppose qu'il a traversé un épisode confus, et qu'il les a oubliées. Il les a laissées sur place. » Elle nous a souri et, voyant la perplexité sur nos visages, s'est lancée dans un récit plus circonstancié.

« C'est dans les bois que je l'ai trouvé il y a une dizaine de jours, le matin de bonne heure. Il était assis contre un arbre, si faible qu'il pouvait à peine bouger. Il donnait l'impression de n'avoir rien avalé depuis des semaines. Comme il ne voulait pas venir avec moi, j'ai dû repartir lui chercher de quoi manger. Et même après il a continué à avoir peur de moi. De mon côté, je ne comprenais pas un traître mot de ce qu'il racontait, ce qui n'arrangeait rien. Mais je voulais lui apporter un peu de sécurité. J'ai préféré ne pas avertir la police, n'étant pas convaincue de leur bienveillance. Avec la pression que leur mettent les habitants de Beverley pour réprimer le vagabondage, je me suis dit qu'ils risquaient de le fourrer dans cette catégorie.

« Au bout d'un moment, je me suis rendu compte qu'il comprenait tout de même quelques mots d'anglais et, en fin de matinée, j'ai réussi à le persuader de me suivre. Je lui ai proposé de rester quelques jours chez moi – je me figurais qu'il devait dormir à la dure depuis Dieu sait combien de temps – mais il ne voulait pas entrer dans une chambre, allez savoir pourquoi. Le seul endroit qui semblait lui plaire, c'était la cave. Alors je l'ai installé du mieux que j'ai pu, j'ai mis un lit de camp, quelques tapis, des chaises, des bricoles, pour la rendre un peu plus confortable. Il avait l'air de s'y trouver très bien. C'est là qu'il voulait être. Peut-être parce qu'il s'y sentait en sécurité.

— De qui est-ce qu'il avait si peur ? a voulu savoir Alison. Qu'est-ce qui le faisait fuir ?

— Malheureusement, je n'ai pas réussi à tirer grand-chose de ses propos. Il parle mandarin, j'en suis à peu près sûre, et il est donc venu ici depuis la Chine. Il devait chercher du travail, et je fais l'hypothèse qu'il a effectivement travaillé pendant assez longtemps. Un travail très pénible, ce qui explique son air épuisé. Je pense qu'il paraît beaucoup plus vieux que son âge. »

J'ai eu une inspiration soudaine : « C'est peut-être du trafic d'êtres humains ? »

Alison et Phoebe m'ont regardée, impressionnées. J'étais d'ailleurs assez fière d'être aussi bien renseignée, au fait des choses de ce monde.

« J'ai vu une émission à la télé, l'autre soir. Ils disaient qu'il y a des esclaves en Angleterre, des vrais. En général, ils viennent de pays étrangers et ils sont forcés de travailler genre vingt-quatre heures sur vingt-quatre et, s'ils essaient de se sauver, on les roue de coups ou bien on lance les chiens à leurs trousses.

— Je ne sais pas s'il s'agit de trafic d'êtres humains, a dit Phoebe, mais je pense en effet qu'il a été contraint à une forme de travail forcé. Je n'ai pas beaucoup d'indices parce qu'il n'a pas de passeport sur lui ni rien. C'est sans doute son employeur qui a gardé ses papiers. Mais il avait quand même ça dans sa poche. »

Elle nous a fait voir une petite feuille qui était une fiche de paie écrite à la main sur un bloc-notes ordinaire, avec un en-tête bleu. En haut, on pouvait lire le nom de la société : Sunbeam Foods.

« Sunbeam Foods, a dit Alison, c'est qui, ces gens ?

— J'ai fait des recherches sur le net. C'est une société d'agroalimentaire basée dans le Kent. Ces boîtes-là envoient une main-d'œuvre bon marché dans les fermes de tout le pays. On dirait bien que Lu a travaillé pour eux. Et j'ai une petite idée de ce qu'il a pu faire. Il y a un mot qu'on ne peut pas prononcer devant lui sans qu'il disjoncte, et c'est le mot *poulets.* »

À ce seul mot, en effet, Lu s'est retourné vivement vers nous, l'affolement se lisant sur son visage.

« Poulets ? Non, non, pas poulets. »

Phoebe s'est levée pour le rassurer, elle lui a frotté les épaules, et lissé le front. « Pas de poulets, lui a-t-elle répété jusqu'à ce qu'il se calme. Tout va bien, Lu, pas de poulets, pas de poulets pour toi.

— Qu'est-ce qu'il a contre les poulets ? a demandé Alison.

— On a étudié l'élevage en batterie, à l'école, tu te rappelles ? Une horreur. Il y a des filles qui ont dû sortir du cours. Isabel et Anunya sont végétariennes depuis. Vous croyez que c'était ce genre de boulot ?

— Si l'on considère que Sunbeam Foods est l'un des fournisseurs du groupe Brunwin, oui, c'est probable », a répondu Phoebe. (Mais elle n'a pas expliqué ce qu'était ce groupe Brunwin, et à l'époque je n'en savais rien.) « En ce moment, ils affichent une image d'élevage éthique, en plein air, et tout et tout, mais, bon, ça peut recouvrir des tas de turpitudes. Et ça implique qu'il reste encore des gens comme Lu qui travaillent au plus bas de la chaîne dans des conditions épouvantables.

— Et qu'est-ce que vous allez faire, à présent ? a demandé Alison pour revenir à des considérations plus pratiques.

— Je ne sais pas. Je vais attendre la suite des événements, je pense. J'ai emprunté des cassettes à la bibliothèque pour apprendre le mandarin, si bien que nous nous comprenons un peu plus chaque jour. Il répète toujours le même mot, et pendant un temps j'ai cru que c'était un nom commun que je ne comprenais pas, mais je crois que c'est un nom propre, "Xiang". »

En entendant ces deux syllabes, Lu s'est de nouveau tourné vers nous, et il a fixé Phoebe intensément, les yeux pleins d'une urgence enfiévrée.

« Xiang, il a répété, Xiang !

— C'est ça, a dit Phoebe, tu veux le trouver, hein ? Je vais t'aider.

— Trouver Xiang, a répondu Lu en hochant la tête furieusement.

— Voilà ma théorie, a repris Phoebe, et ce n'est qu'une théorie. Si lui et ce Xiang sont arrivés de Chine ensemble, légalement ou illégalement, peu importe, ils ont dû payer une petite fortune à un personnage douteux pour qu'il les aide. À un moment donné, ils ont été séparés, peut-être avant que Lu travaille pour Sunbeam, peut-être après, peut-être qu'ils y ont travaillé ensemble, qui sait. Mais de toute évidence, si l'entreprise est établie dans le Kent et que Lu est arrivé ici, dans le Yorkshire, lui et les autres ouvriers ont dû être convoyés sur de grandes distances à travers le pays, répartis sur différentes fermes. Supposons qu'il n'ait plus pu supporter son boulot, une nuit qu'ils étaient garés dans une halte quelconque, histoire de dormir quelques heures, il a dû se faire la belle.

— Mais il ne serait pas parti sans Xiang », j'ai objecté.

Phoebe a réfléchi un instant.

« Non, tu as raison. Ils ont dû être séparés bien plus tôt ; peut-être dès leur arrivée au Royaume-Uni.

— Eh bien, j'espère que ça va aller pour lui », j'ai dit en me levant pour finir mon thé. Il y avait une pendule au mur de l'atelier, et je venais de voir qu'il était presque deux heures et demie. Grand-Père et Grand-Mère devaient être de retour et se demander ce que nous étions devenues.

« Merci beaucoup pour le thé et pour vous être aussi bien occupée de moi. Mais il faut vraiment qu'on rentre, Alison et moi. »

Phoebe nous a raccompagnées jusqu'à la porte.

« Revenez me voir quand vous voudrez. Je suis navrée que nous soyons parties du mauvais pied, je n'ai pas cherché à vous faire peur exprès, dans les bois. Mais j'étais un peu parano, pour les cartes. Je pense qu'il ne vaut mieux pas que la police ait vent de la présence de Lu ici, alors vous gardez tout ça pour vous, d'accord ?

— Comptez sur nous », a dit Alison.

Et puis, au moment de partir, j'ai eu l'idée de demander :

« Et votre faucon, qu'est-ce qu'il est devenu ? »

Phoebe a paru désarçonnée. « Comment sais-tu que j'avais un faucon ?

— Je vous ai vue le faire voler, une fois, il y a des années, sur les hauteurs du Westwood.

— Tabitha... » a dit Phoebe d'un air rêveur. Son regard s'est voilé de tristesse un instant. « Je le mettais dans une cabane, au jardin, et puis une nuit quelqu'un s'y est introduit, je n'ai jamais pu savoir qui. Et il l'a étranglé. »

Nous avons toutes deux étouffé un cri. « Quelle horreur ! a dit Alison. Pourquoi faire une chose pareille ?

— Je ne sais pas. On m'en voulait, je suppose, parce que Mrs Bates m'aimait bien, et qu'elle m'avait légué sa maison. Les gens sont bizarres, très bizarres. » Elle souriait, à présent. « Mais vous, maintenant, vous avez fait connaissance avec moi, et vous savez que je ne suis pas aussi mauvaise que les gens le racontent. Dites-le à vos grands-parents, que je ne suis pas cette folle qui tue les vieilles dames. Faites passer le message.

— On le fera », j'ai promis.

Là-dessus nous lui avons donné une poignée de main vigoureuse, et j'ai su pour la première fois que je n'avais plus du tout peur de la Folle à l'Oiseau. Mais j'ai également compris que je ne m'habituerais jamais à ses piercings sur tout le visage, ses tatouages sur le cou et autour des yeux. Pourquoi vouloir se défigurer de cette façon ? Qu'est-ce qui l'avait poussée à le faire ? J'avais l'intuition diffuse et pourtant tenace que c'était lié au tableau du salon, cette lande sauvage dans la tempête et cette demeure noire et menaçante qui dominait le paysage. Mais je n'ai pas eu le courage de lui poser la question, ni ce jour-là ni plus tard.

11

D'ailleurs, nous n'avons revu Phoebe qu'une seule fois.

Quand nous sommes rentrées à la maison, cet après-midi-là, Grand-Père et Grand-Mère nous y avaient précédées et ils ne nous ont même pas demandé où nous étions passées. Je ne les avais jamais vus aussi heureux. C'est seulement alors que nous avons appris l'existence du nuage qui planait sur eux depuis le début de la semaine. Mais tout était bien qui finissait bien. Grand-Mère avait reçu les résultats de son scanner du cerveau, et le médecin lui avait appris que son malaise n'avait rien à voir avec une tumeur maligne, finalement. Elle avait quelque chose qui s'appelait un méningiome, qui s'opérait sans aucune difficulté. Le soulagement, le « Dieu merci », la légèreté qui gagnaient la maison étaient si doux, si forts, qu'on avait l'impression de pouvoir les toucher du bout des doigts et les goûter du bout de la langue. La maison et le jardin étaient inondés de lumière.

Le jeudi, notre dernier jour complet à Beverley, nous sommes allés pique-niquer au Westwood tous les quatre. Grand-Père et Grand-Mère se sont assis sur le banc de bois qui entourait la tour noire, Alison et moi avons étalé deux couvertures au soleil et nous sommes goinfrées de sandwichs à la pâte de poisson, ainsi que du gâteau au chocolat de Grand-Mère. Ensuite, Alison s'est couchée de tout son long, elle a fermé les yeux, on aurait dit qu'elle dormait. Moi, je me suis redressée, et j'ai laissé mes pensées vagabonder. J'avais hâte de retrouver ma mère, mais je ressentais une agréable mélancolie à la perspective de quitter l'endroit, qui m'était devenu si familier, si accueillant, où je me sentais chez moi, en somme. Je me rappelais la première fois que j'y étais venue, des années plus tôt, un après-midi gris et froid de la fin octobre où, à la tombée du jour, mon frère m'avait fait cette mauvaise farce dans le Minster. Et aussitôt, au moment même où ma mémoire me restituait l'image de Phoebe en train de pousser le fauteuil de Mrs Bates sur la lande, son faucon Tabitha perché sur son bras, Phoebe elle-même est apparue au loin ; elle venait vers nous apparemment du même endroit, sauf que, cette fois, elle nous reconnaissait et nous faisait de joyeux signes de la main. Elle s'est accroupie à côté de nous sur la couverture et je l'ai présentée à Grand-Père et Grand-Mère, qui (ayant déjà eu droit à un compte-rendu savamment édulcoré de notre visite chez elle) se sont levés à demi, par politesse instinctive, et lui ont tendu la main avec circonspection sans cesser de paraître mal à l'aise en sa présence.

Elle était venue nous dire au revoir mais ne pouvait pas rester longtemps, car elle était préoccupée.

« Lu a disparu, nous a-t-elle expliqué. Je ne sais pas quand au juste. Lorsque je suis descendue le voir, hier matin, il n'était plus là.

— Il faut qu'on le trouve, j'ai dit. Alison et moi, on va vous aider. Il ne peut pas être allé bien loin, quand même. »

Phoebe a fait non de la tête. « J'ai passé la journée d'hier à le chercher. J'ai pris la voiture, j'ai roulé des kilomètres – en vain. Je ne vois pas quoi faire de plus. Je me dis qu'il ne serait pas parti s'il ne s'était pas senti prêt. Il a un peu d'argent, et il a repris des forces depuis que je l'ai découvert, la semaine dernière. Il nous reste à espérer que tout se passe bien pour lui.

— Nous, on rentre demain, a dit Alison. Vous nous écrirez pour nous dire si vous avez de ses nouvelles, d'accord ?

— Bien sûr », a répondu Phoebe. Mais elle ne nous a jamais écrit.

Curieusement, de nous deux c'est Alison qui a gardé des contacts ne serait-ce qu'épisodiques avec elle. Les tableaux de Phoebe, pas seulement ses tableaux, d'ailleurs, son atelier, l'atmosphère de sa maison, son mode de vie, en un mot tout chez elle semble avoir inspiré Alison ; l'art est devenu sa passion. Le lendemain, sa mère est rentrée de vacances avec un compagnon dans ses bagages et, peu de temps après, elles sont allées vivre avec lui à Birmingham. À partir de ce moment-là, bien sûr, nous avons presque cessé de nous voir. Mais les événements de cette fameuse semaine à Beverley avaient créé entre nous un lien difficile à rompre. J'avais commencé par la regarder avec indifférence, puis je l'avais brièvement détestée, et pour finir nous étions devenues amies, et cette amitié a perduré et s'est renforcée avec les années, malgré l'absence et la distance, malgré le décalage entre nos éducations respectives et les malentendus parfois.

Ces quelques jours intenses et mystérieux du début de l'été 2003 continuent de me hanter. Ce sont des souvenirs puissants. Je me rappelle la découverte du corps de David Kelly telle qu'elle a été rapportée dans les médias, cette fin qui avait choqué et indigné mes grands-parents, qui m'avait fait prendre conscience du caractère irréversible de la mort. Je me souviens de l'ombre qui avait plané sur leur maison et de l'euphorie qui nous avait tous saisis lorsque la menace s'était miraculeusement dissipée.

Il y a encore autre chose que je n'ai aucun mal à me rappeler. Je n'ai aucun mal à m'en souvenir parce que je l'ai devant moi au moment où j'écris ces lignes. C'est le jeu de Pelmanism avec sa carte infecte qui représente une araignée géante en couleurs vives. L'après-midi de notre pique-nique, Phoebe avait le jeu sur elle, et elle nous a donné une araignée chacune, à Alison et à moi, en symbole de notre amitié. Elle nous a dit de ne surtout pas négliger cette amitié, parce que c'était ce que nous avions de plus précieux. Je n'ai jamais reparlé de la carte à Alison. Je ne sais pas si elle a gardé la sienne, ou si elle l'a perdue. Mais la mienne ne m'a jamais quittée. Chez moi d'abord, dans un tiroir de la commode près de mon lit, puis à Oxford, et maintenant.

Maintenant elle est posée sur mon bureau. Elle n'a jamais été agréable à regarder, et elle m'a toujours fait froid dans le dos. Ce soir, dans le silence de mort de la maison immobile, elle m'empoisonne l'esprit avec des chimères, une fois encore ; une fois encore je ne peux m'empêcher de m'approcher de la fenêtre, de tirer le rideau et de scruter le jardin. Mon regard fouille les ombres, tout là-bas.

Il n'y a rien là-bas. Rien de rien.

Quel silence, quelle obscurité ! Pas étonnant que dans un monde pareil les choses disparaissent. Voire les gens. Des gens comme Lu, dont l'existence paraît si précaire, si négligeable que rien ne les empêche de se faire la belle dans les bois à l'aube, de se volatiliser, de se fondre dans la brume. A-t-il réussi à retrouver son ami ? Je me le suis souvent demandé, au fil des années. Les hommes qui se sont noyés à Morecambe Bay, l'année suivante, en ramassant des coques pour leur chef de brigade au moment où la marée traîtresse affluait… ils étaient chinois, pour la plupart. Hier, je relisais les détails de leur fin tragique sur internet, et j'ai senti mon cœur se serrer en apprenant que l'un d'entre eux s'appelait Xiang. Mais je me dis que ce doit être un nom très répandu en Chine.

LE COME-BACK

Regarder souffrir un être aimé en apprend peut-être plus sur la douleur que de souffrir soi-même.

DODIE SMITH
I Capture the Castle (1948)

1

De : Susan Wells
À : Val Doubleday
Objet : Re : Dilemme
14/09/2011 22:17

Chère Val,

Tu m'as demandé un conseil. Ma réponse ne va pas te plaire.

Tout d'abord, je suis bien désolée d'apprendre que ta vie est si dure sur le plan professionnel. Tu ne t'étonneras pas si je te dis qu'ici la situation est globalement la même. Les bibliothèques, si elles ne ferment pas, réduisent leurs heures d'ouverture et se voient imposer des coupes dans leur personnel. Je suis sûre que ton poste ne risque rien, mais j'imagine bien qu'il est très pénible de vivre avec un budget qui rétrécit de semaine en semaine. C'est partout pareil. Il y a des suppressions de postes jusque dans nos tribunaux. Une grande partie de notre travail concernait l'aide juridictionnelle et, par les temps qui courent, on manque de moyens. Les gens ont tendance à assurer leur défense eux-mêmes. Je te laisse imaginer les conséquences désastreuses.

Démoralisant. On a le sentiment que tout part à vau-l'eau et il y en a encore pour quatre ans à supporter la même équipe. Toi, en plus, tu es dans un secteur sensible. Quand je pense aux heures que nos filles passaient à la bibliothèque et aux merveilles qu'elles en tiraient, à ce rythme, nos petits-enfants ne connaîtront rien de tout ça. Il y a de quoi s'arracher les cheveux.

Mais enfin, Val, même dans ces circonstances désespérées… Steve ? Tu veux te remettre avec Steve ? Oh je sais, tu n'as rien dit de tel, mais je sais lire entre les lignes et tu y penses, non ?

Le lot d'une femme sans homme qui arrive à l'âge mûr n'est pas toujours rose. Là-dessus, je crois que nous sommes d'accord. Mais quand même, n'oublie pas ce qu'il t'a fait…

Et puis demande à Alison ce qu'elle en pense, si tu ne le lui as pas déjà demandé.

Je t'embrasse,

Susan

*

« Devine à côté de qui je me suis retrouvée dans le bus, l'autre jour.

— C'est quoi, ça ? dit Alison en pêchant un sachet de carottes au fond du panier.

— Des carottes.

— Je le vois bien, mais elles sont pas bio.

— Et alors, répliqua sa mère, sur la défensive, c'est quand même des carottes, non ? Je me suis retrouvée à côté de Steve, je vois que ça te passionne. »

Alison fronça les sourcils, c'était un nom qu'elle

ne voulait plus entendre, jamais. « Je croyais qu'on n'achetait que du bio. Ils mettent toutes sortes d'engrais chimiques et de pesticides là-dedans, tu le sais bien, c'est pour ça qu'elles sont parfaitement calibrées.

— Oui, seulement elles coûtent moitié moins cher, alors à partir de maintenant, on mangera plus que ça, il va falloir t'y faire. » Val arracha les carottes à sa fille, éventra le sachet du bout de l'ongle, et le mit dans le compartiment légumes du frigo. « On s'est fait une petite causette bien sympathique, lui et moi.

— Tant mieux.

— Il galère un peu. La fac a supprimé son poste et l'a réengagé en travailleur indépendant, si bien que maintenant il gagne deux fois moins. Dur, hein, qu'ils puissent faire des choses pareilles.

— Tu en as pris quatre, là, carrément, commenta Alison en soulevant les bouteilles de pinot grigio l'une après l'autre.

— Il y avait une réduction de 50 pence.

— Ah, je vois, si bien qu'en en achetant quatre tu économises encore plus.

— Oh, ça va, hein. Et donc je me suis dit que je pourrais l'inviter à dîner.

— C'est quand même idiot de radiner sur les légumes d'une main et de claquer l'argent sur le pinard de l'autre.

— Ça ne s'appelle pas claquer, tu en bois toi aussi, que je sache.

— Une fois de temps en temps…

— Bon, alors, qu'est-ce que tu en penses ?

— De quoi ?

— De l'avoir à dîner.

— J'en ai rien à faire, dit Alison en continuant à ranger les provisions sans lever les yeux.

— Bien sûr que si, il t'a tenu lieu de beau-père pendant un bon moment. »

Alison fit volte-face. « Il ne m'a *jamais* tenu lieu de beau-père, ni de près, ni de loin. D'accord ? C'était le gars avec qui tu as choisi de te mettre à la colle quelques mois quitte à changer de ville, et qui t'a larguée dès que les choses se sont compliquées un peu.

— Ça, c'est trop injuste ! dit Val avec des larmes dans la voix.

— T'as déjà oublié son attitude, M'man, quand je suis entrée en clinique pour me faire opérer ? »

Val la foudroya du regard quelques secondes et déclara dans un demi-sanglot : « Faut pas que j'espère que tu me soutiennes ne serait-ce qu'un instant, hein ? Un seul instant, putain ! » Elle s'empara d'une des bouteilles posées sur la table de cuisine, prit un verre sur l'étagère, et partit dans le séjour, furieuse.

Alison resta plantée là un moment, stupéfaite de cette dispute qui avait éclaté au quart de tour. Puis elle secoua la tête et se remit à ranger les provisions. Elle entendit sa mère allumer la télévision et s'attarder quelques secondes sur le programme de chaque chaîne : les actus, Questions pour un champion, une sitcom. Elle la voyait comme si elle y était dévisser le bouchon de la bouteille avec âpreté, remplir le verre aux trois quarts et descendre le vin comme de la limonade, puisque c'était ainsi qu'elle buvait ces derniers temps :

trois ou quatre lampées coup sur coup, sans même reposer le verre.

Après y avoir réfléchi une minute ou deux, elle conclut qu'il faudrait que ce soit elle qui, comme d'habitude, aille s'excuser. La propension de sa mère à faire la gueule battait des records. Ne voulant pas passer la soirée avec elle sans échanger un mot, elle alla jusqu'à la porte du séjour et dit :

« Excuse-moi, M'man.

— C'est bon, répondit Val sans se retourner ni baisser le son.

— Tu m'entends, je te demande de m'excuser. »

Val lui jeta un regard. « Oui, je t'ai entendue. C'est bon, je t'excuse, mais si tu pouvais tourner sept fois ta langue dans ta bouche avant de dire des choses blessantes… »

C'était d'une mauvaise foi monstrueuse, mais Alison ne releva pas. Prolonger ces disputes ne servait à rien. Elle choisit d'annoncer : « J'ai écouté ta chanson. »

Ces mots, avec leur effet de contraste, eurent un impact immédiat. Val coupa le son et se retourna vers sa fille, un sourire implorant sur le visage.

« Ah bon, et qu'est-ce que tu en as pensé ? »

Cette fois, la réponse était facile. Le comportement de sa mère avait beau l'excéder, Alison avait toujours aimé la musique qu'elle composait, ne s'était jamais lassée de l'écouter, n'avait jamais eu le moindre mal à partager sa conviction qu'un jour, avec un peu de chance et de persévérance, elle attirerait de nouveau l'attention du public et ferait un second succès. Et cette nouvelle chanson, qu'elle avait écoutée dix ou quinze fois dans la journée, était sans conteste l'une de ses meilleures.

« Je l'ai adorée, elle est superbe.

— C'est vrai ? Tu dis pas ça en l'air ?

— Non, M'man, je dis pas ça en l'air, elle est géniale. Et tu le sais bien.

— Viens t'asseoir ici », la pria Val en tapotant le canapé, et dès qu'Alison fut assise elle la serra dans ses bras avec élan. « Comment tu as trouvé les arrangements ?

— Très bien. C'est... ça le fait, quoi.

— Eh bien en tout cas, c'est ce que je peux produire de mieux à la maison. Tu crois que c'est assez bon pour que je l'envoie à des gens ?

— Je sais pas, M'man, je suis pas dans la musique.

— Peut-être que je devrais m'offrir quelques séances de studio aux heures creuses, ici ou là, histoire de poser la voix proprement.

— Bien sûr, bonne idée, si tu en as les moyens.

— Comme ça, je l'enverrai à Cheryl. »

Alison acquiesça. Elle ne savait que dire quand sa mère prononçait le nom de sa prétendue agente, qui n'avait jamais retourné ses appels ni répondu à ses messages depuis une dizaine d'années.

« Tu aimes le titre, *Sink and Swim* ? Ça te paraît assez accrocheur ?

— J'aime tout dans cette chanson », dit Alison. Piégée dans un nouveau câlin qui menaçait de s'éterniser, elle repoussa sa mère avec douceur et se leva. « Bon, moi je monte, il faut que je finisse ma lettre à Rachel.

— C'est drôle, je viens juste de recevoir un mail de sa mère.

— Ah oui ? Et comment elle va ?

— Ça va, mais déprimée côté boulot, comme tout le monde.

— C'est à elle que tu devrais demander ce qu'elle pense de ton envie de revoir Steve. »

Val se tourna vers l'écran de télévision et remit le son. « Ces trucs-là, on n'en discute plus tellement. »

La conversation semblait terminée. Laissant sa mère regarder des pubs pour des services financiers dont elle n'aurait jamais l'usage et des vacances qu'elle ne prendrait jamais, Alison monta dans sa chambre, trouva la lettre inachevée dans le fouillis du tiroir de son bureau et entreprit de la relire.

Aujourd'hui, pour rester en contact, elle et Rachel avaient l'embarras du choix : elles s'envoyaient des mails et des textos, elles se parlaient sur Facebook et WhatsApp. Depuis quelques semaines, elles passaient par une nouvelle application nommée Snapchat qui permettait de s'envoyer photos et courts messages visibles quelques secondes avant de s'effacer définitivement de l'écran. Pourtant, de temps en temps, lorsque l'une des deux avait quelque chose d'important à dire à l'autre, seule une vraie lettre à l'ancienne faisait l'affaire. Or ce qu'Alison avait à dire à Rachel était on ne peut plus personnel et important.

Elle avait déjà écrit deux pages sans même aborder le sujet. Son dernier paragraphe disait :

J'ai commencé les cours il y a déjà deux semaines (ben oui, ma belle, on n'est pas à Oxbridge, ici) et pour l'instant je dirais que c'est très cool. Je ne suis pas sûre que l'enseignement corresponde à ce que je recherche, mais c'est un tel soulagement de se trouver avec des étudiants et des professeurs qui attendent de toi que tu fasses de l'art et rien d'autre. Finie, la pression pour te faire marcher droit !

Très joli, tout ça, mais Alison s'en voulait de ne pas en être encore venue au fait. Elle mordilla nerveusement le bout de son stylo une minute avant d'écrire :

Mais bon, rien de tout ça n'est très important, en fait. Ce n'est pas le but de ma lettre. Je t'écris parce qu'il y a quelque chose qu'il faut que tu saches, quelque chose que je n'ai dit à aucune de mes amies. Je voulais que tu sois la première à l'apprendre parce que… oh pour toutes sortes de raisons. Mais surtout parce que tu es ma plus vieille amie, et que ta réaction m'importe énormément.

Alors, tu devines ? Bien sûr que non. Pourquoi devinerais-tu ? (On respire un bon coup.) Je suis gay.

*

Le samedi après-midi, voulant compléter sa garde-robe en vue de la rentrée à Oxford une quinzaine de jours plus tard, Rachel sortit faire les magasins avec sa mère. C'était la crise, mais on ne l'aurait pas deviné à voir les foules du centre-ville de Leeds, qui flânaient de boutique en boutique en proie à la fièvre acheteuse. Chez Miss Selfridge et Monsoon c'était l'affluence ; chez Primark, la bousculade ; chez H&M, Topshop, Claire's Accessories et Zara, la cohue. River Island et Lush refusaient du monde. Rachel et sa mère rentrèrent épuisées et en sueur.

Aux abords de la maison, une voiture était garée le long du trottoir. Une Porsche rouge vif. Adossé contre elle, le jeune homme – souriant d'un petit air faraud à ces deux femmes qui remontaient péniblement la rue avec leurs paquets – n'était autre que Nick, le frère de Rachel.

« Nom de Dieu ! s'exclama sa mère. Qu'est-ce que tu fiches ici, toi ?

— Salut, M'man, salut, p'tite sœur. Vous pourriez faire un effort pour avoir l'air contentes de me voir, dit-il en les embrassant toutes deux.

— Bien sûr qu'on est contentes, mais on aurait bien aimé que tu nous préviennes, c'est tout.

— Je suis arrivé de Hong Kong ce matin seulement. Je peux vous aider à porter quelque chose ?

— De Hong Kong ? dit Rachel en lui tendant ses paquets. Je te croyais à Cuba.

— Ouh, tu retardes ! »

Nick n'avait pas mis les pieds à la maison depuis un an. À vingt-six ans, il était en somme plus jeune et plus beau que jamais. Les sentiments de Rachel à son égard n'avaient pas changé depuis l'époque où ils avaient passé des vacances chez leurs grands-parents, douze ans plus tôt, et où il lui avait joué ce méchant tour lors de la visite du Minster, au crépuscule. Autrement dit, elle l'idolâtrait sans l'estimer pour autant et, au fond d'elle-même, elle avait un peu peur de lui. Cette circonspection muette n'avait pas diminué depuis qu'il avait atteint l'âge adulte, et qu'il faisait équipe avec un « associé » nommé Toby. Leur métier les amenait à vivre une vie nomade, comprenant des négociations nébuleuses sur divers continents, des sauts continuels d'un pays à l'autre, en empruntant les aéroports internationaux comme d'autres les gares de banlieue. Une chose était sûre, Toby et lui avaient trouvé le filon, et Rachel se disait qu'il valait mieux ne pas être trop curieux sur ce chapitre.

Dans le vestibule, elle s'aperçut que le courrier était enfin arrivé.

« Ooh, une lettre d'Alison ! s'écria-t-elle, enchantée.

— C'est pas le moment », protesta Nick, qui la lui enleva et la lança sur la table. Il n'y avait jamais eu d'atomes crochus entre lui et Alison. « Je ne suis ici que pour ce soir, tu seras gentille de ne t'intéresser qu'à moi, pour une fois.

— D'accord, dit Rachel en souriant. Et au fait, qu'est-ce qui nous vaut l'honneur ?

— Tes dix-huit ans, voyons. Tu ne pensais tout de même pas que j'allais rater ça ?

— C'était il y a trois mois, lui fit-elle observer en riant.

— Je sais, et tu as dû croire que les festivités étaient finies, et voilà pourquoi nous allons passer une soirée pas comme les autres.

— Je ne suis peut-être pas libre, ce soir, dit Rachel en jouant les femmes très demandées. Tu avais un projet ?

— J'ai une surprise, répondit-il en la prenant dans ses bras. Et une belle, c'est moi qui te le dis. »

Il ne s'était pas vanté. Après avoir bavardé quelques minutes avec leur mère, il embarqua

Rachel dans la Porsche, et bientôt ils roulaient vers le nord sur l'A61, en direction de Harewood House. Il était bientôt six heures du soir quand ils y arrivèrent.

« Mais qu'est-ce que tu fais ? demanda Rachel en le voyant emprunter l'allée sinueuse. Ils vont être fermés, à cette heure-ci, non ?

— Fermés au commun des mortels, oui », répondit-il.

Comment faisait-il pour organiser ces choses-là ? Rachel soupçonnait que c'était moins une question d'argent que de réseau de contacts dans les endroits les plus inattendus. Toujours est-il qu'il avait négocié une visite privée de la Terrace Gallery, visite suivie d'une coupe de champagne sur la terrasse elle-même et d'un dîner en tête à tête dans une des salles d'apparat.

La Terrace Gallery était particulièrement impressionnante, enrichie par deux nouvelles œuvres d'Antony Gormley en plus des collections permanentes. Rachel ne pouvait s'empêcher de penser combien Alison aurait adoré cette visite privilégiée. Elle photographia l'une des sculptures avec son smartphone et, pendant que Nick et elle attendaient leur champagne sur la terrasse, elle l'envoya à Alison via Snapchat.

Peu après, la photo de la chambre d'Alison à Yardley apparaissait en retour.

Salut, Rache, t'as eu ma lettre ?

Les mots ne restèrent qu'une dizaine de secondes sur l'écran, avant de se dissoudre dans le néant. En guise de réponse, Rachel prit une photo du parc qui s'étendait à leurs pieds, baigné par le couchant, et elle écrivit du bout de l'index :

Oui, je te réponds très vite.

Alison renvoya :

C'est beau, dis donc. Tu es où ?

Rachel prit cette fois le manoir et écrivit :

Avec mon frère. Ça se passe au mieux entre nous, ce soir !

Il y eut une pause assez longue, avant la réponse d'Alison, qui disait simplement :

Tu D-konn ou quoi ?

Est-ce qu'elle aurait compris de travers ? Rachel prit une nouvelle photo, où l'on voyait la Terrace Gallery elle-même à l'arrière-plan, et elle écrivit :

Tout ce que tu aimes, à mon avis.

Il n'y eut aucune réponse de son amie, mais Rachel ne s'en inquiéta pas. Un maître d'hôtel arrivait du manoir pour annoncer que leur table était prête.

Le lendemain, Rachel lut la lettre d'Alison, et elle en fut profondément émue. Elle lui répondit aussitôt par un message de soutien chaleureux, lui disant de n'éprouver aucune gêne et encore moins de honte quant à son identité nouvellement découverte. Elle lui promettait qu'elles seraient toujours amies en toutes circonstances. Elle espérait qu'elles se verraient bientôt, et qu'elles pourraient en parler de vive voix.

Au début, elle s'étonna de ne pas recevoir de réponse, mais enfin Alison venait de commencer la fac et devait être très occupée. Et puis elle-même dut faire face à son premier trimestre à Oxford ; pourtant, tout en s'y absorbant complètement, ne pas avoir de nouvelles d'Alison la laissait perplexe. Elle l'appela au téléphone, lui envoya des textos, posta des messages sur son fil d'actualités Facebook, en vain. Elle commençait à se demander si elle avait écrit quelque chose qui ait pu l'offenser. N'avait-elle pas su lui assurer un soutien franc et massif ? Aurait-elle donné l'impression qu'elle considérait cette confidence comme problématique plutôt que joyeuse ? Les semaines passant, puis les mois, sa perplexité décrut, reflua, mais ne disparut jamais tout à fait. Elle finit par se changer en une rancune sourde : elle avait fait ce qu'il fallait, tout de même. Elle avait réagi en vraie amie. Elle méritait mieux que ce silence.

*

Le 11, bus qui suit la grande ceinture de Birmingham, boucle son circuit en deux heures et demie ; la plupart des passagers n'y passent qu'une fraction de ce temps. Alison et Selena, en première année toutes deux, et déjà amies, étaient assises au niveau inférieur du 11 A, qui circulait en sens inverse des aiguilles d'une montre, de Bournville à Hall Green. Elles rentraient de la faculté où elles avaient somnolé pendant les quatre-vingt-dix minutes d'un cours intitulé « Historiographie de l'espace para-architectural, quelques repères » – pas particulièrement palpitant. Bah, peu importait : tout ne pouvait pas être brillant dans le cursus.

On était fin septembre et un soleil bas baignait la ville de son or pâle ; il ricochait sur les pare-brise et les carreaux des serres dans les jardins communaux. Comme le bus donnait une secousse en s'arrêtant à un passage piéton, Alison jeta un coup d'œil à son téléphone pour voir l'heure : six heures et demie. Le trajet n'en finissait pas.

« Tu rentres chez toi direct, alors ? lui demanda Selena.

— Non, je vais retrouver ma mère pour boire un verre. Avec son nouveau gars. Enfin, son nouveau, c'est elle qui le dit. En fait, c'est son ex qui est revenu sur le devant de la scène, si je comprends bien.

— Et qu'est-ce que tu en penses ?

— Moi, du moment qu'elle est heureuse… » répondit Alison sans conviction excessive. Elle ajouta : « Tes parents, ils sont toujours ensemble, hein ?

— Ouais, dit Selena en riant. Je me demande bien pourquoi, parfois, mais ils sont restés ensemble. Sûrement beaucoup pour nous les gosses, je me dis. C'est tout à leur crédit. J'ai vu la plupart de mes amies faire face à la séparation de leurs parents, je sais que c'est dur à vivre. T'es fille unique ? »

Alison acquiesça.

« C'est encore pire, non ? Parce que chez vous il n'y a que ta mère et toi. Et je parie que la moitié du temps c'est toi qui veilles sur elle, pas l'inverse.

— Tu as tout compris. Et puis, tu vois, je me sens tellement seule, le plus souvent ! Quand on dîne en tête à tête, ma mère et moi, si on mettait pas la radio, ou quoi, on entendrait les mouches voler. »

Les grands yeux noisette de Selena s'emplirent de sympathie. « Le jour où tu as envie de venir manger un morceau avec nous, tu n'as qu'un mot à dire. On est cinq, et on rigole bien, tu vois, on est exubérants. Ça te changerait les idées. »

Alison rendit son regard à Selena, et puis, après avoir respiré un bon coup, elle lui déclara sur le ton de la confidence et non sans une pointe d'anxiété : « Écoute, Selena, on se connaît que depuis deux semaines, mais il y a un truc que j'aimerais que tu saches, sur moi. Un truc qu'il faut vraiment que tu saches. »

Selena fut surprise par ce changement de ton. Elle attendit que ceux qui descendaient à l'arrêt les aient dépassées, puis elle répondit : « D'accord. Alors ? »

Sans rien dire, les yeux toujours dans ceux de sa nouvelle amie, Alison lui prit la main et la serra délicatement. Elle la souleva et, posément, discrètement, pour ne pas se faire remarquer des autres passagers, elle la plaça sur sa cuisse droite, immédiatement au-dessus du genou, sans cesser de la serrer. Selena se sentit donc encouragée, et même forcée, de répondre à ce geste par une pression réciproque et interrogative.

Il passa un éclair de surprise dans ses yeux, qui n'avaient pas quitté ceux d'Alison. Un long silence se fit entre elles, un silence chargé de perplexité et d'incertitudes. La main de Selena ne quittait pas la cuisse de son amie. À vrai dire, elle y était bloquée. Peu à peu, un sourire s'esquissa sur ses lèvres, puis il s'élargit, découvrant ses dents. Et à la fin, incapable de dissimuler ses sentiments, elle éclata de rire.

« Oh merde ! dit-elle à Alison qui s'était mise à rire aussi. Oh, putain de merde ! » reprit-elle, et cette fois ni l'une ni l'autre ne parut se soucier de faire se retourner quelques passagers. « T'as une jambe artificielle ?

— Oui, souffla Alison, pliée en deux. T'aurais vu ta tête ! Oh bon Dieu !

— Bon sang, je me demandais ce que tu fabriquais, et là… on dirait… Elle est en quoi ? On dirait du plastique.

— Ben évidemment qu'elle est en plastique. Ils les font plus en bois, tu vois. Je m'appelle pas Long John Silver.

— Mais qu'est-ce qui t'est arrivé ? Tu l'as depuis longtemps ? »

Pendant que le bus brimbalait à travers Kings Heath et Swanshurst Lane, Alison raconta son histoire. Les passagers montaient, descendaient, on changea de chauffeur à Acocks Green, mais les deux étudiantes étaient dans leur bulle, et ne s'en aperçurent même pas.

« Quand j'avais dix ans, j'avais mal à la jambe pour un oui pour un non. Des douleurs terribles et persistantes. C'est à peu près à ce moment-là qu'on s'est installées à Birmingham si bien que j'ai eu droit à des centaines d'examens à l'hôpital Queen Elizabeth et ils ont fini par me diagnostiquer une maladie rare, le sarcome d'Ewing, qui est une forme de cancer particulièrement agressive. On m'a mise sous chimio pendant des mois, mais ça n'a pas suffi, et ils m'ont dit qu'ils allaient être obligés de m'amputer.

— Merde, c'est l'horreur !

— Ouais, mais sinon, ç'aurait été pire, non ? Parce que je suis toujours là, bien vivante, bon pied bon œil, si l'on peut dire. »

Sur le moment, Selena se demanda si c'était une blague, mais le sourire d'Alison dissipa toute équivoque, et elle se mit à rire de soulagement.

« Tu veux la voir ? Elle est grave réaliste. »

Elle remonta la jambe gauche de son jean pour découvrir une portion de prothèse qui offrait en effet l'apparence convaincante d'une jambe de chair et d'os.

« Le genou est moins réussi, je te le ferai voir plus tard, dit Alison en rabattant son jean. Mais sinon elle est bien, hein ? Ils ont même réussi à l'assortir à ma peau. Au moment de réaliser la prothèse, ils t'apportent un nuancier, et tu choisis la couleur que tu veux, comme pour un tapis, quoi.

— Tu rigoles ?

— Non, j'aurais pu avoir une jambe blanche si j'avais voulu. Ç'aurait été cool, je serais devenue un vivant exemple de diversité ethnique. »

La tumeur était si agressive, expliqua Alison, que les chirurgiens avaient dû pratiquer une amputation transfémorale, au-dessus du genou. Du coup, sa jambe gauche était privée de la puissance motrice de l'articulation du genou, qui est l'une des plus fortes de tout le corps humain, si bien que pour monter un escalier, par exemple, il lui fallait l'attaquer marche par marche. Mais sur terrain plat, quand il n'y avait pas trop de monde autour d'elle pour lui faire obstacle, elle se déplaçait avec une parfaite assurance.

« Ça a mis combien de temps pour qu'elle te paraisse naturelle ?

— Oh, naturelle non, elle ne m'a jamais paru naturelle et ça n'est pas pour demain. Mais quant à apprendre à me sentir, disons, à l'aise, c'est allé assez vite. J'ai travaillé avec une rééducatrice, d'abord à l'hôpital, et puis à domicile, pendant quelques mois. C'était du stress pour tout le monde, beaucoup de stress. Ce type dont je te parlais, Steve, le copain de ma mère, il était là, et c'est même à cette occasion qu'il a montré son vrai visage.

— Il t'a pas beaucoup soutenue, tu veux dire ?

— Pas vraiment. Il a surtout baisé la rééducatrice. »

Au bout d'une seconde, elles éclatèrent de rire tant c'était déplacé. De toute façon, pour Alison mieux valait en rire que de se rappeler cette période si douloureuse où tous ses espoirs paraissaient anéantis et où sa mère, réduite à l'état d'épave par la trahison de Steve, s'endormait en se soûlant tous les soirs et avait pris dix ans en dix mois. Ce type-là, elle n'avait pas envie de le voir ce soir, mais alors pas du tout.

« Dis donc, suggéra-t-elle à Selena, tu pourrais pas venir au pub avec moi, genre l'union fait la force, tu vois ? Ce sera la première fois que je le reverrai depuis sept ans et il vaudrait peut-être mieux que j'aie une amie auprès de moi, histoire de m'empêcher de faire des bêtises. »

*

Devant le *Spread Eagle*, Alison posa la main sur le bras de Selena pour la prévenir. « Au fait, elle est blanche.

— Qui ?

— Ma mère.

— Et alors ?

— Alors il y a des gens que ça surprend, c'est tout.

— Je crois que je vais m'y faire. Tant qu'elle a pas deux têtes…

— Tu sais ce que je veux dire. Je me disais que tu t'attendrais sans doute…

— Alison, sois cool. Tout est cool. Il faut que tu décompresses un peu.

— Je sais, OK. »

Alison acquiesça ; elle respira plusieurs fois pour se calmer et trouver son centre de gravité ; elle étendit les mains, paumes vers le bas, et poussa comme sur des barres parallèles invisibles.

« C'est bon, dit-elle au bout d'un instant, je suis prête. »

Elles entrèrent.

Steve avait perdu presque tous ses cheveux depuis la dernière fois qu'elle l'avait vu mais, ce détail mis à part, il était tout à fait semblable à lui-même. Il l'embrassa sur la joue et la serra dans ses bras, ce qu'il lui fallut bien subir. Quand il alla au bar chercher leurs consommations, elle ne put s'empêcher de remarquer que sa mère le suivait d'un œil appréciateur et nostalgique. Elle était sans doute la seule personne de ce pub à accorder un regard à ce bonhomme déplumé et bedonnant. Alison fit de son mieux pour dissimuler ses sentiments, tout en poussant un long soupir de résignation en son for intérieur. La vie était trop prévisible, parfois.

Cette triste vérité reçut confirmation quelques minutes plus tard à peine. Sa mère alla dire quelque chose à la fille du bar. Elle désignait la petite étagère où étaient posés les CD qu'on passait en musique de fond et Alison savait par cœur ce qui allait suivre. Le seul titre de Val qui ait figuré au Top 20 – douze ans auparavant – se trouvait dans des tas de compilations et, comme de bien entendu, elle ne mit pas longtemps à persuader la barmaid d'en glisser une dans la chaîne, et de chercher la piste correspondante. La sono du pub diffusa bientôt le riff familier au clavier, rompu par un schéma de batterie hors rythme. Sur ce fond rugueux mais accrocheur se détachait la mélodie forte et plaintive chantée par Val, les trois autres membres du groupe, très pro, lui faisant des *oh* et des *ah* derrière en harmonie rapprochée.

Avec un sourire d'excuse qui n'excluait pas une pointe de fierté, Val revint à leur table juste à temps pour entendre Selena s'exclamer : « Ouh, j'adôôre cette chanson !

— C'est vrai ? » La surprise de Val n'était pas feinte. « Tu la connais ?

— C'est un de mes premiers souvenirs de musique, ma mère n'arrêtait pas de la mettre à la maison.

— C'est moi qui l'ai écrite, dit Val, qui lut avec

avidité une stupéfaction respectueuse sur le visage de Selena.

— Ah bon, c'est de vous ?

— Ouais, et c'est moi qui chante. Val Doubleday, c'est moi. »

En fait, son nom ne disait rien à Selena ; c'était le nom du groupe qu'on retenait si on avait retenu la chanson. N'empêche, elle fut impressionnée ; Val n'en espérait pas tant.

« Vous l'avez chantée à *Top of the Pops*, hein ? Je me rappelle la petite choré que vous faisiez.

— Oh, mon Dieu, on s'était entraînées pendant des jours. »

Là-dessus, Val s'engagea sur les sentiers battus du souvenir et se remémora comment Louisa, la quatrième du groupe, qui était aussi la plus blonde et la plus jolie, avait fait un blocage sur ces quelques pas de danse simples ; il leur avait fallu passer quasiment une semaine dans un studio londonien avec un chorégraphe au bord de la crise de nerfs. Alison avait entendu l'histoire cent fois et elle avait fini par se rendre compte que ce récit plein d'autodérision avait un sous-texte : à savoir que, pour naïf et écervelé qu'ait pu être leur quatuor, c'étaient des musiciennes sérieuses, avec les ressources d'une compagnie puissante derrière elles. Quelle barbe d'entendre sa mère raconter ces choses pour la énième fois, mais ça lui faisait tant plaisir ! Elle l'écouta donc avec un sourire patient, sans l'interrompre.

« Et qu'est-ce que vous faites, maintenant, voulut savoir Selena, vous êtes toujours ensemble, le groupe ? »

Val se mit à rire.

« Non, on s'est séparées il y a une éternité. Tout de suite après le premier album.

— Mais vous êtes toujours dans la musique, quand même ?

— Bien sûr. Je compose et je chante, c'est plus fort que moi. J'ai ça dans le sang.

— Incroyable ce qu'elle est créative, dit Steve en passant autour de ses épaules un bras de propriétaire.

— Et devine un peu, ajouta Val en regardant sa fille d'un air significatif car le scepticisme de celle-ci, sans qu'il se soit exprimé, était tangible pour tous. Aujourd'hui, Cheryl m'a envoyé un mail pour me parler de la nouvelle chanson.

— Ah bon ? Génial. Qu'est-ce qu'elle en pense ?

— Elle n'a pas encore eu le temps de l'écouter, mais elle a hâte de le faire.

— Ah, d'accord. Super. Un grand pas en avant. »

Le sarcasme était plus cru et plus amer qu'elle ne l'aurait voulu. Val baissa les yeux, incapable de croiser le regard de sa fille, et descendit trois ou quatre gorgées de son gin-tonic coup sur coup.

« Ta mère se passerait bien de ton ironie, en ce moment, observa Steve.

— Qu'est-ce que ça peut te faire, à toi ? lui rétorqua Alison, les yeux brillants de colère.

— Ça lui fait qu'il s'intéresse à moi et à ma carrière, dit Val. Il va me trouver un créneau en heure creuse au studio de la fac, pour que je puisse enregistrer une meilleure version. Lui, tu vois, il propose quelque chose de constructif. Quelque chose qui m'aide.

— Au fait, chérie, dit-il en se penchant vers elle au plus près, j'en ai touché un mot à Ricky, l'ingé-son, et d'après lui, le mieux serait que tu puisses passer un mardi soir, après neuf heures. »

Alison n'écouta que d'une oreille le reste de la conversation. Elle voyait bien que Selena était nerveuse, mal à l'aise : peut-être avait-elle été égoïste de l'entraîner ici dans cette situation familiale inconfortable. Et elle était furieuse de voir que Steve était déjà en passe de se réinstaller dans le rôle de l'ami de cœur de sa mère. Puis Val sortit de son sac une lettre reçue au travail le jour même – il y était question de réductions horaires – et se mit à en parler avec lui.

« Le problème, lui disait-elle, c'est que je ne peux pas nous faire vivre avec moins que ce que je gagne en ce moment. Pas question. Impossible. Surtout avec l'hiver qui arrive et les notes de chauffage…

— T'en fais pas, bébé, répondit-il, le bras toujours vissé à ses épaules, on va trouver une solution. Laisse-moi juste un peu de temps pour y réfléchir. »

Le verre d'Alison était vide, comme celui de Selena. Elle ne proposa pas d'offrir la tournée suivante et lança à son amie :

« Allez viens, je te raccompagne à l'arrêt de bus. »

Selena se leva avec un soulagement manifeste.

Comme elles marchaient dans Warwick Road, sous le ciel crépusculaire, avec dans les narines les odeurs de kebab-frites et de poulet créole qui émanaient des stands, Alison prit le bras de Selena et s'excusa :

« Désolée, ça a été encore pire que ce que je craignais.

— Pas grave, mais tu aurais dû me dire que tu avais une mère célèbre. Je trouve ça fabuleux.

— Célèbre, elle ne l'est plus, même avec beaucoup d'imagination. Mais c'est vrai qu'elle continue à écrire des bonnes chansons. Je m'accroche à cette idée, enfin, j'essaie.

— De quoi ils parlaient, Steve et elle, là tout de suite, quand elle lui montrait cette lettre ?

— C'était lié à son travail, elle a un poste à la bibliothèque de Harborne.

— Ah, c'est ce qu'elle fait à présent, bibliothécaire. »

Elles étaient arrivées à l'arrêt et voyaient venir le bus qui se trouvait à un feu tricolore de distance.

« Pour l'instant, oui. Mais même là, ça bat de l'aile. Ils lui ont réduit son service. On est en train de couper les vivres aux bibliothèques.

— Je croyais qu'ils en construisaient une grande, en ville. Il paraît qu'il y en aura pour des millions de livres.

— C'est vrai, mais voilà. Ne me demande pas comment ça marche. »

Elle avait prononcé ces mots sans réfléchir, comme une formule apprise par cœur. Mais en entendant le bus approcher, elle se sentit céder à la panique : de quelle façon allait-elle dire au revoir à Selena ? Fallait-il la serrer dans ses bras, lui poser une main amicale sur le poignet, lui faire un baiser sur la joue ? Finalement, ce fut un peu tout en vrac. Elles restèrent plus longtemps dans les bras l'une de l'autre qu'elles ne l'auraient prévu tout en se frottant copieusement le dos avec tendresse, et leurs joues se frôlèrent sans baiser caractérisé. Mais les lèvres d'Alison avaient tout de même effleuré l'oreille de Selena, et le souvenir de sa texture allait l'habiter tout le reste de la soirée, ainsi que sa délicate fragrance animale. Sur le chemin du retour, elle continua de savourer l'un et l'autre, et s'aperçut qu'elle chantonnait indéfiniment le refrain de la nouvelle chanson de sa mère.

Still I try to do my best, but I need your breath
As the moonshine controls the water,
I will sink and swim.

(Je fais de mon mieux pourtant, mais j'ai besoin de ton souffle
Comme la lune commande les eaux,
Je vais couler puis remonter à la surface.)

*

Perry Barr – Handsworth – Winson Green – Bearwood – Harborne – Selly Oak – Cotteridge – Kings Heath – Hall Green – Acocks Green – Yardley – Stechford – Fox and Goose – Erdington – Witton – Perry Barr.

Les semaines passaient, les journées se faisaient plus courtes et plus froides, et puis à la mi-novembre survint un tournant décisif.

Le poste de Val avait été réduit de quatre jours par semaine à trois matinées.

Son salaire avait été amputé de moitié et il lui fallait rester de longues heures chez elle. Il faisait glacial, dans la maison. Elle commençait à se demander avec quoi elle paierait la prochaine facture de chauffage. Et puis, elle s'ennuyait, tout l'après-midi, devant la télé. Elle s'ennuyait et souffrait de solitude.

Un mercredi midi qu'elle rentrait du travail par le 11 – elle était montée à Harborne et pensait descendre à Yardley, tout près de chez elle, soit un trajet de vingt-cinq minutes environ –, elle changea d'avis à l'approche de son arrêt. Il faisait bon, dans le bus ; chez elle il faisait froid. Il y avait du monde, dans le bus, chez elle c'était le désert. De sa place, elle voyait changer le paysage ; chez elle, la vue était monotone. Tout à coup, elle n'eut pas la moindre envie de se lever de son siège confortable et de sortir dans le froid.

Il était une heure et quart. Le tour complet de la ville la ramènerait à quatre heures moins le quart. Ce fut donc ce qu'elle fit, et cette rallonge devint vite une habitude les jours où elle travaillait ; puis, bientôt, elle s'aperçut qu'elle faisait de même le mardi et le jeudi. Tantôt dans le sens des aiguilles d'une montre, tantôt en sens inverse. Deux heures et demie au cours desquelles on n'attendait rien d'elle, sinon qu'elle reste sagement assise à regarder monter et descendre les autres passagers, et laisse ses idées vagabonder en boucle, à l'image de la lente avancée circulaire du bus.

Yardley – Stechford – Fox and Goose –

Pourquoi faisait-il si froid chez elle ? Parce qu'elle n'avait plus les moyens d'allumer les radiateurs toute la journée. Et même lorsqu'ils fonctionnaient, elle ne les mettait jamais sur 5, comme autrefois à l'arrivée de l'hiver. À présent, elle les mettait sur 2 au maximum. Pourquoi ? Parce que la bibliothèque n'avait plus les moyens de lui verser un salaire décent. Parce que le gouvernement avait drastiquement réduit le budget des bibliothèques. Parce que, apparemment, on vivait tous une ère d'« austérité ».

— *Fox and Goose – Erdington – Witton – Perry Barr – Handsworth –*

Austérité, le nouveau mot sur toutes les lèvres, n'était entré dans le vocabulaire courant que depuis un an environ. Austérité, mais encore ? En 2008, le monde entier avait essuyé une crise financière, et de grandes banques s'étaient trouvées au bord de la faillite. Les nations les avaient renflouées, et si on avait bien compris, il faudrait en assumer les conséquences et faire des coupes claires dans les services publics et les aides sociales – ces sacrifices s'imposaient, parce qu'on avait vécu au-dessus de ses moyens, et qu'on était « tous dans le même bateau ».

— *Handsworth – Winson Green – Bearwood –*

En un mot, telle était la raison pour laquelle elle faisait désormais attention à ne jamais pousser ses radiateurs au-delà de 2, et préférait rouler en boucle sur la ligne 11 plutôt que de rentrer dans son salon frisquet. Mais en même temps, elle ne pouvait s'empêcher de penser aux traders et aux gestionnaires de portefeuille dont les pratiques avaient mené les banques au bord de la faillite. Y en avait-il beaucoup qui se faisaient un scrupule de mettre leurs radiateurs au-delà de 2 ? Peu probable.

— *Bearwood – Harborne – Selly Oak –*

Cette idée l'indignait et la déprimait. Et son indignation et sa déprime la culpabilisaient. Ce ne devait pas être drôle pour Alison, de vivre avec une mère en rogne et en cafard au quotidien. Qu'y faire, pourtant ?

— *Selly Oak – Cotteridge – Kings Heath –*

La veille, elle avait regardé une émission de jeux à la télé où un humoriste nommé Mickey Parr avait entonné le refrain satirique sur les banquiers qui touchaient des primes même après que les banques avaient dû être renflouées par le gouvernement, et le public du studio était plié en quatre. Tout le monde avait l'air de trouver la situation hilarante. Sur son canapé avec son verre de pinot grigio, Val avait suivi cette espèce de rituel avec un froncement de sourcils. Pourquoi trouvaient-ils ça drôle, les gens ? Pourquoi est-ce que ça ne provoquait chez eux ni indignation ni dépression ?

— *Kings Heath – Hall Green – Acocks Green – Yardley –*

Elle y réfléchissait encore lorsque le bus atteignit enfin son arrêt après un circuit encore plus poussif que d'habitude, soit deux heures quarante. Il était trois heures de l'après-midi. Elle hésita une seconde avant de descendre, se demandant si elle devrait rester à bord et s'offrir une seconde boucle. Mais elle comprit elle-même que ce serait aller trop loin. Elle mit pied à terre, et se dirigea vers le supermarché dans l'idée de trouver quelque chose qui change un peu de leur ordinaire à moindres frais. Ce fut sur le court trajet du magasin à chez elle que son mobile se mit à sonner pour lui annoncer l'appel de Cheryl qui allait changer sa vie.

*

Alison était retournée au pub avec Selena, et elle rentrait tard. Il était neuf heures et demie quand elle poussa la porte. En pénétrant dans la cuisine, elle découvrit que les courses de sa mère étaient restées dans leurs sachets sur la table. Elle entendait la télévision dans le séjour.

Elle prit le premier article qui lui tomba sous la main, un petit paquet sur lequel on pouvait lire « HAPPEE CHICKEN BITES », avec la silhouette d'un poulet violet au sourire crâneur qui se mordait la cuisse. Elle retourna l'emballage et lut au dos en petites lettres « Produit manufacturé par Sunbeam Foods, du groupe Brunwin ».

Elle emporta le paquet dans le séjour. « C'est quoi cette saleté, M'man, tu te fous de moi, ou quoi ? »

Val se leva d'un bond. « Où tu étais passée, merde, j'essaie de te joindre depuis des heures !

— Désolée, je n'avais plus de batterie. » Alison était presque obligée de glapir pour couvrir le volume de la télé, monté à fond. « Tu peux pas couper le son ? Et puis pourquoi tu regardes ces conneries, d'ailleurs ? »

Val avait choisi une émission de téléréalité très populaire, où une douzaine de célébrités larguées par avion dans la jungle australienne étaient censées y survivre deux semaines au cours desquelles les téléspectateurs les débarqueraient de l'émission une par une. Elle n'aurait jamais regardé une ânerie pareille autrefois, mais désormais on aurait dit qu'elle suivait à peu près n'importe quoi.

« Pourquoi ? » dit Val en se tournant vers l'écran qu'elle désigna d'un doigt tremblant. Elle était toute rouge. « Tu veux savoir pourquoi ? Je regarde cette émission parce que je vais passer dedans ! »

Les yeux agrandis par l'excitation, elle attendait que sa fille partage son enthousiasme mais les mots qu'elle venait de prononcer étaient vides de sens pour Alison. Elle les reconnaissait isolément, mais son cerveau n'arrivait pas à les agencer pour en faire une phrase intelligible.

« Qu'est-ce que tu racontes ? demanda-t-elle simplement.

— Cheryl m'a téléphoné cet après-midi. Je pensais qu'elle allait me parler de la chanson mais… voilà, c'est presque aussi bien. Ils veulent que je participe à l'émission. Celle-ci. »

Après avoir ouvert et fermé la bouche plusieurs fois sans qu'aucun son n'en sorte, Alison parvint à articuler : « Quand ?

— Après-demain, répondit Val en riant comme une folle. Je sais, c'est dingue, non ? Ils veulent faire entrer un nouveau participant à mi-parcours, et la personne qu'ils avaient retenue a déclaré forfait. Alors ils ont appelé Cheryl en disant qu'ils étaient aux abois, et elle leur a soufflé mon nom.

— Aux abois ?

— Bon, enfin, non, c'est pas le mot. Préoccupés, inquiets, je ne sais plus. À bout de ressource, peut-être. Peu importe. Dans trois jours je serai dans ce camp-là, avec ces gens-là. »

Alison regarda sa mère, éberluée. Ni l'une ni l'autre n'arrivait à parler. Mais quand elles parvinrent enfin à se détendre, ce fut l'euphorie. En moins de temps qu'il ne faut pour le dire, elles piaillaient d'excitation et dansaient ensemble dans la pièce, tant et si bien que Val perdit l'équilibre et tomba lourdement contre la jambe artificielle de sa fille, après quoi elles s'affalèrent en vrac sur le canapé, des larmes de joie plein les joues.

2

Val était assise au creux de son hamac, et elle essayait de s'habituer à son oscillation sans perdre l'équilibre. Elle considérait le camp, autour d'elle. Elle ne savait pas l'heure qu'il était, ce devait être le milieu de l'après-midi, peut-être. On perdait un peu la notion du temps car les montres étaient interdites de séjour. La plupart de ses camarades dormaient, ou essayaient de dormir. Que faire d'autre, par une chaleur pareille ? Edith, la vedette de soap sur le retour, était allongée sur le dos, un bras pendant par-dessus le bord du hamac ; elle ronflotait. Lui tournant le dos, Roger, le célèbre historien de la télé, était recroquevillé en position fœtale, une rigole de sueur traversant son short au niveau de la raie des fesses. Pete, joviale vedette de la téléréalité originaire de Manchester, avait une main entre ses jambes et l'autre derrière sa tête. Seule Danielle, l'infiniment adorable, Danielle la si belle, semblait garder son calme et sa dignité. Reposant sur le dos, parfaitement immobile, les mains croisées sur son ventre, elle respirait régulièrement ; chez elle, la transpiration se résumait à quelques perles sur la partie supérieure du globe des seins, ce qui ne faisait qu'ajouter au savant négligé de son allure générale. Son bronzage était lisse, uniforme, et elle semblait avoir appliqué de l'anticerne sur les deux ou trois piqûres de moustiques au niveau de son visage et de son cou malgré l'interdiction formelle de tout maquillage. Elle avait le chic pour contourner ce genre d'interdits.

Val, de son côté, se faisait l'effet d'une merde et pensait que c'était l'effet qu'elle devait faire aux autres. Avant d'arriver, elle s'était promis de toujours se montrer à son avantage devant les caméras, mais elle y avait déjà renoncé. Du reste, qui allait s'intéresser à son apparence physique ? « Sois toi-même et tout le monde t'aimera », lui avait dit Alison, et c'était tout ce qui comptait. Ça et s'arranger pour chanter tôt ou tard *Sink and Swim* devant les dix millions de téléspectateurs de l'émission. Cela dit, pour l'instant, elle n'avait vraiment pas envie de pousser la chansonnette.

Ce n'était pas tant le décalage horaire, dont on lui avait d'ailleurs expliqué qu'elle souffrirait surtout à son retour en Angleterre. Elle se sentait surtout profondément désorientée. Cinq jours plus tôt, elle était encore chez elle à Yardley, qu'elle n'avait pas quitté sinon de loin en loin depuis bien des années et encore, jamais sans Alison et jamais pour l'étranger. Mais ces cinq derniers jours avaient été une cascade d'événements incroyables. À tel point qu'elle avait encore du mal à en rétablir la chronologie. Il y avait eu…

… la folle équipée à Londres pour deux

urgences, la première l'appelant dans les bureaux de la société de production Stercus Television. Une jeune assistante un peu crispée nommée Suzanne était venue la chercher à l'accueil et l'avait conduite en haut dans la suite Hilary Winshaw, du nom de la légendaire présidente qui avait intégré la société au cours des années quatre-vingt-dix, celle-là même qui avait pris le virage du populisme et de la logique gestionnaire en plaçant quatre-vingt-dix pour cent des fonds disponibles dans la téléréalité. Là, on l'avait briefée sur les détails de son voyage, on lui avait donné des contrats à signer, et on lui avait annoncé que Suzanne prendrait le même vol qu'elle pour l'Australie et ne la quitterait pas avant que l'hélicoptère ne l'emporte dans la jungle. Ensuite, il lui avait fallu se rendre au cabinet d'un médecin de Harley Street, qui l'avait examinée tambour battant, et lui avait délivré un certificat de bon état psychique sans plus attendre. « Tu leur as quand même précisé que tu as une peur bleue des insectes ? » lui avait glissé Alison à son retour chez elle. De fait, on lui avait demandé si elle avait des phobies mais, craignant de ne pas être engagée, elle avait répondu que non. « Quelle connerie ! s'était exclamée Alison. Qu'est-ce que tu vas leur raconter quand ils se mettront en tête de te faire bouffer des cafards ? – Pourquoi veux-tu qu'ils fassent une chose pareille ? avait objecté Val. – Ôte-moi d'un doute, tu l'avais déjà regardée une seule fois, cette émission de merde, avant hier soir ? » Et leur dispute avait pris des proportions homériques lorsque Alison avait découvert que chaque participant pouvait emmener une personne de son choix en Australie aux frais de Stercus, et que sa mère avait choisi Steve…

… la course en taxi jusqu'à Heathrow, le lendemain matin, Steve serrant sa main toute tremblante de nervosité et d'anticipation, pendant que défilaient les conurbations grisâtres de Banbury, Bicester, High Wycombe et Hemel Hampstead le long de la M40…

… le pur bonheur incroyable de voyager en première classe, la façon dont on vous y dorlotait, l'onctuosité subtile et le goût de frangipane du champagne à gogo, l'abondance et la variété des mets, ceux qu'elle goûtait pour la première fois, le caviar, le foie gras, le carpaccio de thon rouge, le filet de bœuf de Kobe, les tagliatelles au jus de truffe et, pour finir, un single malt de trente ans d'âge, qui leur avait procuré un sommeil profond et réparateur au creux hospitalier des couchettes, couvés par un personnel de bord aux petits soins qui ne leur avait pas massé les orteils, caressé les cheveux ni chanté une berceuse – mais tout juste…

… la blancheur aveuglante de la lumière au sortir de l'avion à Brisbane, une lumière jamais vue, jamais imaginée, quand on vit à Birmingham, et puis l'effervescence : un groupe de jeunes gens enthousiastes travaillant pour la société de production les attendaient dans le hall d'arrivée, avec deux douzaines de journalistes et de paparazzi. Le délicieux frisson de se voir reconnue de nouveau, de ne plus être invisible…

… l'invraisemblable opulence crapuleuse de l'hôtel de plage, aux environs de Brisbane, où on les avait conduits en limousine, les proportions princières de sa suite, salon-chambre-salle de bains, deux fois plus grande que sa maison à Yardley – et décorée avec un mauvais goût triomphal…

… mauvais goût qui s'affichait aussi au restaurant de la piscine où ils avaient pris leur premier dîner dans ce nouveau continent stupéfiant, et fait la connaissance de quelques-uns de leurs camarades : Mr et Mrs Perry, les parents de Danielle, jeune mannequin glamour donnée comme favorite cette saison-là, Mary Walker, la mère de Pete, vedette de la téléréalité, et Jacqui, la sœur cadette de celle-ci. « Si je comprends bien, Pete et Danielle ont eu droit à deux accompagnateurs, eux ? » avait glissé Val à Suzanne qui avait acquiescé sans fournir d'explication, lui inspirant ainsi le soupçon qu'il existait une hiérarchie parmi les concurrents de l'émission et qu'elle n'en occupait pas le haut. Mais elle avait chassé sans mal cette pensée vaguement dérangeante et apprécié la compagnie de ces gens, le sentiment de faire partie des happy few, de l'élite, d'être passée d'un quotidien prosaïque à un univers paradisiaque. Bientôt, elle sympathisait avec Mary et Jacqui, lesquelles se souvenaient de son single, et pensaient comme elle que cette émission tombait à pic pour relancer sa carrière ; dans le même temps elle sympathisait un peu moins avec les parents de Danielle – à vrai dire, Steve et elle reconnurent par la suite les avoir trouvés un peu bizarres : Mrs Perry avait éclaté en sanglots à la simple mention de la salade César que Val venait de commander. César était leur boxer, mort quelques jours avant qu'ils s'envolent pour l'Australie. Oui, c'était curieux que le nom d'une salade la fasse fondre en larmes mais, en tout état de cause, ils avaient compati et mis cette émotivité sur le compte du champagne, dont ils avaient bien dû descendre une bouteille et demie chacun lorsqu'ils montèrent se coucher…

… le trajet en hélicoptère, le lendemain, vrai coup d'envoi de l'aventure. En embrassant Steve pour lui dire au revoir, elle avait prononcé les mots « je t'aime » pour la première fois depuis sept ans – déclaration à laquelle il avait répondu en la serrant dans ses bras et en lui disant : « Allez, bonne chance, bébé. » Avant qu'elle monte dans l'hélicoptère, un ingénieur du son avait clipsé un micro au revers de sa tenue de jungle, et on lui avait expliqué qu'à partir de maintenant la moindre de ses paroles serait enregistrée, et pourrait être diffusée sur les ondes. Elle avait essayé de ne pas dire de vilains mots, ni de bêtises plus grosses qu'elle, ni de piailler au décollage. C'était la première fois qu'elle montait dans ce genre d'appareil, et au début, forcément, elle était morte de peur. Mais le trajet, qu'elle pensait devoir durer une heure au bas mot, puisqu'il fallait s'enfoncer au cœur d'une forêt pluviale impénétrable, s'était au contraire révélé très court, une dizaine de minutes, car le camp n'était en fait qu'à quelques kilomètres de l'hôtel et se situait – du moins était-ce l'impression qu'on avait de là-haut – dans une zone de parc national plutôt hospitalière. Le pilote avait multiplié les loopings et les piqués pour lui arracher des cris perçants et pimenter ainsi son arrivée, mais elle avait été déposée saine et sauve au milieu de la forêt, un guide l'attendant d'ailleurs sur place pour l'accompagner jusqu'au camp…

… son entrée en scène. Qu'espérait-elle ? Les vivats qui accueillent une tête connue ? Sûrement pas. Mais tout de même un peu plus que l'indifférence flagrante à son arrivée dans la clairière. « Salut tout le monde ! » avait-elle roucoulé, gênée elle-même de s'entendre en faire des tonnes. Il lui avait fallu dix minutes pour expliquer qui elle était, et elle avait compris que seuls deux de ses camarades de camp – les plus âgés, en fait – se souvenaient de son disque et de ses passages éclairs à *Top of the Pops.* Apparemment, le bruit avait couru que la vedette d'une sitcom célèbre des années quatre-vingt-dix allait les rejoindre et ils avaient tous été un peu déçus que ce ne soit pas le cas. (Val se dit qu'il s'agissait sans doute de la personne qu'elle remplaçait au pied levé, mais on lui avait recommandé la discrétion sur ce sujet.) Après quoi, on ne lui avait plus rien demandé d'autre que de s'installer. Parmi ces célébrités, il régnait surtout une atmosphère d'ennui carabiné. Tout le monde semblait épuisé par les effets conjugués de la chaleur, de l'humidité et de la faim. On ne pensait qu'à une seule chose, ne parlait que d'une seule chose, le repas du soir, qui consisterait en une maigre portion de riz nature accompagnée de haricots blancs ; pour tout dire, elle serait même d'autant plus chiche qu'Edith, la vedette de soap sur le retour, avait lamentablement foiré l'épreuve du jour. Ces épreuves avaient pour but d'amuser le public ; les people y étaient humiliés, mis au supplice, contraints d'accomplir des tâches rebutantes pour procurer de la nourriture au groupe ; le plus souvent ils se retrouvaient enfermés dans un espace restreint avec des kyrielles d'insectes, de serpents et autres créatures de la jungle, lesquelles trouvaient sans doute l'expérience aussi pénible que les bipèdes.

Val n'avait pas réfléchi outre mesure à ce qui se passerait s'il lui fallait subir ces épreuves. Le choix de la victime revenait au public, qui jetait volontiers son dévolu sur le plus antipathique et lui faisait répéter l'exercice jour après jour. Résolue à se montrer chaleureuse, aimable et serviable avec tous et en toutes circonstances, elle était convaincue de ne rien risquer. Du reste, c'était le moment de mettre ses bonnes résolutions en pratique : Danielle venait de lui jeter un regard accompagné d'un pâle sourire et d'un tout petit signe de la main ; il y avait là une invite timide mais sans équivoque à entamer causette. Val se souleva avec effort du hamac en repoussant l'air moite comme un coussin qui l'aurait suffoquée, et elle se dirigea vers le charmant jeune modèle pour engager la conversation. Devant sa beauté immaculée, elle eut la sensation douloureuse qu'elle devait paraître vieillotte et déglinguée ; de toute façon elle avait largement l'âge d'être sa mère. Mais peut-être fallait-il y trouver la clé de leurs rapports ; adopter envers elle une attitude maternelle, se montrer cordiale, affectueuse, protectrice, lui prodiguer conseils avisés et bonne compagnie. Elle était sûre d'avoir fait une impression favorable aux téléspectateurs, ils ne l'en aimeraient que plus.

*

À Yardley, Alison était installée devant la table de cuisine avec une pile de journaux ; elle parcourait les premiers échos de l'arrivée de sa mère au camp.

« Inconnue au bataillon – Sortez-la », faisait partie des gros titres typiques.

« Alors que la dernière en date des "célébrités" fait une entrée des moins fracassantes dans le camp, les téléspectateurs de tout le pays se posent la même question : C'est qui, celle-là ? » commençait l'article.

« On n'est pas censé recruter que des célébrités ? » disait un autre titre.

« Incroyable mais vrai, clamait un troisième, la "célébrité" de la jungle n'est qu'une BIBLIOTHÉCAIRE à temps partiel. »

« À la grande époque », lut Alison, « les concurrents de cette émission se divisaient en deux catégories, les has been et les aspirants. Mais cette fois, Val Doubleday (ou Doubledinde, comme la surnomme déjà l'équipe de prod), mère célibataire vieillissante, représente une toute nouvelle catégorie : ceux dont la carrière s'est achevée avant de commencer. »

Alison tressaillit pour la première fois. Doubledinde était le cruel surnom qu'on lui avait donné à l'école, lui avait confié sa mère dans un moment d'abandon. Elle découvrait avec désarroi qu'il avait été remis en service par les gens de la production et avait déjà fuité dans les journaux. C'était plutôt de mauvais augure.

Alison repoussa les journaux et se tourna vers

son ordinateur portable. Avant son départ pour l'Australie, elles lui avaient ouvert un compte Twitter. Elles s'étaient demandé s'il valait mieux mettre une photo récente de Val ou une du temps où elle était chanteuse, et elles avaient fini par adopter un compromis sous la forme d'un profil actuel accompagné d'une capture d'écran lors de son apparition à *Top of the Pops* en photo bannière – le tout très chic et très pro. Les deux premiers jours, le compte était passé inaperçu, mais dès que la presse avait annoncé la participation de Val, quelques suiveurs s'étaient manifestés au compte-gouttes – déjà 4 752 tout de même. Alison, qui maintenait la page ouverte en permanence, s'aperçut qu'elle contenait 319 nouveaux messages. Elle entreprit de les faire défiler avec une certaine fébrilité.

Le premier disait : *T'es qui, espèce de pute ?*

Suivi de :

Jamais entendu parler de toi
T'es moche, je te dis même pas
Bâillement. Elle m'ennuie déjà
Jmen souviens de ta chanson merdique
Dégagez-la ! La campagne commence avec ce hashtag : dégagezVal
T'as une gueule à gerber
T'es vieille
Bouh la sorcière
Conne de chez conne

Et ainsi de suite de tweet en tweet. Après avoir consulté une centaine de premiers messages, Alison décida qu'il était temps de mettre en indésirables la plupart des haters. Il lui fallut deux heures pour bloquer ainsi les plus infects, d'autant que de nouveaux tweets affluaient déjà, presque aussi vite qu'elle les bloquait. Au bout du compte, elle se sentit souillée, comme si elle avait récuré des toilettes à mains nues toute la matinée. Et de nouveaux messages apparaissaient sans cesse. La bataille était perdue d'avance. Elle renonça pour le moment et partit à la fac suivre les cours de l'après-midi.

Son sentiment d'irréalité, de déconnexion, persista toute la journée. Sur le chemin du retour, dans le 11, ce soir-là, il lui fallut faire un effort pour réaliser que sa mère se trouvait à plus de quinze mille kilomètres, sans doute endormie sous le ciel australien en compagnie d'une douzaine de personnes qui la veille encore lui étaient inconnues. Elle qui avait mené une vie si étriquée ces dernières années, comment allait-elle s'adapter, Seigneur ! Les dernières nouvelles directes qu'elle avait reçues émanaient de Steve : « Je viens de voir Val escamotée par un hélicoptère, direction la jungle. C'est parti pour quelques jours. » Elle n'avait rien répondu à ce texto. Il ne lui restait donc plus qu'à se fier à son imagination, qui n'était guère à la hauteur en l'occurrence. Peut-être vaudrait-il mieux penser à autre chose, si possible, du moins jusqu'à neuf heures du soir, où les temps forts du premier jour de Val apparaîtraient à l'écran, dûment revus et corrigés au montage.

À neuf heures moins cinq, elle était déjà devant son poste, sur le canapé, avec une grande assiette de riz sauvage et de légumes sautés. Elle avait coupé le son pendant les publicités, et elle était frappée par le silence, le vide de la maison privée de la présence de sa mère, fût-elle une présence en demi-teinte et peu loquace. Elle lui manquait, sa mère, au-delà de ce qu'elle aurait imaginé. La voir à la télévision compenserait-il son absence ?

Soixante minutes plus tard, elle se demandait encore ce qu'elle avait vu. Pas grand-chose de sa mère, en tout cas. En tout et pour tout, sa contribution à l'émission n'avait pas dû dépasser deux ou trois minutes, en comptant les quelques plans de son arrivée au camp. L'instant où elle se présentait en lançant « Salut tout le monde ! » lui avait paru tomber à plat ; les caméras s'étaient attardées – une éternité – avec une délectation évidente sur le silence qui avait suivi son bonjour, elles avaient zoomé sur ses yeux brillants d'attente, puis voilés par la déception quelques secondes plus tard. Elle était si petite, si vieille, sa mère. Comment ne s'en était-elle pas aperçue plus tôt ? Et puis, est-ce qu'elle avait toujours marché aussi voûtée ? Elle se tenait atrocement mal. Après ce passage, de toute façon, elle avait plus ou moins disparu de l'émission, consacrée pour l'essentiel à une séquence interminable où Danielle, le ravissant mannequin, prenait une douche en maillot avec Pete, la star de la téléréalité. Val faisait une seconde apparition, on la voyait bavarder avec Danielle, l'après-midi, pendant que les autres dormaient.

VAL : Je m'attendais quand même à une réaction un peu plus chaleureuse de la part des autres, quand je suis arrivée, c'est tout.

DANIELLE : Tout le monde est crevé, tu sais, faut pas t'en faire à mon avis.

VAL : Pour moi, ç'a été assez décevant, après l'hélicoptère et tout le reste, quoi.

DANIELLE : Oui, ça t'a fait l'effet d'un têtard mouillé.

VAL *(un temps)* : D'un *pétard* mouillé, tu veux dire ?

DANIELLE : Quoi ?

VAL : C'est l'expression, *un pétard mouillé.*

DANIELLE : Ah, d'accord. Tu me corriges, si je comprends bien ?

VAL : Oh, tu n'es pas la seule à te tromper là-dessus.

DANIELLE : Moi je pensais qu'on disait têtard parce que ça vit dans l'eau, alors c'est logique que ce soit mouillé, tu vois.

VAL : Oui, c'est logique. Mais il faut dire pétard.

DANIELLE : D'accord, d'accord *(un temps).* Eh bien, merci de m'avoir détrompée.

Quand l'émission prit fin, Alison resta un moment sur le canapé, à contempler l'écran noir. Elle venait de vivre l'une des expériences les plus singulières de sa vie : elle connaissait intimement sa mère ; mieux – beaucoup mieux – que n'importe qui au monde. Et elle la reconnaissait tout à fait dans cette femme vue à la télévision. Pourtant, dans les rares aperçus que l'émission avait présentés, elle avait également eu l'impression d'être face à une étrangère. Elle l'avait vue de l'œil des caméras, de l'œil de ceux qui avaient monté l'émission ; or cet angle-là ne pardonnait pas. Il ignorait le filtre de l'amour.

De l'amour, Twitter n'en avait pas à revendre pour Val ce soir-là.

Beurk, qu'elle est chiante
Sortez-moi cette gnasse de l'écran
Rejoignez la campagne #dégagezVal
Putain quelle salope
T'as fait combien de pipes pour passer à l'émission
Nazie de la grammaire
Fous la paix à Danielle
Tu te prends pour qui connasse, de corriger Danielle
Tu oses parler comme ça à Danielle, espèce de vieille truie
Gueule d'enclume #dégagezVal
Retourne à tes bouquins et lâche Danielle #soutien-Danielle
Retourne à tes bouquins vieille conne
Têtard Pétard t'es qu'une Pétasse
Espèce de salope, tu vas comprendre ta douleur

De nouveau, Alison dut passer une heure ou deux à bloquer les internautes les plus insultants. De nouveau, elle éprouva l'impuissance du roi d'Ys contre le raz de marée. Sa mère avait 6 111 suiveurs, ce qui n'était pas si mal, sauf que Pete en totalisait 314 566 et que Danielle approchait du million.

Les choses se présentaient mal.

*

Sous un ciel bleu nuit plein d'étoiles, Val était assise seule à l'ombre d'un eucalyptus. Les bras enserrant ses genoux, les genoux sous le menton.

Ainsi roulée en boule, elle se balançait d'avant en arrière et d'arrière en avant, paupières closes, en s'autorisant quelques sanglots cathartiques. Elle espérait que personne ne la verrait, même s'il était probable qu'il y ait au moins une caméra braquée sur elle quelque part puisqu'il y en avait partout, cachées dans les troncs d'arbres creux, les anfractuosités des rochers, fixées sur des perches télescopiques qui haussaient le cou sans crier gare dans la végétation. On n'avait aucune intimité, aucune. Certes, elle avait abdiqué ce droit en acceptant les conditions de participation. Mais elle n'aurait jamais cru que ce serait aussi éprouvant…

Et en arrière, et en avant. Elle essayait de se rappeler les techniques de méditation enseignées par son professeur de yoga, mais ça remontait trop loin. Et d'ailleurs, elles ne lui serviraient à rien. Les images dont elle voulait se purger l'anéantissaient, indélébiles – impossible de penser à autre chose. C'étaient les images banales sur lesquelles s'ouvrait la journée. Fin de matinée, début d'après-midi, plus ou moins. Il faisait jour en tout cas. Grand soleil. D'abord la clairière où le guide l'avait conduite. La table devant laquelle on lui avait dit de s'asseoir. Le récipient aux parois transparentes placé dessus, avec à l'intérieur… Oh mon Dieu. L'insecte, la… chose, le quoi déjà, le goliath, lui avaient dit les deux présentateurs avec des rires gras. Mais bon sang, il mesurait bien quinze centimètres, cet engin ! D'un vert vif, malsain. Six longues pattes grêles, un long torse avec une grosse carapace rigide et au bout… la tête, offrant une similitude troublante avec une tête humaine (antennes en sus), dont les petits yeux étaient levés vers elle, pleins de vie, aux aguets mais impénétrables. (L'expression de terreur qu'elle avait cru y lire ne pouvait être que pur anthropomorphisme – mon Dieu, faites qu'il en soit ainsi). Ensuite, on lui avait enjoint de passer une paire de lunettes en plastique (elle se demandait encore pourquoi) et de fermer les yeux en serrant les paupières, après quoi le dompteur d'insectes – si, si, c'était son titre officiel ! – s'était emparé de la pauvre créature infecte, et Val avait dû ouvrir la bouche toute grande pour qu'on l'y introduise – elle l'avait sentie en elle – elle l'avait sentie se tortiller, se débattre avec frénésie, ses longues pattes obscènes battant contre sa langue et son palais, dans la prison, la cage qu'était devenue sa bouche… Presque aussitôt, elle avait éprouvé un haut-le-cœur, un besoin impérieux de régurgiter, d'ouvrir les lèvres et de cracher l'insecte sur la table devant elle. Mais elle savait que pour chaque laps de dix secondes où elle le garderait dans sa bouche ses camarades recevraient une portion de nourriture et elle n'avait pas voulu décevoir leur attente. Alors le goliath avait lutté et s'était tordu de plus belle, il avait essayé de s'échapper par le fond en forçant un passage dans sa gorge, mais elle avait plissé les paupières, qui laissaient déjà filtrer des larmes de détresse, et serré plus fort les lèvres. Pourtant, une partie de l'insecte devait encore ressortir puisque l'un des présentateurs lui avait dit : « Allez, Val, fais pas de manières, avale-moi ça tout entier », ce que l'autre animateur avait commenté avec un rire égrillard : « Ça doit faire un bail qu'un gars t'a pas demandé ça, hein, Val ? », pour la plus grande joie de toute l'équipe ; mais ce n'était qu'à présent, rétrospectivement, qu'elle mesurait la vulgarité salace de ces paroles ; sur le moment, elle s'était concentrée désespérément pour ne pas régurgiter, ne pas vomir, garder les paupières et les lèvres closes en s'efforçant d'ignorer le grattement des longues pattes anguleuses contre sa bouche jusqu'à ce que la créature s'immobilisât brusquement. Oh mon Dieu, est-ce que je l'ai tué ? Mais cette pensée avait été de courte durée parce qu'elle avait senti autre chose sur sa langue, un liquide, un goût – Seigneur ! – un goût plus immonde, plus abject que tout ce qu'elle avait pu connaître ou imaginer jusque-là. Sous l'effet de la terreur, l'insecte était en train de lui chier dans la bouche ; il s'était chié dessus ! Quand elle avait senti l'excrément liquide lui couler dans la gorge, son estomac s'était révulsé, elle avait été prise d'une nausée et, dans un gargouillement bruyant, elle avait craché l'insecte sur la table avec un filet de bave, après quoi elle avait dû, sinon s'évanouir, du moins perdre toute notion de ce qui se passait autour d'elle, car elle ne se souvenait pas des applaudissements et des ovations des présentateurs. Elle se revoyait seulement plus tard, assise sur une chaise, enveloppée dans une couverture, en train de boire gorgée d'eau sur gorgée d'eau, de se gargariser et de cracher dans l'espoir forcené de se débarrasser de ce goût, ce goût horrible, qui lui revenait périodiquement et lui donnait envie de rendre une fois de plus…

Elle roula sur le côté et partit à quatre pattes vomir au milieu d'un bouquet de fougères, le plus discrètement possible. Par sa faute, son propre dîner avait été maigre, une poignée de riz aux haricots, et voilà que tout lui était remonté. Tout de même, elle se sentait libérée. Encore quelques minutes pour retrouver ses esprits, et elle serait prête à rejoindre les autres. Le plus tôt serait le mieux, parce qu'elle voulait dire un mot à Danielle. Elle lui avait parlé un peu rudement après dîner, lui reprochant de ne pas donner un coup de main à la vaisselle. Le reproche était fondé, Val n'en doutait pas. Danielle était une flemmarde qui s'arrangeait pour ne jamais participer aux corvées. N'empêche qu'elle lui avait parlé sèchement, alors qu'elle ne voulait pas la froisser, et moins encore s'aliéner la sympathie des téléspectateurs. Dès qu'elle se sentirait mieux, elle irait s'excuser.

Danielle n'était pas au camp. Elle était allongée avec Pete dans une clairière, à cinquante mètres de là. Couchés sur le dos côte à côte, ils regardaient les étoiles à travers le berceau des arbres. Le visage de Danielle était, comme souvent, sans expression. Pete, lui, paraissait maussade et agité.

« Oh, pardon, je ne voulais pas vous déranger, dit Val.

— Pas du tout, dit-il en se redressant. Tu voulais nous dire un mot ?

— Oui, en fait je voulais parler à Danielle.

— Pas de souci, faut que j'aille couler un bronze, de toute façon. »

Il se leva et s'éloigna. Val s'accroupit à côté de Danielle et lui dit : « Coucou, ma belle, j'espère que je n'ai pas interrompu un tête-à-tête sentimental. »

Danielle pencha de quelques degrés sa tête si parfaite. « T'en fais pas. Pas de danger qu'il y ait la moindre romance entre nous, en ce qui me concerne. C'est un branleur. On fait ça parce que le réalisateur nous a dit qu'il fallait qu'on la joue un peu plus tendre. »

Val hocha la tête, ne sachant que répondre. Elle apprenait avec étonnement qu'ils avaient reçu les directives d'un « réalisateur ». Elle ne savait même pas qu'il y avait quelqu'un répondant à ce titre.

« Tu voulais quoi, au fait ?

— C'est au sujet de la vaisselle. »

Danielle se détourna d'elle de nouveau, et leva un regard vide vers les étoiles. « Quoi, la vaisselle ?

— Je suis venue te dire… pardon si je t'ai parlé un peu brutalement. Tu n'es pas fâchée, j'espère ?

— On ne peut pas dire que tu y aies mis les formes, se plaignit Danielle avec une moue. Je sais bien que je suis plus jeune que toi, mais je pense quand même mériter qu'on me traite convenablement, tu vois…

— Mais si, j'y ai mis les formes, protesta Val. C'est vrai, j'aurais pu te dire “Bouge-toi, espèce de feignasse, remue un peu tes fesses”, hein ? Mais jamais je ne te parlerais comme ça.

— Sans doute… apprécia Danielle, qui se radoucissait.

— Parce que, tu vois, il faut qu'on fasse chacun sa part, voilà, si on veut tenir deux semaines. On est tous dans le même bateau, comme dit notre cher Mr Osborne.

— Qui ça ?

— George Osborne, le chancelier de l'Échiquier. »

Le visage de Danielle resta de marbre et Val ne put s'empêcher de rire. « Oh, Danielle, t'es trop, toi. Sur quelle planète tu vis ? Tu ne lis jamais les journaux ?

— J'ai pas le temps.

— Il faut le prendre. Chacun doit savoir ce qui se passe dans le monde.

— Je bosse comme une brute. Le matin à six heures et demie, je suis déjà en salle de sport, et puis après, toute la journée, je suis sur une prise de vues ou bien au studio d'enregistrement.

— Au studio d'enregistrement ?

— Oui, je suis chanteuse. C'est ce que je veux faire. J'enregistre un disque, en ce moment, seulement c'est long pour arriver à chanter juste, tu vois. J'ai jamais pris de cours ni rien, je veux dire.

— Tu joues d'un instrument ?

— Je sais jouer *Yellow Submarine* à la guitare. Tu sais, la vieille chanson des Beatles. »

Val éprouva tout à coup une vague de tendresse à son égard. Elle lui paraissait si jeune ; pas seulement jeune, d'ailleurs, esseulée, vulnérable, aussi. « Ça doit te manquer, cette vie, dis donc.

— Tout me manque ! C'est l'horreur ici. On n'arrête pas de me faire faire des trucs avec Pete, parce qu'ils ont vendu plein d'articles sur notre belle romance, mais on peut pas se sentir, lui et moi. J'aime pas les gens, ici. Y a que des vieux, je m'ennuie. Je veux rentrer chez moi. Papa et Maman me manquent, et ma sœur aussi. Et celui qui me manque le plus, celui qui me manque terrible, c'est César, notre boxer.

— Oui, je sais, mon poussin, dit Val en lui posant une main compatissante sur l'épaule, ta mère me l'a dit à mon arrivée. C'est terrible, hein, de perdre l'animal qu'on aime. Moi, j'avais un chat qui s'appelait Byron, et quand il est parti…

— Quoi, dit Danielle en se relevant brutalement, les yeux ronds. Qu'est-ce que tu racontes ? »

Val porta la main à sa bouche. « Oh mon Dieu, tu n'étais pas au courant ?

— Il est arrivé quelque chose à César ? Qu'est-ce qu'il lui est arrivé ? *Dis-le-moi !* »

Val n'avait plus le choix, il lui fallut annoncer la nouvelle et Danielle fondit en larmes aussitôt. Elle sanglota dans ses bras pendant quelques minutes, et Val lui tamponna les yeux avec un mouchoir en papier, qui fut trempé aussitôt.

« Pardon, je t'ai bousillé ton kleenex, dit Danielle dès qu'elle fut en mesure de parler de nouveau.

— Pas grave, je vais aller en chercher d'autres », répondit Val. Elle émit un rire qu'elle espérait consolant, histoire d'alléger l'atmosphère, et ajouta : « Y a qu'à demander pour être servie ! »

Chemin faisant, elle se retourna, et vit que Danielle la regardait s'éloigner, le visage un peu moins vide que d'ordinaire. Ses yeux bleu layette n'étaient plus que des lacs de tristesse limpide, son joli visage juvénile strié de larmes.

*

« Merde ! s'exclama Alison. Merde, Maman, t'es trop conne, tu joues à quoi ? Qu'est-ce qui t'est passé par la tête ? »

Elle s'avança sur le canapé, serrant la télécommande à la casser. La panique la saisit. Sa respiration s'accéléra, elle haletait. Ne voulant pas écouter la musique du générique de fin, elle coupa le son, se leva et se mit à arpenter le séjour en s'efforçant de reprendre son souffle. Sur l'écran, elle voyait défiler les numéros de téléphone à appeler pour éliminer les concurrents. Enfin, elle s'arrêta devant le poste, l'éteignit, se prit la tête à deux mains et se répéta : « Mais Maman, qu'est-ce qui t'est passé par la tête de faire ça ? »

Comme s'il ne lui avait pas suffi de regarder sa mère subir son épreuve, devoir engloutir cette énorme créature, et la garder dans sa bouche pendant que tout le monde l'observait et riait autour d'elle ! Elle savait que Val avait une sainte horreur des insectes, sans exception. La terreur et la révulsion s'étaient lues sur son visage, ce qui, pour les concepteurs de l'émission (ainsi que pour ses téléspectateurs, supposait Alison), faisait tout le sel de la chose. Mais ensuite, vers la fin de l'épisode, cette conversation entre sa mère et Danielle, comment diable avait-elle pu se produire ? Qu'est-ce qui se passait ?

Val avait parlé sur un ton un peu vif à Danielle, après le dîner. Elle lui avait demandé d'aider à la vaisselle en lui faisant remarquer qu'elle ne fichait pas grand-chose d'une manière générale. Danielle avait eu l'air vexé, et elle s'était éloignée pour s'allonger avec Pete, un peu à l'écart du camp. Puis, quelques minutes plus tard, Val les avait interrompus, sans doute pour revenir à la charge. À la télévision leur conversation donnait ceci :

VAL : J'espère que je n'ai pas interrompu un tête-à-tête sentimental.

DANIELLE : T'en fais pas. Tu voulais quoi, au fait ?

VAL : C'est au sujet de la vaisselle.

DANIELLE : Quoi, la vaisselle ? On ne peut pas dire que tu y aies mis les formes. Je sais bien que je suis plus jeune que toi, mais je pense quand même mériter qu'on me traite convenablement, tu vois…

VAL : Bouge-toi, espèce de feignasse, remue un peu tes fesses.

(Gros plan sur le visage de Danielle, interloquée.)

VAL : Sur quelle planète tu vis ?

(Nouveau gros plan sur Danielle, qui fond en larmes et que Val plante là.)

VAL *(jetant un coup d'œil derrière elle en riant)* : Y a qu'à demander pour être servie !

(Gros plan sur Danielle la regardant partir, le visage strié de larmes.)

*

Alison n'osa pas relever les messages sur Twitter ce soir-là. Elle se coucha immédiatement et, après être restée une heure ou deux à chercher le sommeil et à se demander quel démon possédait sa mère là-bas, dans la jungle australienne, pour qu'elle se soit livrée à une sortie aussi grossière que méchante, elle finit par dormir en pointillés. Sa nuit fut courte. À six heures elle était déjà réveillée et, après s'être fait un mug de café bien fort, elle alluma l'ordinateur portable.

Les nouvelles étaient mauvaises, elles étaient

même catastrophiques. Le compte de sa mère subissait une hémorragie de suiveurs – elle était tombée à 3 000 – et les messages d'insultes arrivaient à une cadence de quatre ou cinq à la minute. La plupart portaient le hashtag *#équipedanielle*, et le moins qu'on ait pu dire, c'est que le million de partisans du top model n'étaient pas très contents de ce qu'ils avaient vu la veille.

MégaSalope
Grosse pute, je vais te tuer
T'es qu'une vieille vache de merde
Doubledose de connerie et de méchanceté
T'as fait pleurer notre ange, tu vas payer
Je te déteste comme j'ai jamais détesté personne.
Crève d'un cancer
Grosse conne
Grognasse, tu mériterais qu'on te viole jusqu'à ce que ta vieille fente saigne

Alison éprouva un écœurement physique à lire ces phrases ; elle dut se précipiter aux toilettes pour vomir. Rien ne vint, pourtant, sinon des nausées à vide. Ensuite, à contrecœur et par piété filiale, elle se força à quelques recherches rapides. Elle tapa le nom de sa mère sur Google Images, et là où hier encore elle aurait trouvé de vieilles pubs et des captures d'écran de *Top of the Pops*, des centaines de nouvelles photos s'accumulaient déjà. D'où venaient-elles, comment avaient-elles été téléchargées si vite ? La plupart renvoyaient à l'épreuve de la veille ; c'étaient des gros plans affreux et grotesques du visage de sa mère, qui ne lui faisaient grâce ni d'une ride ni d'un pore dilaté ; ses yeux étaient vissés derrière des lunettes de plastique, elle prenait l'insecte dans sa bouche, défigurée par la terreur et le dégoût. Les photos des derniers instants de l'épreuve, qui la montraient pliée en deux au-dessus de la table en train de vomir, un filet de bave verdâtre aux lèvres, semblaient avoir la faveur des internautes. Mais on n'y pouvait rien, ni elle, ni sa mère, ni personne. C'était le souvenir qu'elle laisserait dans les annales en ligne, désormais.

Trop déprimant pour s'y attarder. Alison jeta un coup d'œil à Google News, où elle apprit que selon le dernier sondage sa mère explosait les records d'impopularité en dix ans d'émission. Elle retourna se coucher.

*

Val approcha ses mains du feu de camp pour les réchauffer et sourit à ses camarades ; le bonheur leur faisait un halo. La journée avait été fantastique. Une vraie journée de détente et de plaisir. Pour commencer, Dino, le beau chef new-yorkais et macho invétéré qui était l'Américain de service dans l'émission, avait reçu des votants l'épreuve du jour. Il avait dû ramasser des étoiles en plastique au fond d'une citerne pleine d'eau où grouillaient des anguilles et il s'en était tiré avec maestria, ce qui avait valu à tous un rab de nourriture. Et maintenant qu'ils étaient repus, une surprise luxueuse les attendait, c'est dire si la bonne humeur était au rendez-vous. Dans l'après-midi, pendant qu'ils se détendaient dans leurs hamacs, Val et Roger l'historien avaient engagé la conversation, une conversation digne de ce nom ; sur la pluie et le beau temps tout d'abord, et puis, très vite, sur le gouvernement de coalition et sa légitimité par rapport aux électeurs. Telle avait été leur première discussion, la première où quelqu'un du camp ait abordé un sujet sérieux depuis que Val était arrivée trois jours plus tôt, oui, trois jours, c'était bien ça. Cet échange était si intéressant que, petit à petit, tout le monde y avait participé, y compris Danielle et Pete qui découvraient avec stupéfaction que l'Angleterre avait un gouvernement de coalition – il fallait croire que la nouvelle leur avait échappé l'année précédente –, du reste, Val s'était demandé s'ils avaient bien saisi la notion de coalition malgré les explications patientes de Roger. Mais enfin, c'était un simple détail, et sans y voir une grande victoire, cette conversation avait marqué le premier pas vers des rapports plus chaleureux, plus solidaires, et Val avait décidé que, désormais, elle s'appliquerait à développer ces relations dans le camp. Car le résultat était là : ils se trouvaient tous les douze assis autour du feu à bavarder et se raconter des histoires. Certes, il se disait beaucoup de platitudes, mais elle n'écoutait pas vraiment ; il lui suffisait de laisser les paroles glisser sur elle, se fondre dans les autres bruits de la forêt : froissements mystérieux dans le sous-bois, chant des cigales, cri lointain et plaintif d'un habitant de la jungle nocturne. On était loin de Yardley ! Tout bien pesé, quel privilège d'être ici ! Elle savait à présent que le souvenir de cette aventure lui serait précieux, quelle qu'en soit l'issue.

C'est alors que des pas se firent entendre aux abords du camp.

« Hé, debout ! s'écria Pete en se levant. Ça doit être notre surprise. » Il partit aux nouvelles et revint quelques minutes plus tard avec une guitare acoustique à cordes d'acier, entourée d'un ruban rose. Val était la seule vraie musicienne du camp et elle se fit un plaisir de jouer jusqu'à ce que les poignets lui fassent mal et qu'elle ait les doigts en sang ou presque. Ils chantèrent des chansons de Dylan, de Stevie Wonder, de Madonna et des Kinks, ils eurent leur séquence émotion avec *House of the Rising Sun*, *Scarborough Fair* et *Dancing Queen*. Lorsque Danielle voulut tenter sa version de *Yellow Submarine*, Pete faisant les chœurs, Val connut enfin un peu de répit. On aurait eu du mal à décider si le jeune mannequin chantait plus faux encore qu'elle ne jouait ou l'inverse, mais l'humeur était au beau fixe et les deux interprètes s'en tirèrent en surfant sur une vague de rires qui porta la liesse générale à son comble.

Ils finirent par ne plus rien avoir à chanter. Alors, Val demanda : « Ça vous ennuie que je joue quelque chose de ma composition ? »

Ça n'ennuyait personne, tout le monde voulait l'entendre.

« Ce n'est pas la chanson qui m'a fait connaître, c'est une nouvelle.

— Oh, génial, dit Danielle.

— Elle n'est pas très gaie, reprit Val, elle est même assez triste, c'est un peu… un retour sur soi.

— Arrête de t'excuser, et vas-y, lui lança Roger.

— D'accord. »

Elle sourit à la ronde avec une pointe de trac parce qu'elle venait de se rappeler qu'elle ne jouait pas seulement pour ce public de onze amis – car elle les considérait désormais comme des amis – mais aussi pour dix millions de téléspectateurs, ce qui faisait de ce récital le plus important de sa vie. Mais elle se sentait du cœur au ventre. Si elle avait pu subir l'épreuve de l'insecte géant, elle était capable de tout affronter. Or elle connaissait la chanson intimement, elle la vivait dans sa chair. La chanter à ces gens lui serait aussi naturel que de respirer.

Les doigts de sa main gauche se placèrent pour former le premier accord, un *fa* majeur sept avec une basse de *la.* Et, du pouce de la main droite, elle frappa les six cordes de la guitare avec une autorité ferme et tendre à la fois.

Watch the water take me home, absence makes me fonder
Choose a path where you can go, days are getting longer

(Vois les eaux me ramener au pays, l'absence ravive mes sentiments
Choisis ta voie, les jours rallongent)

Elle sut tout de suite qu'elle avait capté leur attention. Un grand calme descendait sur le camp. La parenthèse enchantée de la musique suspendait le temps. Val chercha la note la plus haute de la mélodie et la trouva sans peine.

Still I try to do my best, but I need your breath
As the moonshine controls the water, I will sink and swim

Les deux accords qui sous-tendaient le mot *swim* étaient un *ré* mineur, puis un *fa* mineur sixième, plus ambigu. Jusque-là, Val avait chanté sans réfléchir, vocalisé les mots de façon quasi automatique, mais elle s'aperçut que les vers suivants reflétaient presque sa situation actuelle.

Turn around and look at me, in many ways I'm stronger
Choose a path and set me free, to beyond and yonder

(Retourne-toi, regarde-moi, à bien des égards je suis plus forte
Choisis ta voie et libère-moi, pour que j'aille plus loin là-bas)

C'était vrai, l'expérience l'avait rendue plus forte. Elle lui redonnait un peu d'assurance, une confiance en elle ébranlée ces dernières années par une série de déconvenues dans sa vie personnelle comme dans sa carrière et qui s'exprimait pour l'heure dans le mouvement de ses doigts sur les cordes, la puissance de sa voix dans la nuit attentive. Voilà qu'elle retrouvait enfin le sentiment de faire ce pour quoi elle était née.

La chanson s'acheva. Le silence se fit autour du feu de camp ; pendant quelques instants, on n'entendit plus que les braises qui crépitaient. Et puis ses onze compagnons se mirent à l'applaudir, lentement et avec émotion, et quand leurs applaudissements cessèrent, ils la prirent dans leurs bras, l'embrassèrent en lui disant que sa chanson était superbe ; comme ils lui demandaient où se la procurer, si elle allait l'enregistrer, elle ne put retenir ses larmes et elle leur répondit en toute sincérité qu'elle venait de vivre un des plus beaux moments de sa vie.

*

Alison, se sentant incapable de regarder un nouvel épisode toute seule dans leur séjour vide, se rappela la proposition de Selena. Elle appela donc son amie et lui demanda si elle pouvait passer suivre l'émission avec eux ce soir-là.

« Bien sûr, lui répondit Selena, viens vers sept heures, on mangera un morceau avant. »

Comme promis, l'atmosphère chez elle était joyeuse et bruyante. Tout le monde envahissait la cuisine pour aider la mère aux préparatifs du repas, tout le monde sauf Sam, le père, qui restait attablé à lire l'*Evening Mail* pendant ce temps-là, et Navaro, le fils, qui était dans le séjour, penché sur sa console Nintendo dont on entendait crépiter les *bip* et les *plop*.

Sur le plan de travail se trouvait la dernière édition d'un magazine people et Alison le prit en reconnaissant les deux visages en couverture, accompagnés du titre « PETE ET DANIELLE OU LES SECRETS DE LA ROMANCE LA PLUS TORRIDE DE LA JUNGLE ». Elle feuilleta les pages pour chercher l'article correspondant.

« Je l'ai déjà lu, lui dit Ashley, la mère de Selena. Ils ne parlent pas de ta mère. Ils ont dû imprimer avant qu'elle arrive.

— C'est sans doute pas plus mal, commenta Alison en reposant le journal auquel elle n'avait fait que jeter un coup d'œil réticent. Elle a tendance à marquer contre son camp.

— Je trouve qu'elle s'en sort très bien, dit Ashley

en remuant un ragoût de poisson épicé à l'odeur alléchante. Il faut du cran pour aller là-bas faire ce qu'elle fait. J'espère que tu es fière d'elle. »

Au cours du dîner, ils ne purent éviter de parler de Val et de son aventure australienne. Selena et sa famille n'avaient pas suivi les commentaires en ligne, ils n'avaient donc pas idée de toutes ces réactions au vitriol. Ils trouvaient que Val avait été assez dure avec Danielle la veille mais, cela dit, ils regrettaient seulement que les caméras ne la montrent pas davantage. Alison en fut soulagée – tout le monde ne passait pas ses journées à se répandre sur la toile ; dans l'ensemble, la population avait mieux à faire de son temps. Sam lui demanda sans détour combien sa mère était payée pour sa participation et, quoique sa femme l'ait rabroué pour son manque de tact, Alison ne vit pas pourquoi elle en ferait mystère : elle était payée 20 000 livres.

« Ah bon, dit Ashley, à vrai dire j'aurais cru plus. Et qu'est-ce qu'elle va en faire ? J'espère qu'elle va t'emmener dans un bel endroit pour Noël et peut-être aussi t'acheter de jolis vêtements.

— Je ne sais pas, répondit Alison. Elle va sans doute en dépenser pas mal pour enregistrer des maquettes en studio.

— Elle mérite de faire un autre tube, c'est sûr. J'avais vraiment adoré son dernier titre. C'est une dame qui a beaucoup de talent. Il ne faut pas te formaliser des questions de mon mari, il n'a aucun savoir-vivre.

— Il n'y a pas de mal, ça ne me gêne pas de répondre aux questions.

— Moi, j'en ai une, dit Malikah, une des cadettes de Selena. Est-ce que je peux toucher ta jambe artificielle ? »

À neuf heures ils étaient tous devant l'émission. Alison était nerveuse, mais l'épreuve fut moins redoutable, un peu parce que la famille de Selena commentait avec beaucoup de verve ce qui se passait sur l'écran, et aussi parce que sa mère apparaissait à peine dans l'épisode. On avait droit à une scène assez joyeuse au cours des dernières minutes ; quelqu'un avait apporté une guitare et Pete et Danielle amusaient la galerie par leur interprétation consternante de *Yellow Submarine*. On voyait Val reprendre le refrain en chœur, elle souriait, elle avait l'air de s'amuser. À part cette séquence, on ne l'apercevait quasiment pas.

« Ah, c'était marrant, dit Ashley en coupant le son au moment du JT. Cette sotte, elle serait incapable d'aligner trois notes même si c'était une question de vie ou de mort.

— Putain, elle est bien roulée, faut dire », commenta le jeune Navaro. C'étaient à peu près les premiers mots qu'il prononçait de la soirée.

« Veux-tu parler convenablement, je te prie ? » gronda Ashley. Puis, se tournant vers Alison : « Je me demande pourquoi ils n'ont pas proposé la guitare à ta mère, ç'aurait été bien.

— Je sais pas. Elle est assez timide, ma mère. Je sais que ça peut paraître bizarre pour une chanteuse, mais c'est vrai. Elle est même très timide.

— Alors tout s'explique, conclut Ashley. Dommage, quand même. On aurait bien aimé réentendre sa voix. »

*

Quelques minutes plus tard, Alison partit et Selena lui proposa de la raccompagner jusqu'à l'arrêt du 11. La nuit était froide : elles claquaient des dents et devaient taper des pieds pour se réchauffer en guettant l'arrivée du bus. Alison avait du mal à se faire à l'idée que, quelques jours plus tôt à peine, cet univers était celui de sa mère, et qu'en ce moment elle était assise autour d'un feu de camp en Australie avec une bande de célébrités de second ordre. Elle aurait dû s'être habituée à l'irréalité de cette situation, maintenant, mais elle la déstabilisait encore.

« Au fait, lança-t-elle pour penser à autre chose, je voulais te dire un truc, un truc sur moi. Un petit secret.

— Allons bon, encore ! Pas ton autre jambe, quand même ? »

Alison fit non de la tête en souriant.

« T'as un œil de verre ?

— Non. » Mais à ce moment-là, Selena entendit une nuance de tension dans sa voix et elle se tut en attendant la révélation. « Je suis gay, finit par dire Alison sur un ton égal.

— Ah bon. » Selena, qui fixait le trottoir, leva vers elle des yeux brillants. « Bah, pas de quoi s'en faire pour ça.

— Non, tu es sûre ?

— Évidemment. »

Alison poussa un gros soupir de soulagement, elle sourit et prit son amie dans ses bras. « Tu me rassures, tu ne peux pas savoir.

— Pourquoi ? demanda Selena, qui la serra fort en retour.

— Je sais pas… les gens ont des réactions bizarres, parfois.

— Ah oui ?

— Ben, en fait, je ne l'ai confié qu'à deux personnes, toi et mon amie Rachel. Mais elle l'a pris tellement mal que j'appréhendais.

— Pourquoi, qu'est-ce qu'elle a dit ? »

Tout en traçant un dessin machinal de son pied droit, Alison se mit en devoir de lui expliquer. « Rachel, je la connais depuis des années, depuis l'école primaire. Elle habite Leeds mais on est toujours restées en contact. Alors il y a deux mois, je lui ai écrit une lettre et puis, le lendemain, je lui ai mis un message sur Snapchat pour savoir si elle l'avait reçue. Elle m'a répondu que oui. Et puis je lui ai demandé ce qu'elle faisait ce soir-là, et elle m'a dit (Alison déglutit avec effort), j'arrive pas à croire qu'elle m'ait dit ça, quoi, mais elle m'a dit qu'elle allait coucher avec son frère et que ça avait tout pour me plaire. »

Selena la regarda bouche bée. « Elle t'a dit quoi ?

— Ouais. Apparemment, pour elle, être gay et baiser avec son frère, c'est pareil.

— C'est ce qu'elle t'a dit ?

— Je n'ai vu le message que quelques secondes, parce qu'on était sur Snapchat, mais oui, en gros, c'est bien ce qu'elle a écrit. Je lui ai demandé comment ça se passait pour elle, et elle m'a répondu : "Ça se passe au pieu avec mon frère, ce soir." »

Incrédule, ne sachant trop s'il fallait rire ou s'offusquer, Selena cherchait ses mots. « Waouh, c'est bizarre de dire un truc pareil, et en plus, c'est bizarre de le dire *comme ça.*

— Bon, elle avait écrit à la main, et comme je te l'ai dit, c'est pas resté longtemps sur l'écran, mais c'est bien ce que j'ai lu. Et là-dessus elle a ajouté : "Tout pour te plaire, à mon avis."

— Merde, c'est dur ! Et puis rien d'autre, ç'a été sa seule réaction ?

— Elle m'a bien écrit une lettre, mais j'ai pas osé la lire, je l'ai balancée.

— Elle est… elle est chrétienne intégriste ou quoi ?

— Pas aux dernières nouvelles, non », dit Alison comme le bus entrait dans leur champ visuel. Elles eurent le temps de se faire un petit baiser sur la joue, gauche mais tendre, avant qu'elle monte à bord.

*

Danielle et Val suivaient leur guide sur le sentier de la jungle. Elles n'avaient aucun moyen de le savoir mais il était déjà dix heures et demie du matin. L'air était lourd et moite, et le sentier pénible.

« Je peux te poser une question, Val ? lança Danielle par-dessus son épaule.

— Bien sûr.

— C'est sur ta chanson d'hier soir, qui est vraiment jolie, au fait.

— Oh, merci.

— J'arrête pas d'y repenser. J'arrête pas de repenser aux paroles.

— Ah oui ? C'est bon signe, je suppose.

— C'est la phrase "*I need your breath as the moonshine controls the water*". C'est bien ça ?

— Oui, c'est ça.

— Je me demandais, ça veut dire quoi, au juste ? Comment le clair de lune commanderait à l'eau ? C'est, enfin, c'est un truc que tu as inventé ? »

Val eut un instant d'hésitation, se demanda si elle plaisantait, et décida que non.

« Ben, non. Je parlais de la lune et des marées, tu vois. De la force d'attraction de la lune.

— C'est-à-dire ?

— Tu sais, les marées qui montent et qui descendent, sous l'influence de la lune. »

Danielle s'arrêta net et se retourna ; à présent c'était elle qui se demandait s'il s'agissait d'une blague.

« Tu me fais marcher ?

— Jamais de la vie, ça ne me viendrait pas à l'esprit.

— C'est pour ça que la marée monte et descend ? Pour de bon ? »

Val hocha la tête.

Les beaux yeux de Danielle s'agrandirent. Elle venait d'avoir une révélation, et une révélation de taille.

« C'est incroyable, putain, j'en reviens pas. Quand on partira d'ici, ajouta-t-elle en se retournant pour reprendre sa marche, il faut qu'on se voie plus souvent. Tu es tellement calée. Comment tu as fait pour apprendre tout ça ?

— Je sais pas, répondit Val qui faillit se prendre les pieds dans une liane. Le fait de travailler dans une bibliothèque, peut-être… »

Quelques minutes plus tard, elles parvenaient à une vaste clairière où leurs présentateurs hilares les attendaient, comme de bien entendu.

« Bonjour, mesdames !

— On vous a réservé une petite surprise, aujourd'hui.

— Oui, aujourd'hui, on va avoir non pas une mais deux épreuves jungle.

— Mais comme toujours, il y a un truc.

— Hier nous avons demandé aux téléspectateurs de désigner leur participant préféré.

— Celle qui a obtenu le plus de voix va accomplir la première épreuve, qui est assez facile, pour être honnête. Ça s'appelle : Allons cueillir des chamallows et des roudoudous dans les zolis sentiers de la zungle.

— Hélas, la personne qui a obtenu le moins de voix aura la partie moins facile. Il va falloir qu'elle entre dans la Caverne du Mal.

— Alors, prêtes à entendre les résultats du vote ? »

Elles acquiescèrent toutes deux.

Val découvrit sans surprise que Danielle était la participante la plus populaire du camp. Mais elle eut un choc lorsqu'elle apprit qu'elle était pour sa part la moins populaire. Dès qu'on lui annonça la nouvelle, assortie des inévitables sourires en coin des présentateurs, elle sentit son estomac se retourner et ses jambes se dérober sous elle. La moins populaire ? Comment était-ce possible ? Toute l'assurance durement acquise les jours derniers l'abandonna. Elle comprit tout juste qu'un présentateur emmenait Danielle alors qu'elle-même était entraînée dans une autre direction par son comparse (lequel était-ce ? elle avait du mal à les distinguer) vers un roc de mauvais augure, à l'autre bout de la clairière.

« Nous y voilà, Val, dit-il d'une voix dégoulinante de charme adolescent. Qu'est-ce que ça te fait, les p'tites bébêtes qui montent qui montent ? »

Elle ne comprit rien à ce qu'il disait, à la question qui venait de lui être posée, tout ce qu'elle vit quand elle retrouva une vision nette, c'est qu'on lui désignait une cavité basse et étroite ménagée à flanc de rocher et qui semblait descendre dans les profondeurs du néant. Il y avait tout juste la place pour s'y glisser en rampant, et quelques secondes plus tard elle était dedans.

*

Dans la cuisine, Alison se bouchait les oreilles. Elle s'était trouvée dans cette situation quantité de fois parce que sa mère mettait toujours la télé trop fort. Quoi de plus prosaïque, de plus banal ? À ceci près que, cette fois, ce qu'elle refusait d'entendre, c'étaient les cris de détresse de sa mère elle-même.

Des cris épouvantables ; une plainte aiguë, des hurlements de bête, qui lui parvenaient à des milliers de kilomètres de distance depuis les tréfonds d'une caverne en lisière de la forêt primaire australienne, portés par le numérique et transmis fidèlement jusqu'à Yardley via les haut-parleurs du poste. Cette dernière épreuve en date avait dû avoir lieu des heures plus tôt, mais c'était une piètre consolation pour Alison, contrainte d'en vivre toutes les étapes en temps réel. Parfois, entre deux hurlements, elle entendait les gros rires du présentateur, accompagnés de réflexions comme « Tout va bien, Val ? Fournée suivante ! » ou bien « Oooh, qu'ils sont vilains, ceux-là, hein ? ». Et depuis combien de temps durait-il, ce supplice ? Pas plus de deux minutes, sûrement. Mais elle n'était pas sûre de tenir le coup plus longtemps.

« Selena ! cria-t-elle en direction du séjour. Baisse le son, putain. »

La télé se tut et, quelques secondes plus tard, Selena arrivait dans la cuisine. « C'est bon, c'est fini. Ils en sont aux pubs. » Voyant qu'Alison avait pleuré, elle sortit un kleenex de sa poche. « Attends, on va te débarbouiller un peu.

— Putain, j'ai eu du mal, dit Alison en s'essuyant les yeux d'un revers de manche.

— Elle s'en est pas trop bien tirée, hein ?

— Tu parles, qu'elle s'en est pas bien tirée ! C'était tout droit sorti de ses pires cauchemars. Déjà qu'elle est claustro ! »

La caverne où on lui avait enjoint d'entrer ne mesurait pas beaucoup plus de soixante centimètres de haut sur autant de large. Une fois dedans, on lui avait dit de s'allonger sur le dos et l'entrée avait été obstruée par une pierre.

« En plus, elle est nyctaphobe.

— C'est quoi ?

— Elle a peur du noir. Et entomophobe.

— Elle a peur… des insectes ? »

Alison acquiesça. « Quelle bourrique, aussi. Elle avait qu'à leur dire, merde ! » Elle attrapa une poignée de kleenex dans la boîte et se moucha. « Elle en avait partout ? C'était quoi, comme bestioles ?

— Je sais pas… des cafards, surtout. Et puis des araignées.

— Oh merde ! Elle a horreur des araignées.

— C'est fini, maintenant. Elle en a terminé avec ça. »

Selena prit Alison dans ses bras et la serra contre elle ; pendant un instant elles restèrent ainsi, sans bouger, sous la lumière crue de la rampe de cuisine. Selena attendait que son amie se détende, se radoucisse dans ses bras, mais il n'en fut rien.

« Elle était là, ici même, à cette heure-ci, la semaine dernière, elle était ici avec moi. Et aujourd'hui la voilà dans la jungle australienne, emmurée vivante, avec des araignées plein la bouche. C'est n'importe quoi, merde ! Qu'est-ce qui a bien pu nous arriver, cette semaine ? »

En tout cas, ce qui leur était arrivé prit fin très vite. À l'issue de cet épisode, l'émission s'acheva par un direct en Australie, où il était huit heures du matin. C'était le moment de voter pour l'élimination de la première célébrité. Alison et Selena étaient assises sur le canapé, avec leurs deux mobiles et le fixe en main, et elles appuyaient de façon répétée sur le numéro censé sauver Val de l'expulsion. Mais elles perdaient leur temps – et leur argent. Ce fut elle qui recueillit le moins de voix, et nettement. Si bien que, quelques minutes plus tard à peine, elle quittait le camp pour être introduite dans le studio mobile où les deux présentateurs lui feraient passer sa dernière interview. Quand elle alla s'asseoir auprès d'eux, elle paraissait épuisée, amaigrie, les yeux morts, le teint grisâtre. Après l'interview, on lui indiqua un pont de singe qui rejoignait l'endroit où l'attendaient voiture et chauffeur. Les caméras la suivirent sur le générique de fin. Alison la trouva plus vieille et plus frêle que jamais. Plus voûtée, aussi. Au bout du pont, Steve tendait les bras pour la recevoir ; il l'étreignit brièvement, en camarade. Le générique s'achevait, Alison éteignit la télévision.

« Et voilà, dit-elle, fin de l'histoire. »

Elle se versa un verre de vin, et en versa un à Selena, qui eut l'air d'hésiter en lui rappelant :

« Il va falloir que je rentre d'une minute à l'autre.

— Bah, encore un petit. Ça te fera pas de mal. »

Quarante minutes plus tard, le téléphone sonnait. C'était Val, qui appelait d'Australie. Elle était de retour à l'hôtel et pleurait au bout du fil. Alison tenta tout d'abord de la consoler, cependant il lui apparut bientôt que toutes ses paroles de circonstance (« Mais non, tu passais très bien ; ici tout le monde te soutenait ») étaient à côté de la plaque. Parce que le drame, c'était que Steve venait de la larguer. Une fois les célébrités conduites dans la jungle, leurs partenaires et invités avaient été emmenés tous les jours en excursion, et une idylle s'était nouée entre Steve et Jacqui, la tante de Pete. Cet après-midi même, ils s'envoleraient pour Cairns, où ils comptaient surfer quelques jours.

« Je suis tenue de rester ici encore une semaine, expliqua Val en reniflant, qu'est-ce que je vais faire, toute seule ?

— Je sais pas, M'man, mais je peux te dire ce qu'il ne faut pas que tu fasses.

— Quoi donc ?

— Aller sur internet ou lire les journaux. »

Elle raccrocha quand il fut évident que sa mère était trop fatiguée pour continuer à parler. Selena, qui avait entendu l'essentiel de leur conversation, fulminait, pleine d'une indignation sororale.

« J'ai bien compris ce qui s'est passé ?

— Ouaip, j'aurais dû la mettre en garde. J'aurais dû la mettre en garde contre ce gros connard. La prochaine fois que je le vois, je l'envoie au tapis et je le termine à coups de tatane.

— Je peux t'aider ? Je suis pas mauvaise, pour les coups de latte, et puis en plus, moi j'ai mes deux jambes… »

Alison éclata d'un grand rire plein de gratitude et tendit la main instinctivement pour effleurer la joue de son amie.

« Tu resterais pas dormir ici, par hasard ? »

*

Perry Barr – Handsworth – Winson Green – Bearwood – Harborne – Selly Oak – Cotteridge – Kings Heath – Hall Green – Acocks Green – Yardley – Stechford – Fox and Goose – Erdington – Witton – Perry Barr.

Merde !

Tu l'as dit tout haut ? Tu as crié ? Pourquoi est-ce qu'ils te regardent, tous ?

Tu as dû t'endormir.

— *Yardley – Stechford – Fox and Goose –*

Toujours pareil, mêmes images, mêmes sensations. L'obscurité, d'abord. Savoir que la paroi est juste au-dessus de ta tête, que tu ne peux pas bouger. Et puis les bruits. Les bruits de pattes qui courent quand ils te balancent la première cargaison, de là-haut, depuis un trou dans le rocher.

Toujours pas dormi la nuit dernière. Pas fermé l'œil. On dirait qu'il n'y a plus que dans le bus que tu peux dormir. Mais tu ne veux pas. Parce que dès que tu t'endors, tu les entends de nouveau. Tu les sens ramper sur toi. Ils remontent le long de tes jambes, dans ton pantalon, ils descendent dans ta chemise. Oh, putain.

— *Fox and Goose – Erdington – Witton –*

Deux mois. Deux mois que tu es rentrée. Deux mois, et rien qui bouge. La même merde, jour après jour.

— *Witton – Perry Barr – Handsworth –*

Les médecins disent que c'est une question de temps, faut attendre, mais qu'est-ce qu'ils en savent ? Ils ne sont bons qu'à prescrire des cachets, alors… Elle n'y comprend rien. Personne n'y comprend rien, personne ne sait quel effet ça fait. « Regarde le bon côté des choses », bon Dieu !

— *Handsworth – Winson Green – Bearwood –*

Ils ne se rendent pas compte, eux. Ils pensent que le pire, c'est d'avoir des araignées qui courent sur tout le corps, de devoir se fourrer un insecte au fond du gosier. Mais le pire ce n'est pas ça. *J'espère que tu choperas la chtouille.* Alison avait raison. *Tu mérites d'être violée.* Fallait pas aller voir. Maintenant, les mots sont gravés. 20 000 livres, pour se faire recouvrir par toute cette merde-là. Vaut pas le jus. Sans compter que ça fait plus que 10, après ponction des impôts australiens. Et entre les fadettes et le découvert…

— *Bearwood – Harborne – Selly Oak –*

D'accord, mais tu as payé tes dettes. Regarde le bon côté des choses. Finies, les dettes, pour l'instant.

— *Selly Oak – Cotteridge – Kings Heath –*

20 000 livres. C'est pas si mal. Jusqu'à ce que tu apprennes combien Danielle se faisait. 350 000. Il y a eux et il y a nous. « On est tous dans le même bateau. » Tu parles ! « Tu es tellement calée, Val. Quand on sortira d'ici, il faut qu'on se voie souvent. » Sans blague, petite garce. Tu l'as, mon numéro de téléphone, hein ? Comment se fait-il que tu n'aies jamais répondu à mes messages ? Ni toi ni les autres.

La vérité c'est que tu n'es pas du même monde que ces gens-là. Tu as eu la bêtise de le croire. Il est ici, ton monde, dans le bus numéro 11. Regarde autour de toi. Reviens à la réalité. Ils sont là, les gens de ton milieu. Des gens ordinaires. Des gens bien.

— *Kings Heath – Hall Green – Acocks Green –*

Regarde cette charmante vieille. Tu l'as vue hier, non ? Quelque part. Est-ce qu'elle serait passée à la bibliothèque ? On en a beaucoup qui viennent pour se réchauffer.

Non, à la banque alimentaire, c'est ça ! Elle sortait quand tu es entrée. Tu lui as tenu la porte. Elle t'a regardée d'un drôle d'air, comme si tu n'avais rien à faire là. Pourquoi donc ? Tu ne faisais que jeter un coup d'œil. Par curiosité, c'est tout. Tu voulais savoir ce qu'ils distribuaient. Il n'était pas question d'y avoir recours. Tu n'en es pas encore là.

Regarde le bon côté des choses.

Mais là, pourquoi elle te dévisage ?

Elle a besoin d'un coup de main pour sortir son caddie.

— *Acocks Green – Yardley –*

« Excusez-moi, vous voulez que je vous aide ? »

La dame a croisé son regard. Elle avait des yeux bleu pâle, veinés, larmoyants. Ses mains tremblaient sur la poignée de son caddie.

« Sale bonne femme », lui a-t-elle enfin craché, lorsque à l'arrêt de bus les portes se sont ouvertes et qu'elle a descendu le marchepied. « Retourne dans ta jungle avec tes frères singes. »

LE JARDIN DE CRISTAL

À vrai dire, il ne s'agit pas de fantômes ou d'apparitions, mais, pour bizarre que cela puisse paraître, Redmond, je suis hanté par quelque chose qui assombrit considérablement mes jours et me remplit de désirs sans nom.

H. G. WELLS
La Porte dans le mur (1911)

Quand Tim avait quitté son bureau, Laura était trop furieuse pour réfléchir. Vibrant d'indignation muette, elle s'était mise à la fenêtre et l'avait regardé traverser la cour en direction de la conciergerie. Son arrogance transparaissait jusque dans sa démarche et la coupe de ses vêtements, songeait-elle en projetant son ressentiment sur la silhouette du jeune homme qui s'éloignait. Lorsqu'il eut disparu sous la voûte, elle se remit à sa table de travail, où la tasse de thé au jasmin qu'elle lui avait servie accrocha son regard. Il n'y avait pas touché. Elle l'emporta dans les toilettes à mi-étage et la vida dans le lavabo.

Cet entretien n'était pas le premier désagrément de la journée. Les éditeurs du journal lui avaient envoyé un nouveau mail pour lui demander quand elle comptait leur soumettre sa contribution et lui signaler qu'elle avait dépassé de plus d'un mois la seconde date limite. Alors, une fois de plus, elle s'était astreinte trois ou quatre heures à parcourir ses notes décousues et celles plus décousues encore de feu son mari pour tenter d'en dégager un thème majeur, une vision d'ensemble qui mettrait en cohérence ces idées à première vue disparates. Peine perdue.

Tim s'était présenté à deux heures tapantes. C'était un étudiant de deuxième année, issu d'une pension chic plus connue pour ses écolages prohibitifs que pour ses résultats brillants. Il venait se plaindre.

Comment en est-on arrivé là ? se demandait-elle. Hier, sur les bancs de l'université, elle buvait les paroles de son directeur de thèse ; elle tendait l'oreille à toute pépite de science qui sortirait de sa bouche. Il était sûrement plus sain que l'étudiant d'aujourd'hui ait davantage de sens critique mais certains, dont Tim était un cas de figure, passaient d'un extrême à l'autre. Il la considérait essentiellement comme une prestataire de services, qu'il fallait rappeler à l'ordre lorsque le service en question laissait à désirer.

« L'auteur du texte n'est pas un poète sérieux, lui avait-il dit.

— Il s'appelle Edwin Morgan, et c'est un poète très sérieux, au contraire. Il se trouve que je vous ai proposé une de ses œuvres les plus légères.

— Du charabia.

— Il me semblait avoir établi que non, c'était d'ailleurs le sujet même de notre débat. »

Laura avait demandé à son groupe de vingtiémistes d'étudier « Le chant du monstre du Loch Ness » d'Edwin Morgan et elle croyait les avoir convaincus, à l'issue du cours, qu'il y avait des bribes de sens à extraire de cet assemblage apparemment aléatoire de voyelles et de consonnes.

« Quand j'ai prononcé son nom devant ma mère, elle m'a dit qu'elle n'avait jamais entendu parler de lui, et puis elle m'a demandé pourquoi nous n'avions pas encore étudié T. S. Eliot cette année. »

C'était donc ça ! Sa mère avait fait des études de littérature anglaise, en effet. À présent elle écrivait des romans historiques, et il fallait croire qu'elle n'en vivait pas trop mal puisqu'on les trouvait jusque sur les tourniquets des aéroports.

« Mon cours ne s'adresse pas à votre mère. Ce sont peut-être vos parents qui paient les droits universitaires, mais ce ne sont pas encore eux qui font les programmes. »

Son allusion aux frais de scolarité, elle s'en était rendu compte plus tard, l'avait piqué au vif. Elle se doutait d'ailleurs depuis longtemps que c'était là que le bât blessait. À travers les étudiants eux-mêmes, elle percevait de plus en plus la présence vigilante et le contrôle à distance de parents inquiets qui voyaient leur compte en banque siphonné et voulaient être sûrs d'avoir du retour sur investissement. Cette vocation sur laquelle Laura et ses collègues avaient construit leur pratique – éduquer les jeunes esprits, les mener à un plus haut niveau de connaissances et de compréhension – était devenue un produit financier censé rapporter des dividendes.

Elle ruminait encore cet entretien en attendant Danny au pub, en fin d'après-midi, devant un grand verre de sauvignon blanc. Elle avait sous les yeux une feuille A4 avec la liste des grands axes de son article en souffrance, qu'elle avait tenté de dégager une fois pour toutes :

Paranoïa

Prodigieux et Surnaturel

Le monstre du Loch Ness dans les films, les livres, la poésie

Le monstre est presque toujours un canular, émanant d'un complot qui vise à extorquer de l'argent aux touristes et/ou aux autochtones.

Que vend-on ? Qu'est-ce qui est commercialisé ?

Une forme de terreur sacrée – un sens du mystère – l'INCONNAISSABLE

Et elle s'avisait tout juste qu'il pouvait y avoir un rapport, fût-il ténu et indirect, entre le pragmatisme brutal dont la génération de Tim avait hérité et les idées dont elle se proposait de faire la synthèse dans cet essai. Était-ce l'argument que son mari avait voulu développer ? Était-ce ce qu'il entendait par la « marchandisation du mystère », formule à laquelle il revenait toujours quand il se livrait à l'analyse de ces livres et films oubliés ?

Perdue dans ses pensées, elle leva les yeux : Danny était là.

« Il faut savoir décompresser de temps en temps », lui dit-il, l'œil sur ses papiers.

Elle couvrit ses griffonnages d'une main pudique, comme s'il venait de la surprendre en petite tenue.

« Je te remets la même chose ? » lui demanda-t-il en l'embrassant sur la joue – un baiser un peu trop appuyé, et trop près de la bouche pour son goût.

« Il vaudrait mieux pas, je conduis.

— C'est la sagesse même. Un sauvignon, c'est ça ?

— Bon, mais un petit verre, alors. »

Pendant qu'il était au bar, elle se demanda si elle avait été bien inspirée d'accepter, au détriment de ses devoirs de mère : elle aurait dû rentrer trois quarts d'heure plus tôt faire dîner Harry et libérer Keisha, sa nounou malaisienne, à l'heure convenue. Trop accommodante, cette Keisha, trop prête à dire amen. N'ayant pas de famille en Angleterre, elle arrondissait volontiers ses fins de mois en restant une heure ou deux pour couvrir les occasions fréquentes où Laura décidait de travailler plus tard ou s'arrêtait prendre un verre de blanc au *Jéricho* sur le chemin du retour. D'ordinaire, elle y buvait en solo sans s'attarder, pour se détendre – où était le mal, après tout ? Cependant, lorsque Danny se joignait à elle, la donne n'était plus tout à fait la même. Elle l'aimait bien, et pourtant ces rencontres la mettaient vaguement mal à l'aise. Danny était marié, mais ne parlait presque jamais de sa femme – en gros, il faisait comme si elle n'existait pas. Du vivant de son mari, Laura s'en fichait. Danny et elle se retrouvaient autour d'un verre pour parler boulot, propositions de recherche, communications, pour se plaindre des étudiants, de la bureaucratie, de la paperasserie. Ils se défoulaient entre collègues, sans conséquence. Elle n'avait jamais pu aborder ces sujets avec Roger, déjà trop absorbé, trop ancré dans le passé pour s'en extraire. Quoi qu'il en fût, depuis sa mort, les rapports avec Danny avaient changé. Sa femme avait totalement disparu de sa conversation, il s'asseyait plus près de Laura, lui parlait avec des trémolos dans la voix et des regards appuyés. Et pourquoi ? Elle était toujours en deuil. S'il avait des vues sur elle et se figurait qu'elle était plus disponible que l'année précédente, il se trompait. Elle croyait du reste avoir été claire sur ce chapitre.

« Qu'est-ce que tu regardes ? » lui demanda-t-il quand il revint avec leurs consommations.

Une bande d'étudiants de première année qui s'entassaient à une table d'angle avaient en effet attiré l'attention de Laura. Ils étaient six, et tous avaient dégainé leurs téléphones portables. Enlacés, serrés les uns contre les autres, ils prenaient des selfies tout en échangeant des vannes à tue-tête. Leur table était jonchée de pintes de bière et de shots de vodka, avec, détail incongru en la circonstance, un exemplaire du magazine étudiant *Isis*, qui devait appartenir à une étudiante blonde assise légèrement à l'écart des autres, sans doute incapable d'entrer sans réserve dans cette hilarité tapageuse et fortement alcoolisée.

« Je me demandais quel effet ça nous ferait d'avoir leur âge, dit-elle en les désignant d'un signe de tête. Les deux là-bas, ils sont à moi. Le boutonneux et la blonde.

— C'est le genre à préférer rester chez elle avec un ouvrage de tricot et une tasse de cacao.

— Oh, détrompe-toi. C'est une fille brillante. Mais elle est plus… indépendante que la plupart.

— Ce ne serait pas ta chouchoute, par hasard ? »

Ignorant la pique, Laura poursuivit, comme pour elle-même : « Au début du premier trimestre, je leur ai demandé d'apporter leur texte préféré. Ils avaient le droit de prendre ce qu'ils voulaient, prose, poésie, théâtre, cinéma. Elle, elle a choisi les paroles de la chanson *Harrowdown Hill*, de Thom Yorke, tu connais ? »

Danny fit non de la tête.

« Sur la mort de David Kelly. »

Intrigué, il jeta un coup d'œil à l'étudiante en question. « Intéressant. C'est qui, cette fille ?

— Elle s'appelle Rachel, Rachel Wells.

— Elle vient de l'enseignement public ou bien du privé ?

— Du public. C'est une fille du Yorkshire. La mère habite Leeds, je crois.

— Et elle a justifié son choix ? »

Laura regardait la petite bande de plus près. Il lui paraissait plus que jamais évident que Rachel ne faisait pas corps avec les autres, ne se sentait pas à l'aise avec eux.

Elle répondit distraitement : « Pas vraiment ; elle a dit que ça lui rappelait des souvenirs. »

*

Laura n'aimait pas beaucoup déjeuner à la table d'honneur, mais elle savait qu'elle avait intérêt à s'y résigner de temps en temps si elle ne voulait pas passer pour « provocatrice », « militante » ou « caractérielle ». Elle se lança donc le lendemain, et se retrouva même à côté du *Master* de la faculté, Lord Lucrum. Elle formait une association insolite avec lui, personnage influent dans la vie publique, proche du gouvernement en place. Mais comme tant de figures de l'establishment britannique, il savait fort bien mettre ses opinions personnelles en veilleuse lorsqu'il était en société et donner l'impression d'être à l'écoute. C'était un pair encore jeune, bien conservé et vigoureux pour ses cinquante-neuf ans, et Laura le vit hocher la tête avec toutes les apparences de l'attention lorsqu'elle entreprit de lui livrer un compte-rendu hésitant de l'article qu'elle préparait sur le monstre du Loch Ness et son rôle aurifère dans les livres et les films.

« Commercialiser la peur, dit-il en sauçant son assiette avec une tranche de pain, voilà une notion passionnante. Pensez-vous qu'on puisse le faire avec un minimum de précision ? Pensez-vous qu'on puisse mettre un prix sur les émotions de l'homme ?

— J'ai bien peur que votre question dépasse le cadre de mon étude.

— Dommage, je me disais que vous étiez peut-être sur une piste intéressante. »

Leur conversation se tarit peu après, et Laura se laissa distraire en apercevant Rachel qui déjeunait toute seule dans un coin à l'autre bout de la salle, le soleil de février projetant sa lumière encore hivernale depuis le haut vitrail sur son assiette de *shepherd's pie* et de légumes trop cuits.

Cédant à une impulsion, elle s'excusa auprès du Lord, alla se chercher une tasse de thé, et s'arrêta au niveau de la table de son étudiante. Elle constata avec attendrissement que celle-ci avait le numéro d'*Isis* devant elle ; il fallait croire qu'elle l'emportait partout.

« Bonjour, je me suis laissé dire que vous publiez une nouvelle dans ce journal. »

Rachel leva les yeux et sourit, ravie mais intimidée. « C'est vrai, oui.

— Dès votre deuxième trimestre, joli coup ! Je peux m'asseoir à votre table ?

— Je vous en prie. »

Laura prit place en face d'elle. Les premières minutes, elles n'échangèrent pas un mot. Laura tournait le dos au mur, et voyait Rachel jeter des coups d'œil répétés à quelque chose qui se trouvait derrière elle. Elle tendit le cou pour voir de quoi il s'agissait.

« Ah, c'est lui que vous regardez… »

Elles étaient assises sous le grand portrait à l'huile d'un homme corpulent et chenu, qui pouvait avoir entre soixante et soixante-dix ans et portait un nœud papillon avec un costume trop petit pour lui de plusieurs tailles. Malgré son teint rubicond de joyeux buveur, il n'avait rien de débonnaire. Le front plissé par une expression belliqueuse, il était assis à sa table de travail dans un bureau austère et dépouillé. Sur le mur, derrière lui, une devise était calligraphiée, qui tenait en trois mots : « LIBERTÉ, COMPÉTITIVITÉ, CHOIX ».

« Qui est-ce ? demanda Rachel. Je vois ce portrait tous les jours et personne n'a pu me dire qui il est.

— C'est l'un de nos *fellows* les plus hauts en couleur, répondit Laura. Il nous a quittés, hélas. Il s'appelait Henry Winshaw. Après un début de carrière parlementaire dans le camp travailliste, il avait fait son chemin de Damas et, comme tant d'autres, viré de bord. Roger, mon mari, avait lancé une pétition pour retirer son portrait. Le mot “choix” le dérangeait particulièrement, il lui coupait l'appétit.

— Je connais cette sensation. Moi, ce sont ses yeux qui me gênent. Ils me font froid dans le dos.

— Hmm, ils vous suivent dans toute la salle, il paraît que c'est la marque d'un bon portrait.

— Et la pétition n'est pas allée bien loin, je présume.

— En effet. Notre distingué *Master* ici présent… », elle désignait d'un signe de tête Lord Lucrum, « … était plus ou moins de ses adeptes, je crois. Il me semble me souvenir qu'ils avaient travaillé quelque temps ensemble au sein d'un comité influent. »

Rachel ne l'écoutait plus ; elle avait posé sa fourchette et repoussé son assiette à moitié pleine.

« Vous allez bien ? » demanda Laura.

La jeune fille fit la grimace : « J'ai une de ces gueules de bois !

— Ah, c'est vrai, je vous ai vue au pub hier soir, avec vos amis. Vous avez veillé tard, non ?

— Très tard. En plus, j'ai dû accompagner quelqu'un aux urgences, une fille qui s'appelle Rebecca et qui a sa chambre au même escalier que moi. Elle a trébuché sur le trottoir au retour, elle avait bu un verre de trop, je crois. Un ou dix.

— Oh mon Dieu, et elle n'a rien de grave ?

— Non, ce n'était qu'une égratignure. Nous n'avons pas attendu trop longtemps et les médecins ont été super. » Rachel semblait embarrassée par cette histoire, peut-être inquiète de ne pas y apparaître sous son meilleur jour. « Désolée. Ce sont des bêtises d'étudiant, je le sais. Ce n'est pas ce qui m'aidera à finir ma dissertation sur Milton à temps.

— Ne vous en faites pas. Je vous dirais bien de rentrer dormir un peu, *Le Paradis perdu* ne va pas s'envoler pendant votre sieste. »

Rachel sourit. « D'accord, merci. »

*

Ce soir-là, seule dans le halo bleuté de son ordinateur portable, pendant que Harry entamait paisiblement sa deuxième heure de sommeil, Laura téléchargea l'édition en ligne d'*Isis* et lut la nouvelle écrite par Rachel. Pas mal du tout. C'était un dialogue animé entre une jeune avocate idéaliste et son client, officier de la pénitentiaire et lanceur d'alerte. Ça sonnait vrai, on sentait le vécu derrière. Ensuite, Laura alla sur Facebook chercher le nom de Rachel. Elle trouva assez vite son profil… qui ne lui dit pas grand-chose. Les verrous bloquaient l'accès à presque tout sauf sa couverture et les photos de son profil. Elle essaya bien de cliquer sur l'une d'entre elles, mais sans effet ; le cliché resta au format timbre-poste. Restait une autre direction plus prometteuse à explorer : l'étudiant qu'elle avait repéré à leur table et qu'elle surnommait – pas très gentiment – le boutonneux. Elle tapa son nom à la rubrique « rechercher » et, après un ou deux faux départs, se trouva promptement dirigée vers son profil sur lequel il n'avait installé aucun verrou, comme elle l'avait deviné. Elle lut les derniers messages et découvrit sans trop de surprise que Rachel avait été identifiée sur toute une série de photos récentes. Le lien la mena droit à un album intitulé « Petite virée, lundi soir ».

Une vingtaine, une trentaine de clichés montraient les étudiants à divers stades de leur beuverie, sans qu'aucun d'entre eux ne reflète la moindre joie de vivre. Avec leurs sourires figés, leur teint blême et leurs yeux de lapin russe sous l'effet du flash, ces jeunes gens lui évoquaient des aliens, des extraterrestres qui auraient colonisé le corps d'êtres humains et maîtrisé les codes de leurs manifestations émotionnelles, mais en surface seulement, avec une froideur mécanique. Et, comme la veille, elle ne put s'empêcher de constater que Rachel restait en retrait du groupe, sur la réserve ; elle regardait ailleurs, dans le vague, ou s'absorbait en elle-même. La séquence commençait au pub ; au début, on apercevait même l'épaule de Danny à l'arrière-plan, ou le bras gauche de Laura. Mais libations et photos avaient continué longtemps après le départ des deux professeurs pour s'achever dans la rue, après la fermeture du pub. L'un des clichés, particulièrement malsain, pour ne pas dire pornographique, représentait une fille du nom de Rebecca, courbée en deux sur le trottoir en train de vomir. Laura en ressentit un malaise immédiat ; non seulement cet instant si intime, si indécent, avait été capturé sous forme numérique, mais il avait été mis en ligne pour que nul ne l'ignore : les amis du boutonneux, les amis de ses amis, et tous les autres. Lui avait-on seulement demandé son accord, à cette fille ? Laura en doutait. Savait-elle que son image était tombée dans le domaine public ? Elle en doutait aussi.

Elle éteignit l'ordinateur, se cala dans son siège, ferma les paupières et se les frotta doucement. Elle éprouvait une légère douleur au fond des yeux, à présent, dès qu'elle travaillait sur écran quelques minutes. À mettre au nombre des petites misères de la vie en 2012.

Elle ne revit pas Rachel avant la fin de la semaine, où avait lieu leur TD habituel. C'était le vendredi en fin d'après-midi, il faisait déjà nuit. Autrefois, Laura adorait cette heure qui suivait le crépuscule, où les lumières de la faculté s'allumaient et où la clarté des lampes aux innombrables fenêtres projetait un patchwork d'ombres violettes dans la grande cour. Depuis peu, pourtant – pourquoi ne pas le dire, depuis la mort de son mari –, il n'en allait plus de même, et elle la redoutait, cette heure, au contraire, surtout les vendredis, où elle n'avait plus que la perspective d'un long week-end à la campagne avec son fils de cinq ans pour seule compagnie. Elle n'arrivait pas à s'abstraire de cette idée déprimante, alors même qu'elle essayait de penser à la dissertation de Rachel sur Milton, dissertation qui continuait de se faire désirer.

« Je suis à peu près sûre de pouvoir vous la rendre lundi, disait la jeune fille qui tirait sur une de ses mèches blondes en parcourant d'un regard distrait les étagères de Laura.

— Vous croyez ? Ce serait vraiment bien. Prenez tout de même votre temps, honnêtement. Ce n'est pas un exemple à suivre, mais j'ai l'habitude que les étudiants me remettent leurs travaux des semaines après la date limite.

— Pas de problème, je ne risque pas d'être distraite ce week-end. De toute façon, je crois que mes amis rentrent tous chez leurs parents. »

Phénomène nouveau, là encore. Autrefois, les étudiants auraient vu dans le trimestre universitaire la possibilité bienvenue de mener une vie indépendante ; mais aujourd'hui, ils rentraient dans leurs foyers presque toutes les semaines se mettre les pieds sous la table et faire laver leur linge. Pas Rachel, apparemment.

« Ce doit être un peu triste, pour vous.

— Euh, oui, mais ma mère ne veut pas m'avoir dans les jambes. Elle travaille sept jours sur sept, en ce moment.

— Qu'est-ce qu'elle fait dans la vie ?

— Elle est avocate.

— Ah, c'est ce qui vous a inspiré le sujet de votre nouvelle ?

— Vous l'avez lue ? demanda Rachel dont les yeux brillèrent aussitôt de plaisir.

— Mais oui, et elle m'a beaucoup plu. Ça fait du bien de lire quelque chose où l'on sent, disons, que l'auteure sait de quoi elle parle.

— Ma mère représente souvent les lanceurs d'alerte. Elle en a plus ou moins fait sa spécialité. C'est une industrie en expansion…

— "On se débarrassera de toi quand tu deviendras gênant", dit Laura en citant la chanson qui passionnait Rachel. Elle doit voir arriver pas mal de cas d'espèce. »

Rachel, qui ne s'attendait pas à entendre la citation, mit un instant à la reconnaître. « Ah oui, *Harrowdown Hill*, ma petite idée fixe.

— Bah, qui n'en a pas ? commenta Laura avec un sourire indéchiffrable. Vous y êtes allée ?

— Non, c'est tout près d'Oxford, je crois ?

— Tout près. Et encore plus près de chez moi. J'ai acheté une maison dans le coin avec mon mari, quelques années avant son décès. On aimait bien l'idée de vivre à la campagne, dans un village. On pensait que ce serait mieux pour élever notre fils.

— Je nc savais pas que votre mari était…

— L'an dernier.

— Je suis désolée de l'apprendre. Il a eu…

— Un cancer ? une crise cardiaque ? Même pas. Un accident. Un accident idiot. Enfin… » Sa voix se perdit. « Il y a toujours plusieurs façons de voir les choses, n'est-ce pas ? »

Dans le silence qui suivit, Laura céda à une inspiration subite. Sans se laisser le temps de savoir si elle était bonne ou mauvaise, elle avait déjà parlé : puisque Rachel n'avait pas grand-chose d'autre à faire ce week-end, pourquoi ne viendrait-elle pas la voir le lendemain, dans sa maison de village ? Il lui suffirait de prendre le train jusqu'à Didcot où Keisha, la nounou, irait la chercher à la gare. Ensuite, dans l'après-midi, on envisagerait un tour en voiture jusqu'à Harrowdown Hill.

Rachel parut tout d'abord hésiter et Laura se demanda si elle trouvait la proposition trop morbide. « C'est très joli, par là-bas », insista-t-elle, et puis de façon plus impulsive encore : « Vous pourriez même rester dormir à la maison, il y a une agréable chambre d'amis qui ne sert plus depuis des mois. »

Plus tard dans la soirée, en y repensant à tête reposée, Rachel s'aperçut qu'elle avait accepté cette invitation par pure politesse ou presque.

*

Le village de Little Calverton se trouve à quelques kilomètres de Didcot. Son nom est une énigme dans la mesure où il n'existe pas de Big Calverton, et qu'il n'en reste aucune trace dans les archives. C'est un village des Cotswolds tel qu'on l'imaginerait, où le prix de l'immobilier demeure abordable – tout étant relatif – à cause de la centrale électrique de Didcot qui dresse ses cheminées à moins de huit kilomètres. Mais pour peu qu'on se fasse à l'idée de les voir dans le paysage, il y a de bonnes affaires à réaliser, et les maisons à vendre partent le plus souvent en une ou deux semaines.

« C'est joli, ici », dit Keisha tout en roulant sur une petite route secondaire entre des haies. Rachel hocha la tête avec enthousiasme pour toute réponse. Ne sachant trop si la nounou parlait de la campagne environnante ou de l'Angleterre en général, elle voulait éviter de se compromettre.

« Ça doit beaucoup vous changer de la Malaisie…

— Beaucoup, mais ça me plaît, je préfère. Je suis très heureuse ici. Très heureuse au Royaume-Uni. Très heureuse de travailler pour Laura. C'est une dame très bien. C'est votre professeur, non ?

— Tout à fait.

— Depuis longtemps ?

— Quelques mois seulement. Mais elle est super. Ça a été super.

— C'est quelqu'un de très bien. Gentille, généreuse. Mais triste, hein, vous savez.

— À cause de son mari ?

— À cause de Roger, oui.

— Vous l'avez connu ?

— Non, je l'ai pas connu. Il était déjà mort à mon arrivée. »

L'espace d'un instant, à l'entrée du village, quelques rayons de février firent une percée entre les nuages. Sur la gauche, les haies se mouraient ; un triangle de pelouse apparut, avec tout au bout un monument aux morts flanqué de deux jardinières de primevères hâtives bien entretenues. La route le contournait, et au bout d'une cinquantaine de mètres, Keisha donna un coup de volant à droite. Une brève allée de gravier les mena devant la porte d'une chaumière de carte postale dont les murs en pierre des Cotswolds jaune paille se drapaient d'un manteau de glycine. Sitôt le moteur coupé, le silence se fit, réfrigérant, total.

« On est arrivées. Vous allez pouvoir porter votre sac ? »

Question superflue : le petit fourre-tout de Rachel était aux trois quarts vide. Elle suivit Keisha jusqu'à la porte, qui s'ouvrit avant même qu'elles en aient tourné la poignée. Là, sur les dalles du vestibule, dans la pénombre, il y avait un garçon de cinq ou six ans aux cheveux bruns, qui se jeta au cou de sa nounou et la serra dans ses bras sans un mot.

« Hello, mon beau, dit Keisha. Je t'ai manqué ?

— Monsieur Harry, je présume », dit Rachel en tendant la main à l'enfant avec une solennité feinte ; mais il l'ignora et retourna vers la cuisine, entraînant Keisha derrière lui de toute sa force.

Rachel se retrouva seule dans le vestibule ; à sa

gauche, un escalier aux marches raides dépourvues de tapis, et au fond, trois portes, l'une menant à la cuisine, les deux autres fermées. Ces trois portes lui inspirèrent un vague sentiment de déjà-vu, envolé avant qu'elle puisse déterminer s'il s'agissait d'un vrai ou d'un faux souvenir. Que faire ? Il ne lui semblait pas convenable de crier le nom de Laura. Elle avait cru que Keisha allait annoncer son arrivée, mais la nounou s'était laissé emmener au jardin, où Harry tentait de la circonvenir pour une partie de ballon.

Son sac à la main, Rachel s'avança vers la cuisine d'un pas hésitant. En s'arrêtant devant les portes closes, elle crut entendre, derrière l'une des deux, le bruit étouffé d'une main qui pianotait sur un clavier d'ordinateur. Elle la poussa : c'était le bureau de Laura. Celle-ci lui tournait le dos, installée à sa table de travail devant une grande fenêtre à meneaux, des écouteurs sur la tête. Elle ne s'aperçut pas de la présence de Rachel. Par la fenêtre, celle-ci découvrait une plus large portion du jardin, avec sa pelouse vallonnée qui descendait jusqu'à une berge aux herbes folles, laissant deviner la présence d'une rivière. La propriété était sans doute plus vaste qu'elle ne l'avait cru tout d'abord. Une fois de plus, le soleil tentait vaillamment une percée et jetait des taches de lumière éparses sur l'herbe.

Rachel se demandait encore ce qu'il convenait de faire lorsque Laura, sentant enfin sa présence, pivota dans son fauteuil, retira ses écouteurs et se leva pour la saluer.

« Bonjour, je ne vous ai pas entendue arriver.

Vous avez fait bon voyage ? Keisha s'est occupée de vous ? Où est-elle passée ?

— Elle est dehors avec Harry.

— Venez, je vais vous faire du café. »

Dans la cuisine, pendant que le café passait tout mousseux dans la machine chromée, Laura répéta : « Je suis désolée, je ne vous avais pas entendue. Il y a des heures que j'aurais dû atteindre le compte de mots que je m'étais fixé, mais ce que je craignais est arrivé, avec les mails qui crépitent, pas moyen. Ça n'arrête jamais, même le samedi. Si bien que, malheureusement, il me reste pas mal de travail.

— Ça me rassure de penser que nos profs aussi se fixent un compte de mots. Je croyais que c'était réservé aux étudiants fumistes.

— Loin de là, dit Laura. Je m'étais promis d'écrire cinq cents mots aujourd'hui, mais je serai très au-dessous, c'est clair.

— Vous écrivez sur quoi ?

— Eh bien, je ne sais pas au juste, et c'est tout le problème. J'essaie de faire aboutir un projet entrepris par mon mari. Disons que c'est sur la théorie du complot dans le roman. Avec des références particulières à la science-fiction britannique récente. Et plus précisément… » (elle eut l'air gênée) « … au monstre du Loch Ness. »

Rachel s'étonna. « Sujet tentant, mais on est loin de Milton.

— Oui, ça n'emballe pas les collègues, dit Laura en lui tendant un mug de café noir sirupeux. Ils préféreraient que j'écrive le quinze-millième article sur *Lycidas*, mais il faut tout de même aller vers ce qui vous intéresse, hein ? »

Pendant que Laura retournait écrire dans son bureau, Rachel sortit boire son café au jardin. Elle avait vu juste, il valait le coup d'œil avec sa pelouse généreuse, dominée en son centre par une fontaine de pierre classique haute de deux mètres au moins, mais dont l'eau ne cascadait plus sur les trois bassins rongés par le lichen. Harry et Keisha jouaient en contrebas au bord de la rivière ; ils ne la virent pas trouver un banc de bois vermoulu auprès d'un rhododendron et s'y installer avec circonspection entre les taches de fiente accumulées. Le soleil semblait avoir déclaré forfait, ce qui promettait un après-midi froid. Elle frissonna légèrement.

Drôle d'effet, de se trouver chez son professeur. Avait-elle commis une forme de transgression en venant ? Laura en avait-elle commis une en l'invitant ? Elle ne s'était pas posé la question jusque-là, et maintenant il était un peu tard. Au lieu d'être accueillie à bras ouverts, elle avait eu le sentiment de déranger Laura et, d'ailleurs, l'atmosphère de la maison et du village en général lui donnait l'impression d'être une intruse. Le trajet en train n'avait pris qu'un quart d'heure et, pourtant, cet endroit était tellement calme, tellement isolé que l'effervescence toute relative d'Oxford lui paraissait déjà à des années-lumière. Du reste, ce n'était pas qu'une affaire d'espace. Au cours de l'heure écoulée, elle avait aussi remonté le temps jusqu'à une ère lointaine et à demi enfouie de son passé. Jusqu'à son enfance ? Le jardin ne ressemblait en rien au patio étriqué de sa mère, à Leeds ; il était trois fois plus vaste au bas mot que celui de ses grands-parents à Beverley, où elle avait passé tant d'étés. Non, ce n'étaient pas les images qui lui revenaient cet après-midi-là, pendant qu'elle buvait son café à petites gorgées tout en regardant autour d'elle. Pourtant, à n'en pas douter, cette maison se nimbait d'une aura d'enfance. Pas la sienne, passablement fauchée, urbaine, dans le sud du Yorkshire. Mais plutôt une enfance choyée dans la grande banlieue de Londres pendant les années cinquante, dont l'ambiance lui était familière à travers la lecture des vieilles collections jeunesse qu'elle empruntait assidûment à la bibliothèque de son quartier. Tout y était, le cèdre à la vaste circonférence, fait pour accueillir une cabane dans ses basses branches, la rivière peu profonde au bout de la pelouse, traversée par une passerelle idéale pour jouer aux Poohsticks tout au long des dimanches après-midi ; l'appentis de guingois à convertir sans gros effort d'imagination en QG de campagne pour club de détectives en herbe. Et par-dessus tout, cette fontaine, un peu misérable, un peu mélancolique aujourd'hui, mais parfait épicentre pour un décor de théâtre ou un plateau de tournage, où l'on jouerait les saynètes idéalisées d'une enfance bourgeoise. Peut-être ces associations expliquaient-elles le sentiment croissant d'irréalité qui habitait Rachel.

Au bout de quinze-vingt minutes, Laura l'appela pour lui montrer sa chambre. Elle se trouvait au deuxième étage (Rachel ne s'était même pas aperçue qu'il y en avait un) et se présentait comme une pièce basse de plafond mais cependant spacieuse, car traversante, avec des fenêtres ouvrant sur la façade et d'autres sur le jardin. Elle aurait dû être douillette, mais elle manquait d'air et donnait une impression d'abandon. Des étagères s'alignaient sur les murs, bourrées de livres recouverts d'une pellicule de poussière. Rachel vit au premier coup d'œil qu'ils étaient essentiellement consacrés à l'histoire et à la théorie du cinéma.

« Oh là là, il fait frisquet ici, non ? s'exclama Laura en posant la main sur un petit radiateur. Je vais dire à Keisha de vous monter une chaufferette. Et qu'est-ce qu'ils fichent là, eux ? J'aurais dû les descendre il y a une éternité. »

Elle désignait deux grands cartons bourrés de vieilles cassettes vidéo. Cet étalage de technologie d'un autre âge piqua la curiosité de Rachel ; elle s'accroupit pour lire les titres.

« Waouh ! Ces noms ne me disent rien du tout, pour la plupart », s'exclama-t-elle. Sur l'étiquette du premier étui, on pouvait lire « *The Quatermass Xperiment* BBC2 24-2-85/ *The Abominable Snowman* BBC2 3-10-87 ».

« Eh bien, vous avez sous les yeux ce qui faisait la joie et la fierté de mon mari. Enfin, une toute petite partie. Il y en a des milliers d'autres, sans exagérer, à la cave. Je ne suis pas sûre que ce soit le meilleur endroit où les entreposer mais je ne vois pas quoi en faire pour le moment. Oh mon Dieu ! Depuis le temps que je le cherche, celui-là. »

Elle sortit une autre cassette dont l'étui en carton était déchiré et rafistolé avec du scotch. Rachel tendit le cou pour voir le titre.

« *What a Whopper* ! lut-elle avec un amusement incrédule. Qu'est-ce que c'est que ce nanar ?

— Figurez-vous que c'est l'un des films dont je suis censée parler. Pas de danger que je le regarde pour le plaisir, on a même du mal à croire qu'il ait trouvé un public. Vous voulez bien m'aider à descendre ces cartons à la cave ? Je ne voudrais pas qu'ils vous encombrent. »

Lestées d'une boîte chacune, elles s'engagèrent périlleusement dans l'escalier étroit aux marches inégales.

« Pourquoi en parler s'il est si mauvais ? Le film, je veux dire.

— Eh bien, c'est parce que l'intrigue – un bien grand mot, en l'occurrence – fait intervenir le monstre du Loch Ness. Je n'ai pas la moindre idée de ce que je vais en dire, mais dans ces affaires-là on est toujours gagnant quand on exhume quelque chose d'obscur. Roger avait ce flair, je dois l'avouer. »

Une fois à la cave, on voyait sans peine ce qu'elle voulait dire. La pièce était très profonde, les deux femmes n'avaient aucun mal à s'y tenir debout, et elle était pleine de cartons ; dans la clarté crue des ampoules pendant du plafond, Rachel en voyait bien trente ou quarante ; certains contenaient des livres, des dossiers, de la paperasse, mais la plupart étaient bourrés de vidéocassettes et de DVD.

« Waouh ! Quel collectionneur, dites-moi.

— Et comment ! Roger ne savait pas faire les choses à moitié. »

Elles posèrent les caisses au pied de l'escalier et demeurèrent un instant en contemplation muette devant cette caverne d'Ali Baba. On percevait un bourdonnement électrique monotone qui ne faisait que souligner le silence. La lumière d'une des ampoules se mit à vaciller. L'humidité et l'odeur de moisi inquiétaient Rachel pour les collections de Roger. Elle frissonna. De froid, et de tristesse aussi. Elle était presque douloureusement consciente de contempler, au-delà de cette accumulation de boîtes et de dossiers, les derniers vestiges d'un être humain, tout ce qui restait du mari de Laura.

Celle-ci constata simplement : « Quel capharnaüm ! Il faudra que je m'en occupe sans tarder. » Et puis elle ajouta : « Venez, l'heure tourne. Il vaudrait mieux faire cette sortie avant que la nuit tombe. »

Elle s'engagea dans l'escalier la première, au grand soulagement de Rachel qui avait hâte de remonter, ayant toujours détesté les caves.

Au rez-de-chaussée, Laura fit un crochet par la cuisine, où Keisha chargeait le linge du panier dans la machine à laver.

« Vous nous avez préparé les paquets ? lui demanda-t-elle.

— Sur la table », répondit Keisha sans lever les yeux.

Sur la table, donc, Laura prit un grand cabas en toile biodégradable, et parut le trouver plus lourd que prévu.

« Ça ne vous ennuie pas de prendre l'autre ? Pardon de vous casser les pieds, mais c'est devenu un rituel du week-end. »

Rachel attrapa l'autre sac et jeta un coup d'œil à son contenu : des conserves, des aliments sous cellophane, un pot de café soluble, des céréales.

« On va les déposer en chemin, si ça ne vous fait rien », dit Laura en l'entraînant dans le vestibule. Elles étaient sur le point de sortir lorsque Harry les rattrapa en courant.

« Où tu vas, Maman ? demanda-t-il d'une voix plaintive.

— On va à la banque alimentaire, et après on ira marcher.

— Je peux venir avec vous ?

— Non, toi tu restes ici. Je croyais que tu jouais avec Keisha ?

— Oui, mais maintenant elle a du travail. Elle dit qu'elle a plein de choses à faire.

— Alors lis un livre, ou regarde une vidéo, hein ? » Elle avait parlé sur un ton franchement sec et désagréable à l'enfant. Rachel la regarda avec étonnement.

« Oh, s'il te plaît, Maman, j'ai envie de venir avec vous. »

Elle finit par céder, mais avec une mauvaise volonté flagrante. Dans l'allée, elle hissa Harry à l'arrière de la voiture et l'attacha sur son siège pour enfant, après quoi ils partirent tous trois vers Didcot.

*

Rachel n'était jamais entrée dans une banque alimentaire. Elle connaissait leur existence grâce à des articles en ligne et dans la presse papier, mais elle n'y avait jamais mis les pieds.

Leur visite fut brève, et lui laissa des impressions fugitives. La banque occupait un local faisant café les jours de semaine, dans une petite rue perpendiculaire à la rue principale. Assis en famille à des tables en tôle, les gens n'étaient cependant pas venus consommer ; ils attendaient, ticket en main, qu'on ait préparé leur colis. Personne ne portait les stigmates de la pauvreté ; les couples étaient bien habillés, accompagnés d'enfants qui avaient l'air de s'ennuyer. Le détail le plus saillant, c'est que d'une table à l'autre il ne s'échangeait pas un regard. L'humiliation était presque palpable : tous n'avaient qu'une idée, partir sitôt servis. L'arrière-salle tenait lieu de cambuse ; c'était là qu'on composait les colis. Au comptoir, les bénévoles les appariaient au ticket correspondant, dont ils appelaient le numéro. Alors, un membre de la famille se présentait sans lever le nez, il prenait son colis, et entraînait conjoint ou enfants dehors. À raison d'un appel toutes les trente ou quarante secondes, un flot humain entrait et sortait en permanence. On se serait cru dans la salle d'attente d'un généraliste.

Les gens levèrent la tête quand Laura, Rachel et Harry entrèrent, mais ils détournèrent le regard aussitôt. Entre les donateurs et les solliciteurs, la différence sautait impitoyablement aux yeux. Rachel s'était rarement sentie aussi embarrassée d'elle-même. On les mena tout de suite à la cambuse et elles déposèrent leurs sacs si vite que la jeune femme eut à peine le temps de voir la profusion de denrées : des rangées entières de conserves, fruits et viande, des sachets de riz et de pâtes, des paquets de biscuits et de gâteaux, portant tous leurs dates de péremption inscrites au feutre noir. Harry, dont le regard n'était pas à la même hauteur que celui des adultes, dévorait des yeux une pile de barres chocolatées dans des emballages de différentes couleurs.

« Pourquoi on peut jamais rien emporter, nous, de la banque alimentaire ? Pourquoi on fait que donner des choses ? demanda-t-il à sa mère qui le tirait vers la sortie.

— Veux-tu te taire ! » lui répondit-elle, et Rachel fut de nouveau frappée par la sévérité et l'agacement qui passaient dans sa voix.

Ensuite, le trajet jusqu'à Longworth prit dans les vingt-cinq minutes. Lorsqu'ils quittèrent l'A420, à l'orée du village, il était déjà tard, et le gris du ciel nuageux s'assombrissait encore. Le village lui-même semblait sommeiller dans sa quiétude, oublieux de la tragédie qui s'y était déroulée près de dix ans plus tôt, ou bien indifférent. Laura connaissait visiblement l'itinéraire sur le bout du doigt, et savait où garer la voiture.

« Vous êtes déjà venue plusieurs fois, non ? lui dit Rachel.

— Oui, on venait souvent, Roger et moi. Il n'est pas nécessaire d'être obsédé par David Kelly pour aimer Harrowdown Hill. C'est une jolie promenade en soi ; voilà pourquoi il la faisait ce jour-là. »

Elles s'arrêtèrent sur le parking du *Blue Boar*, accueillante chaumière en pierre des Cotswolds, qui semblait cependant fermée cet après-midi-là, à en juger par le peu de lumière filtrant des fenêtres minuscules. Emmitouflées pour se protéger du froid désormais mordant, les deux femmes tournèrent à droite en sortant du parking et prirent la route d'un pas vif, tandis que Harry traînait derrière elles, zigzaguant d'un accotement à l'autre au gré de son caprice. La route finissait en rase campagne, il ne passait personne ; on aurait entendu une voiture approcher de loin et Laura ne semblait nullement s'inquiéter qu'il joue sans surveillance. Mais il les retardait, ce qui la contrariait davantage.

« Dépêche-toi, Harry ! lui cria-t-elle, les sourcils froncés. Il faut que tu marches à notre rythme, tu nous ralentis, là. »

Il courut docilement jusqu'à elle et lui prit la main. Mère et fils marchèrent ainsi côte à côte une ou deux minutes, puis Rachel s'aperçut que Laura avait lâché la menotte de l'enfant, qui était retombée.

« Alors, expliqua Laura, c'est la route qu'il aurait prise, vers trois heures de l'après-midi. Et là, c'est la colline vers laquelle il se dirigeait. Regardez, devant vous à gauche. »

Rachel suivit des yeux l'index qu'elle pointait sur un vague talus boisé, qui ne semblait guère mériter le nom de colline. Dans le jour qui déclinait rapidement, elle ne fut pas frappée par sa beauté.

« On ne pourra pas entrer dans le bois, précisa Laura, ils ont mis des barbelés tout autour. »

Bientôt, la route goudronnée fit place à un chemin de terre bordé d'herbes folles et de fleurs des champs. Harry prit un bâton et se mit en devoir de les fouetter avec allégresse.

« Je comprends pourquoi, dit Rachel. Vous avez raison, c'est un peu… morbide de venir ici.

— Comment expliquez-vous que vous ayez

gardé un souvenir aussi net de ce fait divers ? Vous deviez être très jeune à l'époque.

— J'avais dix ans et j'étais chez mes grands-parents ; je me souviens qu'ils en avaient été très secoués. Mon grand-père avait toujours détesté Tony Blair, alors bien sûr, il était tout disposé à imaginer le pire. Je ne dis pas qu'il adoptait la thèse de l'assassinat, mais bon, il était convaincu qu'il y avait du louche.

— Je sais, c'était... curieux, tout de même, cette journée. Mais je ne crois guère aux théories du complot, et ce que Roger a dit par la suite... Lui, il pensait simplement qu'on venait de franchir un cap. Un cap terrible. Depuis cette onde de choc, tout le monde avait le sentiment d'être devant une situation inédite, indéchiffrable. »

Elles passèrent devant un panneau indiquant la Tamise à un kilomètre et Rachel en fut surprise ; elle n'aurait pas cru en être aussi proche. Harry commençait à avoir froid, visiblement. Encore quelques minutes et le sentier les aurait conduits aussi haut qu'il montait, avec les bois tragiques à leur gauche.

« Il entretenait la théorie suivante – Roger était plein de théories, essentiellement, je présume, parce qu'il était payé pour ça... Quoi qu'il en soit, il pensait que chaque génération vit un moment où elle perd son innocence. Son innocence politique. Et c'est ce que la mort de David Kelly a représenté pour la nôtre. Jusque-là, nous avions considéré la guerre d'Irak d'un œil sceptique. Nous pensions déjà que le gouvernement ne nous disait pas toute la vérité. Mais le jour où il est mort, le doute n'a plus été permis, toute cette affaire sentait mauvais. Suicide ou assassinat, peu importait. Un type bien était mort, et c'étaient les mensonges entourant la guerre qui l'avaient tué. Voilà. Plus personne ne pouvait faire semblant de croire que nous étions gouvernés par des gens honorables.

— Ça paraît fondé, dit Rachel, mais c'est triste.

— Qu'est-ce qui est triste ?

— Perdre son innocence. Qu'est-ce qui peut vous arriver de pire ? N'est-ce pas le sujet du *Paradis perdu* ?

— C'est très surfait, l'innocence. Ceux qui soupirent après leur innocence perdue ne m'inspirent pas confiance. »

Elles avaient atteint l'orée du bois et plongeaient leur regard dans ses profondeurs, cherchant on ne sait quoi, un sens, dans le fouillis de verdure et le sous-bois. Harry traînait derrière elles, il tirait sur le manteau de sa mère pour attirer son attention, instinctivement, sans raison précise.

« Prenez cet enfant, par exemple, dit Laura en regardant son fils qui l'implorait du regard sans même savoir pourquoi. Il l'a toujours, son innocence. Vous la lui enviez ? Il croit encore que ses cadeaux de Noël lui sont apportés par un gaillard en rouge, dans un traîneau tiré par des rennes. Qu'est-ce qu'il y a de si merveilleux là-dedans ? »

Il faisait presque nuit. Laura enfonça les mains dans ses poches, serra son manteau contre elle et donna le signal du retour en prenant le sentier qui ramenait au village.

« Moi, je pourrais vous raconter ce qui arrive quand on est trop nostalgique de son innocence. »

Rachel baissa les yeux vers Harry, ils échangèrent un regard et il haussa les épaules : ni lui ni elle ne devinait de quoi sa mère parlait. Rachel lui prit la main, et ils redescendirent la colline.

*

Keisha avait laissé un plat au four. Il ne restait plus à Laura qu'à faire cuire du riz. Ils dînèrent à la cuisine, et puis elle monta coucher Harry, opération toujours trop laborieuse à son goût. Quand elle rejoignit Rachel dans le séjour, celle-ci avait réussi à allumer un bon feu, avec une pyramide de bûches impeccable sur un nid de petit bois et de vieux numéros du *Guardian*. La jeune fille s'était installée dans un des deux fauteuils affaissés mais confortables placés de part et d'autre de l'âtre et lisait sur l'écran de son smartphone.

« Jugement sévère tout de même, dit-elle en levant les yeux un instant pour remercier Laura qui venait de poser un verre de vin rouge sur la table, près d'elle. "Un film qui vous donne envie de vous crever les yeux avec des aiguilles à tricoter chauffées à blanc." Et encore, c'est une des critiques les plus favorables.

— Qu'est-ce que vous regardez ? demanda Laura en s'asseyant en face d'elle.

— Je suis sur IMDb, je lis les critiques du film que vous m'avez signalé tout à l'heure.

— *What a Whopper* ?

— Oui, on ne peut pas dire qu'il ait beaucoup d'inconditionnels, sur ce site. Il me semble que votre mari appartenait à une toute petite minorité.

— Oh, inconditionnel, ce serait beaucoup dire. Il savait reconnaître un sombre navet. Mais les films et les livres lui inspiraient toute une palette de réactions parfois contradictoires. Ça faisait partie des choses agréables, chez lui. Et des plus exaspérantes, aussi, parfois. Et puis, bien entendu, d'un point de vue critique, tout apportait de l'eau à son moulin. Tenez, je vais vous faire voir quelque chose. »

Elle quitta la pièce et revint avec un gros cahier format A4 relié de cuir. Lorsqu'elle l'ouvrit, Rachel découvrit des pages et des pages couvertes de pattes de mouche. Il s'agissait d'un catalogue de films, plus ou moins classés par ordre alphabétique et accompagnés d'annotations fragmentaires cabalistiques.

« Qu'est-ce qu'il en dit, là-dedans ? »

Rachel se reporta aux pages des « W » et ne mit pas longtemps à trouver *What a Whopper.*

Comédie britannique poussive, sur une bande de beatniks qui vont au Loch Ness fabriquer une maquette du monstre.

1962. Suite de What a Carve Up ! *(1961) ? Pas vraiment. Deux des mêmes acteurs.*

**Des suites qui n'en sont pas ; des suites où le rapport avec l'original est indirect et hasardeux.*

« Ça veut dire quoi, quand il met ce signe ? demanda Rachel en désignant l'astérisque au début de la dernière ligne.

— Ça ? C'est pour signaler une idée d'article, répondit Laura qui tendait le cou pour mieux voir.

Oui, c'était fréquent chez lui. Il lui venait tout le temps des idées d'articles. Jeune mariée, je croyais dur comme fer qu'il était plus ou moins génial, et qu'un jour il allait réunir toutes ces connaissances obscures dans un grand livre, un monument académique. Je me figurais que c'était ce qui le faisait avancer. Il ne m'était jamais venu à l'esprit que son moteur puisse être quelque chose d'aussi simple que… de la nostalgie.

« Quand on s'est installés ici, oui, j'ai commencé à ouvrir les yeux sur sa vraie nature. J'étais enceinte de Harry, et on avait cédé au préjugé que pour élever un enfant, il valait mieux vivre à la campagne. Pas trop loin d'Oxford, naturellement.

« Alors on a commencé à chercher et puis, début 2006, on a trouvé cette maison. Je me rappelle le matin où nous sommes venus la voir. On était la dernière semaine de janvier, l'hiver était très rude, cette année-là. La veille il avait neigé en abondance et le dégel ne s'annonçait pas. D'une certaine façon, c'est bien ce qui nous a conquis. Je vous laisse imaginer comme le village était joli, sous la neige. Et la chaumière elle-même… ravissante. Un enchantement. Les propriétaires nous ont ouvert leur porte, ils nous ont préparé du café pour nous réchauffer et nous ont fait faire le tour de la maison. Nous étions tous deux… charmés, sans qu'on puisse parler de coup de cœur tout de même. Comme vous le voyez, elle est un peu massive, et puis il y avait toutes sortes de problèmes d'humidité, qui n'ont d'ailleurs pas été résolus depuis. Je sentais bien que Roger n'était pas convaincu, qu'il avait peut-être même des réserves sur toute l'entreprise. Mais c'était avant qu'il voie le jardin… »

Laura souriait pour elle-même en disant ces mots, le regard perdu dans les flammes dansantes, toute à ses souvenirs.

« Les propriétaires l'avaient gardé pour la fin. Roger et moi sommes allés y jeter un coup d'œil et, sur la terrasse, nous nous sommes pris la main – pour nous tenir chaud, d'abord, parce que nous ne portions pas de gants ni l'un ni l'autre. Et puis, au bout de quelques secondes, j'ai senti sa main serrer la mienne, mais la serrer à me faire mal. Je l'ai regardé, et j'ai vu dans ses yeux une expression qui m'était tout à fait inconnue. Une expression… lointaine et intense à la fois. Pour tout dire, j'ai même eu un peu peur. Il était en proie à une émotion violente et insolite. Je lui ai demandé : "Qu'est-ce que tu as, Roger, qu'est-ce qui se passe ?" Il m'a regardée, mais une ou deux secondes, et il s'est tourné de nouveau vers la pelouse en disant quelque chose ; mais pas à moi, il ne s'adressait pas à moi ; il se parlait à lui-même. Il a simplement murmuré dans un souffle : "*Le Jardin de cristal*".

« C'était la première fois que j'entendais ce nom. Ce ne serait pas la dernière. »

Elle se tut et Rachel jugea bon de la relancer : « Qu'est-ce qu'il voulait dire par là ?

— Sur le moment, je n'ai pas bien compris. Ce n'est que plus tard qu'il s'est expliqué. Vous avez vu la fontaine, au centre de la pelouse ? Elle ne fonctionne pas, en ce moment, bien sûr. Sa pompe est tombée en panne il y a deux ans. Mais à l'époque, elle coulait. Et ce jour-là, je m'en souviens, elle était particulièrement spectaculaire. L'eau avait gelé, c'est dire s'il faisait froid. On voyait cette cascade pétrifiée retomber sur les trois vasques de la fontaine. On aurait dit un lustre dans la salle de bal d'un château de conte de fées. Des glaçons pendaient aux branches des arbres, la rivière avait gelé, et la pelouse n'était plus qu'un manteau blanc étincelant. Le spectacle avait un côté… *eldritch*, vous savez ? Surnaturel. D'un autre monde. On aurait dit un jardin de cristal, et j'ai d'abord pensé que c'était le sens des paroles de Roger. Mais j'ai découvert qu'il y avait davantage.

« Nous sommes restés dans le jardin une dizaine de minutes, pendant lesquelles il n'a pas dit grand-chose. Il allait et venait dans une sorte de transe, il se plaçait dans divers coins du jardin et se retournait pour le voir sous différents angles. Il s'est approché de la fontaine et il a touché l'eau gelée. Je revois encore sa silhouette sombre, avec son long manteau noir, ses doigts qui effleuraient les glaçons, ses ongles qui leur donnaient des pichenettes pour les faire tinter comme un instrument de musique lointain. Il avait les yeux embués. Les propriétaires de la maison nous avaient entrepris sur le drainage et le prix de revient d'un jardinier sur place, mais il n'écoutait pas. Il ne leur a rien répondu, et puis à la fin de la visite il s'est tourné vers eux subitement et leur a dit : “On la prend, bien sûr.”

« Je n'en revenais pas. Il ne m'avait même pas demandé mon avis. Il aurait pu dire : “On va vous faire une offre”, mais non, c'était : “On la prend." Comme ça. Dans la voiture, sur le trajet du retour, j'étais trop en colère pour lui parler convenablement. D'ailleurs, son attitude était des plus étranges. Il était dans sa bulle, il planait. Pas un mot sur le jardin, il ne parlait plus que de la maison, avec des envolées lyriques, on aurait dit qu'elle représentait la perfection. J'ai fini par lui couper la parole et lui dire que jamais, au grand jamais, il ne devrait refaire une chose pareille. Il ne voyait même pas où était le problème. Quand je lui ai fait remarquer qu'il s'était engagé à acheter la maison de ces gens sans me consulter, il est tombé des nues, il ne s'en était pas rendu compte. Et le plus curieux, c'est que je l'ai cru. C'était comme s'il avait vécu une fugue dissociative.

« Dès que nous sommes rentrés chez nous, il s'est enfermé dans son bureau et il est allé sur internet. Je ne l'ai plus beaucoup vu jusqu'au soir ; il est venu me retrouver sur le canapé, où j'étais en train de dîner. J'avais commandé une pizza, mais il ne m'avait pas entendue l'appeler quand on l'avait livrée. Il avait apporté son ordinateur, il s'est assis à côté de moi, et il s'est mis à parler.

« "Bon, il faut que je t'explique ce qui m'est arrivé aujourd'hui, dans le jardin..." Je lui ai répondu qu'en effet ce ne serait pas plus mal.

« "Il m'est revenu quelque chose que je croyais sorti de mon imagination. Un très vieux souvenir." Il cherchait ses mots. "Quand j'étais gosse, cinq ou six ans, sans doute, j'ai vu un film. Mais avant cet après-midi je n'étais pas vraiment sûr de l'avoir vu. Je ne savais pas si je l'avais inventé, rêvé, si ma mémoire l'avait déformé... Tout ce que je savais, c'est que ce souvenir – quand bien même ç'aurait été un faux souvenir – était si précieux que je m'autorisais tout juste à y penser." Il me regardait avec un tel sérieux que j'étais au bord du fou rire – pas recommandé, la bouche pleine de pizza. "Je ne savais rien de ce film, sinon que c'était un court métrage, présenté comme bouche-trou entre deux émissions, et qu'il s'appelait *Le Jardin de cristal.* Du moins, j'étais presque sûr que c'était son titre. Il est difficile de faire la part entre le vécu et l'œuvre de la mémoire. L'histoire, je ne m'en souviens pas. Je me rappelle seulement une atmosphère, des impressions. La copie très pâle, la bande-son qui gratte et qui crachote, le petit garçon qui est le héros du film. Dans une scène, la seule que j'aie retenue en détail, il se promène dans le jardin, et j'entends encore la musique, une musique de fond cristalline, comme celle d'un xylophone, et sur cet arrière-plan, un air, un air très beau, lyrique, chargé d'attente – c'était une soprano qui chantait la mélodie, il n'y avait pas de paroles – mais encore une fois, tout était très abîmé, presque déformé, l'enregistrement devait être salement détérioré… et puis ce jardin, ce jardin tout en cristal, tout en verre… c'était un jardin clos de murs, l'enfant devait traverser une sorte de boyau, de tunnel pour y accéder, et une fois là… oui, tout resplendissait, tout était en cristal, les fleurs, les roses, les haies de topiaires, il y avait des allées qui quadrillaient les parterres et qui menaient à… un lac ? une mare gelée ? Un glacis de cristal, en tout cas. Et puis au centre, une fontaine, qui brillait de tous ses feux, exactement comme celle du jardin aujourd'hui. La ressemblance était saisissante." Il s'est tu pour reprendre son souffle. C'était le plus long discours qu'il m'ait jamais tenu depuis que je le connaissais. Il avait parlé sans hausser la voix, mais j'y décelais comme un tremblement. Je ne l'avais jamais entendu s'exprimer avec une telle passion. Au bout d'un moment, il a repris : "Je suis sûr que ce film existe, je suis sûr qu'il n'est pas sorti de mon imagination. Je l'ai vu. Je le sais. Dommage que je n'aie pas retenu plus de détails. C'est fou ! Je ne me rappelle absolument rien de l'histoire, mais alors rien. Comme je te l'ai dit, tout est dans l'atmosphère, et le plus curieux, c'est que l'atmosphère du film se confond avec celle de la pièce où je le regardais. C'étaient les vacances scolaires. Oui, ce devait être pendant les vacances, ou alors j'étais malade, un truc comme ça. Maman n'était pas assise sur le canapé avec moi mais elle était bien à la maison, dans la pièce à côté, je pense ; à la cuisine, en train de préparer le dîner pour le retour de Papa. On était en hiver, c'est certain, parce qu'on voyait des cristaux aux fenêtres du séjour, avec des glaçons qui pendaient au-dessus ; dehors, il y avait de la neige, ou tout au moins du givre, les détails se confondent, tu vois, ils se fondent dans le cristal du jardin de cristal. Le chauffage à gaz était allumé, un petit appareil à l'ancienne, et il sifflait, comme toujours, il crépitait, crachotait, et là encore, ça se fond avec la bande-son défectueuse, et il devient encore plus difficile de faire la part de la mémoire et de l'imagination."

« Sa voix s'est perdue, il s'est tu, jusqu'à ce

que je lui demande : “Si ce souvenir a une telle importance pour toi, comment se fait-il que tu ne m’en aies jamais parlé ?” Et là, il m’a répondu : “Parce que je ne pouvais pas être sûr qu’il était vrai. Jusqu’à aujourd’hui. – Ce n’est pas parce que le jardin a ravivé ton souvenir qu’il devient réel”, j’ai dit. “Moi, j’ai l’impression que tu télescopes deux…” Mais il m’a interrompue et il est revenu à l’ordinateur. “Non, là n’est pas la question. La question, c’est qu’après avoir vu le jardin, aujourd’hui, je suis allé sur internet, chercher des preuves. Et voilà ce que j’ai trouvé.”

« Il m’a tendu l’ordi, je me suis essuyé les doigts sur un torchon de cuisine, et je le lui ai pris des mains. Roger était sur IMDb, et il regardait une page dédiée à la filmographie d’un certain cameraman américain. Il y avait une longue liste de crédits fort obscurs, qui commençaient en 1940, parmi lesquels des films, mais surtout des émissions de télévision. Et puis un seul crédit en tant que réalisateur, pour *Der Garten aus Kristall*, 1937. Quand on cliquait sur le lien, on arrivait sur une page totalement vierge, à part le titre du film et le nom de son auteur, Friedrich Güdemann.

« J’ai levé les yeux vers lui en demandant : “C’est tout ? – C’est tout.” J’ai voulu être sûre d’avoir bien compris : “Tu as passé toute la journée à chercher sur internet, et c’est tout ce que tu as trouvé ? – Oui, il n’y a aucune autre référence à ce film. Rien.”

« J’ai considéré l’écran de nouveau. “Ce serait donc un film allemand ? — Il faut croire. Quand j’ai tapé le titre anglais, Google ne m’a rien donné.

Alors j'ai essayé d'autres langues, avec des variations mineures sur le titre. Et j'ai fini par trouver cette référence. C'est forcément la bonne", il a conclu en se mordant la lèvre, "impossible autrement".

« Mais était-ce la bonne ? La réponse s'est cruellement fait attendre. Ce jour-là, déjà, il avait posté des "requêtes" dans tous les forums de tous les sites de cinéma qu'il connaissait ; il voulait savoir si quelqu'un se souvenait, comme lui, d'avoir vu le film à la télévision, un après-midi des années soixante. Il se déclarait preneur de toute information sur ce Friedrich Güdemann, dont la filmographie suggérait qu'il avait dû s'installer en Amérique au début des années quarante, et angliciser son nom en Fred Goodman. On ne trouvait pas d'entrée à son nom sur Wikipédia, et aucune autre mention de lui sur internet. Les questions lancées, il ne lui restait plus qu'à attendre bien sagement les réponses éventuelles.

— Et il en a eu ? » demanda Rachel.

Laura secoua la tête. « Rien, aucune. » Elle soupira. « Il ne s'en remettait pas. La déception était amère. Il aurait cru que dans cette ère d'information universelle il n'y avait aucun sujet si obscur fût-il qui n'ait produit son expert quelque part sur la toile. Or, jusque-là, il avait fait chou blanc. Il allait régulièrement voir s'il avait des messages, il repostait ses questions, il croisait les fils, mais au bout de quelques semaines il s'est plus ou moins résigné à l'idée qu'il n'apprendrait rien par ce canal. Il n'en parlait plus trop, mais je savais que ça le démolissait. Il avait cru être à la veille de cette… découverte fracassante, et voilà qu'il était revenu à la case départ. »

Laura but une gorgée de vin. Tout à coup le feu émit un énorme craquement, et une bûche dégringola de la pyramide. Rachel contemplait l'âtre : le bruit qu'il faisait, la chaleur qu'il dégageait lui évoquaient Roger enfant, assis devant son radiateur à gaz pendant les vacances scolaires, en train de regarder ce film avec sa bande-son hors d'âge qui crépitait, pendant que sa mère préparait le dîner à la cuisine.

« Là-dessus, la vie a continué. Une vie très remplie, d'ailleurs, puisque cette année-là nous avons dû faire face à deux événements capitaux – le déménagement au printemps, et puis la naissance de Harry en été. Roger était, je dirais, très coopératif. Il s'investissait beaucoup. Et les premiers mois après la naissance de Harry, il a été un très bon père, qui mettait la main à la pâte. Moi, pendant un moment, je me suis dit, peut-être que ça le change de ses idées fixes, mais j'ai découvert que je me trompais. Le souvenir de ce film continuait à le plomber. Je m'en suis rendu compte quand il m'a annoncé qu'on lui avait demandé une contribution pour un recueil d'essais à paraître chez Palgrave Macmillan, une sorte de publication commémorative en hommage au scénariste Terry Worth, qui avait connu son heure de gloire dans les années quatre-vingt-dix et qui faisait par ailleurs figure de spécialiste des films perdus – c'est sur cet aspect de son travail qu'on avait sollicité Roger. Bien entendu, je lui ai demandé s'il allait parler du *Jardin de cristal*, et il m'a répondu que c'était peu probable, il en savait trop peu pour que le jeu en vaille la chandelle. Comme il l'avait dit sur un ton dégagé, j'ai cru qu'il avait, sinon oublié, du moins refoulé l'affaire à l'arrière-plan de ses préoccupations. Il m'a prévenue que cet article nécessiterait de longues recherches, ce qui ne tombait pas particulièrement bien pour moi. Deux semaines sont passées sans que je le voie. J'étais coincée à la maison, j'allaitais Harry, pendant que lui partait plusieurs jours de suite au British Film Institute à Londres. Du moins, c'est ce que je croyais. » Elle se tut, plongea un regard mélancolique au fond de son verre, et leva les yeux. « Un jour, j'ai reçu un mail d'une amie qui venait de le rencontrer par hasard – mais pas au BFI. À la bibliothèque de presse de Colindale. » Elle jeta un regard à Rachel. « Qu'est-ce qu'il y a de si drôle ? Qu'est-ce qui vous fait sourire ?

— Pardon, mais c'est que… je m'attendais à quelque chose de plus… croustillant, une liaison, je ne sais pas.

— Il aurait mieux valu, dans un sens. Au moins, on serait resté dans le domaine des comportements classiques. Seulement, Roger ne savait rien faire comme tout le monde. Il était bien le seul à tromper sa femme en mentant sur le lieu de ses recherches. Du reste, il aurait fait un piètre mari adultère : quand il est rentré de Londres et que je lui en ai parlé, il m'a tout avoué. Tous les jours il était allé à Colindale éplucher les programmes télé du *Birmingham Post* du milieu des années soixante. Je me suis fâchée, vous l'imaginez, et je l'ai accusé de perdre son temps. À quoi il a répondu : “Ah, mais je n'ai pas perdu mon temps, pas du tout. J'ai ramené la fourchette à deux jours. – Quelle fourchette ? – La date de passage à l'écran. Tiens, regarde." Il a sorti deux feuilles de son cartable, et les a jetées devant moi, comme un détective pas mécontent de lui, qui apporte la preuve de l'identité du meurtrier à la fin du film. Je les ai regardées sans comprendre. C'étaient des photocopies tirées d'un vieux journal, avec deux listes distinctes de programmes télé. Le nom du *Jardin de cristal* n'y apparaissait nulle part.

« "Tu ne comprends pas ?" il m'a demandé. "Regarde : le 14 décembre 1966. Qui est un mercredi après-midi. Les vacances scolaires viennent de commencer. Moi, j'ai cinq ans et demi. Et maintenant, regarde les programmes d'ATV. Tiens, là, à deux heures dix." J'ai parcouru la liste, et j'ai lu le titre *Against the Wind*. "Je ne vois pas le rapport", j'ai dit. Il m'a considérée avec agacement, comme s'il avait affaire à une demeurée. "Tu ne vois pas ? Eh bien, regarde à quelle heure commence l'émission suivante." J'ai dûment vérifié. Elle commençait à quatre heures et demie, mais là encore, je ne saisissais pas le rapport. "*Against the Wind* !" il a martelé, excité à en perdre haleine. "C'est un film des studios d'Ealing des années quarante, qui se passe dans la Belgique occupée. Et il ne dure que quatre-vingt-six minutes ! Sans compter qu'un film passe plus vite, à la télévision. Mettons donc quatre-vingt-dix minutes, ajoute vingt ou vingt-cinq minutes de publicité, il reste tout de même un long intervalle entre les deux. Il fallait bien intercaler quelque chose." Il m'a regardée avec un air de triomphe, mais j'ai froncé les sourcils, me demandant où il voulait en venir. "Et là, c'est pareil, il a repris, c'est même encore mieux. Le 16 février 1967. Qui est un jeudi. Sans doute pendant les petites vacances. Le titre du film est *The Man Who Could Work Miracles*, une adaptation d'après H. G. Wells, que je sais avoir vu à cette époque. J'en ai un souvenir très vif. Or il ne dure que quatre-vingt-deux minutes ! Ce qui laisse un intervalle de plus de vingt minutes à combler, cette fois. Et puis la météo correspond : il avait neigé deux jours plus tôt. Je suis sûr et certain que c'est ça. À quatre-vingt-dix-neuf pour cent du moins. Quand veux-tu que le film soit passé, sinon ? J'ai épluché toutes les autres listes, et ce sont les seuls intervalles."

« "Tu as épluché toutes les listes ? j'ai dit, incrédule. Ça t'a pris combien de temps ? – Pas longtemps, il a répondu sur la défensive, trois-quatre jours, pas plus."

« Voilà à quoi il avait consacré ses journées ! J'étais outrée quand je l'ai appris, vous vous en doutez. Mais Roger fonctionnait par phases. Pendant plusieurs jours, il a été survolté. Pour autant, sa découverte n'a rien donné, il n'a pas réussi à prouver quoi que ce soit. Il a écrit à Central TV à Birmingham, mais ils ne possédaient aucune archive d'ATV à l'époque. Aucun écrit, rien. D'ailleurs, ils ont dû le prendre pour un original. Et donc, une fois de plus, au bout de quelques mois, il m'a donné l'impression d'être passé à autre chose.

« Les publications universitaires, vous le savez, sont de lentes machines. Deux ans pour publier le recueil d'essais sur Terry Worth. Quand il est sorti, l'article de Roger a été salué comme l'un des meilleurs. Il était très bon, en effet. C'était le drame, avec Roger : quand il arrivait à dépasser ses obsessions et à s'attaquer à quelque chose de sérieux, il écrivait sacrément bien. L'article tournait essentiellement autour d'un film de Billy Wilder qui s'appelle *La Vie privée de Sherlock Holmes*, et qui est resté dans les annales parce qu'un tiers de la pellicule a été coupé au montage. Dans les fragments qu'il nous en reste, Holmes et Watson vont en Écosse se mesurer au monstre du Loch Ness. Roger et moi l'avons visionné un soir, et ce doit être à ce moment-là que nous nous sommes interrogés sur le monstre en question et ce qu'il représente. Celui du film est un canular, naturellement. Comme souvent.

« Fameuse soirée. Nous avons veillé des heures et des heures, à discuter de tous ces films sur le Loch Ness et à tâcher d'en dégager des traits communs. Il nous est apparu qu'en général les personnages principaux exploitaient la réaction primaire que suscite le monstre chez le commun des mortels – une révérence sacrée à la limite de la peur. C'est là qu'il a trouvé cette formule, “marchandisation du mystère”. » Laura marqua un temps et secoua la tête avec une tristesse incrédule. « Voilà qui ne nous rajeunit pas… dire que j'en suis encore à essayer de finir cette recherche pour lui. Incroyable. »

Elle sombra dans le mutisme et Rachel se dit que quelques mots d'encouragement seraient peut-être les bienvenus. « C'est une bonne formule, de toute façon. Vous devriez vous en servir pour votre titre. Mais l'autre film, alors, le film allemand ?

— Eh bien, le rebondissement a pris la forme d'un message. Un message en ligne, un beau matin, émanant de quelqu'un qui avait fini par lire la demande de Roger. Plus de trois ans après qu'il l'avait postée, à vrai dire. Oui, trois ans, Harry était déjà en maternelle. Et c'est ainsi que mon mari a découvert toute l'histoire du film. Mais ç'a été le début de la fin, pour lui. Ce type, qui s'appelait Chris, s'était promené sur le site, et c'est par le plus grand des hasards qu'il avait découvert le vieux post de Roger. » Elle marqua un temps pour boire une gorgée de vin et trouva son verre vide. « Je ne l'ai pas vu descendre, celui-ci, bon sang. On n'a pas sifflé la bouteille ?

— Hélas si, dit Rachel avec un regard de regret pour son propre verre. On lui a fait son affaire dans la soirée.

— Pas grave. Il est temps d'en ouvrir une autre, et pendant que j'y vais, dit Laura en se levant avec effort, vous pouvez jeter un coup d'œil à leur conversation ; vous la trouverez encore sur le site. »

Alors, tandis que Laura ouvrait une autre bouteille de rioja et remplissait leurs verres, Rachel prit le portable sur ses genoux et lut l'échange de messages lancé par Roger sur le site Britmovie.

23 octobre 2010 18:32

Bonjour Roger,

Désolé de répondre à retardement, mais je viens de découvrir ce site et de lire tes questions.

Première chose : je n'ai pas vu *Le Jardin de cristal*, mais

ta mémoire ne te trahit pas. Il est bien passé sur ATV un après-midi au milieu des années soixante. C'est sans aucun doute sa seule diffusion à la télévision anglaise, et l'un de ses rares passages où que ce soit dans le monde. Je le sais, parce que c'est mon grand-père, Tom Ferris, qui s'en est occupé.
C'est une longue histoire et je ne suis pas sûr de ce que tu veux savoir au juste, sinon vérifier que ton souvenir est juste. Précise-le-moi, et je tâcherai de remplir les blancs.
Bien à toi,
Chris Ferris

23 octobre 2010 19:05
Salut Chris,
Incroyable ! J'avais abandonné tout espoir de recevoir un retour quelconque sur ce film (pour moi) mythique, et voilà que tu me confirmes tout ce que je devinais. Découvrir que je n'ai pas rêvé, pas imaginé tout ça, c'est un moment extraordinaire pour moi. Je tremble comme une feuille en tapant ces mots sur le clavier.
Dis-moi tout ce que tu sais sur ce film, s'il te plaît, et sur sa diffusion à la télévision, en commençant par le commencement.
Roger

24 octobre 2010 23:53
Chris
Toujours là ?
Roger

25 octobre 2010 22:17
Salut Roger,
Pardon d'avoir laissé passer deux jours sans répondre. Je vois que tu es impatient d'en savoir plus. Mais il m'a

fallu ces deux jours pour rassembler mes idées et mettre les faits dans le bon ordre.
Par où commencer, donc ? Commençons par le réalisateur Fred Goodman, ou plutôt Friedrich Güdemann, nom sous lequel il était connu en Allemagne vers la fin des années trente. Friedrich, donc, que mon père n'a jamais pu se résoudre à appeler Fred, venait de Magdebourg. C'était un jeune directeur de production bourré de talent, qui avait travaillé plusieurs années pour les studios UFA mais qui nourrissait aussi des ambitions du côté de la réalisation, et qui était apparemment très frustré qu'il ne se soit pas présenté d'occasion favorable. Il avait seulement réussi à faire un court métrage de huit ou neuf minutes, bricolé chez des amis à la campagne, avec leur petit garçon dans le rôle principal. À ma connaissance, il n'y avait pas d'intrigue à proprement parler, mais tu en sais sans doute davantage sur ce point. Le film, tourné au cœur de l'hiver, tenait tout entier dans une séquence où un petit garçon explorait la propriété familiale, et franchissait le mur de clôture par un tunnel pour déboucher dans un paysage magique, un jardin tout en cristal. C'était tout, et pourtant les rares personnes qui l'ont vu se sont dites envoûtées. Et mon grand-père aussi. Pour lui, c'était une œuvre visionnaire. Pour le moins, Friedrich tenait là une carte de visite fabuleuse. Mais il était juif, et il avait déjà dangereusement attendu pour quitter l'Allemagne. Quand il a fini par s'échapper, il a emporté le film avec lui, la seule copie existante, sur une bobine de 16 mm. Il a fait une halte à Paris, et puis, quelques mois plus tard, il a traversé la Manche et il est arrivé à Londres. Ce devait être en 37 ou 38. Il a été rapidement introduit dans les milieux du cinéma et a trouvé du travail chez Gainsborough, où il a été DP sur deux comédies très grand public, du sous - Will Hay. Dieu sait ce qu'il a pu

tirer des films eux-mêmes mais, une chose est sûre, il a fait un boulot sérieux, très pro. Quoi qu'il en soit, c'est là qu'il a rencontré mon grand-père, qui faisait les titres chez Gainsborough, à l'époque. Friedrich lui a demandé d'en créer de nouveaux pour *Le Jardin de cristal* – gracieusement, c'est-à-dire. Mon grand-père, qui aimait bien Friedrich, lui a volontiers rendu service. Il s'est donc fait projeter le film, et il a été absolument emballé. Il disait que la photographie était superbe, bien sûr, parce que Friedrich était très doué, mais curieusement ce qui lui avait fait la plus forte impression, c'était la musique. Faute d'argent pour payer un orchestre, le réalisateur avait une fois de plus fait appel à ses amis, et il avait persuadé la soprano – qui était peut-être la propriétaire de la maison – de l'enregistrer. On n'entendait que sa voix, je crois, et un petit ensemble de musique de chambre. Grand-Père me parlait souvent de cette musique, si belle, mais malheureusement, je ne l'ai jamais entendue.
Bon, cette histoire m'a déjà pris plus longtemps que j'aurais cru, alors j'envoie, et je reprends demain si je trouve un moment.

25 octobre 2010 22:33
Oh mon Dieu, si je me la rappelle, cette musique ! Si mélodieuse, si triste ! La quintessence de toutes les élégies à l'innocence perdue de l'enfance. Comment est-ce que je pouvais comprendre ça, comment est-ce que je pouvais me mettre au diapason de cette émotion à l'âge de cinq ans ? À moins que je me projette sur l'enfant de cet âge rivé à l'écran noir et blanc, avec l'enregistrement de cette musique – enregistrement vieux de trente ans – qui s'échappait du haut-parleur chétif de notre petit poste Ekco au travers d'un bourbier, d'un taillis de craquements, de crachotements et de distorsions ? Et les

faux boulets de charbon au gaz dans l'âtre, ma mère à côté, dans la cuisine, qui prépare le dîner en attendant le retour de mon père.
Je crois...
Je crois que ton message me fait déjà planer, alors comme j'ai bu deux ou trois verres de trop en le lisant, et qu'on a toujours tort de poster quand on est bourré...

26 octobre 2010 22:42
Rebonjour, Roger,
J'espère que tu n'as pas continué à boire hier soir et que tu ne t'es pas réveillé avec une gueule de bois trop abominable.
Bon, je vois que cette histoire est importante pour toi et je m'excuse de t'avoir laissé en suspens mais il m'a fallu plus de temps que prévu pour te raconter tout ça. On reprend là où on s'est arrêtés.
Mon grand-père Tom a conçu un ensemble d'intertitres pour le film, et il les a ajoutés à la copie. Mais je suis à peu près sûr que Friedrich ne les a pas vus, sinon des années plus tard. Parce que mon grand-père travaillait encore sur sa copie du film lorsqu'il a reçu un télégramme de Friedrich qui lui a fait un choc. Il le lui avait envoyé d'un paquebot transatlantique : un ami venait de lui obtenir un permis de travail aux États-Unis du jour au lendemain, et il partait pour Hollywood. Avec tant d'autres célébrités européennes qui fuyaient l'Allemagne nazie – pas besoin que je t'en fasse la liste. Du coup, mon grand-père ne l'a plus revu, il a changé de nom, il s'est fait appeler Fred Goodman et, au bout de quelques années à Hollywood, il est entré à la télévision et il a travaillé sur des tas de grandes émissions pour CBS et autres. Coïncidence, c'est plus ou moins ce qu'a fait mon grand-père lui-même après la guerre. Il a travaillé aux studios d'Ealing jusqu'à

la fin des années quarante, et puis il est passé côté télé dès que les chaînes privées sont nées, ou presque. Il s'est installé dans les Midlands et il a travaillé pour ATV, d'abord comme concepteur de titres et de légendes, et puis dans un emploi administratif, à la programmation. Ce qui nous amène au milieu des années soixante. Mon grand-père et Friedrich étaient restés en contact sporadique, très sporadique, disons une lettre tous les deux ou trois ans. Mon grand-père avait toujours sa copie du *Jardin de cristal*, qu'il avait projetée quelques fois dans des cinémathèques ; à un moment donné, il a proposé de lui trouver une distribution en complément de programme, mais je ne crois pas qu'il en soit sorti grand-chose. Friedrich lui a donné carte blanche pour le diffuser chaque fois que ce serait possible, sans exiger de droits. Et c'est comme ça qu'un jour mon grand-père a eu cette idée. Les programmations d'ATV sont parfois problématiques, surtout dans la journée, et on fait toujours très attention à ce que les longs métrages en particulier s'insèrent au plus juste dans leur créneau. Très souvent, il reste dix ou quinze minutes à trouver, et c'est pourquoi on garde toujours quelques billes en réserve ; parfois des dessins animés, mais ils reviennent cher, en général plutôt des productions économiques, comme ces abominables campagnes d'information lancées par les ministères qui datent des années cinquante. Voilà comment mon grand-père a eu l'idée de prêter sa copie du *Jardin de cristal* à ATV, pour qu'ils la glissent dans le programme de l'après-midi si besoin était. Histoire de boucher un trou de dix minutes. Et c'est ce qu'ils ont fait, une seule et unique fois ; le jour où tu as vu le film, et où il t'a laissé une si forte impression.

Voilà, j'espère avoir au moins éclairci ce mystère pour toi. C'était sympa de correspondre avec quelqu'un qui se souvient du film – l'histoire de mon grand-père et de Friedrich et de cette unique diffusion est un peu une légende, dans ma famille. C'est chouette de se dire que quelqu'un l'a vu et, qui plus est, s'en souvient effectivement.

27 octobre 2010 00:27
Chris,
Je n'arrive pas à croire que tu laisses l'histoire finir en queue-de-poisson. Tu n'as pas répondu à la question la plus importante.
QU'EST DEVENUE LA COPIE ?

27 octobre 2010 21:46
QU'EST DEVENUE LA COPIE ?

28 octobre 2010 10:33
Cher Roger,
Bon, tu pourrais quand même me dire un petit merci, après tout ce que je t'ai raconté, ça fait toujours plaisir. Mais passons…
En bref : à la chute du Mur, en 89, Friedrich est rentré chez lui à Magdebourg pour la première fois depuis plus de soixante ans. Il a écrit à mon grand-père pour lui demander d'envoyer la copie en Allemagne parce qu'il voulait la revoir. Et c'est ce qu'a fait mon grand-père. Je n'en sais pas plus.
J'espère que ta curiosité est satisfaite.
Bien à toi,
Chris

Là s'arrêtait leur échange, apparemment. Rachel referma l'ordinateur et le rendit à Laura, qui l'avait regardée lire en buvant son vin distraitement, penchée vers elle pour observer sa réaction avec avidité.

« Alors ? lui demanda-t-elle au bout d'un moment, voyant que rien ne venait.

— Il était vraiment très atteint. Vous n'allez pas me dire qu'il est aussitôt parti pour l'Allemagne, j'espère... »

Laura hocha la tête avec un sourire triste qui soulignait son propos. « Eh si, forcément ! »

Elle passa la main dans ses cheveux et inspira profondément. « Il avait un ami qui vivait là-bas. Enfin, pas un ami, un collègue de la fac, qui s'appelait James et qui avait épousé une Allemande. Ce James enseignait au Département des Études cinématographiques à la Freie Universität de Berlin. À l'époque où Roger écrivait sur *La Vie privée de Sherlock Holmes*, il l'avait aidé à exhumer un vieux documentaire télé sur Billy Wilder. C'était un homme plein de ressource, et il savait se repérer dans les archives du cinéma allemand. Il a donc fait les quelques premières enquêtes de routine, mais sans résultat. Friedrich Güdemann était mort de sa belle mort en 2004 à l'âge de quatre-vingt-quinze ans, et depuis, *Le Jardin de cristal* n'avait pas refait surface. Alors qu'était devenue cette unique copie ? Était-elle restée dans sa famille – et d'ailleurs, où était-elle, sa famille ? Avait-il laissé des enfants et des petits-enfants en Amérique ? Roger a envoyé un message à Chris pour lui demander s'il en savait quelque chose, mais Chris n'était plus d'humeur à répondre aux questions de ce monomaniaque pas fichu de dire merci. Il a donc fallu que James intervienne de nouveau.

« Il se trouve que Güdemann était gay, c'est l'une des premières choses qu'il a découvertes. Quand il est revenu vivre en Allemagne, c'était déjà un vieil homme, et son amant de toujours était décédé. Il a donc passé ses dernières années à Leipzig, auprès de sa sœur et de son beau-frère. Le temps que James découvre tous ces détails, il ne restait plus que le beau-frère, qui était dans une maison de retraite et ne jouissait plus de toutes ses facultés. James a donc eu pour interlocuteur le gendre de ce monsieur, un type qui allait sur la soixantaine et s'appelait Horst. Les générations s'intercalaient entre eux et Friedrich. Une fois son beau-père placé dans un établissement, Horst avait vendu sa maison et mis tous ses effets dans deux grands conteneurs au garde-meuble en banlieue de Leipzig. Y avait-il des affaires personnelles de Friedrich ? lui demanda James. Horst n'en savait trop rien. Il s'était contenté de fourrer dans des cartons tout le contenu de la maison. Il se proposait d'aller faire le tri un jour, mais jusque-là, il ne s'y était pas décidé.

« Bon, je ne sais pas ce que James a pu lui dire pour qu'il coopère, mais toujours est-il qu'il l'a persuadé de le laisser inventorier le contenu des box. Et dès qu'il a envoyé un mail à Roger pour le prévenir, mon mari a pris l'avion pour l'Allemagne. Il a réservé le premier vol qu'il a trouvé ce soir-là. Moi, j'étais couchée, je lisais avant de m'endormir, et il est entré dans la chambre en m'annonçant qu'il s'envolait pour Leipzig le lendemain. En partant, il m'a embrassée, et m'a parlé du film ; il était sûr de le trouver. La quête touchait à sa fin ; ce serait l'affaire d'un ou deux jours. Je l'ai embrassé moi aussi, et je lui ai dit que j'étais contente. Je ne l'ai jamais revu. »

Elle voulut boire, mais son verre était vide. Elle avait les yeux fatigués, à présent, le regard presque vitreux.

« Je vais chercher la lettre de James, vous saurez la fin de l'histoire. »

Quand elle se leva pour quitter la pièce, Rachel remarqua qu'elle ne tenait plus sur ses jambes. Elle se dirigea vers son bureau du rez-de-chaussée, où elle disparut quelques minutes. On entendit des bruits de tiroirs, des froissements de papiers et des interjections exaspérées. Elle revint pourtant, le document enfin trouvé dans une main, une petite bouteille dans l'autre.

« C'est du brandy, expliqua-t-elle. Il faut toujours finir une soirée sur du brandy. Et voici la lettre. Lisez-la pendant que je vous en sers un fond. »

Il restait du vin dans le verre de Rachel. Le brandy s'y mélangea en produisant un précipité orangé peu engageant. Elle s'abstint d'en boire et fixa son attention sur les feuillets manuscrits que Laura venait de lui remettre. L'écriture était nette et ferme, sensiblement penchée ; le papier lui-même épais, de couleur crème et luxueusement filigrané.

Ma chère Laura,

Qu'il est terrible de devoir écrire ces mots. Tu as dit lors des obsèques (comme tu as bien parlé aux fidèles, en ce jour d'affliction !) qu'il ne fallait pas que je m'impute ce drame. Mais comment faire autrement ? C'est bien moi qui ai mené Roger sur les lieux où il a trouvé la mort. Certes, je ne pouvais pas prévoir ce qui s'y passerait, mais tout de même, les faits sont là. Sans mon intervention, ton mari serait encore de ce monde.

Jeudi, l'heure aurait été mal choisie pour aborder les détails de ses derniers moments, mais je t'avais promis que je t'écrirais pour te dire tout ce que je pouvais. Je vais donc commencer à la descente d'avion de Roger, à Leipzig.

Ce matin-là, il faisait un froid mordant. J'étais venu le chercher à l'aéroport (la neige avait retardé sa correspondance à Hanovre) et nous sommes allés boire un café au bar. Sans perdre de temps en bavardages, il est allé droit au but, il voulait tout savoir sur notre rendez-vous avec Horst. Nous ne risquions pas d'être en retard, ça ne l'a pas empêché de me faire avaler mon café de travers pour partir tout de suite. Résultat, nous sommes arrivés au garde-meuble avec un quart d'heure d'avance. Il neigeait de plus en plus fort et, malgré l'heure avancée de la matinée, le ciel était gris anthracite et on avait l'impression que le jour ne se lèverait jamais. Le garde-meuble n'était qu'un vaste entrepôt, à la périphérie de la ville, sans caractère ni atmosphère, avec un grand parking devant. Nous nous sommes garés, nous sommes entrés sous la neige, et nous nous sommes offert une nouvelle tournée de café brûlant, à la machine de la réception cette fois. Nous nous sommes assis pour le boire en attendant Horst, et j'en ai profité pour expliquer deux ou trois choses à Roger. Au début, j'avais eu du mal à persuader Horst de nous laisser faire l'inventaire de ces box ; il se méfiait de nous. Avant que je prenne contact avec lui, il ignorait totalement que Friedrich avait fait carrière dans le cinéma et à la télévision, et j'étais convaincu que s'il avait accepté le rendez-vous de ce matin, c'était parce qu'il pensait que nous pourrions le mettre sur la piste d'un objet de valeur susceptible de se vendre. J'ai prévenu Roger que la copie du Jardin de cristal, *à supposer que nous la trouvions, pourrait entrer dans cette rubrique. Il n'a pas eu l'air de s'en émouvoir, mais plutôt d'en être aiguillonné. « Tu crois… tu penses vraiment qu'elle pourrait y être ? », telle a été sa seule réaction. Il était tellement obnubilé par l'idée de la trouver qu'il ne réfléchissait même pas à la suite des événements et aux litiges qui pourraient surgir – tant était puissant, je m'en rends compte aujourd'hui, son besoin de revoir le film ne serait-ce qu'une fois, de revivre coûte que coûte ces minutes d'enchantement qu'il avait connues à l'époque lointaine où il n'était qu'un écolier insouciant.*

Et dans quel endroit désolé cette quête l'avait-elle conduit ! Nous étions en train de boire un méchant café âcre sur un simple banc de bois, adossés au mur, dans une flaque de néon anémique. Tout autour de nous, les vastes espaces de l'entrepôt s'étendaient en des océans de ténèbres épaisses à couper au couteau. Des corridors partaient dans toutes les directions, où s'alignaient des conteneurs semblables, quatre mètres de haut sur deux de large. Au-dessus de nos têtes, des passerelles s'entrecroisaient, menant à d'autres conteneurs identiques. J'imaginais des pas sur ces poutrelles qui vibreraient avec un bruit métallique, mais ce jour-là, en réalité, tout était silencieux. Un silence asphyxiant, mortel. On n'entendait que le sifflement lointain d'un filet de musique s'échappant des écouteurs du réceptionniste, à son bureau. Roger et moi, nous parlions à mi-voix, comme dans une cathédrale ou une bibliothèque. On n'était d'ailleurs pas loin du compte. C'était une bibliothèque d'objets au rancart, une cathédrale des oubliés. De toute façon, nous n'avions pas grand-chose à nous dire.

Malgré la neige qui étouffait le crissement des pneus, on ne pouvait guère se tromper, c'était bien une voiture qui arrivait. Nous nous sommes levés avant l'entrée de Horst. Il époussetait la neige sur son manteau, il était de mauvaise humeur. Sans nous saluer, il est allé droit à la réception, où il a pris les clés de ses deux conteneurs. C'est seulement ensuite qu'il est venu vers nous. Je lui ai présenté Roger, mais il avait l'air de s'en fiche. « Vous pensez qu'il pourrait y avoir un film dans ces conteneurs, c'est bien ça ? C'est un film que vous cherchez ? » J'ai acquiescé, et il a dit : « Si vous le trouvez, pas question que vous le gardiez. Il m'appartient. » J'ai répondu que ça allait de soi. Et Roger a déclaré : « Mais il faut qu'on le voie. Il faut que vous nous donniez l'autorisation de le visionner. » Horst ne s'est pas mouillé, il a répondu qu'il allait y réfléchir, et nous nous sommes mis en route.

Ses conteneurs se trouvaient au rez-de-chaussée, face à face ; l'un portait le numéro 24, l'autre le numéro 11. Les portes étaient peintes en jaune, chacune fermée par un gros cadenas. Lorsque Horst a déverrouillé le 24, j'y ai jeté un coup d'œil et mon cœur a sombré dans ma poitrine. Le box était beaucoup plus grand qu'on n'aurait cru de l'extérieur, et il était bourré du sol au plafond de meubles et de cartons. Le 11 était pire. Il y avait des objets empilés jusqu'à la porte, qui fermait tout juste : impossible de deviner ce qui se trouvait derrière la première pile. Le forage d'un pareil fourbi allait nous prendre des heures.

Mais je vais faire court et m'en tenir aux faits. Lentement, laborieusement, nous nous sommes frayé un chemin dans le bazar de Mr Güdemann, de sa sœur et de son beau-frère. Roger et moi fouillions le 11, et Horst le 24. Il cherchait quelque chose de précis, je le voyais ; sans doute espérait-il trouver des bijoux, des objets de valeur. Nous lui avions soigneusement décrit à quoi ressemblait une boîte à film et il nous avait assuré d'un air bourru que s'il en trouvait une, il nous le ferait savoir.

C'était un travail de fourmi, long et fatigant. Horst, qui explorait le contenu du box opposé en nous tournant le dos, semblait pourtant percevoir nos moindres mouvements, et il avait vite fait de nous crier « Attention, avec ça ! » ou « Montrez-moi ce qu'il y a là-dedans ! » chaque fois que quelque chose attirait son attention. Comme je l'avais deviné, c'étaient toujours les petits bijoux qu'il nous prenait pour les mettre de côté avec soin.

Au bout d'une heure, Roger et moi étions déjà très fatigués, et j'ai pensé qu'une pause serait bienvenue. Mais Roger avait une lueur fébrile dans le regard, et il n'a pas voulu interrompre sa traque un seul instant. Je lui ai donc proposé de lui apporter un café et, comme il déclinait mon offre, je suis allé en prendre un tout seul.

J'étais assis sur le banc à côté de la réception depuis une dizaine de minutes, je buvais mon café en lisant quelques mails, quand son cri a retenti. Jamais je n'avais entendu dans une voix humaine une telle excitation, une exultation proche de l'extase. « James, James ! Je crois que je la tiens ! » Tels furent ses mots, mais j'avais surtout l'impression qu'il poussait un cri primal, un cri de joie. J'ai posé mon café et je me suis levé d'un bond pour le rejoindre dans le box mais, moins de cinq secondes plus tard, un autre cri a résonné, d'une tout autre nature, un cri d'effroi, atroce, suivi d'un choc terrifiant. Ou plutôt d'une série de chocs. Trois ou quatre, de plus en plus forts, culminant dans une sorte de déflagration, dont les échos se sont propagés decrescendo, en laissant dans leur sillage le silence de la sidération. Quelques secondes plus tard, j'avais rejoint Horst à la porte du box 11. Une scène d'apocalypse nous attendait. Nous avions empilé la moitié du conteneur dans le corridor. À l'intérieur, c'était le chaos le plus total, cartons, livres, meubles, vaisselle et verres en mille morceaux, qui écrasaient de leur poids le corps déjà sans vie du pauvre Roger.

Le réceptionniste est accouru, alerté par le bruit, et il a aussitôt appelé une ambulance. Horst et moi avons commencé à dégager les décombres. On trimait comme des damnés, on balançait les objets sans les regarder, et tant pis pour la casse.

Que te dire de plus ? Le personnel médical est arrivé sur place très vite, et ils n'ont pu que constater le décès.

Les heures qui ont suivi ne sont qu'une tache floue dans ma mémoire. Je ne me rappelle qu'un seul détail : pendant que je déblayais le bazar pour atteindre Roger, j'ai repéré l'objet qu'il avait dû voir, celui pour lequel il m'avait appelé. Il s'agissait d'une boîte qui devait se trouver au bas de la pile ; dans son impatience, il avait dû essayer de la tirer par en dessous, ce qui avait fait crouler cette espèce de tour hétéroclite. La boîte était en métal, comme celles qui contiennent des bobines de 16 mm, et sur sa tranche une étiquette disait, en majuscules un peu effacées – plus de soixante-dix ans d'âge –, Der Garten aus Kristall.

Je l'ai ouverte ; elle était pleine de vieilles boîtes de tabac, la plupart contenant elles-mêmes de la menue monnaie en marks, avec quelques boutons, du ruban, du fil et une aiguille ; un nécessaire de couture, en somme.

Peut-être vaut-il mieux qu'il n'en ait rien su. Peut-être serait-il mort d'une tout autre mort.

*

Rachel se levait de bonne heure et elle fut la première à sortir de son lit le lendemain. Mais lorsqu'elle descendit à la cuisine, Keisha était déjà là, qui faisait du café et préparait le petit déjeuner de Harry. Ne voulant pas la déranger, et ayant du mal à lui faire la conversation, Rachel sortit dans le jardin.

Elle s'assit sur le vieux banc de bois, comme la veille. Et, de nouveau, son regard fut attiré par la fontaine muette et tarie. Quel dommage ! Laura devrait la faire réparer. Le jardin gardait son attrait, mais il avait perdu sa magie, son irréalité.

Au bout de quelques minutes, Laura vint la rejoindre. Elle avait des chaussons aux pieds, et portait un gros pull sur son pyjama, avec un peignoir épais par-dessus le pull. Elle apportait deux mugs de café.

Elles burent un moment sans rien dire.

« Alors, vous allez faire réparer la fontaine ? demanda Rachel.

— Je ne crois pas. J'ai l'intention de mettre la maison en vente.

— Pour revenir habiter Oxford ?

— Peut-être, ou alors Londres. J'y ai candidaté pour des postes de professeur des universités. »

Elle frissonna et se pencha en avant sur le banc. Il faisait beaucoup trop froid pour rester dehors.

« Mon souci, c'est que Harry ne finisse pas comme Roger. »

Rachel n'était pas certaine de bien comprendre.

« Obsédé, vous voulez dire ?

— Oh, il peut entretenir toutes les obsessions qu'il voudra, tant qu'elles concernent quelque chose d'utile.

— Vous voulez dire autre chose que la date de diffusion des vieux films en noir et blanc ? »

Laura fut prompte à rectifier : « Je veux dire autre chose que le passé. » Elle but une gorgée de café en serrant le mug à deux mains pour les réchauffer. « Comme beaucoup de gens, Roger était convaincu – à son corps défendant peut-être – que la vie était plus belle, plus facile, plus simple autrefois. Quand il était petit. Ce n'était pas seulement une fixation sur l'enfance, ça allait au-delà. C'était lié à l'état du pays – tel qu'il se le figurait en tout cas – dans les années soixante et soixante-dix.

— Avant ma naissance.

— Longtemps avant. C'était une autre époque. Vraiment tout autre. Pour Roger, tout était lié à l'État-providence, au filet de sécurité pour chacun, et surtout, il y voyait l'avantage de n'être pas perpétuellement mis en demeure de choisir. Il détestait avoir le choix. Ce fameux choix que Henry Winshaw et tous les ministres après lui nous ont présenté et nous présentent comme le souverain bien. C'était précisément ce que Roger détestait. Parce que, tout de même, réfléchissez. Pensez à cette image qui lui revenait sans cesse.

— Le jardin de cristal ?

— Le jardin et tout ce qui entoure le souvenir, toute sa... texture. Il attend son père qui rentre du bureau, le bureau où cet homme a travaillé quarante ans. Sa mère est à la cuisine, elle prépare le dîner, ce jour de la semaine, c'est toujours le même menu. Vous ne voyez pas à quel point ce devait être rassurant ? Cette somptueuse sécurité, cette *couverture.* Jusqu'au fait que le film soit passé à la télévision cet après-midi-là et qu'il l'ait regardé. Ça ne relevait pas d'un choix. Ou plutôt, si, mais du choix d'un tiers, chargé des programmes sur ATV, le grand-père de Chris – peu importe, ce qui compte, c'est que ce n'était pas lui qui en avait décidé. Le mot-clé de toute cette situation, et de l'euphorie qu'elle faisait naître en lui, c'était le mot "passivité". D'autres choisissaient pour lui. Des gens en qui il avait confiance. Il adorait ça. Il adorait l'idée que ses décisions soient prises par des gens de confiance. Pas toutes ; quelques-unes. Pour pouvoir mieux vivre d'autres domaines de sa vie à sa guise. Toutes choses égales par ailleurs, n'est-ce pas la définition d'une enfance heureuse ? Roger pensait avoir connu une période où tout le monde jouissait de ce bonheur. Une époque où nous avions confiance en nos gouvernants, qui, de leur côté, étaient tenus de nous traiter, non pas comme des enfants tout à fait, mais comme des individus à prendre en charge une fois de temps en temps. Beaucoup d'entre nous sont comme lui.

— Ça paraît un peu… naïf, risqua Rachel.

— Oui, repartit sèchement Laura, et ça l'est. La vie ne ressemble pas à ça. La vie ressemble même de moins en moins à ça. » Elle coula un bref regard vers son étudiante. « Je sais que vous avez remarqué ma façon de parler à Harry, vous trouvez que je suis trop dure avec lui.

— Un peu, dut convenir Rachel.

— Seulement, voyez-vous, je ne supporterais pas qu'il finisse par se tourner vers son enfance, vers le passé, comme son père l'a fait. »

Et Laura se leva et se dirigea vers la cuisine d'un pas vif, sans ajouter un mot, sans se retourner. Soit pour cacher les larmes qu'elle retenait depuis le début, soit parce qu'il faisait trop froid pour rester dans le jardin une minute de plus.

LE PRIX WINSHAW

ou

L'affaire qui fit connaître Nathan Pilbeam

(une aventure de Nathan, flic de la *situation*)

Pourtant que peut la satire, grave ou gaie ?
Quel vice a-t-elle soumis, quel cœur gagné
Par la rigueur ? Quel autre par le rire réformé ?
Hélas, le Léviathan n'est pas ainsi dompté.

WILLIAM COWPER
The Task (1785)

1

Scotland Yard se perdait en conjectures.

Ou, plus exactement, lorsque le *detective chief inspector* Capes aurait fini de lire le mail, il aurait une nouvelle affaire sur les bras, et il se perdrait en conjectures.

Ce mail-là était arrivé deux heures plus tôt et, transféré d'ordinateur en ordinateur, il avait atterri sur l'écran de « Capitaine Courageux », comme ses collègues se plaisaient à l'appeler. Et pourquoi, d'ailleurs, se demanda-t-il, comme il se le demandait tous les jours. Quel surnom navrant, totalement dépourvu d'originalité, et qui ne risquait pas de rendre justice à sa stature au sein des forces de police. Pourquoi diable n'adoptaient-ils pas celui qu'il leur suggérait discrètement depuis des mois : « Superflic à la cape » ? Ce serait la trouvaille parfaite, le jeu de mots sur son nom et l'hommage sans équivoque à sa conception du policier comme superhéros. Mais ça ne prenait pas – allez savoir pourquoi.

Tout en sirotant son troisième café noir de la journée, et en méditant sur l'injustice criante de sa situation, il s'aperçut que son imagination vagabondait et qu'il n'avait pas fini de lire le mail.

À qui de droit,

Pardonnez-moi de vous écrire un peu cavalièrement. Je ne suis qu'un *police constable* stagiaire de province, et mon nom ne vous dira rien. Cependant, deux faits divers rapportés par la presse londonienne ont récemment attiré mon attention, et je voulais m'assurer que leur importance potentielle n'échappait pas à ceux qui sont aux commandes de Scotland Yard.

Le premier de ces faits divers est la mort par noyade de Michael Parr, individu de sexe masculin et de race blanche, sur la rive sud de la Tamise, près de Greenwich, le 13 du mois dernier. Mr Parr était humoriste. Le coroner a conclu à une mort accidentelle.

Le second est la mort de Raymond Turnbull, autre individu de sexe masculin et de race blanche, âgé d'un peu moins d'une trentaine d'années, à la suite d'une chute ; la victime est en effet tombée d'un balcon au septième étage, à Acton, en banlieue ouest, le 18 de ce mois-ci. Mr Turnbull était, lui aussi, humoriste de métier. Là encore, le coroner a conclu à une mort accidentelle.

Or, j'ai la conviction qu'aucune de ces morts n'est accidentelle et qu'il y a au contraire un lien entre les deux victimes.

Vous seriez en droit de vous demander ce qui m'autorise une telle assurance. Je me ferai un plaisir de vous expliquer mon raisonnement autour d'un verre, à l'heure et à l'endroit dont nous conviendrons. D'ici là, vous pourrez vous familiariser avec les méthodes qui m'ont déjà valu quelques petits succès en lisant l'article en pièce

jointe, paru en février dans les pages magazine de la revue *Police*.
Bien cordialement,
Nathan Pilbeam

*

Le PC Pilbeam habitait un immeuble banal dans la banlieue nord-est de Guildford. C'était un bâtiment neuf, en retrait de la route et sécurisé. Il fallait composer un premier code pour accéder à la cour pavée, puis un second pour pénétrer dans le hall d'entrée. Il occupait au deuxième étage un trois pièces donnant sur le jardin de la copropriété, jardin agréable sans être bouleversant. Comme il vivait seul, il avait converti la seconde chambre en bureau.

Ce bureau se distinguait par le volume et la variété des livres et autres documents papier qu'il y conservait. Deux des murs étaient tapissés du sol au plafond par des étagères où s'entassaient des *Police Manuals* et *Operational Handbook* de chez Blackstone, jusque-là rien d'étonnant, mais aussi par toute une bibliothèque d'ouvrages d'histoire, de politique, de sociologie, de théorie culturelle et de médiologie, de philosophie marxiste, de sémiotique et d'études *queer*. Il y avait des étagères bourrées de dossiers contenant de vieux numéros de journaux sur les mêmes sujets. Le *constable* Pilbeam avait lié connaissance avec la plupart des facteurs du quartier, qui lui distribuaient jour après jour les derniers numéros de *Prospect*, *Private Eye*, la *New Left Review*, *Sight and Sound*, *Monocle*, *Diva*, *History*

Today, Searchlight, Index on Censorship et *Intelligent Life*. Il les lisait tous, puis les classait en double index sur son ordinateur grâce au tableur sophistiqué qu'il avait mis au point lui-même.

Il faut bien dire que la gamme de ses passe-temps était limitée. Nourrissant l'ambition de devenir le numéro un du pays en matière d'enquête criminelle, il consacrait toutes ses heures de veille à cet objectif. Petit garçon déjà, grâce à un grand-père qui lui avait fait découvrir les histoires de Conan Doyle et d'Agatha Christie, l'art du détective le fascinait. Une enfance modeste dans les faubourgs de Portsmouth lui avait donné tout loisir d'alimenter son obsession. À la fin des années quatre-vingt-dix et au début des années deux mille, tandis que ses amis et contemporains tombaient sous la coupe d'internet, il restait à l'écart du phénomène ; lui se passionnait pour la bibliothèque laissée par son grand-père à sa mort, des tas de livres non classés qui ramassaient la poussière dans une chambre d'amis. Outre une impressionnante collection de polars, on y trouvait les classiques, Marx, Orwell, Tressell et Shaw ; les essais de Chomsky et de Gramsci ; les livres des historiens Hobsbawm et Thompson ; des volumes souvent feuilletés de Marcuse et Lukács, de William Morris et de Raymond Williams. Nathan les dévorait, scandalisé que ses parents en fassent si peu de cas et ne voient dans ce legs qu'un bazar encombrant. Son grand-père, autodidacte, s'était fait une éducation aux cours du soir de la Workers' Educational Association et en puisant dans les ressources de la bibliothèque municipale ainsi que dans les livres de poche des collections Pelican et du Left Book Club. Nathan décida de suivre la même voie et, au lieu d'entrer à l'université, il candidata pour un poste dans la police dès l'âge de dix-huit ans.

Il en avait aujourd'hui vingt-quatre. Au commissariat de Guildford, c'était une figure populaire, même si ses collègues, le considérant de toute évidence comme un excentrique, ne se privaient pas de le mettre en boîte ouvertement et de rire de lui derrière son dos. Il devait en partie cette image à son sérieux, pour ne pas dire à sa ferveur. Mais ses camarades n'en étaient pas moins fascinés et amusés à la fois par son approche du travail de policier.

Selon la théorie du PC Pilbeam, fruit de longues années de lectures et de réflexion, il fallait toujours replacer un crime dans son contexte, tant social et politique que culturel. Le policier moderne devait donc être au fait des divers courants de la pensée contemporaine, et en phase avec eux. Dans une récente affaire d'exhibitionnisme, par exemple, il avait convoqué la psychogéographie, discipline très tendance (qui avait son précurseur, le situationniste Guy Debord, et ses praticiens, des artistes tels Patrick Keiller, Iain Sinclair et Will Self), pour prouver que l'accusé ne pouvait pas être coupable des faits reprochés, parce que cet après-midi-là c'était l'anniversaire de la mort de sa mère, et qu'au lieu de prendre par le parc il aurait fait un détour pour traverser la cité HLM de l'entre-deux-guerres où elle avait grandi. Il avait résolu une autre affaire en lisant un article de James Meek dans la *London Review of Books* sur l'infâme Bedroom Tax, impôt levé par le gouvernement de coalition sur les locataires de logements sociaux qui n'occupaient pas toutes les pièces de leur appartement. Pour ne pas payer cette taxe pénalisante, certains époux fauchés prétendaient être en froid et faire chambre à part. Dans un de ces cas de figure, le PC Pilbeam avait prouvé qu'ils mentaient, et c'est ainsi qu'il avait élucidé le mystère d'un cambriolage dont ils avaient été victimes. Si mari et femme couchaient bien dans la grande chambre tous les deux, alors l'intrus avait pu s'introduire par la chambre d'amis, et non pas par la cuisine, comme ils l'avaient déclaré, de peur d'être dénoncés aux pouvoirs publics. Et de fait, c'est bien sur le cadre de la fenêtre située dans la chambre d'amis qu'on avait découvert toutes les empreintes digitales, après quoi le voleur avait été promptement appréhendé.

« Dans ces deux exemples », avait écrit Pilbeam pour *Police*, « les protocoles d'enquête classiques se sont révélés inadéquats. Le criminel n'agit pas dans un vide politique. Pour comprendre le mobile, il faut comprendre ce qu'il y a derrière. Autrement dit, prendre en compte l'incidence de l'économie et de l'environnement, de la culture et du capital, du paysage en général et de celui de la ville en particulier, les politiques identitaires et les politiques partisanes. Pour résoudre un crime anglais, commis par un criminel anglais, il faut considérer la *situation* de l'Angleterre elle-même. »

C'était cette phrase de conclusion – un jour, à la cantine, l'un de ses collègues l'avait lue devant un public perplexe sur un ton où l'admiration le disputait au sarcasme – qui lui avait valu son surnom de « Flic de la *situation* ».

*

Pilbeam avait posé quelques jours de congé, sans prendre pour autant ses distances avec son travail. Il n'avait aucune envie de se détendre au sens où le commun des mortels l'entend. Son message envoyé à Scotland Yard, il fit un saut au supermarché du coin pour y acheter les ingrédients nécessaires au dîner qu'il comptait concocter le soir même à son *inamorata*. Ensuite, il ouvrit le colis d'Amazon que son facteur surmené lui avait livré un peu plus tôt.

Le paquet contenait des DVD, qui se ressemblaient comme deux gouttes d'eau. Le boîtier du premier montrait un jeune homme de race blanche un peu enveloppé, le cheveu en bataille, et vêtu d'une chemise de couleur vive flottant sur son pantalon. Il parlait dans un micro. Le DVD s'intitulait *Mickey Parr – Tu le crois, ça ? – Mickey met le feu à la scène*. La couverture du second présentait un autre jeune homme de race blanche, pareillement ébouriffé et un peu enveloppé, vêtu d'une chemise de couleur vive flottant sur son pantalon. Lui aussi parlait dans un micro, et son DVD s'intitulait *Ray Turnbull – À la queue comme tout le monde – Ray se lâche en live*. Nathan se souvenait d'avoir vu la sortie de ces deux DVD annoncée sur des affiches du métro pendant la période de Noël, l'année précédente, parmi une demi-douzaine d'autres affiches publicitaires pour d'autres DVD, œuvres d'autres jeunes gens ébouriffés, un peu enveloppés, vêtus de chemises de couleur vive flottant sur leurs pantalons. Pour la circonstance, tous arboraient une expression vaguement ironique. Par ailleurs, tous avaient fait une tournée au cours de l'année et enregistré leurs spectacles pour produire ces DVD à la veille des fêtes.

Nathan y avait vu un phénomène intéressant en soi. Selon lui, aucun de ces individus n'était considéré comme un expert mondial dans quelque domaine que ce fût, ni comme un penseur doté d'une vision radicalement nouvelle. Pourtant, ils empochaient des sommes coquettes et attiraient un vaste public par leur capacité à commenter sur un ton dégagé et parfois avec humour divers aspects de la vie contemporaine. Lorsque les caméras faisaient une incursion côté public, on y apercevait de jeunes adultes bien habillés et visiblement nantis qui s'esclaffaient devant toute une série de réflexions guère transcendantes sur la division des rôles féminin-masculin ou les subtilités des rapports sociaux ordinaires. Dans son nouveau carnet Moleskine de format A5, sous le titre « Les humoristes », le PC Pilbeam avait copié cette phrase de Hermann Hesse :

> « Comme les gens aiment rire ! Ils arrivent par troupeaux entiers depuis les banlieues malgré le froid mordant, ils font la queue, ils paient, ils veillent au-delà de minuit, pour le seul plaisir de rire un moment. » (*Réflexions*)

Les DVD duraient quatre-vingts minutes chacun. Il visionnait le second depuis près d'une heure lorsque l'illumination survint. Il était persuadé depuis le début qu'il finirait par apparaître un lien entre les deux humoristes. Un lien qui irait au-delà des similitudes génériques entre leurs numéros. Maintenant, il en tenait la preuve.

*

Comme tant de grands hommes – et les grands détectives ne font pas exception –, Nathan Pilbeam avait une faiblesse. Un défaut dans sa cuirasse.

Ce n'était pas l'alcool, ce n'était pas la drogue. Il était trop jeune pour avoir derrière lui le naufrage d'un couple, ou une fille adolescente avec laquelle il aurait eu un lourd passif, des rapports problématiques. Non, le défaut de sa cuirasse était bien plus simple. Il s'agissait d'une passion sans retour.

L'objet de sa flamme se nommait Lucinda Branley. Prénom désuet pour une personne qui, à bien des égards, ne l'était pas moins – peut-être était-ce précisément ce qui l'attirait chez elle. Ayant grandi dans l'univers de Miss Marple et de Lord Peter Wimsey, il se demandait par quel hasard heureux (ou malheureux, selon son humeur) il avait rencontré cette jeune femme droit sortie des pages de leurs aventures, plutôt que du Guildford de 2013. Langage châtié, mise austère, l'une de ses rares concessions à la modernité consistait à fréquenter un Starbucks où Nathan se rendait volontiers lui-même à l'issue d'un long service. On l'y trouvait généralement en fin d'après-midi, en train de corriger ses copies. Après plusieurs occasions où ils s'étaient bornés à échanger des regards timides, il avait fini par rassembler le courage d'engager avec elle un embryon de conversation.

Comme lui, elle avait dans les vingt-cinq ans. Elle était extrêmement jolie et ne ménageait aucun effort pour que personne ne s'en aperçoive. Elle portait des pantalons informes et des pulls qui la noyaient, ne laissant rien deviner de sa plastique, qu'il imaginait d'autant plus librement. Ses cheveux sévèrement tirés en arrière lui inspiraient des fantasmes nocturnes enfiévrés ; il se représentait l'instant où elle les lâcherait et retirerait d'un même geste ses lunettes à monture d'écaille, lui soufflant la réplique-culte : « Mais Lucinda, vous êtes BELLE ! » Catholique fervente, elle enseignait dans un lycée de jeunes filles privé, où elle était connue pour son horreur de l'indiscipline et son respect sans faille du règlement, de sorte que ses élèves comme ses collègues la surnommaient derrière son dos – un dos qu'elle avait long et galbé – la Sévère Branley.

« J'ai pris une Branley sévère, hier à l'interro de chimie », telle était la vanne qui circulait dans les couloirs une fois par semaine au moins. Mais cette vanne était sans fondement, car personne n'avait jamais pris ni ne risquait de prendre cette Branley-là. Et Nathan Pilbeam moins encore que les autres.

Il n'en avait cure, sa passion ne devait rien à la grossièreté des appétits charnels. Il eût certes été aux anges d'avoir accès à son lit ou de l'accueillir dans le sien, mais il avait conscience que cet objectif était lointain, et, pour l'heure, il lui suffisait de jouir de sa compagnie. C'est pourquoi il l'avait attirée chez lui ce soir-là par la promesse alléchante de pâtes *alla puttanesca*, arrosées d'une bouteille du meilleur rosé chilien en vente chez Marks et Spencer. Ce serait leur troisième rendez-vous, mais la première fois qu'il cuisinerait pour elle, espérant – peut-être dans un élan d'optimisme immodéré – précipiter ainsi le dégel de sa *froideur** coutumière.

Cependant, lorsqu'elle arriva, à sept heures et demie précises, une bouteille de vin à la main, elle ne lui sembla pas dans des dispositions particulièrement favorables.

« Tout va bien, Lucinda ? lui demanda-t-il en prenant son manteau.

— Vous qui êtes un homme, répliqua-t-elle, vous n'imaginez pas combien les faits et gestes les plus simples peuvent être compliqués et générateurs de stress, parfois. Dans le bus, en venant, j'ai dû repousser les attentions d'un homme assis les jambes écartées – vous voyez le genre d'individu – qui ne cessait de dire : "Tu veux t'asseoir, mon bébé ?" Mon bébé ! Je vous demande un peu…

— Je vois, oui…

— C'était l'ouvrier de base, sans complexe. Des taches de peinture plein son jean. » Elle frémit. « Quel toupet, ces gens-là, quelle arrogance !

— Pauvrette ! Tenez, buvez un verre. »

Il lui tendit un verre de rosé et alla chercher à la cuisine des gressins et des crudités à tremper dans diverses sauces. Quand il revint, elle était à la fenêtre. Elle lui expliqua qu'elle aimait regarder les feuilles détachées des arbres tournoyer dans le crépuscule qui gagnait. Pendant ce temps, c'était elle qu'il regardait. Il était impressionné, par sa robe en particulier. C'était une bâche vert bouteille, en tissu grossier. Qu'une simple disposition d'étoffe parvienne ainsi non pas seulement à dissimuler les contours d'un corps, mais à suggérer que ces contours n'avaient pas d'existence réelle et devaient être le fruit de l'imagination surchauffée du spectateur – chapeau, la couturière ! Plus il fréquentait Lucinda, plus il comprenait qu'il aurait beau accéder au faîte de sa carrière, il resterait toujours des questions sans réponse, des énigmes irrésolues.

À table, ils évoquèrent sa journée au lycée. La quiétude de son déjeuner avait été perturbée, semblait-il, par les avances indélicates de l'assistant de français, Monsieur Guignery, qui avait tenu à s'asseoir à côté d'elle. Depuis quelques semaines, il s'était lancé dans une campagne de drague assez crasse.

« C'est le type même du Français sûr de lui », expliqua-t-elle en picorant ses pâtes. (Nathan avait peut-être eu la main un peu lourde sur le piment.) « Si cela devait continuer, je me verrais obligée de me plaindre au directeur.

— Vous n'avez pas de chance. On vous importune de tous les côtés. Mais enfin, ça n'a rien d'étonnant, parce que en somme… »

Le compliment resta en suspens faute des mots justes. Mais Lucinda laissa un demi-sourire palpiter aux commissures de ses lèvres exquises.

« Selon moi, répondit-elle en retrouvant son expression habituelle, le problème de ces individus louches et obsédés par le sexe, c'est qu'ils ont trop de temps devant eux. Trop de temps à consacrer à ces… pensées qui les perturbent. C'est le désœuvrement, le manque d'industrie. Il est bien plus sain pour un homme de s'occuper, comme vous le faites. C'est pour cela que vous êtes en mesure d'assigner à ces choses leurs justes proportions.

— C'est vrai. J'adore mon métier. Surtout en ce moment.

— Pourquoi ? Vous travaillez sur une dc vos affaires passionnantes ?

— Il est encore un peu tôt pour le dire, mais je suis peut-être sur une piste. Deux hommes ont trouvé une mort brutale dans deux quartiers de Londres, ces dernières semaines, et je pense que ces drames sont peut-être liés. Ils étaient tous deux humoristes.

— Humoristes ? » Lucinda fronça son nez adorable. « Je n'aime pas beaucoup… enfin, bien sûr, je n'irais pas les assassiner, mais je n'ai jamais compris l'engouement du public pour les humoristes.

— Bah, comme on dit dans le Yorkshire, les blagues, c'est bon pour ceux qui aiment rigoler.

— Mais je ne suis pas contre, protesta Lucinda, qui, pour étayer cette déclaration, éclata d'un rire clair, cristallin, musical, comme le joyeux glissando d'un carillon lointain. Seulement, le monde est si triste, je n'y trouve hélas pas beaucoup de sujets d'amusement. En outre, payer pour obtenir quelque chose qui devrait être spontané… m'a toujours semblé un peu pathétique, ce serait presque comme de payer pour faire l'amour.

— Très juste, répondit Nathan, qui lui aurait volontiers proposé 5 000 livres sur-le-champ s'il avait pensé qu'elle les accepterait. Mais les humoristes sont partout. Ils remplissent les stades, ils surgissent à longueur de programme à la télévision. Qu'il soit question des demandeurs d'asile ou du réchauffement climatique, tout débat public doit recevoir le vernis de l'humour. Et surtout le débat politique.

— J'aurais plutôt cru que les gens écoutaient les humoristes pour prendre leurs distances avec la politique.

— Ils écoutent les humoristes pour se détendre, et pour éviter d'avoir à réfléchir trop sérieusement. Parler de politique ne pose aucun problème pourvu qu'on ne dise rien qui dérange. Ce qui compte, c'est de choisir une cible consensuelle. Et quand j'ai regardé leurs DVD, cet après-midi, je me suis aperçu que c'était exactement ce que ces deux types avaient fait. Ils avaient d'ailleurs choisi la même, en l'occurrence.

— Et c'est la raison pour laquelle vous pensez que leurs morts sont liées ? demanda Lucinda en se penchant vers lui, sa curiosité éveillée.

— Exactement. Il y a un facteur, un surtout, qui lie leurs propos et, par conséquent, selon toute vraisemblance, les deux meurtres. C'est le nom d'une journaliste qu'ils ont tous deux attaquée avec virulence et nommément.

— Comment s'appelle cette journaliste ? »

Nathan marqua une pause pour ménager ses effets, puis il regarda Lucinda au fond des yeux, se perdant dans leur bleu infini.

« Josephine Winshaw-Eaves. »

2

Josephine Winshaw-Eaves. Lucinda n'en avait jamais entendu parler, ce qui n'avait rien d'étonnant ; la jeune femme n'était pas une grande lectrice de presse, et encore moins des éditions en ligne, où Josephine sévissait.

Cette Josephine n'était autre que la fille de Sir Peter Eaves, l'un des plus anciens rédacteurs en chef du pays, et de feu Hilary Winshaw, qui avait eu son heure de gloire en tant qu'éditorialiste, puis comme cadre à la télévision. Elle était morte en 1991 ; Josephine n'avait alors qu'un an et elle ne gardait aucun souvenir de sa mère, même lointain. Pourtant, elle avait grandi dans la vénération de l'héritage maternel. Son père, dans les rares occasions où ils avaient pu avoir une vraie conversation, lui répétait qu'Hilary était un génie de l'édito, une superstar, une femme capable de prendre l'événement le plus insignifiant de la vie publique et d'en tirer mille mots de pur vitriol roboratif. Qui plus est, Hilary appartenait à l'une des familles les plus influentes de l'après-guerre, dont Josephine était aujourd'hui l'unique descendante. Faut-il s'étonner que, tout enfant encore, elle ait porté comme un fardeau le sentiment de sa propre importance ?

L'adolescence, cependant, la confronterait à l'impression inverse : il était clair que son père la tenait pour quantité négligeable. À la mort violente et prématurée de sa femme, Sir Peter avait en effet perdu tout intérêt pour la vie de famille, si tant est qu'elle l'eût passionné un jour. Le journal était devenu son lieu de vie, il s'était fait installer une chambre à coucher confortable à côté de son bureau, et on le voyait rarement dans sa vaste demeure de Kensington où Josephine avait dû grandir aux bons soins sporadiques d'un cortège de nounous. Tête claire, intelligence redoutable, elle avait suivi une scolarité sans à-coups dans l'enseignement privé – Glendower, puis Godolphin et Latimer – avant d'entrer à Cambridge où elle avait obtenu ses diplômes en histoire de l'art avec mention très bien.

Ce faisant, elle avait noué peu d'amitiés. Ceux qui l'approchaient la trouvaient à la fois vaniteuse et trop en demande affective. Elle avait tendance à prononcer des jugements à l'emporte-pièce sur les gens, et elle était connue pour ses « petites phrases » gratuitement blessantes. À cet égard du moins, elle marchait sur les traces de son père, réputé pour ses formules percutantes (et ses poings qui ne l'étaient pas moins quand il avait bu trop de brandy à son club, le Garrick). Josephine conservait un souvenir particulièrement vif de ses fameuses formules percutantes. Pendant des vacances scolaires, quand elle avait treize ou quatorze ans, elle avait dû passer quelques heures avec lui au journal, la personne censée la garder ayant fait défection à la dernière minute. Elle avait ainsi assisté à une réunion éditoriale et revoyait encore avec précision, des années plus tard, les rédacteurs en chef de chaque rubrique assis en cercle autour de Sir Peter et censés promouvoir leurs idées d'articles. Chacun à son tour, parfois avant même qu'il ait fini de parler, s'était entendu cracher son verdict instantané par le patron : « C'est de la merde », « Quelles conneries », « Archi-nul », « Formidable, on cherchait un prétexte pour vider ce connard ». Elle avait reçu une leçon mémorable en matière de procédure éditoriale. Son respect pour son père en avait été décuplé, mériter son attention était devenu son plus cher désir.

Lors de sa dernière année à Cambridge, elle lança un blog intitulé « Du gros bon sens » en hommage aux éditos maternels. Elle lui envoyait régulièrement des liens vers ses dernières entrées. Hélas, ses efforts pour imiter le ton et le propos du journal paternel, tout en perpétuant la tradition maternelle d'opinions aussi féroces que péremptoires, ne lui valurent que de rares retours. Sans se laisser intimider par son absence d'expérience personnelle, elle entra alors en campagne contre ce qu'elle appelait la « culture des assistés », qui distribuait des primes aux oisifs, aux combinards, aux feignants et aux tricheurs, et faisait payer l'addition aux gens ordinaires qui travaillaient dur (ces victimes silencieuses dont elle jugeait stratégique d'affirmer l'existence). Au centre de sa représentation du monde fantasmagorique était tapi un monstre malfaisant et invertébré, l'establishment de la gauche progressiste, acharné à redistribuer les fonds des personnes méritantes à des individus indignes, et déterminé à saboter tout ce qu'il y avait de bien et de respectable dans la société civile britannique. Le paradoxe étant que, si elle savait parfaitement repérer les tentacules du monstre, elle n'aurait pas pu le définir clairement lui-même. C'était un réseau d'institutions diffuses et fuyantes, composé d'organismes attributeurs de subventions, d'organisations droits-de-l'hommistes, d'ONG, de certaines chapelles de l'Église anglicane, du monde de la magistrature et enfin, planant au-dessus du lot, plus puissante, plus insidieuse, plus venimeuse que n'importe quel autre corps du royaume, la BBC, qui – selon Josephine et sa cohorte de supporters toujours plus nombreux – s'était donné pour mission de distiller jour après jour le poison d'une propagande gauchisante à la nation… aux frais du contribuable, comme il se doit.

Sir Peter avait aujourd'hui soixante-seize ans et ne parlait pas de prendre sa retraite. Ses opinions farouchement rétrogrades, son tempérament irascible étaient si intimement liés au journal dont il était le rédacteur en chef qu'on ne les imaginait pas une seconde l'un sans l'autre. Lorsque Josephine sortit de Cambridge, il voulut pendant un temps se secouer, secouer sa paternelle apathie. Il lui proposa donc, sans enthousiasme excessif, une plateforme sur le site web du journal. Elle l'accepta faute de mieux, tout en rêvant d'obtenir un créneau régulier dans l'édition papier. Sauf que ce coup de pouce-là, il n'était pas prêt à le lui donner. Pendant une semaine et une seule, il céda : un éditorialiste vedette avait pris des vacances et il lui fallait un remplaçant. Josephine comprit qu'elle tenait une occasion unique, et elle se lâcha complètement. Comme elle épluchait les éditos de sa mère à la grande époque, elle tomba sur un fait divers particulièrement scandaleux. En 1990, Hilary, furieuse de la décision de justice en faveur d'un locataire handicapé illégalement expulsé par sa propriétaire, avait vitupéré avec plus de vigueur encore qu'à son habitude le système de valeurs biaisé de la gauche progressiste. « La propriétaire de ce bien est une hétérosexuelle blanche appartenant à la classe moyenne, trois caractéristiques ayant joué contre elle. Ses intérêts ont-ils été respectés ? Son point de vue pris en compte ? Allons donc ! À choisir entre ses droits et ceux de, mettons – pour prendre un exemple extrême, mais à peine –, une lesbienne noire unijambiste touchant le chômage, notre justice pencherait inévitablement en faveur de cette dernière. »

Dans son propre article, quelque vingt ans plus tard, Josephine entreprenait de défendre la Bedroom Tax introduite par le gouvernement de coalition. Mais son propos était surtout de constater que le climat n'avait guère changé au cours des deux décennies écoulées ; l'Angleterre était toujours plombée par une sous-classe de profiteurs qui vivaient dans une culture « tous les droits, zéro devoir » dont la lesbienne noire unijambiste au chômage demeurait l'archétype. Au nom de la justice même, il était grand temps que le gouvernement prenne des mesures radicales pour réduire les dépenses sociales.

S'il partageait son sentiment, Sir Peter ne fut pas impressionné par sa démonstration. Il jugea que le stéréotype ressuscité pour la circonstance était parfaitement dépassé. « Tu as marqué contre ton camp dans les derniers paragraphes, lui dit-il. Une lesbienne noire unijambiste vivant des allocations ? Ça n'existe pas, même nos lecteurs le savent. La seule chose qui les inquiète, aujourd'hui, ce sont les musulmans. Mets-lui un niqab, à ta petite femme de paille, et là oui, tu vas les voir s'exciter. »

Josephine fut piquée. Elle alla chercher « niqab » sur Wikipédia, et les semaines suivantes elle répandit sa bile (de nouveau restreinte à l'édition en ligne) sur la communauté musulmane, déplorant sa mauvaise volonté à condamner le terrorisme avec son cortège d'atrocités, et accusant la gauche progressiste de soutenir les prêcheurs radicaux. Rien n'y fit, Sir Peter continuait d'ignorer ses efforts, elle macérait dans un sentiment de rejet. « Ça n'existe pas, même nos lecteurs le savent », ses mots lui rongeaient le cœur. Pourquoi un tel mépris ? Pourquoi partir du principe que, si son édito ne l'intéressait pas, il n'intéresserait personne ? Il aurait dû savoir que ce fameux article pour lequel il l'avait impitoyablement allumée lui avait valu les honneurs d'une émission satirique très populaire à une heure de grande écoute. C'était tout de même une distinction honorifique, non ? En l'espace de quelques semaines, tout humoriste voulant faire rire son public à bon compte n'avait qu'à prononcer son nom. Comment ne pas y voir la preuve par neuf du succès ?

En réalité, Sir Peter était au courant de la tournure que prenaient les événements et il ne décolérait pas. Qu'il ne pensât pas le plus grand bien du papier de sa fille, c'était une chose. Que des tiers, tant à l'intérieur du journal qu'à l'extérieur, en fassent des gorges chaudes, c'en était une autre. C'est ainsi que par un calme après-midi les bureaux furent le théâtre d'un drame feutré. Neale Thomson, le rédacteur en chef adjoint, et Derek Styles, l'un des rares correcteurs exerçant encore à plein temps, étaient assis devant un ordinateur et regardaient une vidéo sur YouTube sans se douter une seconde que Sir Peter venait d'entrer et se trouvait juste derrière eux. Ils visionnaient un sketch du DVD de Mickey Parr, l'humoriste en vue, *Tu le crois, ça ? – Mickey met le feu à la scène.* C'était le passage où il fustigeait Josephine Winshaw-Eaves. Le sketch n'était pas des plus drôles, mais Neale et Derek prenaient un plaisir de sales gosses à cette subversion en pantoufles et rigolaient de bon cœur avec le public aux dépens de la fille du boss. Les mots qui douchèrent cette liesse furent prononcés à un mètre dans leur dos, et avec les inflexions patriciennes caractéristiques de Sir Peter, même s'ils ne l'avaient jamais entendu parler aussi bas, ni avec cette menace polaire dans la voix.

« Très bien, petits cons, souffla-t-il. Dans mon bureau. Vous avez cinq minutes. »

Un peu plus tard au pub, en racontant l'histoire à leurs collègues, Neale et Derek se dirent choqués, non pas tant d'avoir été remerciés séance tenante, mais d'avoir mesuré la haine à peine contenue qui vibrait dans la voix de leur patron, avec la promesse de toutes sortes de supplices chinois s'ils avaient le malheur de s'approcher à moins de cent mètres des bureaux ou le front de reparaître devant lui. Dire qu'ils l'avaient piqué au vif aurait relevé de la litote. Un bref compte-rendu de leur éviction avait paru dans le numéro suivant de *Private Eye*, où les lecteurs s'étaient également vu offrir une rétrospective des épisodes les plus hauts en couleur de la carrière de Sir Peter (un dîner de remise de prix où il avait donné un coup de poing à l'un de ses rivaux ; une affaire d'agression contre une contractuelle de Kensington, affaire qui n'était jamais allée devant les tribunaux). Le reportage se concluait sur un détail sensationnel : au moment où il congédiait ses deux employés en disgrâce, ceux-ci avaient vu briller dans ses yeux une « lueur meurtrière ».

3

Quand il tomba sur le mot, surligné en vert clair par Nathan lui-même, le DCI Capes s'accorda un long sourire de satisfaction sardonique avant de reposer le magazine avec un grand geste sur la table tachée de bière.

« Je vois, dit-il, voilà qui jette un tout autre éclairage sur les faits.

— Maintenant, je ne dis pas qu'il faille en tirer des conclusions hâtives, s'empressa de modérer Nathan.

— Non, bien sûr.

— Ce ne sont que des potins. Nous n'avons rien de tangible.

— Tout de même… »

Le DCI Capes se cala dans son siège et but une gorgée de sa London Pride, perdu dans ses pensées. Les deux hommes étaient installés dans la partie pub du *Feathers,* à un jet de pierre de New Scotland Yard. C'était un établissement à l'ancienne, et ils avaient trouvé un box à l'écart des autres consommateurs. Les lumières tamisées et les sièges en cuir, d'un bordeaux discret, contribuaient à l'atmosphère de conspiration feutrée.

Nathan était évidemment ravi – et baba ! – que son mail au DCI lui ait valu cette invitation plutôt que la muraille de silence à laquelle il s'attendait de la part de sa hiérarchie. Pour autant, il sentait sourdre un malaise en lui. Ses propres intuitions, vagues encore, fondées sur un unique reportage qui ne citait pas ses sources dans un magazine irrévérencieux, avaient suffi pour ancrer dans l'esprit de son supérieur la certitude d'avoir affaire à une série de meurtres délibérés et de sang-froid.

À vrai dire, des certitudes, le DCI était loin d'en avoir. Mais enfin, ce n'était nullement nécessaire pour passer à l'action, dans les mœurs policières du XXIe siècle. Bien d'autres paramètres entraient en ligne de compte. Un, surtout, de première importance et qui occupait une place zénithale à l'horizon de ses considérations : l'implication des médias. Plusieurs semaines déjà qu'il n'était plus assiégé par les micros et les caméras ; un manque cuisant se faisait sentir. Arrêter le rédacteur en chef d'un journal national qu'on soupçonnait du meurtre de deux humoristes en vue avait toutes les chances de le ramener sous les feux des projecteurs.

Quelques années plus tôt, pareille idée ne lui serait jamais venue à l'esprit. S'il pouvait arriver qu'une affaire sensationnelle appelle une conférence de presse, on considérait de manière générale que le travail de la police avait tout à gagner à se faire en privé, le plus loin possible des indiscrétions des médias. Tout avait changé. Une série d'arrestations dans le beau monde des disc-jockeys et des stars du divertissement des années soixante-dix pour des abus sexuels remontant à la même époque avait placé le DCI en contact direct et palpitant avec des journalistes de haut niveau tant de la télévision que de la radio et de la presse papier. Mieux encore, ces arrestations lui avaient permis de côtoyer les stars elles-mêmes, évolution de carrière absolument inespérée qui l'emplissait d'une sorte d'émerveillement juvénile, pour ne pas dire enfantin. Capes avait passé la cinquantaine ; adolescent, il voyait dans ces célébrités sinon des héros du moins des objets de culte et de curiosité ; son carnet d'autographes était bourré de signatures de comiques télé de second plan, rencontrés dans les villages de vacances minables où ses parents l'emmenaient en été ; des disc-jockeys approchés lors de jeux radiophoniques itinérants ou d'inaugurations de supermarchés y avaient griffonné des messages : « La vie, c'est rock and roll », « Te souhaite le plus pop des anniversaires ». Aujourd'hui, plus de trente ans après, il avait encore du mal à concevoir que son dernier rôle en date puisse consister à être photographié avec ces mêmes personnages, désormais grisonnants, mal rasés et passablement hébétés, qui traversaient les prétoires pour répondre d'agressions sexuelles dont ils perdaient le souvenir, contrairement à leurs victimes. Le temps vous joue de ces tours…

Mais cela faisait des mois que Capitaine Courageux – vous parlez d'un surnom ringard, se dit-il pour la énième fois avec amertume – n'avait pas enquêté dans une affaire de ce genre. Des mois que son nom, et a fortiori son visage, n'avait pas eu les faveurs de la presse. Des mois qu'il n'avait pas éprouvé ce pouvoir de vie et de mort sur une figure publique de premier plan. Ça le démangeait, et voilà qu'une occasion fantastique se profilait. En l'occurrence, le show-business rencontrait le journalisme, cocktail capiteux voire explosif. Le patron d'un journal national chatouilleux au point d'envisager des voies de faits sur ceux qui raillaient sa fille – c'était là un talon d'Achille qui pourrait aisément (point n'était besoin d'une imagination audacieuse pour le concevoir) lui faire commettre un meurtre ou le commanditer. Le DCI Capes n'aurait pu espérer mieux. On ne tenait encore rien de certain – et alors ? Les spéculations et les sous-entendus étaient bien plus vendeurs.

« Alors, dit le PC Pilbeam en se penchant vers lui avec curiosité, qu'est-ce que vous allez faire, maintenant ? »

Le DCI eut une moue. « Il se peut que le poisson soit trop gros pour nous. Il va falloir s'assurer le concours des spécialistes.

— La police scientifique ? Le MI5 ? La Branche spéciale ?

— Non, non. Je vous parle d'une agence de com. Pott Bellinger, je pense. Ce sont les meilleurs sur le marché. On a souvent recours à eux pour nos rapports avec les médias. »

Le PC Pilbeam tiqua. « Avant de mettre la presse au courant, il me semble que vous devriez jeter un coup d'œil là-dessus. Il est sorti il y a deux jours seulement. »

Il tira de son attaché-case un DVD. Le boîtier présentait un jeune quadra de race blanche, le cheveu en bataille, la silhouette un peu enveloppée,

portant une chemise de couleur vive flottant sur son pantalon. Il parlait dans un micro. Le DVD s'intitulait *Ryan Quirky – en live et en vrille.*

« Merci, dit le DCI Capes, qui lui renvoya l'objet en le faisant glisser sur la table. Mais je ne suis pas très amateur. Je préfère un bon vieux film avec Ray Winstone ou Danny Dyer.

— D'accord, mais ce DVD a un rapport avec l'affaire qui nous intéresse. Un grand rapport. Il faut commencer à le visionner à la 42e minute.

— Vous voulez dire que c'est encore une attaque contre…

— Ms Winshaw-Eaves ? Et comment. Pas virulente. Assez anodine, même, comparée aux autres. N'empêche qu'à la place de Mr Quirky je vérifierais que ma porte et mes fenêtres sont bien fermées avant d'aller me coucher, le soir. »

4

En repensant à sa conversation avec le DCI Capes, Nathan ne put s'empêcher d'y relever des éléments préoccupants. Ce qui le chagrinait n'était pas seulement l'impatience de son supérieur à mettre l'enquête sur la place publique toutes affaires cessantes, mais aussi la facilité avec laquelle il prenait lui-même pour argent comptant l'hypothèse que Josephine Winshaw-Eaves était le seul lien possible entre les deux meurtres. Et s'il fallait voir plus loin ? Et si le fait que les deux humoristes disparus l'avaient insultée n'était qu'une coïncidence, un trompe-l'œil ?

Ce qui l'alarmait par-dessus tout, c'était qu'en tirant cette conclusion hâtive il avait trahi sa propre philosophie. Car, pour l'instant, il n'avait fait que visionner trois DVD et y déceler un point commun. Ce point commun était certes potentiellement très significatif, mais, pour autant, Pilbeam était loin d'avoir procédé de façon exhaustive et rigoureuse. N'avait-il pas l'ambition d'être le premier flic à fonder l'enquête sur le raisonnement intellectuel ? Ne croyait-il pas que, pour élucider toute affaire criminelle, le mieux était de la replacer dans son contexte sociopolitique ? Que la théorie culturelle et la philosophie morale menaient à la solution plus souvent que les empreintes digitales sur le cadre d'une fenêtre ou les traces de pas dans l'allée d'un jardin ? Il était temps de faire des lectures.

Les cinq jours qui suivirent, le PC Pilbeam quitta rarement sa table de travail.

Dès le début de ses recherches, il découvrit avec étonnement qu'on avait fort peu écrit sur l'histoire et la philosophie de l'humour. Hormis quelques commentaires épars chez Platon, Aristote et Cicéron, les Anciens ne s'étaient pas étendus sur le sujet. En langue anglaise, le premier penseur de poids à s'y être intéressé était Thomas Hobbes, qui adoptait la position cartésienne : le rire était fils de l'orgueil, il traduisait une supériorité agressive du sujet sur ses pairs. Plus tard, Emmanuel Kant comptait parmi les premiers philosophes à proposer une théorie de l'humour fondée sur l'incongruité ; il affirmait que le rire « est une émotion qui résulte du soudain anéantissement de la tension d'une attente », ce qui conduit à un « bien-être » de l'évacuation. Kierkegaard avait largement abondé dans son sens en affirmant que le comique naît de la contradiction, contradiction en l'occurrence indolore, contrairement à celle du tragique. De son côté, Henri Bergson reprenait l'hypothèse du rire comme affirmation de la supériorité, mais en la peaufinant ; pour lui, nous rions d'autrui lorsque nous percevons chez lui « *une certaine raideur de mécanique là où l'on voudrait trouver la souplesse attentive et la vivante flexibilité d'une personne** ». Quelques années plus tard seulement, Freud publiait son *Mot d'esprit et ses rapports avec l'inconscient*, où il avançait une théorie qui semblait plus pénétrante et plus convaincante que toutes les précédentes. La chute d'une plaisanterie, croyait-il, créait une sorte de raccourci psychique, qui transportait l'auditeur d'une idée à une autre par un chemin imprévu ; d'où une « économie de la dépense psychique », de l'énergie mentale, qui se traduisait par l'explosion du rire.

Nathan lut avec attention ces analyses diverses et variées, surlignant les passages éloquents et prenant des notes détaillées. En dehors d'un Milan Kundera qui méprisait la satire, « art à thèse », selon lui, destiné à canaliser le public vers des positions morales et politiques préétablies au lieu de le sensibiliser à l'ambiguïté et à la polysémie comme doit le faire la création artistique, il lui apparaissait que très peu de penseurs avaient traité le sujet de la satire ou de l'humour politique.

Quand il jugea avoir épuisé les ressources papier à sa disposition, Nathan alla sur internet et entreprit de ratisser les blogs et les forums consacrés aux manifestations contemporaines de l'humour. Il entrait là dans un univers à part, avec ses geeks et ses nerds monomaniaques et incollables sur leur sujet de prédilection. On y discutait de l'humour moderne avec la passion outrancière et obsessionnelle, l'hostilité corrosive, la scatologie, la vindicte, la mauvaise foi, l'agressivité, la mesquinerie, la grossièreté, l'impudence et la hargne que libère l'internet. Certains aimaient le comique d'un amour vache susceptible de se retourner en haine pour moins que rien. Un mot qu'ils n'avaient pas trouvé drôle, un humoriste qui ne les avait pas fait rire étaient pris comme un outrage personnel, à rendre au centuple. On manifestait à contrecœur une certaine révérence envers une poignée de comiques plus engagés se servant de leur tribune pour incendier la société dans des termes vitriolés qui ne mettaient pas leurs diatribes à la portée de tous. Les humoristes grand public, à l'inverse, ceux qui ne se proposaient que d'amuser leur auditoire, de le distraire par une aimable loufoquerie, se voyaient tolérés comme une diversion inoffensive. La vindicte caractérisée visait exclusivement ceux dont la posture se situait dans l'entre-deux : ceux qui pimentaient leurs numéros anodins par quelques digressions politiques bien-pensantes jusqu'à la démagogie, croyant ainsi clamer haut et fort leurs valeurs progressistes. Ceux-là étaient attaqués, cloués au pilori, et férocement conspués par leurs critiques en ligne à l'abri de l'anonymat.

Après avoir pataugé sur ce terrain pendant deux ou trois heures, Nathan suivit un lien vers un blog à la fois bien argumenté et particulièrement déjanté. Son hôte semblait être une sorte d'anarcho-terroriste amateur, sans qu'on puisse déterminer si ses pulsions révolutionnaires dépassaient l'horizon de son ordinateur portable. Il avait bien mis une photo, mais de profil, dans la pénombre, et floue de surcroît : on ne risquait pas de le reconnaître. Le blog s'appelait *servicederéveil*, et l'auteur avait pris pour pseudo ChristieMalry2.

L'entrée qui attira l'attention de Nathan s'intitulait « Sans blague » et il la jugea intéressante à plusieurs titres. Tout d'abord, ChristieMalry2 acceptait sans équivoque la théorie de Freud sur les ressorts du rire, mais il la transposait – ce qui intriguait Nathan – de la sphère psychologique à la sphère politique.

Freud croyait que le rire est agréable parce qu'il crée une économie de la dépense psychique. Foncièrement, autrement dit, il s'empare de l'énergie, il la libère, la dissipe – et du même coup la neutralise. Que faut-il en déduire par rapport à la prétendue satire politique pour laquelle l'Angleterre a été si fameuse à travers l'histoire ? Il faut en déduire ceci : dans le domaine politique, l'humour est l'antithèse de l'action. Pire que son antithèse, son ennemi juré.

Chaque fois que nous rions de la vénalité d'un politicien corrompu, de la cupidité d'un gestionnaire de fonds de couverture et des élucubrations spécieuses d'un chroniqueur de droite, nous les dispensons de rendre des comptes. La COLÈRE légitime envers ces individus, celle qui pourrait mener à l'ACTION, se libère alors, se dissipe dans le RIRE. Le public obtient exactement ce qu'il veut et ce qu'il achète : un prétexte de plus pour suivre son petit bonhomme de chemin sans fragiliser ni mettre en cause son précieux mode de vie égoïste.

Voilà pourquoi ceux qui menacent le plus gravement la justice sociale ne sont pas Josephine Winshaw-Eaves et sa clique, ce sont les Mickey Parr, les Ray Turnbull et autres Ryan Quirky avec leurs vannes éculées. Parce que les branleurs bobos branchés sur Radio 4, abonnés au *Guardian* et amateurs de pinot grigio qui remplissent les stades et suivent leurs émissions, sont bien convaincus qu'il leur suffit de rester assis les bras croisés en attendant la chute de l'histoire. Leur rire gras devant ces blagues foireuses qu'un chimpanzé aveugle écrirait en dormant les dédouane et blanchit leur conscience à bon compte ; il les autorise à se voir en chevaliers blancs dans la bataille de bac à sable entre la droite et la gauche – bataille livrée et perdue il y a bien des années qui plus est.

Je les déteste, ces enfoirés d'humoristes petits-bourgeois, tendance gauche progressiste, et vous devriez les détester comme moi. Foncièrement, il est urgent de les éradiquer de la planète si nous voulons garder l'énergie nécessaire pour renverser cet establishment politique pourri jusqu'à l'os qui est en train de nous détruire l'âme. À bas le comique, bordel ! Livrons le vrai combat !

Le PC Pilbeam lut et relut ces paragraphes, puis il marqua le site et, pour plus de sûreté, imprima les pages concernées et les classa méthodiquement dans son dossier. Il consulta sa montre dans un bâillement. Il éprouvait ce picotement familier des yeux qui lui venait quand il avait regardé son écran plusieurs heures d'affilée. Et puis, une autre tâche l'attendait, sans rapport avec son travail de détective mais non moins importante. Enfilant son manteau, il quitta l'appartement.

Dehors, le froid de l'automne lui fit boutonner le pardessus, après quoi il marcha dix minutes jusqu'au Tesco Express du coin, où il remplit un sac recyclable de boîtes de soupe, de légumes et de plats cuisinés. Ces articles ne constituaient pas son régime habituel, aussi bien ne les achetait-il pas pour lui ; il se rendait en effet à la banque alimentaire. En temps ordinaire, il aurait récupéré ce qu'il avait en trop sur ses étagères de cuisine mais, en l'occurrence, il ne lui restait plus rien. En effet, le soir où ils avaient dîné ensemble, Lucinda Branley lui avait confié qu'elle passait donner un coup de main à la banque le soir et le week-end. Il s'était donc mis à fréquenter ladite banque mais, pour l'instant, le hasard ne l'avait pas servi : il ne l'y avait jamais rencontrée. Comme ce serait sa quatrième visite en l'espace de trois jours, il en arrivait à devoir faire des provisions tout exprès.

Mais ce jour-là, ô joie, son altruisme civique connut sa récompense. Elle était là derrière le comptoir, plus rayonnante et plus désirable que jamais. Elle portait un gros pull dans lequel Marilyn elle-même aurait eu l'air d'un thon, et malgré cet accoutrement il n'aurait pu imaginer grâce plus céleste, beauté plus douce et plus limpide.

« Hello, lui dit-elle avec un sourire où il voulut lire une affection sincère. Que c'est gentil d'être venu. » Elle entreprit de vider son sac. « Et avec des dons aussi généreux.

— Je me dis qu'il faut que je fasse ma part. Le plus terrible, c'est que des endroits comme celui-ci soient nécessaires.

— Je sais, soupira Lucinda. C'est très déprimant, et je suis sûre qu'il doit y avoir une explication terrible aussi, mais laquelle… J'ai bien peur de ne pas faire partie de ces indignés radicaux. »

Contrairement à elle, l'autre bénévole, femme entre deux âges vêtue d'un pantalon et d'un blouson en jean, avait des opinions bien tranchées sur la question.

« Fondamentalement, dit-elle, l'explication, c'est que l'élite au pouvoir instrumentalise une crise qu'elle a déclenchée elle-même pour légitimer ses agressions contre les plus pauvres et les plus vulnérables. » Elle tendit la main à Pilbeam. « Moi, c'est Caroline. »

Nathan lui serra la main, mais il n'était guère d'humeur à poursuivre cette conversation. Il n'avait qu'une idée en tête : découvrir si Lucinda était libre le soir même, et si elle voudrait bien sortir avec lui. Il se tourna de nouveau vers la jeune femme pour lancer d'un ton dégagé :

« Je viens de passer devant le cinéma, et je n'ai pas pu m'empêcher de voir… » Il marqua un temps et fronça les sourcils. Dans la remarque de Caroline, une formule avait soudain éveillé un étrange écho chez lui. Il marmonna, surtout pour lui-même : « Oui, bien sûr, c'est ce qu'on dit, c'est tout à fait juste.

— Quoi donc ? demanda Lucinda.

— Ce que vous venez de dire, répéta-t-il à l'intention de Caroline, est tout à fait juste. Je ne parle pas de vos réflexions sur l'économie, bien que je ne sois pas en désaccord avec vous, du reste. Mais je parle du mot que vous avez employé. Vous avez dit "fondamentalement", ce qui est, bien sûr, l'adverbe correct. »

Caroline regarda Lucinda, abasourdie, comme pour lui demander par son silence même si son drôle d'ami était toujours aussi bizarre.

« Vous pourriez peut-être vous exprimer plus clairement… glissa Lucinda avec tact.

— Excusez-moi. Voilà ce qui se passe quand on ronge une affaire comme le chien son os. On en oublie de communiquer normalement. Je me terre chez moi depuis cinq jours, je ne fais que lire. Or, il s'agit du dernier texte que j'ai lu. Je vois bien à présent qu'il y avait quelque chose de curieux. Un tic verbal, peut-être. Chaque fois que le blogueur voulait dire "fondamentalement", il disait "foncièrement". En soi, ça ne prouve rien, bien sûr. Mais on ne peut pas s'empêcher de remarquer ces choses-là, voyez-vous. Le cerveau bloque sur des petits détails et… on devient un peu fou, à dire vrai. Ne faites pas attention. » Lucinda le regardait avec de grands yeux. Il aurait voulu y plonger, s'y noyer. « En fait, ce que je voulais vous demander, balbutia-t-il, quand j'ai parlé du cinéma il y a cinq minutes… »

Là encore, Nathan n'alla pas plus loin, interrompu cette fois par la sonnerie de son portable.

« Vous ne répondez pas ? lui demanda Lucinda.

— Non, je voudrais d'abord… » Mais, ne résistant pas à la tentation de jeter un coup d'œil sur l'écran, il vit s'afficher le nom de son correspondant. « Ou plutôt, si. Il vaut mieux que je prenne l'appel. Pardon. »

Il se retrancha dans un coin de la salle et couvrit l'appareil de sa main.

« Allô, DCI Capes ?

— 'Jour, Pilbeam. Content de vous joindre. Je ne vous dérange pas ?

— Pas du tout. Qu'est-ce qui se passe ? De nouveaux… développements ?

— Pas encore, mais je suis convaincu qu'il ne tardera pas à y en avoir. Dites-moi, Pilbeam, vous avez entendu parler du prix Winshaw ?

— Oui, bien sûr.

— Vous savez donc que le lauréat de cette

année sera proclamé la semaine prochaine. La cérémonie aura lieu à Birmingham. Josephine étant la dernière descendante de la famille, elle y sera. Sir Peter aussi. Mais attendez, d'après vous, qui est la célébrité choisie pour remettre le prix, cette année ? Tenez-vous bien, c'est notre cher ami Mr Quirky. Et non seulement il se trouvera dans la même salle que les Winshaw père et fille, mais il dînera à la table voisine, j'ai vu le plan. Ils sont à la 12, et lui à la 11. »

Nathan en siffla d'inquiétude. « Situation explosive, résuma-t-il.

— Je sais, mais ne vous en faites pas. Nous serons présents en force, nous aussi. Et si je vous appelle, justement, c'est que… j'aimerais vous avoir à notre table, si vous voulez bien. Dans la mesure où c'est vous qui m'avez alerté sur cette affaire, je considère que c'est votre place.

— Mais, mais, monsieur, quel honneur…

— Honneur, allons donc, Pilbeam ! Votre collaboration me sera précieuse. Le dîner a lieu mardi en huit. Ne vous inquiétez pas, je préviens votre poste de police et m'assure que vous aurez congé pour la circonstance.

— Merci, monsieur. C'est un grand pas en avant, pour moi. » Et puis, du coin de l'œil, il aperçut Lucinda. La regardant traverser la salle, ses blonds cheveux (qu'il rêvait soyeux) tirés plus impitoyablement encore que de coutume vers le haut de sa tête, des boîtes de haricots, de soupe à la tomate et de spaghettis plein les bras (qu'il fantasmait graciles), il se sentit soulevé par une vague de libido.

« Un petit détail, monsieur, puis-je vous adresser une modeste requête officielle ?

— Je vous en prie, Pilbeam. De quoi s'agit-il ?

— Je me demandais simplement… ça pose problème si je viens accompagné ? »

5

Le prix Winshaw, aujourd'hui solidement établi comme le plus enviable et le plus prestigieux du pays, doit son nom à Roderick Winshaw, le fameux conservateur d'art mort le 16 janvier 1991, lors de la nuit terrible qui fut témoin du massacre de cinq autres membres de sa famille avec lui.

Quelques mois après sa disparition, une fois partiellement retombée l'onde de choc dans les milieux de l'art, un groupe d'amis et d'admirateurs s'était réuni pour savoir comment faire vivre la mémoire du grand homme. Un prix parut constituer la réponse évidente. Seulement, il existait déjà un grand prix artistique, le Turner. Comment le nouveau se distinguerait-il de ses concurrents ?

Un comité de pilotage fut formé, sous la présidence de Giles Trending, directeur très reconnu de Stercus Television et propriétaire de la galerie Recktall Brown, à Shoreditch. Sa première idée fut que le Winshaw devait être le *nec plus ultra* en matière d'affichage culturel ; par conséquent, il faudrait l'ouvrir non seulement à la peinture, la sculpture, la vidéo et aux installations, mais aussi au roman, au film, à la poésie, au ballet, à l'opéra, à la chanson pop, voire aux campagnes publicitaires. Une ouverture à trois cent soixante degrés, en somme. L'absence de comparaison possible entre ces divers domaines exprimait la vocation même du prix.

La proposition fit aussitôt briller les yeux des autres membres du comité et, au terme de plusieurs heures de discussions enthousiastes, il fut décidé que, pour sa première année, le prix Winshaw ne devrait s'encombrer ni de règles ni de bornes. En toute logique, la liste des nominés comporta donc un recueil de nouvelles, un single de hip-hop, la vidéo d'un artiste qui écrivait des slogans anticapitalistes avec sa morve, une nouvelle variété de pommes produite par un maraîcher du Herefordshire et l'enclos des girafes au zoo de Chester. Cette politique fut poursuivie un certain temps, et connut son apogée lors de l'édition de 2001, où la palme couronna « cette odeur si particulière qui chatouille les narines quand on rend visite à sa grand-mère et qu'on ouvre une boîte de biscuits en fer-blanc vide depuis cinq ans ».

Toutefois, le temps passant, le comité de pilotage prenait conscience que le prix ne parlait guère à l'imagination du public. Il était hasardeux d'intéresser les médias à une récompense qui, d'année en année, se portait sur une pure abstraction. Malgré les efforts de Pott Bellinger, l'agence sollicitée pour en assurer la publicité, le prix Winshaw était largement éclipsé dans la presse – en termes de volume d'articles et de manchettes tonitruantes – par le Booker, le Turner, le Baileys, le Costa, le

Brits, le prix BP du portrait, la médaille Carnegie, le Rear of the Year et d'innombrables autres. Ce fut en contemplant la liste de ses heureux rivaux, un matin de spleen, que Trending eut sa deuxième illumination. Bien sûr ! Comment n'y avait-il pas pensé plus tôt ? Quelques jours plus tard, il convoquait une réunion par visioconférence et présentait sa nouvelle proposition aux membres du comité.

« Ce prix, avançait-il, a pour vocation de commémorer le souvenir de Roderick Winshaw, et par extension celui de toute sa famille. Et quelle est la notion qui nous vient à l'esprit quand nous pensons à eux ? En quoi croyaient-ils par-dessus tout ? En la concurrence, bien sûr. En la compétition entre les individus, les entreprises, les nations. La compétition conçue comme un combat à mort. Le gagnant rafle la mise, le perdant part les mains vides. Et qu'est-ce qu'un prix artistique sinon la quintessence de cette idée, n'en déplaise aux sentimentaux qui considèrent encore la création comme une forme de havre étanche à toute rivalité ? Par les temps qui courent, ce havre n'existe plus. Plus personne ne voit le monde de l'art comme une utopie socialiste où les créateurs travailleraient sur leurs projets en parallèle et en sympathie. Les choses ont changé, là comme ailleurs. L'art est un marché libre, aujourd'hui. Qui s'adapte survit, la mort attend les autres. Mettons donc l'artiste en concurrence avec ses homologues, l'écrivain contre l'écrivain, le musicien contre le musicien. Et que l'envie, la rivalité, l'incertitude économique et le souci de préserver son statut soient les nouveaux aiguillons de la créativité. Mesdames et messieurs, voyez-vous où je veux en venir ? Devinez-vous ce que j'ai en tête ? »

Il y eut un silence chargé d'attente ; personne n'anticipait la conclusion logique de ces propos.

« À partir de cette année, triompha Giles Trending, le prix Winshaw sera décerné… au meilleur prix du Royaume-Uni. »

Ses auditeurs eurent le souffle coupé par l'audace et la simplicité de cette inspiration. Bien sûr ! Quelle meilleure façon d'instituer la supériorité du Winshaw sur toutes les autres récompenses ? Dès lors, le Booker, le Turner, le Mercury, le Stirling et *tutti quanti* seraient lancés dans une compétition meurtrière ; il serait superflu d'annoncer des critères de jugement dans la mesure où l'impossibilité de comparer était au fondement même de la démarche et, du reste, faisait tout le prestige du prix. Les organisateurs des autres récompenses risquaient de traîner les pieds ? Qu'à cela ne tienne, on pourrait voter pour n'importe quel prix, même hors compétition officielle. En outre, la cérémonie annuelle de remise serait si fastueuse, si glamoureuse, entourée d'une telle publicité qu'au bout de quelques années tout le monde voudrait entrer en lice. Fut dit, fut fait. L'idée emballa les médias d'entrée de jeu, et bientôt, la remise du Winshaw, qui avait lieu en novembre, devint l'événement le plus commenté du calendrier britannique. Après des débuts un peu balbutiants et convenus – on l'avait attribué au Turner la première année et au Forward Poetry la suivante –, le Winshaw trouva sa vitesse de croisière et gagna régulièrement en stature. L'année choc fut 2005, où il revint à l'obscur prix Giggleswick de la plus belle décoration florale du district postal de Bradford et bouscula par là même les attentes ; on se rendait compte que la palme n'irait pas aux seules vaches sacrées, mais bien à toute récompense farouchement indépendante qui retiendrait l'attention du jury. En 2008, le Winshaw s'ouvrit à tous les prix européens et, en 2011, sur un coup d'audace très controversé aux prix américains, ce qui allait faire de lui un trophée mondialisé à cheval sur deux continents. 2012 fut une année spectaculaire, avec le choc frontal entre le Pulitzer et le Nobel de physique, mais, coup de théâtre, ce fut le Médicis étranger, prix français, qui l'emporta. Tous les ans, le Winshaw montait en puissance et ses enjeux avec lui. Pour s'en tenir au seul aspect financier, il rapportait déjà un million de livres à l'heureux gagnant. L'année 2013 promettait elle aussi de marquer son histoire d'une pierre blanche.

*

Sa remise aurait lieu à la nouvelle bibliothèque de Birmingham, qui donnait sur Centenary Square, en plein cœur de la ville. L'architecture monumentale et saisissante de l'édifice, due aux Hollandais du cabinet Mecanoo, revendiquait un postmodernisme sans concessions, illustré par la façade scintillante avec sa guirlande de fioritures dorées. Son achèvement, qui avait coûté la somme astronomique de 187 millions de livres au conseil municipal, semblait vouloir déclarer *urbi et orbi* que l'Angleterre n'avait pas encore sombré dans une inculture crasse. L'ouvrage fut porté aux nues par des écrivains de tout premier plan et par d'autres figures publiques, qui ne s'inquiétaient pas – le savaient-ils seulement ? – que la ville de Birmingham, comme tant d'autres, soit en train de fermer de l'autre main nombre de bibliothèques locales plus petites et moins prestigieuses. (Pour tout dire, il apparut très vite que le projet lui-même était beaucoup trop dispendieux, et à peine plus d'un an après l'ouverture le conseil annonçait devoir économiser 1,3 million de livres par an sur les coûts d'exploitation et se déclara contraint de faire des coupes claires dans les heures d'ouverture et de supprimer la moitié des postes.) Le comité du prix Winshaw jugea donc qu'en tout état de cause on n'aurait su trouver meilleur lieu d'accueil pour la cérémonie de remise.

La bibliothèque, nullement prévue pour des festivités publiques d'envergure, s'adapta cependant de façon idéale à la situation. On réquisitionna tout le rez-de-chaussée, et on fit livrer soixante tables pour accueillir les 720 happy few. La police, les services de sécurité et la Branche spéciale avaient été largement sollicités, car la liste des invités comprenait Richard Dawkins, Tracey Emin, Michel Houellebecq et le top model de charme devenu chanteuse, Danielle Perry : pas question de prendre le moindre risque.

En face, au Hyatt Regency, où la plupart des convives avaient leur chambre réservée, la sécurité était sur les dents aussi. Et au seizième étage de l'hôtel, dans une double king size jouissant d'un superbe panorama urbain sur les tours et les artères du centre-ville, une scène pénible se jouait, à une heure seulement du banquet de remise. Lucinda et Nathan vivaient leur première querelle.

« Je suis absolument navré, jurait celui-ci.

— Ça ne vous ressemble pas du tout de nous avoir mis dans cette situation. De me placer dans une position aussi inconfortable.

— J'en assume la responsabilité pleine et entière. C'est ma faute. J'aurais dû dire clairement au DCI qu'il nous fallait deux chambres. Il a considéré que nous partagerions la même, puisque nous venions ensemble.

— Et maintenant, vous m'affirmez que l'hôtel est complet ?

— Absolument.

— Eh bien, vous m'en voyez désemparée, je ne vois pas que dire d'autre.

— On ne va pas se laisser abattre, Lucinda. Un peu de courage. Regardez comme il est grand, ce lit. »

Elle se tourna vers lui, horrifiée. « Vous ne voulez tout de même pas dire que nous pourrions le partager ?

— Il y a aussi le canapé, qui est largement assez grand pour qu'un homme de mon gabarit y dorme confortablement. »

Elle considéra le canapé en question, et se radoucit pour la première fois. « C'est vrai, il est conséquent. Et puis il est bien à deux mètres du lit.

— Et comme je vais dormir avec un masque sur les yeux, je n'y verrai rien du tout.

— Je peux vous croire, Nathan ? Je peux vous faire confiance ? »

Elle posait sur lui un regard implorant et anxieux, et il se dit une fois de plus qu'une vie passée à contempler des yeux d'une telle profondeur et d'un bleu si limpide serait une vie bien vécue.

« Mais absolument, Lucinda, ça va de soi. »

Elle lui sembla si reconnaissante, si soulagée qu'il crut un instant qu'elle allait le serrer dans ses bras. Son optimisme l'égarait, pourtant. Elle se contenta de signifier son approbation par un hochement de tête et conclut : « Alors, très bien.

— Et maintenant, dit-il en tâchant de dissimuler sa déception, on a besoin de moi à la bibliothèque. Il faut que j'enfile mon smoking, si ça ne vous ennuie pas que je prenne la salle de bains tout de suite.

— Je vous en prie. »

Elle s'effaça pour le laisser passer et, quelques minutes plus tard, en tenue de soirée, il descendait retrouver le DCI Capes à l'entrée de la bibliothèque.

*

« Mais enfin, bordel, ils sont où les menus ? ronchonnait Sir Peter Eaves en regardant sa montre. Vingt minutes qu'on est assis et personne n'a la moindre idée de ce qu'on va manger. »

Helke Winshaw lui jeta un regard aigu. Ce cousin l'irritait. Cousin, c'était vite dit, du reste. Vague petit-cousin, et encore, par alliance. Quelle barbe qu'on les ait placés à la même table sous prétexte qu'ils portaient le même nom. Cette grogne perpétuelle attirait l'attention sur lui – erreur stratégique quand on appartenait à leur famille singulière. Quant à son ectoplasme de fille, il faudrait qu'elle la subisse toute la soirée – comme si le dîner ne s'annonçait pas assez mortel ! Elles n'avaient rien en commun, ce qui s'appelle rien.

Pour rendre justice à Josephine, sa malheureuse voisine de table, disons que peu de gens sur la planète jugeaient Helke Winshaw d'un commerce agréable. La dame considérait en effet que ses paroles, comme tout ce qui lui appartenait, possédaient une insigne valeur marchande, à ne pas dilapider bêtement pour le seul bénéfice de lubrifier le rapport social. Par-dessus le marché, en tant que P-DG de Winshaw Clearance SA, elle était imbue, sans doute à juste titre, de sa propre importance. Elle avait fondé la société elle-même, vingt ans auparavant, en mémoire de feu son mari Mark Winshaw, qui avait trouvé la mort au cours de la tuerie où avaient disparu Roderick Winshaw et Hilary, la mère de Josephine. Mark avait fait fortune dans la vente d'armes. Bien des parties du monde lui devaient d'être encore polluées par des obus non explosés (dits aussi Restes Explosifs de Guerre). On jugeait touchant – et néanmoins plein de sel – que sa veuve se mêle de nettoyer les anciennes zones de conflit des déchets mortels que le négoce de Mark y avait laissés. Faut-il le dire, le but de Helke n'était en rien humanitaire. S'il y avait eu de l'argent à prendre en armant la guerre, son sens des affaires lui soufflait qu'il y en avait à récupérer en faisant le ménage derrière. En outre, elle avait parfaitement conscience que ce commerce était tout aussi férocement compétitif que n'importe quel autre, et c'était dans cet esprit qu'elle s'y était lancée. Elle se battait bec et ongles pour sécuriser des contrats à long terme dans des zones de conflits majeurs comme l'Irak et l'Afghanistan, puisque c'était là qu'il y avait les plus gros profits à faire. En même temps, elle tenait à l'œil les petites ONG indépendantes spécialisées dans son domaine. Elles étaient en effet souvent gérées par de jeunes idéalistes qui prospectaient inlassablement les territoires moins en vue mais nécessitant eux aussi des opérations de décontamination. Une fois les petites sociétés implantées, Winshaw Clearance arrivait tel un char d'assaut pour les neutraliser et finir le travail à leur place. Aujourd'hui, après deux décennies d'expansion, d'acquisitions et de démembrement d'actifs, ils s'étaient établis leaders incontestés dans leur domaine, avec un chiffre d'affaires annuel de plusieurs dizaines de millions de livres. Et Helke Winshaw restait à la barre, en toute discrétion.

« Un peu de patience, dit-elle à son cousin. Qu'est-ce que ça peut faire, le contenu de l'assiette ?

— Aucun savoir-vivre, par-dessus le marché, cette garce, glissa Sir Peter à l'oreille de Josephine. Dis-moi, tu as décroché le gros lot, ce soir. Fais de ton mieux pour l'ignorer. » Il crut déceler un trouble dans les yeux de sa fille. Elle fixait la table adjacente. « Ça ne va pas ? demanda-t-il.

— Tu vois le type, là-bas, le gros avec les petits yeux de cochon ?

— Eh bien ?

— C'est l'humoriste qui m'a dézinguée dans son spectacle.

— Tu es sûre ? dit son père. Bon, tout à l'heure, je m'en vais lui dire deux mots. » Une note de menacc perçait dans cette formule, qui se fondit plus ou moins dans sa question suivante, réitérée : « Où ils sont, ces foutus menus ? » En regardant autour de lui, il croisa le regard d'une serveuse qui portait un badge où on pouvait lire « Selena », et il l'appela d'un geste pour lui dire sa façon de penser.

*

Lucinda attendit la toute dernière minute pour faire son apparition à la table 11. Elle arriva à 7 h 29 précises. Nathan, qui l'y avait devancée d'un petit quart d'heure et scrutait la salle en vigilance maximale pour y repérer le moindre indice de coup fourré, ne regretta pas d'être venu. Un instant, toute pensée liée au travail de détective l'abandonna. Quant à dissimuler ses sentiments, peine perdue : ses mâchoires se décrochèrent, il étouffa un cri. Dans sa robe de cocktail noire toute simple, Lucinda était – que dire d'autre ? – *ravissante.*

Elle avait des bras ! Elle avait de vrais bras, des bras de femme – des bras *nus* – avec leurs coudes et leurs poignets, articulés à une paire d'épaules blanches adorables. Elle avait des jambes ! Des tibias, des mollets, des genoux – coquinement gainés de nylon noir. Elle avait un corps, un corps de femme superbe, qu'aucune de ses tenues ne lui avait laissé deviner jusque-là. Qu'il fût amoureux d'elle, il le savait déjà ; mais cet amour fut magnifié, intensifié, transfiguré, porté sur la lame de fond d'un désir si ravageur qu'en se levant pour déposer un baiser sur la joue de Lucinda, le jeune flic crut que ses jambes allaient se dérober sous lui.

« Nathan », dit-elle. Est-ce qu'il se faisait des idées ? Sa voix était un peu moins guindée que d'habitude ; il y entendait une pointe de coquetterie, comme si elle était parfaitement consciente de l'effet qu'elle lui faisait et s'en délectait secrètement.

« Lucinda, répondit-il. Vous êtes… fracassante. » Il prolongea son baiser aussi longtemps qu'il était licite, pour le plaisir de sentir la douceur de sa joue rebondie et de respirer son parfum voluptueux, jasmin égayé de pétales de rose.

« Je vous en prie », ajouta-t-il en lui présentant sa chaise. La grâce avec laquelle elle y prit place lui arracha un soupir d'admiration. Elle repoussa une mèche rebelle et sourit d'un air timide au présentateur d'un célèbre débat télé assis à sa gauche, ainsi qu'à Ryan Quirky en face d'elle à cette table ronde. Elle ne les reconnaissait ni l'un ni l'autre. Nathan se plaça à sa droite, et lui versa un verre d'eau pétillante.

« Tiens, s'étonna-t-elle, je n'ai pas de menu.

— Personne n'en a. Je crois que nos hôtes nous préparent une petite surprise. Nous devrions la découvrir dans… », il consulta sa montre, « … une dizaine de secondes. »

De fait, dix secondes plus tard, on assistait à un spectacle des plus insolites.

Au centre de chaque table, un disque se souleva comme le couvercle d'une trappe, manœuvré par des mains tout d'abord invisibles. Une tête d'homme apparut dans l'ouverture, soit soixante têtes, à soixante tables, le reste du corps demeurant caché. Une onde de surprise et d'admiration parcourut la salle.

À la 11, la tête était coiffée d'un toupet roux. Elle effectua une rotation complète, et chacun des douze convives se trouva ainsi dévisagé par une paire d'yeux verts perçants, derrière de grosses lunettes à monture en corne qui donnaient à leur propriétaire une face de chouette.

« Bonsoir, dit la tête. Je m'appelle Dorian et je vais être votre menu vivant. Je passerai la soirée en votre compagnie, pour vous entretenir du dîner et répondre aux questions qu'il vous plaira de me poser à son propos. Je ne suis pas habilité à vous parler d'autre chose. Pourtant, je vous en prie, ne me plaignez pas trop. Je suis confortablement payé pour cette prestation et je vais emporter un doggy bag dodu en rentrant chez moi. Alors, sans plus attendre, permettez-moi de vous présenter le premier article du *smörgåsbord.* Mesdames et messieurs, préparez vos papilles, voici le festival des fabuleux *amuse-bouche** de notre chef. »

Comme il disait ces mots, une brigade de serveurs et de serveuses se répartit autour des tables ; les assiettes déposées devant les convives émoustillés contenaient trois petites bouchées façonnées avec art, d'une origine incertaine. Dorian se mit en devoir d'expliquer :

« Pour commencer, mesdames et messieurs,

nous avons le confit de betterave et son saumon d'Écosse Napoléon avec une laitue de Boston ; le saumon est couronné de caviar béluga et mariné dans une infusion de kumquat. Ce caprice gustatif devrait vous titiller le palais. Au centre de l'assiette, un velouté de pomme de terre à la truffe, avec une pomme de terre du Yukon pochée au beurre ; elle est relevée de parmesan, de truffe noire et d'un sel de mer célèbre pour son caractère astringent, un sel qui nous vient des mers de l'atoll Kwajalein, dans les îles Marshall. Et puis, pour finir en beauté, vous vous jetterez sur une chevelure d'huîtres Kumamoto, servie avec sa mignonnette de pommes vertes en bruine de coriandre et sa salade fenouil et coriandre en feuilles à la sauce ponzu. »

Doutant presque que les bouchées elles-mêmes puissent être à la hauteur d'une pareille description, les convives demeuraient immobiles, fourchette en suspens, l'eau à la bouche.

« Des questions avant d'attaquer ?

— Euh, demanda le présentateur du débat, qu'est-ce que c'est, exactement, la sauce ponzu ?

— Le ponzu, monsieur, est une sauce brunâtre à base d'agrumes qui nous vient du Japon. Son usage est assez courant et on vous en a sans doute servi souvent. Son nom signifie, littéralement, punch au vinaigre.

— Merci.

— J'ai une question, moi aussi, dit Ryan Quirky. Il y a des huîtres connues pour leurs vertus aphrodisiaques, est-ce vrai des Kumamoto ?

— Monsieur, c'est particulièrement vrai des Kumamoto. »

Là-dessus, tous se mirent à déguster, mais Nathan constata que Lucinda laissait les huîtres sur le bord de son assiette.

*

Entre le plat principal et le dessert, Josephine s'éclipsa sous prétexte de fumer une cigarette : il lui aurait été insupportable de subir la conversation de Helke une minute de plus. Il faisait froid sur Centenary Square et elle exhalait de la buée en farfouillant dans son sac pour y trouver ses cigarettes, puis son briquet, qu'elle avait dû oublier quelque part.

« Et merde ! s'exclama-t-elle.

— Vous voulez du feu ? » lui proposa une femme surgie de l'ombre.

C'était Selena, la serveuse, qui était sortie en griller une, elle aussi.

« Oh, merci, c'est très gentil, répondit Josephine, trop excédée pour lui en être reconnaissante.

— Pas de souci. » Elle offrit à Josephine le bout de sa propre cigarette. « On caille, hein ?

— Ça m'apprendra à m'aventurer dans les glaces du Nord. »

Selena sourit sans répondre.

« Le spectacle vous plaît ?

— Ils ont fait un effort, reconnaissons-le. Les menus qui parlent, bon, il y a de l'idée.

— Ça donne une soirée de travail à pas mal d'acteurs au chômage, c'est déjà quelque chose. »

Josephine n'avait aucune envie de prolonger la conversation avec cette donzelle. La soirée, qu'elle appréhendait au départ comme simplement ennuyeuse, était en train de tourner au cauchemar. Elle jeta un coup d'œil circulaire sur ce paysage urbain peu familier, le flot continu de la circulation du soir régulièrement interrompu par les feux de Broad Street, les hordes d'adolescents mal fagotés et vaguement patibulaires qui battaient la semelle devant la bibliothèque. Elle maudit les organisateurs qui l'avaient traînée jusque-là. Birmingham, quelle idée ! Certes, l'édifice était très chic, mais ça ne justifiait tout de même pas qu'on la force à passer une nuit dans ce trou à rats. Le comité de pilotage aurait de ses nouvelles, le lendemain au petit déjeuner.

« Quelle foire d'empoigne pour décrocher un job ici ! J'ai eu de la chance d'être engagée, poursuivit Selena.

— Hmm, répondit Josephine qui ne l'écoutait pas.

— Ma chérie avait postulé aussi, mais ils l'ont pas prise.

— Ah bon.

— Dommage, parce que avec tous les gens du milieu de l'art elle espérait se faire des relations, quoi.

— Hmmm.

— Vous écrivez dans les journaux, vous, c'est ça ?

— Qui vous l'a dit ?

— Une des filles qui bossent à la cuisine. Moi, les journaux, je les lis plus ces temps-ci, honnêtement. Ils me dépriment trop.

— Oui, bon, mais je ne suis pas critique d'art,

alors si vous pensez que je peux vous être utile, vous perdez votre temps.

— Oh, si vous le dites. » Selena se tut, mais pas très longtemps. « Elle est bourrée de talent, pourtant.

— Pardon ? Qui ?

— Ma chérie. Elle fait des portraits, surtout de SDF.

— Voilà qui est palpitant ! Et… à la hauteur de ses mérites.

— C'est pas des portraits ordinaires. Elle les fait poser pour qu'ils aient l'air de…

— Dites, vous avez raison, on gèle dehors, je vais rentrer…

— Attendez, pas de malentendu. Ma copine court pas après les faveurs. Elle sait qu'il y a des passages obligés. Elle sait qu'il faut être dur, dans ce business. Elle est capable d'encaisser, vous voyez ce que je veux dire.

— Eh bien, j'ai eu un grand plaisir à bavarder avec vous, au revoir.

— Elle est solide, mon Alison. Très solide. Parce qu'il faut l'être, pour supporter ce qu'elle a traversé.

— J'en suis ravie pour elle. Et maintenant…

— Ne serait-ce que le fait d'être unijambiste. C'est vrai, quoi, vous en connaissez beaucoup, des gens qui vivent bien avec ce handicap ?

— Super, une vraie artilleuse. » Josephine s'était déjà engagée dans la grande entrée de la bibliothèque quand les paroles de Selena firent leur chemin en elle. Elle se retourna aussitôt. « Vous avez dit quoi, là ?

— Que c'est une fille solide ?

— Non, pas ça.

— Qu'elle est bourrée de talent ?

— Vous avez bien dit qu'elle n'a qu'une jambe ? »

Selena perçut le changement de ton. Elle acquiesça lentement :

« C'est exact. »

Josephine s'approcha d'elle.

« Et c'est votre… chérie, donc.

— Exact.

— Votre copine… c'est quelqu'un avec qui vous avez… une relation ?

— On couche ensemble, ouais.

— Donc vous êtes lesbiennes.

— Ben oui, répondit Selena, qui croyait avoir été assez claire sur ce point.

— Et elle est, euh, comme vous ?

— Comme moi ?

— Oui.

— Alors là, je sais pas trop. On a des personnalités très différentes, en fait. Déjà, moi je suis Taureau, et elle Gémeaux…

— Non, je veux dire, elle est noire, elle aussi ? »

Bon Dieu qu'elle est cash ! pensa Selena. Mais elle avait visiblement piqué la curiosité de Josephine, pour une raison ou pour une autre, il fallait donc pousser son avantage. « Oui, elle est noire.

— Et elle a du travail, votre amie ? À part sa peinture, je veux dire ?

— Non, depuis qu'on est sorties de la fac, on n'a pas trouvé de boulot, ni l'une ni l'autre.

— Et… est-ce que par hasard elle touche des allocations ?

— Ben oui, je sais pas comment on ferait autrement. Il y a les aides au logement, plus l'invalidité… »

Selena laissa sa phrase en suspens, avec un sourire qui se voulait engageant. À sa grande surprise, Josephine le lui rendit.

« Votre copine, lui dit-elle, m'a l'air fabuleuse !

— Vous croyez que vous pourriez faire un papier sur elle ?

— J'ai tendance à le croire…

— Waouh ! Quand elle va savoir ça ! Waouh ! »

Josephine eut un geste de la main. « Non, non. Il me semble qu'il vaut mieux ne rien lui en dire. Pour le moment, tout reste entre nous, si vous arrivez à tenir votre langue. » Elle posa la main sur le bras de Selena. « Vous savez garder un secret, non ? Bien. Puisque c'est ça, on va s'en fumer une autre. »

*

« Tu as raté toute l'effervescence, lui dit Sir Peter lorsqu'elle revint à table. Le prix a été remis il y a cinq minutes.

— Ah bon, répondit-elle en étouffant un bâillement, je ne sais même pas ce qu'il y avait sur la liste des nominés.

— Tout le monde donnait le Hilton Humanitarian, cette année, ou alors le Mo Ibrahim, qui va au meilleur chef d'État africain.

— Et alors, lequel l'a eu ?

— Aucun. On l'a donné au Bad Sex Award de la *Literary Review.*

— Super ! Un triomphe de plus pour les Britanniques.

— Exactement, la palme du sexe honteux est l'une des rares qui nous reviennent encore de droit. »

Il descendit son verre cul sec et fit signe qu'on le lui remplisse. Elle se demanda combien il en avait éclusé pendant qu'elle était dehors, et si elle allait lui faire part de sa conversation avec Selena pour lui prouver qu'il avait eu tort de critiquer son récent article. Mais elle décida de garder la chose pour elle quelque temps encore.

« Il a prononcé un speech de merde, ton type, dit Sir Peter. Il n'a fait rire personne. Je serais bien étonné que qui que ce soit ait compris où il voulait en venir.

— Il nous a nommés, nous la famille ?

— Tu parles ! Il s'est pas privé de nous mettre une raclée.

— Quel culot ! J'espère que tu ne vas pas le laisser s'en tirer à bon compte.

— Pas de danger », dit Sir Peter. Il prit un couteau à steak qui n'avait pas servi et se mit à en caresser la lame-scie d'un air pensif. « J'ai ma petite idée sur l'évolution de carrière de Mr Quirky. D'ailleurs, je vais lui en parler de ce pas. »

Sans lâcher son couteau, il tenta de se lever, mais il était ivre au point de ne plus tenir sur ses jambes. Josephine n'eut qu'à poser la main sur lui pour l'en empêcher.

« Le lieu est mal choisi pour faire du scandale.

— Il n'y aura pas de scandale, répondit Sir Peter, le souffle laborieux. Je vais te dire ce que je lui réserve, à cet enfoiré. Je vais lui proposer du boulot.

— Tu vas lui proposer quoi ?

— Tu m'as bien entendu. Je vais l'embaucher comme éditorialiste.

— Rassieds-toi, va, tu es complètement bourré.

— Je suis peut-être bourré, mais je sais ce que je dis. Quand tu veux nuire à ton ennemi, tu te gardes bien de l'attaquer. Tu le cooptes. Nous allons donc lui dire : "Hé, Ryan, venez bosser avec nous. Sans rancune, mon vieux. On adore votre humour. Venez donc travailler pour nous." On lui balance 200 000 livres par an pour un millier de mots par semaine, comme ça tout le monde voit qu'il bosse pour nous et se dit qu'on doit pas être si méchants, finalement. C'est nous qui avons le beau rôle et lui le mauvais. On le garde dix-huit mois, en l'augmentant deux fois. À ce moment-là, il a déjà perdu l'essentiel de sa gnaque, c'est tout juste s'il nous manque de respect. Seulement, par contre, il s'est mis ses fans à dos. Et là, vlan, on lui colle notre pied au cul ! À la rue ! Ça va lui faire tout drôle de voir ses revenus baisser de quatre-vingts pour cent ; il s'y sera vite habitué, à son confort. » Il sourit à sa fille qui le regardait, éperdue d'admiration : il jubilait. Avec une lueur dans le regard, il conclut : « Eh bien, maintenant, si tu veux aider ton vieux connard de père à se lever, je lance la machine. »

Josephine lui prit donc le bras et le hissa en position debout. Il tenta quelques pas lents et mal assurés vers la table 11. Soit par étourderie, soit qu'il fût ivre au dernier degré, ou les deux à la fois, il brandissait toujours son couteau à steak dans une posture résolument agressive quand il s'approcha de Ryan Quirky, lequel ne se doutait de rien, en grande conversation qu'il était avec une jeune admiratrice au décolleté vertigineux. Cependant, Sir Peter n'atteignit pas la table de l'humoriste. Avant de comprendre ce qui lui arrivait, il sentit sur lui une main polie mais ferme : un quinquagénaire costaud flanqué de quatre ou cinq convives de même gabarit lui barrait le chemin, et il se vit bientôt entouré d'un cordon sanitaire.

« Allons, allons, Sir Peter, dit le DCI Capes, il vaudrait mieux poser ce couteau, vous ne croyez pas ?

— De quoi vous parlez ? Vous êtes qui, vous, bordel ? Dégagez !

— Posez ce couteau et venez avec nous gentiment, tout va très bien se passer. »

Les autres policiers avaient resserré le cercle autour de Sir Peter. Sur ces entrefaites, Nathan arriva et tapa sur l'épaule de son supérieur avec une certaine urgence.

« DCI Capes, qu'est-ce que vous êtes en train de faire ?

— C'est pas le moment, Pilbeam, vous voyez bien qu'on est occupés.

— Mais, monsieur, je croyais qu'on était convenus de ne pas tirer de conclusions…

— Lâchez l'affaire, Pilbeam, d'accord ? J'emmène cet homme pour l'interroger. Arkwright, la salle des médias est prête ?

— La salle des médias ? Impossible, c'est là qu'on interviewe les lauréats. Elle grouille de photographes et de caméras de télé.

— PC Pilbeam, je suis assez grand pour gérer cette situation comme je l'entends, merci beaucoup. »

Les autres officiers de police avaient délesté Sir Peter de son couteau, et ils l'encadraient, menotté mains dans le dos. Nathan fit une dernière tentative.

« Avec tout le respect que je vous dois, monsieur, nous n'avons rien contre Sir Peter.

— Suffit, Pilbeam ! trancha le DCI Capes avec une tonalité franchement hostile dans la voix, cette fois. Si vous retourniez plutôt vous asseoir pour profiter du reste de la soirée ? Votre énergie sera mieux employée à gagner les faveurs de votre très charmante partenaire… »

Là-dessus il disparut, après avoir rattrapé en quelques enjambées le groupe d'officiers qui entraînaient déjà Sir Peter – trop embrumé pour protester – vers les représentants des médias. Quelques convives tournèrent la tête pour voir ce qui se passait mais l'opération s'était déroulée avec la plus grande discrétion. Dans l'ensemble, on s'intéressait davantage au dessert, qui allait arriver.

« Tout va bien, cher Nathan ? lui demanda Lucinda lorsqu'il regagna leur table. Vous avez l'air tourneboulé. »

Il fallait qu'il le soit, sinon le mot « cher », première marque d'affection à son égard depuis qu'ils avaient fait connaissance, l'aurait chaviré de joie. Mais en l'occurrence, c'est tout juste s'il l'entendit.

« On vient de me retirer le dossier, lui expliqua-t-il, et je crains fort que le DCI Capes soit sur le point de commettre une bourde retentissante. Après tout ce travail… soupira-t-il. Quelle soirée déplorable.

— Vraiment ? dit Lucinda, peinée. Mais le dîner a été si agréable, avec toutes ces célébrités, ces mets délicieux, et puis, enfin, je croyais que ma compagnie ne vous était pas indifférente.

— Oh, mais bien sûr ! s'exclama-t-il en lui pressant la main avec effusion.

— Je sais qu'il y a eu ce pataquès avec les chambres, mais…

— Non, non, ce n'est pas ça. Je suis désolé d'avoir été rabat-joie. C'est seulement que j'avais une intuition, ce soir, un instinct, bref, j'étais convaincu que j'allais venir à bout de cette énigme. Et puis, voilà, rien.

— La nuit n'est pas finie, lui fit-elle observer.

— C'est vrai », répondit-il, non sans découragement toutefois.

Elle lui pressa la main à son tour. « Voyons, chéri, détendez-vous et amusez-vous. Tenez, encore un verre. »

Chéri ! En quelques secondes, il était passé sans coup férir de cher à chéri ! Et toujours aucune réaction. Renonçant à lui rendre sa bonne humeur, Lucinda se tourna vers Dorian, leur menu vivant, qui s'apprêtait à annoncer la suite.

« Mesdames et messieurs, mes amis – car je crois pouvoir me permettre de vous appeler ainsi, à présent –, le dessert va vous être servi. Notre chef a pensé que vous n'auriez sans doute plus grand-faim, il vous a donc imaginé un nuage de douceurs : dans votre verrine, une délicate couche de fromage blanc à la myrtille, puis une autre, mousseuse comme un soufflé, parfumée au citron, le tout rafraîchi d'un semis de myrtilles d'Alaska avec un zeste de citron Meyer et servi sur un lit de shortbread au beurre des Highlands.

— Mmm, délicieux, dit Lucinda quand on posa le verre devant elle. J'adôôre le cheesecake. Parce que c'est bien du cheesecake, n'est-ce pas ? »

La question s'adressait à Dorian, qui dut avouer : « Foncièrement, oui, madame, c'est bien du cheesecake. »

Nathan fut tiré de ses pensées moroses en sursaut. Fixant Dorian, en face de lui, il eut la certitude exaltante et affolante à la fois d'être en train de regarder ChristieMalry2 dans les yeux. Il comprit du même coup que Ryan Quirky était en danger de mort. Les mots du blog lui revinrent en trombe.

> Je les déteste, ces enfoirés d'humoristes petits-bourgeois, tendance gauche progressiste, et vous devriez les détester comme moi. Foncièrement, il est urgent de les éradiquer de la planète si nous voulons garder l'énergie nécessaire pour renverser cet establishment politique pourri jusqu'à l'os qui est en train de nous détruire l'âme. À bas le comique, bordel ! Livrons le vrai combat !

Comment il avait réussi à se faire embaucher pour la circonstance et, qui plus est, à se faire affecter à la table 11, voilà ce qu'il resterait à éclaircir. Une seule certitude : il était venu avec la ferme intention de commettre un meurtre. Donc, pas de temps à perdre.

Nathan se jeta sous la table avec plus de promptitude que d'élégance. Sa tête heurta si fort le plateau que tous les regards se tournèrent vers lui. Sans se laisser distraire par la douleur, il plongea sur les jambes de Dorian et les enserra dans un étau. Un spectacle des plus bizarres s'offrit alors aux dîneurs : la tête sans corps happée par le trou dans la table et Dorian accroché au bord qui criait à l'aide. Deux ou trois des convives, dont Ryan Quirky, le saisirent par les bras pour le tirer de cette mauvaise posture ; ce fut l'empoignade générale et l'on finit par renverser la table dans une cacophonie de cris et d'interjections.

« Arrêtez cet homme ! » brailla Nathan, car Dorian venait de se libérer et se ruait vers la sortie. Mais bientôt un rempart de vigiles s'interposait pour lui couper toute retraite. Le DCI Capes et ses sbires revenaient dans la salle, alertés par le charivari.

« Qui est cet homme ? demanda le détective.

— Cet homme, dit Nathan qui s'était relevé et frayé un passage, le cheveu en bataille, jusqu'au lieu de la capture, cet homme est l'assassin de vos humoristes. Et voici l'arme avec laquelle il comptait poursuivre sa série ce soir. »

À ces mots, il ouvrit un petit objet qu'on aurait pris pour un étui à cigarettes, et qui était tombé de la poche de Dorian durant l'échauffourée. Il contenait une longue seringue pleine d'un liquide incolore. Nathan le tendit au DCI qui le prit, une expression stupéfaite sur le visage.

« Je suggère que vous envoyiez ceci au laboratoire », conclut Pilbeam, ébahi et comblé de prononcer si tôt dans sa carrière la formule consacrée.

*

Deux heures plus tard, Nathan et Lucinda buvaient un dernier verre au bar du Hyatt lorsque le DCI Capes y parut.

« Nous avons obtenu des aveux complets, leur expliqua-t-il. Ces gauchos, ça se dégonfle dès qu'on les bouscule. Ils savent pas se tenir.

— Est-ce qu'un brandy vous ferait plaisir, monsieur ?

— Bah, pourquoi pas, après tout. La soirée a été longue. Mais hautement concluante, grâce à vous.

— Grâce à nous, monsieur.

— Voilà une journée bien remplie, Pilbeam. Ce n'est pas pour rien qu'on me surnomme Superflic à la cape », conclut-il pour lancer le surnom espéré.

Mais Pilbeam ne le regardait plus car il tentait d'attirer l'attention du barman, si bien qu'une fois encore le DCI vit ses efforts échouer. Que faire ? Il poussa un soupir d'amertume et prit le verre que son subordonné lui tendait.

« Si je comprends bien, c'est un tic verbal qui l'a trahi ?

— Tout à fait.

— Et son mobile ? Comment l'avez-vous repéré au départ ?

— Eh bien, monsieur, sans vouloir me vanter, vous voyez dans cette issue la validation de ma méthode. L'angle intellectuel s'impose pour attaquer des affaires comme celle-ci. La clé du problème se trouve en l'occurrence dans l'histoire et la théorie du comique. C'est donc à ces questions que je me suis intéressé. J'ai commencé par Aristote, bien sûr, mais la partie de sa *Poétique* qui en traite a été malencontreusement perdue. Néanmoins, il est toujours possible de recréer quelque chose de son… »

Tout passionné qu'il était par le discours de Pilbeam, l'attention du DCI fut distraite par l'arrivée de deux flics en tenue, qui traversaient le bar pour se diriger vers le lobby, des cartons dans les bras.

« Ah, 'soir, Jackson. Tout va bien ?

— Oui, monsieur, dit le premier agent. Le suspect est sous les verrous au poste de police de Newtown. Nous avons perquisitionné sa chambre au septième étage, et pris tout ce que nous y avons trouvé.

— Excellent. Des choses intéressantes ?

— Pas vraiment, monsieur, des affaires de toilette, des vêtements. Ah, et puis, ce livre. »

Le policier tira du haut de la pile un livre de poche en triste état à force d'avoir été feuilleté. C'était une vieille édition Pelican du *Mot d'esprit et ses rapports avec l'inconscient*.

Nathan s'accorda un long sourire entendu et lança :

« Voilà une preuve accablante, monsieur, vous en conviendrez… »

Le DCI secoua la tête, éberlué. Il n'était pas encore convaincu. « M'est avis que la seringue de cyanure va faire plus grande impression devant un jury. Je n'aurais pas donné cher de la peau de Quirky s'il lui avait planté cette aiguille dans la jambe. » Le brandy descendu, il se leva. « Bon, je ferais mieux d'accompagner ces deux-là, moi. Bonne nuit, Pilbeam, vous avez été un atout maître pour les forces de police, ce soir.

— Merci, monsieur. Si vous saviez à quel point c'est important pour moi.

— Gardez un œil sur votre boîte aux lettres, dans les semaines qui viennent. Au Yard, il y aura toujours des ouvertures pour les hommes de votre calibre. »

Le sourire s'élargit sur le visage de Pilbeam à mesure que ces mots faisaient leur chemin en lui. Une promotion… un avancement rapide, une mutation à Londres : son irrésistible ascension venait de commencer.

« Vous avez entendu ? » demanda-t-il à Lucinda.

Visiblement, elle avait entendu.

« Je sais, dit-elle, les yeux brillants, presque humides, d'admiration et de plaisir. Excellente nouvelle, n'est-ce pas ? Voulez-vous ma clé, pour récupérer vos affaires ?

— Pardon ?

— Vous avez entendu ce qu'a dit l'agent. Cet odieux individu est sous les verrous. Il ne passera donc pas la nuit à l'hôtel. Ce qui veut dire que, finalement, il reste une chambre vacante. Voilà notre problème résolu. »

C'est ainsi que le PC Pilbeam connut une longue nuit de veille solitaire arrosée au brandy, nuit qu'il passa à fixer le plafond de sa chambre au septième étage, ainsi qu'à méditer sur l'insondable mystère Lucinda, dite la Sévère Branley.

WHAT A WHOPPER !

C'est énorme !

On est tous dans le même bateau.

GEORGE OSBORNE
au congrès du Parti conservateur
le 6 octobre 2009

1

Je m'appelle Livia et je viens de Bucarest.

Dans mon pays, on a un proverbe : *Totul trebuie să aibă un început.* Ce qui veut dire : en toute chose il faut un début. Je vais donc commencer mon histoire ainsi.

Je vis à Londres depuis plus de cinq ans, et je promène les chiens des très riches tous les jours. La plupart de mes clients habitent Chelsea. J'y habitais moi-même jusqu'à une date récente, mais les loyers ont tellement grimpé que j'ai dû m'installer à Wandsworth. Depuis, tous les jours, je prends l'autobus pour franchir le fleuve. Quand on passe le pont, je regarde par les fenêtres, et, au fil des arrêts, les signes de richesse s'affichent toujours davantage le long des rues, on sent flotter dans l'atmosphère l'odeur acide de l'argent.

Je descends au Chelsea and Westminster Hospital et, de là, je me rends à pied aux Boltons. Les maisons y sont vastes et magnifiques. Des jardins bien entretenus se cachent derrière les murs, aussi chics et courtoisement dissuasifs qu'un vigile dans un night-club très fermé. Des caméras de surveillance poussent parmi le lierre et les platanes. Ma première visite de la journée m'amène devant l'un de ces murs. Une petite porte verte conduit de l'autre côté ; elle est flanquée d'un discret clavier sur lequel, quand on est dans le secret des dieux, on tape un code à cinq chiffres qui donne accès au paradis terrestre. Je me présente quotidiennement devant cette porte depuis quatorze mois, mais on ne m'a toujours pas donné le code.

Il faut donc que j'envoie un texto à la gouvernante malaisienne, qui sort un instant plus tard ouvrir la porte. Un grand beau labrador noir fringant l'accompagne. C'est Hercule. Lui, au moins, m'accueille en ami. Alors je l'emmène en promenade. Si j'ai une journée chargée, nous n'allons pas au-delà du cimetière de Brompton. Si j'ai tout mon temps, nous poussons jusqu'à Hyde Park.

À Hyde Park, il m'arrive de rencontrer Jane. Je la reconnais de loin, au nombre de chiens qui l'entourent. Toujours quatre ou cinq, jusqu'à dix parfois. Quand les chiens sont sages, nous nous installons à une terrasse le long de la Serpentine pour boire un café.

Autrefois, elle était trader dans la City, pour une des plus grandes banques d'investissement du monde. Mais avec le temps, elle s'est aperçue qu'elle avait atteint le plafond de verre, et qu'elle ne gagnerait jamais autant d'argent que ses collègues masculins. En plus, le stress et les journées à rallonge étaient en train de lui abîmer la santé. Elle a démissionné et pris quelques semaines de repos. Par gentillesse, elle s'est mise à promener le chien d'un de ses collègues pendant qu'il était au travail, sur quoi d'autres personnes lui ont demandé le même service. Elle leur a pris 20 livres de l'heure par animal, en liquide. En promenant plusieurs chiens à la fois, elle s'est rendu compte qu'elle pouvait se faire jusqu'à 500 livres par jour, soit 100 000 livres par an – net d'impôts, bien sûr. Plus que ce qu'elle gagnait à la City.

Qui plus est, elle aimait marcher, et elle aimait les chiens.

En milieu de matinée, je ramène Hercule chez lui, aux Boltons. De nouveau, j'envoie un texto à la gouvernante et nous échangeons quelques mots au moment où elle le récupère. Tout en disant au revoir au chien, je me demande quelle vie il mène, hors de ma présence, de l'autre côté du mur. Je n'ai jamais vu ses propriétaires. Je ne sais rien de la famille à laquelle il appartient. Tout ce que je sais, c'est qu'apparemment ces gens ne sont jamais chez eux.

Mais l'expression « chez soi » peut vouloir dire bien des choses. Chaque fois que je retourne en Roumanie, j'ai l'impression de rentrer chez moi. Et pourtant, je considère aussi mon petit appartement à Wandsworth comme mon chez-moi puisque je rentre chaque soir m'y reposer en toute quiétude, et que je l'ai rempli d'objets qui me plaisent, auxquels j'attache une valeur sentimentale.

Les grandes belles demeures de Chelsea ne sont pas des « chez-soi » à mon sens. Elles sont vides les trois quarts du temps, en tout cas, c'est l'impression qu'elles donnent. Mais leurs murs abritent pourtant une forme de vie, une vie fantôme. Le personnel, femmes de ménage, cuisiniers, chauffeurs, fait la poussière dans des pièces hantées et brique des voitures dans des garages en sous-sol toute la matinée, puis se retrouve dans la cuisine à midi pour déjeuner en silence. Assis devant les fenêtres, des chiens regardent les jardins en se demandant pourquoi leurs maîtres ont pris la peine de les acheter un jour. En attendant, la famille se trouve… où, d'ailleurs ? Le père à Singapour, la mère à Genève, les enfants… allez savoir.

D'autres maisons sont plus désertes encore. Pas de meubles dans les pièces, pas de rideaux aux fenêtres, pas de tableaux aux murs. Jamais de lumière. L'hiver, quand je rentre du parc ou du cimetière en ramenant mes derniers chiens chez leurs propriétaires, le silence de ces rues obscures finit par me faire un peu peur. On dirait qu'un terrible fléau s'est abattu sur Londres et que tout le monde a dû plier bagage, sans qu'on m'ait avertie. Jane m'a expliqué que ces gens, les riches, achètent des maisons et se contentent de les laisser en l'état tout en regardant l'argent s'accrocher à elles comme la bernache à l'épave.

« Réfléchis, m'a-t-elle expliqué, une maison pareille peut valoir 35 millions de livres. Sa valeur augmente de dix pour cent par an – soit 3,5 millions. Ça fait 70 000 livres par semaine. 10 000 livres par jour. Une fois qu'on l'a achetée, il suffit donc de la laisser dormir. Les propriétaires de celle-ci », elle désignait une demeure de stuc blanc sur le trottoir d'en face, « se sont enrichis de 10 000 livres depuis que nous sommes passées, ce matin. »

J'apprends toujours quelque chose en parlant avec Jane. Parfois, à mon corps défendant, j'éprouve du respect pour les gens qui s'entendent bien mieux que moi à s'enrichir et accroître leur fortune. D'autres fois, je me dis que, tel mon célèbre compatriote qui suçait le sang de ses victimes, c'est l'argent lui-même qui s'est mis à vampiriser cette belle ville.

2

Rachel s'immobilisa et resta un instant mains sur les hanches, à écouter les branches du prunier frémir au vent. C'était l'un des bruits qu'elle aimait par-dessus tout.

Tout était calme, ici, en cet après-midi de septembre aéré. Le vent froissait des branches chargées de fruits. La récolte était bonne, cette année, une année « à fruits » comme on disait. Les prunes étaient mûres, leur peau poudrée, d'un rose tirant sur le violet. Rachel n'en cueillait pas depuis dix minutes que son panier était déjà aux trois quarts plein.

C'était devenu un rituel, une tradition familiale. Vers la mi-septembre, elle venait passer quelques jours chez ses grands-parents à Beverley. Un après-midi, elle sortait du garage la vieille échelle de bois, elle l'appuyait contre la branche la plus solide de l'arbre, et elle grimpait cueillir les prunes qu'ils n'étaient plus assez forts ou agiles pour aller chercher. Trois ans durant, ce rituel avait été le prélude à son départ pour Oxford, début octobre. Mais Oxford, c'était fini à présent. Elle avait terminé ses études et, diplôme en poche, elle se retrouvait confrontée à un avenir vide et incertain, grevé d'une dette assez coquette de surcroît. Depuis trois mois, elle était retournée chez sa mère à Leeds, et répondait à des annonces tout en envoyant des CV – jusque-là sans résultat, quoiqu'une ou deux agences de cours à domicile l'aient ajoutée à leur fichier. Il finirait bien par se présenter quelque chose, elle en était sûre. Il fallait s'accrocher, elle n'avait pas le choix.

Elle mangea une prune, cracha le noyau, puis déplaça l'échelle pour l'appuyer à une autre branche, face à la maison cette fois. Ainsi perchée, elle atteignait le sommet de l'arbre et voyait de l'autre côté du jardin la chambre de ses grands-parents, où sa grand-mère était assise sur son lit. Le *Telegraph* était étalé sur ses genoux mais elle ne le lisait pas. Tête légèrement renversée en arrière, bouche entrouverte, elle ne dormait pas non plus, comme Rachel l'avait cru tout d'abord. Au bout de quelques secondes, elle se redressa, but un peu de thé dans le mug posé sur la table de chevet, et regarda autour d'elle d'un air las. Elle était pâle, la mine anxieuse. Une semaine que Grand-Père était malade. Coliques, vomissements, diarrhées, ils avaient dit qu'il avait « une gastro », et c'était ce que tout le monde avait pensé les premiers jours. Mais ce matin, il avait trouvé du sang dans ses selles, si bien que Rachel et sa grand-mère avaient appelé son médecin traitant, laquelle leur avait conseillé de le conduire tout de suite à l'hôpital. Il y avait obtenu une chambre sans trop attendre, et on lui faisait subir divers examens et analyses cet après-midi. « C'est sans doute une mauvaise gastro, voilà tout », disait sa grand-mère, et Rachel ne demandait qu'à la croire sans imaginer plus grave, mais quand même.

Le sentiment qu'elle avait n'était pas assez fort pour mériter le nom de prémonition. Il était à peine assez fort pour justifier celui de sentiment, d'ailleurs. Mais dans le bruissement des branches agitées par le vent, elle croyait entendre le chuchotement discret, quasi imperceptible, d'une révélation capitale. C'était très différent de ce que lui avait inspiré la mort de David Kelly, onze ans plus tôt. Cette mort-là l'avait glacée malgré son jeune âge. Elle lui avait paru non seulement irrémédiable, tragique, mais aussi gratuite. Alors qu'aujourd'hui le message que le vent voulait lui transmettre – pas forcément un message de mort, elle ne s'autorisait même pas à l'envisager – était moins traumatisant, moins brutal, mais, d'une certaine manière, plus triste encore. Sans violence, il était porteur de l'inéluctable. Il appartenait au cycle des saisons qui accrochait de lourdes grappes de fruits au prunier, à la fin de chaque été.

Le silence presque total de l'après-midi fut rompu à ce moment précis par le crissement étouffé du smartphone de Rachel dans sa poche. En se contorsionnant avec précaution sur l'échelle, elle parvint à extirper l'appareil et à le porter à son oreille, observant au passage que le correspondant s'affichait comme *Albion,* sans plus de précision.

« Allô ! » dit-elle, et deux minutes plus tard elle dégringolait de l'échelle pour courir à la maison, monter dans la chambre de ses grands-parents et réveiller sa grand-mère qui avait fini par s'assoupir.

« Grand-Mère, Grand-Mère ! Je suis vraiment désolée de te réveiller, mais il va falloir que je parte. J'ai trouvé un travail. Il faut que je rentre chez Maman faire ma valise.

— Mais c'est une très bonne nouvelle, ma puce ! dit sa grand-mère qui semblait cependant plus abasourdie qu'enchantée.

— Je suis vraiment navrée de te planter là toute seule.

— Oh, ne t'en fais pas pour ça.

— Peut-être que Maman pourrait venir passer quelques jours avec toi…

— Je vais me débrouiller. Je suis une grande fille.

— Oui, mais attendre les nouvelles de l'hôpital, tout ça…

— Ça va aller, il a une mauvaise gastro, c'est tout. Il sera rentré demain, je suis sûre. Peut-être même ce soir.

— Bon, dit Rachel, pas convaincue. Si tu le dis.

— C'est formidable que tu aies décroché un emploi, depuis le temps. Tu vas donner des cours ?

— Tout à fait. Mais seulement une semaine.

— Peu importe. C'est un début, hein ? Ça va déboucher sur quelque chose d'autre.

— Je l'espère. Je regrette beaucoup de partir si loin alors que tu attends les résultats des analyses de Grand-Père.

— Oh, Londres n'est pas le bout du monde.

— Je ne vais pas travailler à Londres, en fait. On

m'envoie... » (elle fronça les sourcils en le disant, tant la chose lui paraissait extravagante, mais enfin Mr Campion avait été parfaitement clair au bout du fil) « ... en Afrique du Sud. »

3

Le maître d'hôtel conduisit Rachel à sa tente – le mot allait lui paraître bien impropre et la présence même d'un maître d'hôtel aurait dû lui mettre la puce à l'oreille. Le domestique, coiffé d'un fez et vêtu d'une longue tunique blanche, n'ouvrit pas la bouche avant qu'ils soient arrivés sous un immense chapiteau à l'ombre des plaqueminiers, où un lit monumental trônait dans l'espace de vie. Et même alors, il fut sobre en paroles.

« Toilettes », dit-il en ouvrant la porte de celles-ci.

« Douche », signala-t-il en en poussant une autre.

« Table », acheva-t-il en désignant une grande table en bois de rose au bout de la terrasse en planches dotée d'une superbe vue en surplomb sur la piscine et les tentes qui l'entouraient – toutes désertées à cette heure de la journée.

« C'est... c'est magnifique ! s'exclama Rachel, à court de qualificatifs. Où sont Mr et Mrs Gunn ?

— Sir Gilbert et Lady Gunn sont partis en safari ; leurs enfants aussi. Ils seront de retour à six heures, pour le dîner. Ils ont dit, détendez-vous, mettez-vous à l'aise.

— Merci, dit Rachel. C'est ce que je vais faire.

— Je vous apporte quelque chose à manger. Vous voulez du vin, du champagne ?

— Non, de l'eau simplement, s'il vous plaît. Une bouteille d'eau fraîche.

— De l'eau il y en a, dit le maître d'hôtel en ouvrant la porte du minibar. Mais je vous en apporte une autre bouteille. »

Avant qu'il parte, elle se demanda s'il fallait lui laisser un pourboire – elle ignorait tout des usages dans un lieu pareil – mais, de toute façon, elle n'avait pas de monnaie locale sur elle. Jusque-là, elle n'avait rien payé – ni le vol de Johannesburg à l'aérodrome de Skukuza, ni la Land Rover avec chauffeur qui l'avait conduite jusqu'au camp. Elle n'avait d'ailleurs qu'une Visa dont le provisionnement ne couvrirait sans doute pas la moitié de ces dépenses. En outre, elle était déjà assez mal à l'aise de se voir servie par ce Noir sculptural et courtois ; il y aurait peut-être quelque chose de paternaliste à lui donner un pourboire. Voilà qui faisait partie des nombreux aspects déroutants de la situation cocasse où elle se trouvait.

Le maître d'hôtel mit un terme à son embarras en disparaissant sans un mot. Elle ouvrit sa valise, et prit la première douche d'une longue série (midi, une chaleur à tomber) ; ensuite, elle s'assit sur la terrasse pour boire son eau et parcourir une fois de plus le contenu de la chemise en plastique bleu marquée du logo d'Albion Tutorials avec, au-dessous, cette formule quelque peu énigmatique : « Les solutions du système éducatif britannique au service de nos clients internationaux. »

C'était loin de répondre aux nombreuses questions qui pulsaient dans sa tête. Pourquoi l'avoir fait venir ici au pied levé ? Combien de temps allait-elle rester ? Qu'était-elle censée faire au juste ? Mr Campion (qui l'invitait à l'appeler Bill) ne l'avait guère éclairée :

« Pas de panique. Ces gens ont beaucoup d'argent. Vous trouvez extravagant qu'ils veuillent vous faire venir jusque là-bas, mais pour eux ça ne représente pas grand-chose. Vous allez travailler un peu avec Lucas, le fils que Sir Gilbert a eu d'un premier mariage. Pour une raison ou pour une autre, Sir Gilbert a pris votre prédécesseur en grippe et n'a pas renouvelé son contrat. Il dit que vous n'avez pas besoin d'apporter de livres ni rien, parce qu'il a en tête quelque chose d'un peu plus… général. Il a également deux filles, des jumelles, de sa seconde épouse, l'actuelle Lady Gunn, un ancien mannequin, je crois, originaire du Kazakhstan. À mon avis, vous aurez très peu affaire à eux, lors de ce voyage. Détendez-vous, profitez-en. Tout le monde n'a pas la chance d'être envoyé en safari de luxe aux frais de la princesse. »

Se détendre et en profiter – facile à dire. Rachel passa l'après-midi allongée sur son lit, regrettant qu'il n'y ait pas de réseau dans le parc national Kruger car elle se demandait si les résultats des analyses de son grand-père étaient tombés.

*

Peu après six heures, la quiétude du camp fut rompue par l'arrivée d'une jeep qui transportait trois guides africains et une famille de cinq personnes. Les guides, d'excellente humeur, aidèrent la famille à descendre le haut marchepied du véhicule. Il y avait là deux jolies fillettes de huit ou neuf ans, ainsi qu'un bel adolescent, grand mais un peu pâle et rêveur. Sir Gilbert était un quinquagénaire aux cheveux gris, l'air sérieux. Rachel le reconnut pour avoir vu sa photo sur Wikipédia. La blonde élégante qui l'accompagnait, et qui avait bien vingt ans de moins que lui, était vraisemblablement sa seconde femme, Madiana. « N'allez pas faire la timide ou la réservée, vous les agaceriez, l'avait avertie Mr Campion. Ces gens-là n'aiment que les êtres forts. » Elle descendit donc d'un bond les marches qui la séparaient d'eux et les accueillit main tendue.

« Bonjour, je suis Rachel, d'Albion Tutors. Merci de m'avoir fait venir ici. »

Les guides se dispersèrent, fatigués mais toujours enjoués. Sir Gilbert, sa femme et leurs enfants, en revanche, ne semblaient pas particulièrement revigorés par les activités de la journée.

« Mais je vous en prie, merci d'être venue, répondit Sir Gilbert en lui serrant la main on ne peut plus brièvement. Excusez-moi, je vais me rafraîchir.

— C'était bien, ce safari ? demanda Rachel.

— On n'a toujours pas vu de lions », dit Madiana, qui passa devant elle en la frôlant dans sa hâte – la remarque s'adressait plutôt à son mari, du reste. « Trois fois qu'on n'en voit pas.

— On ne peut pas commander du lion comme une bière pression, vois-tu, répliqua Sir Gilbert en se dirigeant vers sa tente sans se retourner. On a vu des rhinocéros, des éléphants, qu'est-ce que vous voulez de plus, bon Dieu !

— Elles veulent des lions, manifestement », dit le jeune Lucas d'une voix lasse en gagnant une autre tente. Madiana et les deux petites, visiblement déçues et accablées de chaleur, partirent vers une troisième, qui était la plus proche de la piscine. Sir Gilbert et son entourage occupaient donc quatre des six tentes du lodge. Rachel découvrit plus tard que les deux autres étaient vides : il avait en effet loué tout le camp pour la semaine.

« Venez me voir dans un quart d'heure, lui lança-t-il. On boira un verre et je vous dirai ce que je veux.

— Très bien », répondit Rachel, qui remonta brièvement chez elle.

Le crépuscule tombait lorsqu'elle alla rejoindre Sir Gilbert dans sa tente, un quart d'heure plus tard. Un couchant indolent et splendide, avec un soleil ocre dont les rayons d'adieu brasillaient sur la cime des arbres, parmi le chant des cigales et les premiers chœurs d'oiseaux nocturnes. Sir Gilbert était en train de boire un gin-tonic à sa table et semblait apprécier ce moment, encore que, elle allait le découvrir au fil des mois, s'épancher ne fût pas dans son tempérament.

« Pas mal, comme coin, commenta-t-il simplement.

— C'est fantastique ! dit Rachel.

— Vous êtes déjà venue ?

— Non, c'est une grande première pour moi.

— Ce n'est pas l'endroit que j'aurais choisi,

personnellement, mais les filles voulaient voir des animaux, alors, bien sûr, elles ont la priorité.

— Absolument.

— Bon, dit-il après avoir appelé le maître d'hôtel pour commander un verre de vin blanc à l'intention de Rachel, parlons de mon fils. Quand il n'est pas en pension, il vit surtout avec sa mère et je ne réponds donc guère de ce qu'il est devenu.

— Il est à quelle école ?

— À Eton. Il entame sa dernière année, ce qui veut dire qu'il va avoir des entretiens pour entrer à l'université au cours des mois qui viennent. Il vise Oxford, pour les mathématiques. Vous venez d'Oxford vous-même, c'est bien ça ?

— Oui.

— Mais vous n'êtes pas passée par une *public school* ?

— Non.

— Bien. C'est ce qu'on m'a dit. Alors voilà le fond du problème. Avec l'idéologie tordue qui sature l'Éducation en Grande-Bretagne à l'heure actuelle, les grandes universités subissent une pression très forte pour intégrer des élèves issus du public. Il paraît que ça s'appelle l'ouverture à la diversité, l'anti-élitisme, ou je ne sais quoi. Mais une chose est sûre, les garçons comme Lucas, qui n'ont jamais mis les pieds dans un établissement d'État, doivent se surpasser pour faire bonne impression. Sa mère l'a gâté. Je ne crois pas avoir fait de même quant à moi, mais j'ai cependant dépensé pas mal d'argent pour lui ces dix-sept dernières années, ce qui est bien naturel, du reste, s'agissant d'un père pour son fils. Il ne faut donc pas s'étonner qu'il soit devenu faraud et même arrogant. Il considère que tout lui est dû, ça se sent à plein nez. Toutes choses qui n'auraient posé aucun problème par le passé, mais vous mettent aujourd'hui les gens à dos dans les grands centres du savoir qui sont les nôtres. Par conséquent, il nous faut essayer de rabattre un peu sa superbe, vous me suivez ?

— À peu près... répondit Rachel, dont la voix trahit cependant une certaine perplexité.

— Écoutez, en un mot comme en cent, je veux que vous fassiez de mon fils un individu normal. »

Rachel aurait considéré cette requête comme bizarre en soi, mais, quelque peu déphasée par ce long voyage, elle la jugea plus singulière encore ; elle se surprit à se demander un instant si elle n'aurait pas traversé un miroir au cours des dernières vingt-quatre heures et débouché dans un monde parallèle où les règles et les présupposés ordinaires se seraient inversés.

« Un individu normal ? répéta-t-elle.

— Oui. Je veux qu'il puisse ouvrir la bouche sans qu'on entende qu'il se prend pour le maître du monde et de tout ce qu'il y a dedans. »

Rachel inspira profondément. « Eh bien, soit, je vais... voir ce que je peux faire.

— Vous avez un accent très prononcé. D'où ça ? du Lancashire ?

— Du Yorkshire. Vous ne voulez tout de même pas que je lui fasse prendre l'accent du Yorkshire, je suppose ?

— Non. Débrouillez-vous comme vous voulez. Parlez-lui, faites-lui la lecture, tout ce qui pourra marcher. Vous pouvez commencer demain à neuf heures. Passez la journée avec lui, et voyez ce que vous pouvez en tirer. »

Là-dessus, il prit son iPad et se mit à lire un article, signifiant sans doute ainsi que l'entretien était terminé.

*

Le lendemain matin, Lucas ne partit pas en safari avec les autres. Son père non plus. Rachel se figura tout d'abord que Sir Gilbert voulait garder un œil sur les leçons, mais il n'en était rien. Sans se soucier d'eux, il se replia dans sa tente où il entreprit de gérer ses affaires : il avait apporté son iPad ainsi qu'une mince serviette de cuir pleine de dossiers, et il donna force coups de fil. (Si Rachel n'avait aucun réseau, Gilbert Gunn était venu avec une sorte de téléphone satellitaire de l'armée, appareil volumineux fonctionnant à l'aide d'une antenne télescopique.)

Quant à Rachel, elle passa une excellente matinée avec Lucas. Elle avait croisé bien des Étoniens à Oxford ; tout en appartenant à des types très divers, ils avaient au moins un point commun : leur assurance phénoménale. Cette assurance constituait un atout extraordinaire. Ce devait être fabuleux de se dire que la richesse et l'éducation, outre qu'elles vous mettraient à l'abri des vicissitudes les plus douloureuses, vous préparaient à une vie où votre destin serait de contrôler celle d'autrui. Mais il ne fallait guère s'étonner que cette assurance, nourrie et encouragée par les ambitions féroces des parents, puisse tourner à l'arrogance, ce que Sir Gilbert redoutait manifestement chez son fils.

À vrai dire, au bout de quelques heures de conversation, elle eut l'impression que Lucas était plus dépressif qu'arrogant. Les mathématiques n'étaient pas ce qu'il aurait choisi d'étudier à l'université. Sa vraie passion, c'était l'Antiquité. « Maman a dit *niet*, lui expliqua-t-il. Pour elle, c'est une discipline bidon. » Les maths, au contraire, le prépareraient au mieux à occuper un poste dans la City, avenir dont son éducation avait jusque-là simplement posé les bases. Rachel conclut qu'il fallait surtout l'entraîner aux techniques de l'entretien. Chaque fois qu'elle lui posait une question, sur l'art, le théâtre (autre passion chez lui), les livres, la politique, au lieu de lui faire une réponse mûrement réfléchie, il fallait qu'il plastronne – il avait remporté un prix pour tel essai, eu la meilleure note sur tel devoir, s'était fait ovationner pour tel exposé, avait passé des vacances avec les enfants de tel écrivain célèbre. Son cerveau semblait entièrement programmé pour la compétition et acharné à marquer des points sur l'adversaire. Rien de tout ça n'était vraiment sa faute, et elle ne perdit patience qu'une seule fois, en l'entendant déclarer que s'il n'était pas pris à Oxford il le vivrait comme un échec personnel, car alors il risquerait d'atterrir « dans une fac bidon avec toutes les racailles ». Ce fut le moment qu'elle choisit pour lui suggérer une pause déjeuner.

Peu avant midi – il avait dû prendre le même vol qu'elle la veille –, un autre invité parut. Il déjeuna avec Lucas et Sir Gilbert, Rachel ayant bien compris qu'elle devrait prendre son repas de son côté sur la terrasse de sa tente. Mais à l'issue du déjeuner, cet inconnu se fit un devoir de venir se présenter à elle.

« Hel-lo, dit-il en détachant les syllabes sur un ton qu'elle ne put s'empêcher de trouver un peu charmeur. Qui êtes-vous, mademoiselle ?

— Je m'appelle Rachel. Sir Gilbert m'a engagée comme répétitrice pour ses enfants.

— Francis, dit l'homme en serrant la main qu'elle lui tendait. Frederick Francis. Freddie pour mes amis. »

Il pouvait avoir dans les quarante-cinq ans. Sportif d'allure, il s'entretenait. Ses tempes tout juste grisonnantes étaient le seul signe qu'il avait passé la prime jeunesse. Il était loin d'être désagréable de sa personne, mais il avait quelque chose, quelque chose d'indéfinissable, qui rebuta Rachel d'emblée.

« Vous êtes nouvelle, ici, vous ? Auprès de la famille, je veux dire.

— Oui, je suis arrivée hier.

— Vous restez longtemps ?

— Je ne sais pas au juste, répondit-elle en riant. On ne me l'a pas précisé.

— Ah oui, Sir Gilbert aime bien laisser planer un peu de suspense. »

Ne comprenant pas ce qu'il voulait dire et soucieuse d'éviter le silence, Rachel demanda : « On vous a attribué votre tente ?

— Hélas non. Je rentre à Londres par le vol de ce soir.

— Waouh ! » s'exclama Rachel, sidérée – pour

la énième fois en deux jours. « Tout ce chemin pour un seul après-midi !

— C'est que Sir Gilbert ne va pas revenir à Londres tout de suite, et j'ai des papiers à lui faire signer, qui sont assez urgents.

— Ah, je vois, dit Rachel qui ne voyait rien du tout. Vous travaillez pour Sir Gilbert, donc ? »

Freddie fit mine de réfléchir. « Eh bien, voilà une question piège. Est-ce que je travaille pour lui ? Ou bien est-ce que je travaille pour moi ? À moins que ce soit lui qui travaille pour moi... »

Rachel, n'ayant pas envie de jouer aux devinettes pour le moment, alla droit au but : « Qu'est-ce que vous faites dans la vie ?

— Je vais vous donner ma carte, avant de partir. »

Cependant, soit qu'il n'en ait jamais eu la moindre intention, soit qu'il ait oublié à la dernière minute, Mr Francis quitta le camp à quatre heures et demie sans lui laisser sa carte professionnelle ; et le long regard de connaisseur qu'il lui lança depuis la vitre de la Land Rover lui causa une impression de malaise viscéral inexplicable.

*

Rachel et le reste de la famille prirent bientôt le même chemin que Mr Francis. Le soir même à six heures, Madiana et les jumelles rentrèrent de leur safari, Lady Gunn plus critique que jamais quant aux efforts du guide.

« Gilbert chéri, dit-elle pendant que les filles se précipitaient dans leur tente pour enfiler leurs maillots de bain, nous sommes en train de perdre notre temps ici. Il n'y a pas de lions dans ce parc, pas l'ombre d'un. Tout ce qu'on a vu aujourd'hui, c'est des éléphants, une fois de plus.

— Je te l'ai dit, d'une façon générale je m'arrange pour satisfaire tes envies, mais je n'ai pas de lions sous la main.

— Alors je pense sérieusement qu'on ferait aussi bien de boucler les valises et de rentrer. »

Le lendemain, c'était chose faite. Ils partirent de bonne heure : Madiana, Rachel et les enfants pour Londres, Sir Gilbert pour Singapour – dont personne n'aurait pu dire si c'était sa destination finale. Visiblement, Madiana n'en savait rien, et se fichait d'ailleurs de le savoir. Sujet d'étonnement parmi tant d'autres que Rachel pourrait ruminer pendant les onze heures du voyage. Ces derniers jours avaient compté parmi les plus déroutants de sa vie, mais, dans ce maquis d'interrogations, l'image qui lui revenait le plus souvent, si bizarre que cela pût paraître, était celle du lodge : réservé par Sir Gilbert et sa famille jusqu'à la fin de la semaine, et pour l'heure défini par leur absence : la piscine déserte, le bar et le restaurant comme abandonnés, le personnel désœuvré, les tentes elles-mêmes vacantes et désaffectées à l'ombre grise des plaqueminiers.

4

À son retour, Rachel découvrit qu'il y avait du nouveau chez ses grands-parents et qu'il se passait des choses graves. Les examens de son grand-père avaient révélé une grosse tumeur au côlon. Il était passé sur le billard aussitôt et, à l'issue d'une intervention de six heures, la tumeur avait été retirée en totalité. Mais le cancer avait déjà métastasé dans le foie, et il n'était plus possible d'en venir à bout par la chirurgie, les rayons ou la chimio ; on ne parlait donc plus que d'« accompagnement ». Les médecins se refusaient à faire le moindre pronostic, mais la famille savait qu'un cancer du foie ne laisse le plus souvent que quelques mois à vivre. Pour l'instant, le malade restait à l'hôpital, il lui faudrait au bas mot deux semaines pour se remettre de l'opération.

Le lendemain, Rachel déposa sa mère au palais de justice et prit la route de Beverley toute seule. À son arrivée, sa grand-mère la serra dans ses bras osseux et déformés par l'âge en pleurant sans bruit. Ensuite, elle prépara des sandwichs au fromage qu'elles mangèrent dans le jardin. Rachel regarda le prunier avec ses quelques grappes de prunes blettes et elle pensa au message si triste que le vent lui avait apporté en douceur, quand il ébouriffait les branches. Elle pensa aussi au camp, avec ses six tentes somptueuses autour de la piscine, dans le parc national Kruger ; elle avait du mal à croire qu'il existait pour de bon, et surtout, qu'elle s'y trouvait quelques jours plus tôt à peine.

Elle serra sa grand-mère plus fort encore que d'habitude en lui disant au revoir. Le lendemain, elle recevait un nouvel appel d'Albion Tutors.

« Vous avez fait une forte impression sur Sir Gilbert et sa famille, lui apprit Mr Campion à sa grande surprise. Lady Gunn veut vous voir demain. Il se peut qu'on vous propose un emploi plus permanent. »

Alors, une fois de plus, Rachel prit le train pour Londres, puis la Piccadilly Line jusqu'à South Kensington. Là, après avoir marché quelques minutes, elle entra dans un quartier aux demeures imposantes, où des marches patinées menaient à des portiques, et où les fenêtres occupant toute la hauteur des pièces donnaient sur des rues hier encore silencieuses et repliées sur elles-mêmes.

Ces temps étaient révolus. Turngreet Road, où vivaient les Gunn, ressemblait davantage à un vaste chantier qu'à une avenue résidentielle assoupie. La moitié des maisons au moins étaient en grands travaux. D'immenses panneaux publicitaires bouchaient un peu partout la vue des jardins, frappés au logo d'entreprises qui s'appelaient Talisman Reconstruction, Prestige Basements et Vanguard

Redesign. Mais ici, pas d'artisans en train de raboter la brique ou de retoucher délicatement la peinture des portes. Des bétonneuses gigantesques tournaient à qui mieux mieux dans un boucan infernal. On charriait d'énormes bennes bourrées de briques et d'agrégat sur des engins de levage industriels. Des grues de quinze mètres obstruaient la chaussée en déplaçant leur cargaison de madriers et de parpaings. Le long du trottoir, des panneaux jaunes indiquaient une série de neutralisations de places de stationnement qui bloqueraient les riverains des mois d'affilée. Rachel se faufila avec précaution dans cette ruche, et salua au passage les hommes qu'elle croisait. Casque sur la tête et gilet fluorescent sur le dos, ils bavardaient à mi-voix dans des langues d'Europe de l'Est et la fixèrent d'un air impassible au lieu de lui rendre son salut.

Elle finit par arriver à ce qu'elle pensait être la demeure des Gunn, au numéro 13. Comme les autres, elle avait son panneau ; le sien était haut et vert, et portait le logo de Grierson Basements SA. Au centre était ménagée une porte provisoire, avec boîte aux lettres et alarme. Rachel avait reçu un numéro de téléphone à appeler lorsqu'elle arriverait devant la maison. En attendant qu'on décroche, elle lut l'avertissement sur le panneau : « Ministère de la Santé, selon la loi de 1974, toute personne entrant sur ce site est tenue de respecter le règlement. Les visiteurs doivent se présenter au bureau du chantier et obtenir l'autorisation de circuler. Les panneaux et les procédures de sécurité doivent être respectés ; l'équipement de protection et de sécurité doit être utilisé en toutes circonstances. » Un autre panneau disait simplement : « Entrée interdite ». Rachel commençait à penser qu'elle avait eu tort de mettre sa tenue de préceptrice la plus élégante.

Au bout du fil, une voix teintée d'accent étranger – asiatique ? – dit « Miss Wells ? » au moment précis où un marteau piqueur pneumatique se mettait en route derrière un conteneur tout proche, rendant la conversation quasi impossible. « Oui ! » hurla Rachel dans le téléphone, sur quoi la voix répondit quelque chose d'indistinct et la communication fut coupée. Elle se demandait que faire et si elle était censée rappeler lorsque la porte verte s'ouvrit sur une gouvernante au visage avenant. Elle avait la peau très foncée, les cheveux épais, noirs et crépus, mais Rachel n'aurait pu déterminer ses origines ethniques.

« Miss Wells ? Entrez, je vous en prie, elle vous attend. »

Rachel la suivit et dut contourner des toilettes mobiles et un bureau provisoire pour atteindre le perron. Elle ne put s'empêcher de remarquer que le chantier était désert et semblait abandonné depuis quelque temps. Puis elles montèrent les marches et gagnèrent le sanctuaire du vestibule où le calme régnait, pour l'instant du moins.

Rachel fut introduite dans un séjour – peut-être fallait-il dire un salon – qui occupait toute la longueur de la maison. Les murs étaient couverts de bibliothèques, et près de la fenêtre, tout au fond, il y avait un piano à queue avec des mazurkas de Chopin ouvertes sur le lutrin. Tout paraissait immaculé, comme si on n'y avait jamais touché.

Madiana parut, accompagnée d'un superbe golden retriever qui entreprit de renifler les jambes de Rachel avec curiosité et lui lécha la main. Sa maîtresse le prit par son collier et le rappela à l'ordre d'une petite tape.

« C'est bon, Mortimer, ça suffit », lui dit-elle. Le chien s'assit auprès d'elle, langue pendante mais assagi. Elle accueillit Rachel avec une courtoisie dépourvue de chaleur et entra aussitôt dans le vif du sujet : elle avait décidé d'engager une répétitrice pour les jumelles, qui étaient en quatrième année dans une école d'excellence toute proche. Elle voulait qu'elles lisent un peu plus, qu'elles fassent davantage de maths et qu'elles commencent le français, le latin, le russe et le mandarin.

« Vous serez logée ici. Faustina ramène les filles de l'école à trois heures et demie. Après leur pause goûter, vous leur donnerez des leçons de quatre heures à sept heures. Le reste du temps, vous aurez quartier libre.

— Et Lucas ? »

Madiana s'intéressait manifestement moins au jeune homme qu'à ses filles. « Il est retourné en pension. Les week-ends où il viendra, vous devrez poursuivre ce que vous avez entrepris avec lui. Vous savez combien vous serez payée, oui ? Je veux dire, c'est convenu avec l'agence.

— Oui, dit Rachel.

— Alors, vous êtes d'accord ? »

Il était clair qu'on attendait une réponse immédiate ; elle n'eut pas de mal à se décider.

« Oui, bien sûr, merci beaucoup.

— Venez avec moi, je vais vous montrer où vous vous installerez. »

Après avoir intimé au chien de ne pas bouger, Madiana ramena Rachel dans le vestibule puis prit le grand escalier (ce fut l'une des rares fois où la jeune femme l'emprunta). Les jumelles, Grace et Sophia, occupaient surtout le deuxième étage de la maison. Elles avaient chacune leur chambre et partageaient la salle de bains, la salle d'étude et la grande salle de jeux dotée de tous les équipements possibles et imaginables, depuis la table de ping-pong jusqu'aux deux consoles PlayStation et au moniteur qui prenait toute la longueur du mur.

« Quel merveilleux espace de jeux elles ont, dit Rachel.

— La pièce est trop petite, objecta Madiana avec dédain, on va leur en créer une plus grande en bas, quand on en aura fini avec ces litiges grotesques. »

Elle ne précisa pas la nature de ces litiges ni qui était la partie adverse, et Rachel n'osa pas s'en enquérir : tout s'éclaircirait tôt ou tard.

« Voici la porte qui mène à votre zone de la maison », dit Madiana en indiquant une porte palière à panneaux blancs.

Rachel l'écoutait d'une oreille distraite car, en passant devant la salle de bains des enfants, elle avait remarqué que les murs et le plafond étaient dorés à la feuille et qu'au beau milieu de la pièce se trouvait un objet extraordinaire, une petite baignoire à pieds de lion, mais avec cette particularité qu'elle était incrustée de diamants – de strass, supposa ou espéra la jeune femme, qui n'en crut pas ses yeux en tout cas.

« Vous m'écoutez ? demanda Madiana.

— Mais bien sûr. »

Madiana lui fit franchir la porte, qui débouchait sur un autre petit palier entre deux volées de marches étroites. Elle la referma derrière elle, et Rachel observa que, de ce côté-ci, la porte était dissimulée par un miroir au cadre doré, et munie d'un cadenas à code.

« Il vous faut un code pour ouvrir quand vous êtes côté personnel. Je vous le donnerai tout à l'heure. En bas, ajouta-t-elle en désignant l'escalier, c'est la cuisine. Vous y prendrez vos repas. Maintenant suivez-moi. »

Elles montèrent encore deux volées de marches, et parvinrent presque en haut de la maison. Trois portes ouvraient sur le palier.

« Faustina et son mari dorment ici, dit Madiana en désignant celle du milieu. Là, c'est la salle de bains que vous partagerez avec eux. Et voici où vous dormirez. »

Elle introduisit Rachel dans une mansarde qui était petite mais douillette, avec sa cheminée et sa penderie intégrée. Il restait tout juste assez de place pour caser un fauteuil et un minuscule bureau qui donnaient sur l'arrière, côté jardin. Rachel regarda par la fenêtre, et découvrit avec étonnement combien la maison était haute. Elle s'étonna aussi de ne pas voir de jardin pour l'instant, mais l'extension du chantier, un bourbier où s'amoncelaient des planches avec un carré de bâche au milieu pour couvrir ce qui devait être un trou immense. Garé dans un coin, mais dominant l'espace par sa hauteur, se trouvait un engin de battage. Et sur ce champ de ruines, Mortimer caracolait plein d'allant, reniflant les objets, levant parfois la patte contre celui-ci ou celui-là, sous le regard vigilant d'un homme brun qui fumait une cigarette. Leurs deux silhouettes paraissaient très loin et toutes petites.

« C'est Jules, expliqua Madiana. Il s'occupe du jardin, il est un peu chauffeur aussi, vous voyez.

— C'est le mari de Faustina ?

— Oui. Vous prendrez vos repas avec eux, à la cuisine. Dans cette maison, la partie réservée à la famille et celle du personnel sont bien distinctes. Il y a des portes de communication, mais la seule que vous pourrez emprunter est celle avec le miroir.

— Bien, dit Rachel. Je m'en souviendrai.

— Parfait, mais même pour celle-là, vous attendrez qu'on vous y invite. »

5

Ainsi commença la nouvelle vie de Rachel.

Son quotidien était simple et peu contraignantes ses obligations. Elle passait plusieurs heures dans sa chambre ; le matin, elle prenait des cours de russe en ligne et l'après-midi des cours de mandarin. Du moins espérait-elle ainsi avoir un jour d'avance sur ses élèves. Ensuite, à quatre heures, elle se présentait devant la porte au miroir, tapait le code à quatre chiffres, et pénétrait dans le royaume enchanté des Gunn où elle allait attendre les filles dans la salle d'étude. Ensemble, elles passaient trois bonnes heures à parler et travailler, ensuite Grace et Sophia descendaient dîner, et Rachel montait dans sa chambre. Après une pause d'une heure, elle gagnait le rez-de-chaussée inférieur où se trouvait l'office, à l'arrière de la maison. Elle y dînait avec Faustina et son mari, après quoi elle restait regarder la télévision avec eux, remontait lire ou surfer sur le net, ou encore se faisait belle et se risquait à sortir pour la soirée.

La maison était très vaste, sa configuration mûrement réfléchie. Comme Madiana le lui avait dit, les appartements de la famille et ceux du personnel étaient parfaitement étanches. Il y avait deux cuisines, une petite donnant sur l'arrière, où le personnel se faisait à manger, et une grande, côté façade, où Faustina préparait les repas des enfants ainsi que, de loin en loin, ceux de Sir Gilbert et sa femme les jours où ils recevaient. Il y avait une porte de communication entre les deux cuisines mais seule Faustina en connaissait le code. À l'office, une autre porte donnait sur un vestiaire tout en longueur, au bout duquel on en rencontrait une dernière, fermée. Seul Jules en connaissait le code, parce qu'elle donnait accès à l'escalier du garage, au sous-sol. C'était là qu'en temps ordinaire les Gunn garaient leurs quatre voitures, une Range Rover, une Rolls, une Lamborghini et une Bentley Continental R de 1953. Lorsqu'ils voulaient en prendre une, Jules l'avançait sur un monte-charge hydraulique dans l'angle du garage, et on la voyait apparaître devant la maison. Malheureusement, depuis le début des travaux, ce n'était plus possible. Pour l'instant, les voitures étaient garées ailleurs, de sorte que Sir Gilbert et Madiana devaient se contenter d'une Mercedes AMG achetée expressément pour les dépanner quelques mois, et stationnée dans un petit garage annexe, à deux rues de là – petit garage annexe tout de même estimé à près d'un demi-million de livres.

Ces travaux étaient la source du fameux « litige » auquel Madiana avait fait allusion pendant la visite de la maison. Depuis quelque temps, en effet, elle représentait à son mari que leur demeure de Londres (l'une des six qu'ils possédaient de par le monde) n'était pas assez grande pour suffire aux besoins de la famille. Elle voulait agrandir. Mais les absurdes règles d'occupation des sols en vigueur leur interdisaient de surélever la maison ou de construire une extension sur l'arrière, ce qu'ils auraient pu faire en débordant sur le jardin. Il ne restait donc plus qu'à creuser.

Dans le voisinage, bien d'autres propriétaires étaient parvenus à la même conclusion, et, depuis quelques années, des transformations de sous-sol de plus en plus vastes et sophistiquées se multipliaient chez les riverains de Chelsea. Ces travaux d'agrandissement étaient particulièrement bruyants et semaient une pagaille noire, mais chacun les tolérait bon gré mal gré, sachant qu'un jour viendrait où on voudrait peut-être en entreprendre aussi. On ne s'y opposait sérieusement que dans le cas où ils mettaient en péril la structure des maisons voisines. Or c'était précisément ce qui s'était passé pour les Gunn. Les résidents du 15 avaient porté plainte de manière tout à fait officielle, disant que, depuis les travaux d'excavation engagés par leurs voisins, des fissures étaient apparues dans les murs porteurs de leur propriété. Le conseil municipal avait donc ordonné la suspension du chantier le temps que la lumière soit faite, et Madiana, qui nourrissait des projets grandioses pour ses étages souterrains, était folle de rage.

Selon Jules et Faustina, cependant, il y avait bien plus grave. Ils expliquèrent à Rachel que les travaux avaient été arrêtés non pas à cause des protestations des voisins, mais à la suite d'un accident de chantier. On avait très peu de détails, mais il semblait qu'un des ouvriers se trouvait au pied du cylindre, soit à vingt-cinq mètres de profondeur ou presque, quand une poutre d'acier s'était décrochée de son câble et l'avait heurté.

« Mauvais, ça, dit Rachel. Il s'en est sorti ? »

Jules secoua la tête. « Il est mort. Et c'est là que la Santé a décidé de tout fermer. »

Rachel frémit. Les espaces souterrains l'avaient toujours angoissée et elle se sentait très mal à l'aise à l'idée que, sous les pièces élégantes et confortables des Gunn, immédiatement au-dessous de cette cuisine où elle descendait tous les jours, béait un gouffre sans fond. Elle avait du mal à croire que la seule chose qui empêchait la maison de s'écrouler sur ses fondations puisse être un cadre fragile de madriers et de poutres en acier. Elle tenta de refouler cette idée.

Elle ne voyait guère les filles le week-end. Quand Madiana et Sir Gilbert partaient à l'étranger, on les leur expédiait parfois par avion. De temps en temps, Jules les conduisait dans les Cotswolds, où les Gunn avaient une chaumière – c'est-à-dire en l'occurrence un corps de ferme reconverti avec toutes ses dépendances, plus un complexe piscine-sauna deux fois plus grand que le logis du commun des mortels. Quelquefois, Mortimer était de la partie, mais il arrivait aussi qu'on l'oublie. Quant à la demeure de Londres, à toute heure et en toute saison, elle n'était jamais très animée. Le week-end, lorsque Rachel et le couple de domestiques s'y trouvaient seuls, et que les travaux des maisons voisines s'interrompaient, le silence ambiant pouvait même avoir quelque chose de glacial.

*

Un jour, alors qu'elle vivait chez les Gunn depuis plusieurs semaines, elle se mit devant la télévision à l'heure du déjeuner. Elle s'était fait un sandwich et distribuait des bouts de poulet froid à Mortimer, assis à ses pieds ; l'animal était rentré épuisé et content de sa promenade avec Livia, la promeneuse de chiens roumaine souriante et pensive, qui l'emmenait tous les jours se dégourdir les pattes.

Rachel regardait d'un œil distrait le journal de la mi-journée. En ce moment, il était question du Crossrail. Le grand projet de transport conçu pour relier la City aux banlieues est et ouest les plus éloignées nécessitait de nombreuses excavations profondes (assez similaires à celles des Gunn), occasionnant une gêne considérable pour beaucoup de Londoniens. Le reportage du jour émanait de la station de métro Liverpool Street, où les ouvriers auraient fait une macabre découverte : vingt-cinq squelettes humains datant du XIVe siècle et donnant à penser que les travaux actuels se déroulaient sur l'emplacement d'un charnier pour les victimes de la peste noire.

C'est alors que Rachel eut une surprise, une surprise agréable. L'universitaire de service sollicité pour commenter l'événement en qualité d'expert n'était autre que Laura Harvey, son ancienne professeure à Oxford. Très élégante dans une veste grise à fines rayures portée sur un chemisier blanc à col ouvert, les cheveux coupés plus court – elle la trouva pleine de charme, très à son affaire.

« Alors, professeur Harvey, disait le présentateur, vous pensez que cette découverte, outre son intérêt historique, aurait une valeur marchande ?

— Oui, répondit Laura. Je ne parle évidemment pas de la valeur des restes humains si quelqu'un se mettait en tête de les vendre. Ce que je veux dire, c'est que des découvertes comme celle-ci ajoutent à l'aura de mystère qui s'attache à certains lieux de Londres, et cette aura de mystère est l'une des choses qui attirent les gens ici.

— Les touristes, vous voulez dire.

— Absolument.

— Et si j'ai bien compris, vous faites partie d'un mouvement qui est chargé d'assigner une valeur à ce type de phénomènes.

— En effet, oui. L'Institut pour l'Évaluation de la Qualité, dont je suis membre, s'efforce de quantifier ce qu'on considère traditionnellement comme inquantifiable. Les émotions, autrement dit. La révérence, le sens du mystère, et même la peur – surtout la peur, devrais-je dire. Il suffit de voir le succès de notre musée des horreurs, le London Dungeon.

— Vous avez écrit un livre intitulé *La Marchandisation du mystère* sur ce sujet, c'est bien ça ? Mais il s'agissait essentiellement d'un livre sur les films.

— Londres a été le décor de films innombrables, et les histoires que les cinéastes ont imaginées sur ce théâtre attirent les visiteurs. Ce qui a été mis au jour à la station Liverpool Street, par exemple, rappelle fortement un tas de films célèbres situés à Londres. Je pense aux *Monstres de l'espace*, des années soixante, où une équipe d'ouvriers qui creusent une nouvelle ligne de métro exhume un squelette humain, ou encore au *Métro de la mort*, quelques années plus tard, où l'on découvre qu'une station de métro désaffectée sert de repaire à une colonie de cannibales. Que les gens aient vu ces films ou non, ils sont entrés dans l'imaginaire collectif. Ils nous disent de Londres quelque chose d'essentiel, à savoir que nous ne sommes jamais sûrs de ce qu'il y a sous nos pas. On ne peut pas s'empêcher d'imaginer qu'à force de creuser on va tomber sur quelque chose de louche, de menaçant. C'est effrayant, certes, mais excitant aussi.

— Dernière question, professeur Harvey. Iriez-vous jusqu'à attribuer une valeur ajoutée, une valeur financière, à la découverte faite aujourd'hui à la station Liverpool Street ?

— Oui, bien sûr. Nous avons mis au point un algorithme qui nous fournit des estimations globales pour ce type d'éléments et qui prend en compte les facteurs historiques, culturels et littéraires. Nous estimons en l'occurrence que la découverte faite aujourd'hui de ces restes humains ajoute probablement 1,2 million de livres à la valeur de Londres en général.

— Voilà qui est passionnant. Professeur Laura Harvey, merci beaucoup. Tout autre chose maintenant : que faire des djihadistes qui reviennent au Royaume-Uni après un séjour dans les camps d'entraînement ? Nous irons au Danemark, où l'on expérimente actuellement une approche très différente du problème... »

6

« Quel plaisir de vous revoir, Rachel, dit Laura. Merci beaucoup d'avoir repris contact.

— J'aurais dû le faire depuis une éternité, mais je me demandais où vous travailliez, maintenant. J'ai été tellement stupéfaite de vous voir à la télévision…

— Bah, ça m'embarrasse plutôt qu'autre chose.

— Pourquoi ? J'ai trouvé que vous passiez incroyablement bien. Vous étiez très claire, avec une parfaite assurance.

— Oui, mais ce nouveau rôle public qui devient le mien… m'inspire des sentiments ambivalents. »

Elle remua son cappuccino et en but une gorgée. Elles étaient installées dans la salle des chercheurs au University College de Londres, un jeudi matin tranquille, où il n'y avait guère de collègues ou d'étudiants autour d'elles. Cette salle Housman était un espace lumineux et gai, avec des toiles abstraites très colorées sur tous les murs et un soleil d'automne ruisselant par la coupole de verre. Enfoncée dans un des fauteuils de cuir confortables, Laura semblait chez elle. UCL l'avait recrutée deux ans plus tôt comme « Professeure de Pensée Contemporaine », titre qui montrait assez qu'elle avait élargi son horizon universitaire depuis l'époque où Rachel avait été son élève à Oxford.

« C'est bien simple, expliqua-t-elle, j'ai vendu mon âme au diable. En l'occurrence à Lord Lucrum, qui était notre *Master*, vous vous rappelez ?

— Bien sûr. Il ne l'est plus ?

— Non, il est parti il y a quelques mois. Il voulait se consacrer davantage à ses comités. Et à ma grande surprise, il m'a proposé d'en intégrer un. Il avait lu mon livre, ou se l'était fait résumer, chose étonnante dans un cas comme dans l'autre. Je n'aurais jamais cru qu'un recueil d'essais sur d'obscurs films anglais intéresserait qui que ce soit d'autre que les rares aficionados comme mon mari. C'est surtout le titre qui a dû lui plaire, je pense.

— Est-ce que c'est en rapport avec l'institut dont vous avez parlé dans votre interview ?

— Tout à fait, l'Institut pour l'Évaluation de la Qualité, dont il est le directeur. Un titre bien anodin, non ?

— Pour un institut qui ne l'est pas ?

— L'idée remonte aux années quatre-vingt, quand Henry Winshaw présidait une commission d'examen sur notre système de santé. Il s'agissait en fait de le privatiser, même si personne ne voulait que ce soit dit. Mais Winshaw avait cette théorie, qu'on pouvait affecter une valeur à la qualité de la vie humaine. Un prix, pour parler clair. De sorte qu'il y a des interventions médicales plus rentables que d'autres. Dans cette commission se trouvait aussi Lord Lucrum – qui n'était encore que David Lucrum, consultant en management assez obscur. Il adorait Henry Winshaw, c'était son dieu, et aujourd'hui il passe plus ou moins pour son héritier spirituel. Il est toujours conseiller du ministre sur la réforme de la santé. Quant à ce nouvel institut, il se situe dans la mouvance qui cherche à tout exprimer en termes financiers. Ses membres veulent que des gens comme moi, issus des lettres et sciences humaines, prennent le train en marche et s'engagent dans leur projet.

— Je n'aurais pas cru, dit Rachel en choisissant ses mots avec soin, que vous vous mettriez aussi volontiers autour d'une table avec cette clique.

— Je sais ce que vous voulez dire, mais j'essaie de voir les choses sous un autre angle. On a affaire à des gens qui n'ont pas la moindre notion de l'importance d'une chose quelle qu'elle soit s'ils ne peuvent pas mettre un prix dessus. Alors, plutôt que de les voir traiter par le mépris l'émotion, par exemple, il me semble qu'il vaut mieux que quelqu'un comme moi vienne les sortir de leur ignorance. Se faire l'avocat de la défense. C'est pourquoi nous avons inventé une nouvelle expression, la "valeur hédonique". Elle renverrait, disons, au plaisir qu'on ressent à contempler un beau rivage, par exemple. Nous, nous essayons de prouver que ce ressenti-là vaut plusieurs milliers de livres et qu'à l'inverse le chagrin d'une veuve peut coûter 10 000 livres par an à l'économie. De cette façon, au moins, ils vont reconnaître ces sentiments ; reconnaître leur existence, en tout cas. »

Rachel médita ces mots et déclara : « Vous savez

ce que je commence à penser ? Je commence à m'apercevoir que nous sommes entourés de gens qui, vus de l'extérieur, nous paraissent normaux mais ne sont pas comme les autres dès qu'on démonte les rouages. Ce sont des androïdes, des zombies, je ne sais pas, moi.

— Ah, oui… *Ils marchent parmi nous.* » Laura leva les yeux pour saluer un jeune type qui passait devant elles en allant chercher son café. « Jamie ! Vous voulez vous mettre à notre table ?

— Ah, euh, oui, bien sûr. Mais je ne voudrais pas vous déranger…

— Pas du tout. Venez. »

Pendant que Jamie allait chercher son café, elle expliqua : « C'est un de mes thésards. Un type très brillant. Et adorable, en plus. Il faut absolument que je vous présente. »

Rachel se mit à parler à Laura de son nouvel emploi : le coup de fil inopiné, le saut sans transition de Leeds au safari en Afrique du Sud, l'opulence invraisemblable de son nouveau logis, sa mission impossible ou presque – débarrasser Lucas de son arrogance –, sa relation problématique avec Grace et Sophia, les jumelles glaciales, si maîtresses d'elles-mêmes. Jamie se joignit à elles au milieu de sa description et, comme Laura, il eut l'air intrigué par cet aperçu du monde impénétrable des super-riches.

« Et comment vous traitent-ils ? En égale ou en domestique ? »

Rachel hésita. La question n'était pas facile, et, circonstance aggravante, elle venait de remarquer à quel point son interlocuteur était beau gosse.

Elle articula au prix d'un effort de concentration : « Un peu les deux, il me semble. De toute évidence, je ne suis pas quelqu'un à qui ils auraient parlé spontanément, et pourtant, si curieux que ça puisse paraître, il y a bien une forme de respect dans nos rapports.

— Mais vous représentez sans doute quelque chose de très précieux, pour eux, dit Laura. Vous sortez d'Oxford. Vous me dites que cette femme a grandi au Kazakhstan et que c'est un ancien mannequin. À présent, elle est en situation de faire son chemin dans la société britannique, au sommet de l'échelle. Elle possède à peu près tout ce que l'argent procure, mais vous, vous représentez toutes sortes de biens immatériels et hautement désirables : la tradition, la culture, le privilège, l'histoire. Évidemment, je doute que vous vous voyiez sous ce jour-là mais c'est bien ainsi qu'elle vous considère. C'est comme Lord Lucrum et son comité. Elle voit qu'il existe quelque chose en dehors du marché, et tout ce qu'elle sait faire, c'est mettre un prix dessus. L'éducation britannique, et pas n'importe laquelle, fait partie des rares atouts nationaux qui nous restent et, comme pour les autres, nous sommes prêts à le fourguer au plus offrant. J'ai beaucoup observé le phénomène dans mon domaine, ces dernières années, croyez-moi.

— J'ai l'impression, poursuivit Rachel, qu'il y a leur monde et qu'il y a le mien, et que les deux coexistent et sont très proches, sans que l'on puisse passer de l'un à l'autre. » Elle sourit. « Sauf en franchissant la porte magique, bien sûr.

— Quelle porte magique ? demanda Jamie.

— Enfin, c'est le nom que je lui donne. C'est la seule porte de communication entre mon côté de la maison et le leur. On dirait un grand miroir. Un miroir qui se traverserait.

— Comme Orphée dans le film de Cocteau », commenta Laura.

Ni Jamie ni Rachel ne saisirent la référence. Laura dut leur expliquer que, dans la version du mythe d'Orphée selon Cocteau, le poète s'introduit aux enfers par un miroir qui se liquéfie quand il passe au travers. Laura jugea significatif qu'aucun des deux jeunes gens n'ait vu ce film des années cinquante considéré comme célèbre jusqu'à une date récente.

« Je sais ce que Roger en aurait pensé. Vous ne prenez pas la peine de voir ces grands films d'hier parce que vous avez l'embarras du choix. Autrefois, vous les auriez regardés parce qu'il n'y avait rien d'autre à la télévision et que vous n'auriez rien eu d'autre à faire.

— Comment va Harry ? demanda Rachel, à qui l'évocation de son mari venait de faire penser à la vie de famille de Laura.

— Il va bien. Il a de bons résultats dans sa nouvelle école. » Réponse sèche. Aujourd'hui pas plus qu'hier elle ne semblait vouloir parler de son fils, voire penser à lui plus que nécessaire. Elle s'empressa de changer de sujet. « À propos, si vous êtes curieuse du choc des cultures, il faut que vous demandiez à Jamie de vous raconter son dernier week-end.

— Pensez-vous ! dit-il avec un regard implorant. Vous croyez vraiment qu'il faut que Rachel entende cette histoire ? On vient tout juste de faire connaissance…

— Mais si, il le faut. C'est trop mignon.

— Ça me gêne.

— Vous avez tort, ça donne une très bonne image de vous. Et avec un peu de chance, Rachel mettra l'histoire dans une de ses nouvelles. Quand elle était mon élève à Oxford, elle en écrivait, et des bonnes ! »

Rachel rougit de plaisir à ce compliment. Et elle brûlait de curiosité. Jamie comprit qu'il allait lui falloir s'exécuter, bon gré mal gré.

« Bon. Le week-end dernier, donc, dit-il avec une réticence manifeste, un de mes amis se mariait. La veille, nous sommes allés enterrer sa vie de garçon. Dans un club avec lap-dance. Ce n'était pas ce que j'aurais choisi, je n'étais jamais allé dans ce genre d'endroit, et je n'avais jamais eu envie d'y aller – rien ne me préparait à cette aventure. Avant que j'aie compris ce qui m'arrivait, voilà qu'une femme fracassante, avec un corps à couper le souffle, le genre de femme qui ne me regarde jamais dans la vie courante, vient s'asseoir sur mes genoux, plus ou moins nue. Elle se pend à mon cou et elle se contorsionne en me regardant dans les yeux. Je me dis qu'il faut faire quelque chose. Qu'il faut réagir, si vous voulez. Dire quelque chose.

— Et qu'est-ce que vous avez dit ? demanda Rachel. “Vous êtes vraiment très belle” ? “Merci beaucoup, tenez, voilà 50 livres” ?

— Non, avoua Jamie. Je vois bien à présent que c'était ce qu'il aurait fallu dire, mais je lui ai posé une question. »

Il marqua une longue pause.

« Continuez…

— Je lui ai demandé si elle et les autres filles étaient syndiquées. »

Rachel le regarda, éberluée, n'en croyant pas ses oreilles.

« Non, mais ça m'intéressait sincèrement. Je voulais savoir quels droits elles avaient et si elles étaient représentées. Il me semblait que c'était une bonne accroche, pour la conversation. »

Il regarda d'un air d'excuse le fond de sa tasse. Laura attendit la réaction de Rachel, et bientôt les deux femmes se mirent à rire, un vrai fou rire, incoercible. Puis Jamie les imita. La spontanéité avec laquelle il riait de lui-même était charmante. Rachel en conclut sur-le-champ qu'elle ne quitterait pas la salle Housman avant d'avoir obtenu son numéro.

7

À Euston, Lucas se tourna vers Rachel en lui tendant la main. Un instant elle avait cru qu'il allait l'embrasser sur la joue, puisque après tout ils venaient de passer toute la journée ensemble, mais il préféra une poignée de main plus protocolaire : sans doute souhaitait-il préserver l'équilibre subtil de cette relation professeur particulier/élève.

« Eh bien, merci, Rachel. Cette journée m'a beaucoup appris.

— Beaucoup appris ?

— Oui, enfin, je ne saurais pas mieux dire, pour le moment. »

Ils avaient passé la journée ensemble à Birmingham, où ils avaient fait du bénévolat dans une banque alimentaire de Kings Norton. Rachel en avait eu l'idée un peu plus tôt dans la semaine en s'apercevant que Lucas était rentré pour les vacances de milieu de trimestre, soit dix jours, et qu'il n'avait pas grand-chose à faire sinon son travail de classe. Ses yeux s'ouvriraient peut-être s'il entrait en contact avec des familles qui peinaient à se nourrir. Le projet avait été assez facile à monter ;

elle avait choisi Birmingham presque au hasard, parce que la ville offrait un contraste vibrant avec le mélange socio-ethnique de Windsor. Il lui avait suffi d'un ou deux mails pour organiser la chose.

« Ce que je veux dire, balbutia-t-il, c'est qu'on lit des articles sur ces endroits-là, on sait qu'ils existent, mais personne ne fait le saut pour aller les voir en vrai.

— Cela dit, je pense que les banques alimentaires ne sont pas toutes semblables, mais ça vous donne tout de même une idée générale.

— Euh, en fait, je parlais de Birmingham. Mais, ouais, les banques alimentaires, c'est cool de savoir à quoi elles servent, et tout.

— Bon, ne vous mettez pas en retard, vos amis vous attendent.

— C'est vrai.

— Où avez-vous rendez-vous ?

— Pas loin d'ici, en haut du Centrepoint. Je vais sauter dans un taxi, je crois.

— Je serais étonnée qu'ils aient passé la journée à faire des colis de cornflakes, de jus d'orange et de chocolat en poudre. N'oubliez pas de leur montrer les photos. Ils seront impressionnés.

— Ouais, ils vont bien rigoler, je crois. Je les leur montrerai.

— Bon, très bien. »

Elle lui fit au revoir de la main et suivit sa haute silhouette dégingandée qui se fondit bientôt dans les foules regagnant leurs banlieues.

Elle rentra par le métro, mais descendit à Knightsbridge, quelques arrêts avant sa station, pour le plaisir de traverser ces rues plus calmes et plus désertes, et de se repasser les événements de la journée, voulant en apprivoiser l'étrangeté. Dès leur arrivée à New Street, Lucas avait sombré dans le mutisme. Peut-être pour se protéger, car dans le train qui les avait conduits à Kings Norton, et plus encore sur place, à la banque alimentaire, son accent aurait immédiatement trahi ses origines. Mais il était à craindre que ce ne fût pas la seule raison. Elle repensa à ses amis qui allaient « bien rigoler » en se passant les photos de sa visite et comprit qu'à un certain niveau l'épisode ne lui avait rien appris du tout mais l'avait amusé. Il avait dû trouver « exotique », délicieusement désuet et même comique tout ce qu'il avait vu, depuis les tabliers vert bouteille des bénévoles jusqu'aux boîtes de conserve de fruits et de légumes sur les étagères. Lorsqu'ils avaient été accueillis par Dawn, la joyeuse administratrice du centre, il avait eu tant de mal à comprendre son accent de Black Country[1] que Rachel avait dû lui traduire ce qu'elle disait. Ensuite, il fallait le reconnaître, il avait travaillé sans lever les yeux ni se plaindre, et passé l'essentiel de la journée dans l'arrière-salle à faire des colis sans laisser échapper une seule fois que dans son autre vie, sa vie secrète, il était élève de la *public school* la plus réputée du pays. Maintenant, en revanche, ayant passé la journée dans ce décor peu reluisant sans mettre personne dans l'embarras ni se ridiculiser, il pouvait se permettre de tirer un trait sur l'expérience et de ne plus jamais y penser. Sur le trajet du retour, il n'avait presque rien dit,

1. Agglomération au nord-ouest de Birmingham.

se contentant de fixer son iPhone 6, perdu dans une conversation de groupe ou dans un jeu solitaire. Elle ne comptait pas que sa vision du monde serait renversée en l'espace de quelques heures. Elle espérait peut-être un commentaire perplexe, une marque de surprise devant le fait qu'à côté de son univers protégé il puisse exister des lieux comme celui-ci. Mais si l'idée l'en avait traversé, il avait préféré la garder pour lui.

Pour sa part, Rachel était restée au comptoir à remettre les colis à des femmes, car c'étaient surtout des femmes, qui lui tendaient leur bon en lorgnant le bout de leurs chaussures et en lui répondant par monosyllabes. Et c'était alors qu'il s'était produit une bien curieuse coïncidence.

« Deux cent quarante et un ! » avait-elle appelé. Lorsqu'elle avait tendu le sac à la détentrice du numéro, elle s'était aperçue qu'il s'agissait de Val Doubleday, la mère d'Alison.

« Bonjour, Val. Vous êtes bien Val ? » Aucun signe que la dame la reconnaissait. « C'est moi, Rachel, vous savez, l'amie d'Alison, de Leeds ? »

Val lui avait paru dans le flou, c'était le moins qu'on puisse dire. Tomber sur cette personne venue d'une autre ville, venue de son passé, dans cet endroit précis et dans ce rôle-là, lui avait fait un choc qui avait semblé lui ôter l'usage de la parole. Au lieu de la joie des retrouvailles, les deux femmes avaient vécu une scène des plus embarrassantes. Rachel avait demandé des nouvelles de son amie. Elle avait reçu une réponse contrainte et peu convaincante : en gros, Alison allait bien. Elle avait donc griffonné sa propre adresse mail sur un bout de carton qu'elle avait tendu à Val en lui expliquant qu'elle était de passage à Birmingham pour la journée seulement.

« Il paraît qu'on vous a vue à la télévision, il y a quelques années, avait-elle ajouté. Je suis désolée, j'ai raté l'émission. Je venais d'entrer à la fac, en première année, vous savez, on ne regarde pas trop la télé. Vous chantez, en ce moment ? »

Au lieu de répondre à la question, Val avait bredouillé à toute vitesse : « C'est pas pour moi, le colis. C'est pour ma voisine. Elle est vieille, elle ne sort plus…

— Bien sûr.

— Dis bonjour à ta mère de ma part, hein ? » avait lancé Val. Sur quoi elle était sortie sans se retourner. Rachel n'avait d'ailleurs pas réussi à croiser son regard pendant tout leur échange.

Elle l'avait regardée partir en essayant de comprendre ce qui venait de se jouer. Il avait fallu que Dawn la tire de ses réflexions en lui apportant le dernier colis. Elle avait apparemment réussi à trouver une brèche temporaire dans le mur de silence et de dissimulation que Lucas lui opposait.

« J'adore ton ami. Il est à mourir de rire. Tu sais comment il appelle ça ? » Elle avait désigné un bocal de déca soluble sur le dessus du colis et proféré en imitant de manière impayable ses inflexions traînantes et pleines d'ironie : « Ça c'est quand même une boisson bidon, franchement. »

8

Si Rachel découvrait à l'usage que faire évoluer Lucas n'était pas chose facile, les jumelles, Grace et Sophia, représentaient un défi qui n'était pas moindre. Elle ne savait que penser des petites. Elles étaient très intelligentes, c'était flagrant. Très décidées, aussi. Elles assimilaient vite leurs nouvelles langues, si vite d'ailleurs que Rachel peinait à soutenir la cadence. Leur *prep school* avait des classes à petits effectifs, et toutes les semaines on effectuait des contrôles dans presque toutes les matières. Les jumelles étaient très attentives à leurs résultats, et s'empressaient de lui dire si elles arrivaient première, deuxième ou troisième (elles étaient rarement moins bien classées). Elles jouaient à des jeux complexes sur leur PlayStation, et suivaient des émissions comiques sur leur iPad, avec souvent plus de concentration que d'amusement véritable. Le soir, les devoirs finis et les leçons apprises, Rachel leur faisait la lecture mais elle avait du mal à trouver des histoires qui les intéressent et leurs réactions la surprenaient souvent. Une fois, elle voulut leur lire un de ses contes préférés, *La Porte dans le mur*, de H. G. Wells. Elles seraient forcément émues par l'histoire de ce petit garçon de cinq ans qui trouve une porte magique dans le mur d'une banale rue de Londres, et découvre qu'elle mène à un jardin enchanté. C'est une porte qu'il ne saura jamais retrouver, un jardin où il ne retournera plus, malgré la nostalgie et les efforts de toute une vie. Elle aimait poser des questions au fil de sa lecture, pour s'assurer qu'elles comprenaient bien ce qu'elles entendaient. Au moment où le personnage se rappelle, des années plus tard, avoir été chassé du jardin, renvoyé au monde « gris » de Londres, et avoue : « Quand j'ai pris la mesure de ce qui venait de m'arriver, j'ai cédé à un chagrin inconsolable », elle leur demanda : « Pourquoi est-ce qu'il pleure, d'après vous ? »

Elle n'oublierait pas de sitôt la réponse de Sophia : « Parce qu'il est faible. »

Sir Gilbert et Madiana étaient-ils satisfaits des progrès accomplis avec leurs enfants ? Difficile à dire. Pour commencer, elle n'était jamais tout à fait sûre qu'ils étaient chez eux. À supposer d'ailleurs que cette résidence de Londres fût un vrai « chez-eux ». Du côté du personnel, il y avait des caméras de surveillance partout. Pas dans sa chambre, Dieu merci, et pas dans la salle de bains à sa connaissance, mais dans la cuisine bien sûr, et dans les escaliers, sur les paliers. Les images de ces caméras pouvaient être envoyées en streaming sur les smartphones de Sir Gilbert et de Madiana partout dans le monde, de sorte qu'ils sachent toujours si Rachel était à la maison ou pas. Mais cette disposition n'était pas réciproque. Ses employeurs la tenaient au courant de leurs allées et venues uniquement s'ils l'estimaient nécessaire, si bien qu'en pratique elle n'avait aucun moyen de savoir où ils se trouvaient. De toute façon, lorsqu'ils étaient chez eux, ils faisaient très peu de bruit ; la lumière aux fenêtres ne prouvait rien non plus : pour des raisons de sécurité, elle était programmée pour s'allumer et s'éteindre de façon aléatoire, qu'il y ait ou non quelqu'un sur place.

Un soir de fin novembre, ce fut donc avec surprise que Rachel aperçut Sir Gilbert au moment où elle quittait la maison par la porte de service, comme à son habitude, et traversait avec précaution le chantier abandonné corps et biens pour gagner l'entrée principale car elle avait rendez-vous avec Jamie. Son employeur était là, en haut du perron, entre les colonnes à la grecque, il raccompagnait un homme et lui serrait la main. Une fois que Sir Gilbert eut refermé la porte, l'homme en question descendit promptement les marches pour la rattraper. C'était Frederick Francis.

« Oh, hel-lo », roucoula-t-il en détachant une fois de plus les syllabes, ce qui agaça Rachel au plus haut point. Ils ne s'étaient pas revus depuis le voyage au parc national Kruger.

« Bonjour, Frederick, répondit-elle en se retenant de l'appeler par son diminutif réservé aux amis.

— Sacré bazar, commenta-t-il en contemplant le fatras d'échelles, de marteaux piqueurs, de sacs de sable, d'éléments métalliques et de bétonneuses que les ouvriers avaient laissé derrière eux.

— Je finis par m'y habituer, dit Rachel en poussant la porte du panneau pour sortir dans la rue.

— Bien sûr, dit Freddie, qui pressa le pas pour se maintenir à sa hauteur. Vous êtes devenue incontournable, ici, d'après ce que j'ai compris.

— Bon, eh bien, ça m'a fait plaisir de vous revoir, lui lança-t-elle en s'engageant dans la rue.

— Attendez, vous allez où comme ça ?

— J'ai rendez-vous.

— Vous allez vers le West End ?

— Dans Soho.

— Écoutez, Jules m'emmène dans cette direction, on peut vous déposer quelque part.

— J'aime autant pas.

— Allons, voyons, ça n'engage à rien. Ne soyez pas si coincée. »

À vrai dire, Rachel avait tout intérêt à ne pas dépasser le forfait de sa carte de transport. Elle accepta donc, et s'installa sans pouvoir réprimer un soupir d'aise sur la banquette arrière de la Mercedes aux coussins profonds. Leur cuir était chauffé, détail fort appréciable par cette froide nuit d'hiver, et qu'elle ne put s'empêcher de remarquer.

« Il ne faut pas que je me vautre dans le confort, j'aurais tort de m'habituer à un tel luxe.

— Tout au contraire, dit Freddie. Je pense qu'il serait bien que vous vous y habituiez. Tout le monde devrait rouler dans une voiture comme celle-ci au moins une fois. Ça donne un but à atteindre dans l'existence.

— Hmm, bien sûr. »

La voiture se dirigea vers le nord, longea les Boltons et traversa Brompton Road dans un ronronnement félin. Rachel regardait par la vitre, étonnée d'y voir aussi clair : de l'extérieur, les glaces lui avaient paru opaques.

« Et qui est l'heureux élu de ce soir ? demanda Freddie.

— Vous venez souvent à la maison ? contre-attaqua Rachel, les yeux fixés sur les demeures qui défilaient devant eux. Je ne vous y avais jamais vu.

— Je suis très discret. Tantôt on me voit, tantôt on ne me voit pas… » Cette remarque étant tombée à plat, il ajouta : « Alors comme ça je pique votre curiosité ? Vous m'en voyez flatté.

— Vous avez tort. Cet emploi me laisse beaucoup de loisir. Il faut bien que je m'occupe l'esprit. »

Rebuté par la réponse, il sombra dans le mutisme.

« Je vous ai tout de même cherché sur Google, reprit-elle, sur le ton le plus neutre.

— Ah bon ? Et qu'est-ce que vous avez trouvé ?

— Pas mal d'infos sur un metteur en scène britannique, mais sur vous, trois fois rien, à vrai dire.

— Normal.

— J'ai trouvé le nom de la société pour laquelle vous travaillez, mais je n'ai pas réussi à comprendre ce que vous y faites.

— Ce n'est pas vraiment dans le domaine public.

— J'ai tout de même remarqué quelque chose. Il était dit que vous avez travaillé pour la banque privée Stewards, et selon Wikipédia, Sir Gilbert aussi.

— Tiens tiens, les cyber-détectives sont parmi nous. C'est là que nous nous sommes connus, évidemment. Dans la salle des marchés, chez Stewards. Au cours des années quatre-vingt, soupira-t-il. C'était le bon temps. » La voiture s'était arrêtée à un feu rouge, au croisement avec Cromwell Road. Jules écoutait Magic FM, en sourdine. « À cette époque-là, le patron de Stewards s'appelait Thomas Winshaw, une figure de légende. Nous, les traders, il nous traitait en fils chéris. Nous étions les fils qu'il n'avait pas eus. Gil sortait du lot, sans aucun doute. Moi j'étais bon, mais je n'avais pas son flair, ses nerfs d'acier. Le trading de devises était sa spécialité. Ses deals ont été de plus en plus audacieux – c'est vrai, quoi, si on avait voulu y réfléchir, mais on s'en gardait bien, il mettait en danger la totalité des fonds de la banque, parfois. Mais Thomas lui faisait confiance, il lui donnait carte blanche, et puis un jour, en 1992, Gilbert a risqué un coup énorme, et quand je dis énorme… en pariant sur l'effondrement des marchés. Pari gagné, naturellement. Le Mercredi noir, un sale jour pour la plupart des gens, un jour effroyable. Mais pas pour Gilbert. Bon sang, on a arrosé ça. On a dû claquer 30 000 livres rien qu'en bouteilles de champagne. On buvait à la mémoire de Thomas, qui nous avait déjà quittés. Il était… parti un an avant, dans des circonstances atroces. Mais ça ne nous avait pas arrêtés, au contraire, nous étions plus têtes brûlées que jamais. Plus motivés, en somme.

« Au bout de deux ans, reprit-il pendant que la voiture évoluait sans à-coup dans la circulation de Knightsbridge en dépassant des véhicules plus lents et moins puissants, on s'est lassés tous deux des marchés monétaires. C'est un monde qui vous vide très vite de votre substance ; Gilbert a fondé Gunnery Holdings et il s'est mis à vendre et à acheter des sociétés. Il est entré dans la promotion immobilière. Il s'est étendu, il s'est diversifié. Il possédait une grosse fortune à mettre en jeu au départ, une fortune colossale. Moi, j'étais toujours chez Stewards, je stagnais un peu, je m'agitais de plus en plus. Et puis un soir, je suis allé boire un verre avec lui dans un club privé. On s'est copieusement torchés, on s'est mis à parler de tout et de rien, et je me suis rendu compte que quelque chose le chiffonnait alors que ses affaires marchaient du feu de Dieu.

— Le réveil de la conscience, peut-être... »

Freddie sourit. « Vous avez droit à un autre essai.

— Je ne sais pas, qu'est-ce qui pouvait bien manquer à son bonheur ? »

Si cette question se doublait d'une ironie sous-jacente, elle échappa à son interlocuteur.

« Eh bien, c'est très simple, il trouvait qu'il payait trop d'impôts. »

Rachel ricana.

« Oh, il ne faut pas que ça vous étonne. Le gouvernement est généreux, il a baissé le taux de la tranche supérieure, n'empêche que quand on engrange 10 millions de livres par an, on en paie 4 au fisc. On a beau être riche, c'est beaucoup d'argent. Ça fait mal.

— Mon cœur saigne pour Sir Gilbert.

— Il n'était pas le seul. Je me suis rendu compte que beaucoup de gens dans sa situation – enfin, il n'y en avait pas tant sur la place de Londres qui soient aussi riches que lui – ressentaient le même dépit. J'ai donc décidé d'aller là où était l'avenir. Le mien, en tout cas.

— L'évasion fiscale ? Charmant.

— Personnellement, je préfère dire l'*optimisation* fiscale.

— Ben voyons ! Et ça s'apprend où ? Il y a des formations ?

— Bah, j'ai suivi la voie la plus simple et la plus évidente. Je suis allé travailler au ministère des Finances, pendant un temps.

— Vous êtes devenu inspecteur des impôts ?

— Ça me paraissait la meilleure manière d'apprendre les arcanes du système. Vous seriez étonnée de découvrir combien d'anciens inspecteurs des impôts quittent le ministère pour s'installer à leur compte dans la City comme conseillers fiscaux. Mais j'ai été parmi les premiers, j'ai ouvert la voie.

— Votre mère a de quoi être fière. »

Les sarcasmes de Rachel commençaient à lasser Freddie. « Ce type que vous allez retrouver ce soir, qu'est-ce qu'il fait dans la vie ?

— Il est doctorant, il écrit une thèse sur *L'Homme invisible.* » Comme il la regardait d'un œil vide, elle précisa : « De H. G. Wells.

— Une thèse entière, sur un seul livre ? demanda Freddie, incrédule.

— L'auteur fait de l'invisibilité une métaphore, dit Rachel sans trop savoir pourquoi elle prenait la peine de le lui expliquer, une métaphore politique. Il décrit comment les gens deviennent invisibles, comment le système les perd de vue.

— Il faut croire que votre ami a repéré un créneau porteur dans le marché.

— Tout le monde ne fonde pas ses choix de vie sur le marché. »

Elle se pencha vers le chauffeur. « Vous pouvez me déposer ici, Jules, s'il vous plaît ? »

La voiture freina et s'arrêta sans bruit.

« Eh bien, dites-moi quand il se sera fait son premier million, je l'aiderai à optimiser son passif d'impôts.

— J'ai eu grand plaisir à bavarder avec vous », répondit Rachel, qui remercia Jules et lui dit au revoir avant de se mêler à la foule de Shaftesbury Avenue. Quel soulagement de se retrouver au milieu de gens qu'elle pensait pouvoir comprendre !

9

« Alors, c'était sympa hier soir, avec ton copain ? demanda Livia.

— Très sympa, merci », répondit Rachel en souriant sans vouloir se confier davantage : elle ne connaissait pas Livia depuis assez longtemps.

C'était leur troisième balade ensemble, la plus longue. Livia promenait trois chiens ce jour-là, Mortimer et deux airedales qu'elle était allée chercher dans un ensemble de demeures proche de Gloucester Road. Elles les avaient emmenés à Hyde Park, détachés autour du bassin rond et, une fois qu'ils avaient couru tout leur soûl, elles s'étaient dirigées en flânant vers la galerie de la Serpentine. Elles traversaient maintenant West Carriage Drive en direction du café. En ce début décembre, le matin était clair et ensoleillé, mais le froid piquant. On aurait dit que les seules personnes dans le parc étaient des femmes promenant leurs chiens. Elles avaient déjà croisé Jane, la reine des promeneuses, qui en sortait parfois dix d'un coup. Ceux qu'elle tenait en laisse ce matin étaient agités et turbulents, elles n'avaient donc pas pu bavarder très longtemps. À présent, Mortimer et les airedales avaient l'air fourbus, ils tiraient la langue.

Rachel se prenait d'amitié pour Livia. Elle était musicienne de formation, et jouait dans un quatuor à cordes qui donnait parfois des récitals à Londres, ce qui, bien sûr, ne lui rapportait rien. C'était son activité de promeneuse de chiens qui lui garantissait un maigre revenu. Elle jouait du violoncelle, et sa voix évoquait cet instrument par sa profondeur sonore et sa richesse mélancolique. Elle parlait lentement et avec soin ; son accent roumain très prononcé la rendait parfois difficile à comprendre.

« Tu te souviens de la femme dont je t'ai parlé ? dit-elle une fois qu'elles furent installées au chaud dans le café, avec des *latte* hors de prix devant elles. Celle qui avait le même type de cancer que ton grand-père ?

— Oui, je me souviens. Tu m'as dit qu'elle était sortie de l'hôpital et qu'elle se portait au mieux.

— C'est ça. Eh bien, la semaine dernière elle m'a demandé de recommencer à promener son chien. Elle a un fabuleux lévrier afghan qui s'appelle William. Elle habite une maison entre King's Road et la Tamise. Un très beau coin de Chelsea. La maison est petite, mais elle vaut plusieurs millions de livres quand même. Ma cliente, qui s'appelle Hermione, fait partie de l'aristocratie, je crois. Ce doit être une duchesse, une baronne, je ne sais quoi – je ne comprends pas bien le système des titres chez vous. En tout cas, comme je te l'ai raconté la dernière fois, on lui avait annoncé qu'elle avait un cancer du foie, et plus que quelques mois à vivre.

Comme à ton grand-père. Ils n'ont pas voulu lui faire de rayons, ni de chimio, rien. Mais l'hôpital l'a envoyée voir un médecin qui lui a expliqué qu'il y avait de nouveaux médicaments susceptibles de la soulager. Pas de la guérir, mais de lui rendre la vie plus supportable. La semaine dernière, je lui ai demandé le nom de son médicament. Elle m'a dit qu'on lui donnait du cétuximab, et que ça lui faisait beaucoup de bien. Une grande partie de ses symptômes avait disparu et il y avait peu d'effets secondaires. Elle a toujours son cancer, elle n'y peut rien, mais on l'a diagnostiqué il y a deux ans et depuis sa qualité de vie est bonne, très bonne. Elle revient d'un séjour chez des amis à Paris, et elle s'apprête à passer Noël à Rome chez sa fille.

— Incroyable !

— Tu le vois bientôt, ton grand-père ?

— Oui, je vais le voir pour Noël. Je ne sais pas trop s'il sera rentré chez lui ou encore à l'hôpital, mais je le verrai, c'est sûr.

— Alors tu peux peut-être demander au médecin s'il peut lui prescrire ce médicament.

— Je vais le lui demander, ça vaut la peine d'essayer, hein ? »

10

Le trimestre de Grace et Sophia s'acheva deux semaines avant Noël. Dans le même temps, Lucas rentra d'Eton en racontant que son entretien à Oxford avait très bien marché. (Il découvrirait avec le Nouvel An qu'il s'y était assuré une place à Magdalen College et, pour remercier son professeur particulier, il lui ferait cadeau d'un carnet relié de lin, acheté dans une papeterie vénitienne.) Madiana annonça donc à Rachel qu'on n'aurait pas besoin de ses services avant début janvier et qu'elle était par conséquent libre de rentrer chez elle.

Son grand-père avait été transféré dans un centre de soins aux environs de Beverley. C'était un immeuble de brique rouge datant des années soixante-dix, fonctionnel, avec quelques mètres carrés de pelouse autour, poudrés d'une neige sporadique l'après-midi où Rachel lui fit sa première visite, en compagnie de sa mère et de sa grand-mère. Elles s'étaient arrêtées au supermarché du coin pour acheter des salades de fruits toutes prêtes, parce que sa grand-mère craignait qu'on ne donne pas assez de fruits aux malades.

Lorsque leur voiture s'arrêta sur le parking bondé, en milieu d'après-midi, la lumière baissait déjà. Les flocons indécis et impalpables s'étaient changés en neige fondue. Rachel prit le bras de sa grand-mère et sentit son coude osseux à travers le gros manteau de tweed ; elle la soutint dans sa marche lente et précautionneuse sur l'asphalte verglacé. Elles mirent un bon moment à couvrir la distance qui séparait la voiture de l'entrée de l'établissement, avec ses lumières dorées et sa promesse de chaleur. Rachel eut tout le temps de réfléchir à la tristesse désespérée de cette situation, mais aussi, une fois de plus, à son caractère inéluctable. Elle se rappelait le chuchotis dans les branches du prunier, quelques mois plus tôt.

Quant à l'état physique de son grand-père, elle s'était attendue au pire, et elle y fut confrontée. Il était assis dans son lit. Des six patients de la chambre, il était sans conteste le plus mal en point. Il avait tellement maigri que ses clavicules et son sternum faisaient saillie sous sa chemise de pyjama ouverte. Sa peau était affreusement jaune. Il était relié à une perfusion sous-cutanée, et le pâle sourire de reconnaissance qu'il leur adressa en les voyant entrer lui coûta un gros effort. Presque aussitôt qu'elles eurent approché leurs chaises pour s'asseoir autour de son lit, ses yeux retrouvèrent leur fixité. Il avait la gorge desséchée et faire la conversation sapait le peu d'énergie qui lui restait. Sa main revenait sans cesse vers la partie droite de son ventre, qu'il touchait involontairement au risque d'en grimacer de douleur.

Leur visite fut un calvaire d'une demi-heure

qui leur parut une éternité. Quand elle prit fin, il était clair que le grand-père de Rachel n'avait plus qu'une envie : dormir.

Sur le parking, il faisait déjà nuit et la neige fondue avait tourné à la pluie. Elles durent payer 3 livres à la barrière du péage.

« Dans le temps, on se garait pour rien dans les parkings des hôpitaux », observa sobrement sa grand-mère. Aucune d'entre elles n'ajouta quoi que ce soit.

*

Rachel et sa mère décidèrent de rester à Beverley pour Noël. Sa grand-mère ne voulait pas venir à Leeds, elle préférait être sur place pour aller voir son mari tous les jours, malgré le peu de plaisir qu'il semblait en retirer. Les trois femmes passèrent ainsi un Noël très calme, puisque Nick, le frère de Rachel, se trouvait à l'étranger – à Copenhague, si elles avaient bien compris, avec son amie actuelle qui devait être danoise. L'après-midi de Noël, elles allèrent visiter leur malade en lui apportant une boîte de chocolats et des fruits. Comme il ne voulut ni des uns ni des autres, elles donnèrent les chocolats à l'infirmière-chef, qui les mit avec deux boîtes semblables sous le sapin, dans le hall. La guirlande lumineuse de l'arbre clignotait sporadiquement, et l'infirmière de la réception avait apporté un CD célébrant Noël, avec des chants traditionnels et des chansons pop qui dataient d'avant la naissance de Rachel. L'endroit ne lui avait jamais paru aussi dépourvu de joie.

Se trouver dans la maison de ses grands-parents lui faisait un effet étrange, cette fois. Elle lui paraissait si petite ! Chez les Gunn, à Turngreet Road, elle s'était habituée à la hauteur des plafonds dans les pièces spacieuses et aérées. Et voilà qu'elle se sentait comme Gulliver, rentré de Brobdingnag et tâchant de se réaccoutumer aux proportions humaines normales. La nuit tombait terriblement tôt. À trois heures et demie, l'obscurité enveloppait le jardin, et, de retour de leur visite quotidienne au centre, elles tiraient les rideaux, prenaient un thé accompagné d'œufs, de haricots ou de toasts à la sardine, puis essayaient de repérer un programme un peu distrayant à la télévision. Les Gunn devaient se trouver quelque part dans les Caraïbes, elle imaginait Grace et Sophia en train de s'éclabousser en riant aux éclats dans un lagon turquoise, tandis que Madiana, allongée sur un transat à l'ombre d'un cocotier, sirotait des cocktails.

Elle envoyait régulièrement des textos à Jamie, qui passait les fêtes dans le Somerset avec ses parents. Livia était à Bucarest. Les heures défilaient lentement, les journées traînaient en longueur. Elles laissèrent passer la Saint-Sylvestre comme un jour ordinaire, sans la moindre festivité.

Il fallut deux semaines à Rachel pour obtenir un rendez-vous avec l'oncologue de son grand-père. Elle finit par le voir le premier lundi de janvier au matin. C'était un jeune quadra, grisonnant avant l'âge, brusque dans ses manières, pour ne pas dire fermé. Sans se montrer franchement désagréable, il laissa paraître que ce rendez-vous était pour lui une corvée. Il connaissait très bien l'existence du médicament dont elle lui parlait, et la première question qu'il lui posa fut la suivante : « Vous n'êtes pas sans savoir que le cétuximab est une thérapie extrêmement onéreuse ? »

À vrai dire, elle n'avait pas envisagé l'aspect financier du traitement.

« Vous voulez dire que le médicament n'est pas remboursé ?

— Il l'est dans certains cas, si. Mais il faudrait qu'on en fasse la demande par le Cancer Drugs Fund.

— Et c'est possible ?

— Je ne suis pas sûr d'avoir des arguments décisifs à faire valoir dans le cas de votre grand-père.

— Sinon, ça irait chercher dans les combien, le traitement ? »

Le médecin consulta quelques notes sur son bureau. « Le cétuximab est censé donner un IRT de 121 367 livres par AVQS gagnée.

— Vous pourriez me traduire ça en bon anglais, s'il vous plaît ? demanda Rachel après un silence abasourdi.

— IRT : indice de rentabilité d'une thérapie, AVQS : par année de vie à qualité satisfaisante. Notre système de sécurité sociale doit être très vigilant sur ses coûts. Pour le dire sans ambages, les années d'une vie humaine ne sont pas toutes estimées à la même valeur. La qualité de vie entre en ligne de compte. Or malheureusement, quel que soit le traitement choisi, la qualité de vie de votre grand-père ne pourra être que médiocre.

— Comment faites-vous le calcul ? demanda Rachel.

— Eh bien, il sera cloué à son lit, par exemple.

— Et alors ?

— En plus il est âgé.

— Mon amie aussi. La dame de ma connaissance qui prend ce médicament. Qu'est-ce que ça change ?

— Vous la connaissez bien, cette personne ?

— Non », dit Rachel, qui crut devoir avouer : « Je ne la connais pas, mais je connais la personne qui promène son chien.

— Ah, est-ce qu'elle est très à l'aise, par hasard ?

— Oui, elle l'est. Et alors ?

— Eh bien, il est possible qu'elle paie le traitement sur ses fonds propres, c'est tout. » Il s'efforça de lui sourire de façon encourageante. « Écoutez, je vais faire une demande. Ça va prendre quelques semaines, mais on verra bien. »

11

Lorsqu'elle retourna à Chelsea au lendemain du Nouvel An, Rachel découvrit que la maison de Turngreet Road avait beaucoup changé. Les travaux de conversion du sous-sol avaient repris ; en façade et côté jardin, le chantier bruissait d'activité.

Il bruissait même beaucoup. L'engin de battage placé dans ce qui était hier le jardin avait repris du service, et toute la journée Rachel avait son bam-bam-bam dans les oreilles. Le sol tremblait à chaque impact. Et puis, de la fenêtre de sa chambre, elle voyait désormais la fosse, qui béait aux yeux du monde, ou en tout cas des maisons voisines, plaie ouverte et purulente dans le paysage. Elle lui semblait d'une profondeur insondable. Outre les nombreuses échelles fixées à ses flancs, il y avait un monte-charge industriel avec une cage d'acier qui acheminait hommes et matériel au fond et les remontait ensuite. Des creuseurs miniatures avaient été descendus avec eux pour y faire leur œuvre de castors. On évacuait la terre excavée par un énorme convoyeur, et elle traversait le jardin en façade jusqu'aux bennes qui attendaient le long du trottoir.

Au vu des panneaux devant la maison, Rachel apprit que l'entrepreneur avait changé. Grierson Basements avait été remplacé par Nation Lloyd Sunken Interiors. La nouvelle équipe était roumaine et non plus polonaise. Le chef de chantier, Dumitru, personnage taciturne, la saluait poliment d'un signe de tête chaque fois qu'ils se croisaient, mais il n'avait rien à lui dire. Comme tous ceux de l'équipe, il avait le front soucieux en permanence, mais personne ne semblait plus angoissé que le chef de projet, Tony Blake. Il passait l'essentiel de la journée retranché dans le bureau de chantier à éplucher les plans, parfois même sans retirer son casque ; on le voyait émerger de temps en temps pour tenir avec Dumitru des conciliabules tendus, ou sonner à la porte de devant, dans l'espoir que Madiana veuille bien clarifier un point ou un autre de ses plans, qu'elle revoyait sans cesse, et sans cesse à la hausse.

Malgré le stress et la gêne que leur causaient les travaux, à elle et à tous ceux alentour, Rachel ne pouvait s'empêcher de plaindre Mr Blake. Lors des rares occasions où il s'extrayait de son bureau, il avait toujours l'air aux abois – elle avait peur que l'effondrement nerveux le guette. Un matin qu'elle rentrait de courses, elle le trouva devant la maison ; tremblant de tous ses membres, il arpentait la zone située entre le grand panneau et les marches du perron.

« Je vous apporte une tasse de thé, Mr Blake ? » lui demanda-t-elle.

Il retira ses mains posées sur ses oreilles à cause du vacarme incessant de l'engin de battage.

« Hein ? Comment ?

— Vous n'avez pas l'air très en forme. Une tasse de thé vous ferait plaisir ?

— Du thé ? Non merci. Je vais bien. Je vais très très bien. »

On ne l'aurait pas dit, avec son teint grisâtre et ses mains qui tremblaient.

« Je crois que je vais vous en apporter quand même, insista Rachel. Une bonne tasse de thé bien fort avec beaucoup de sucre. »

Il ne répondit rien, mais elle alla faire le thé dans la cuisine du personnel, et quand elle revint, il était rentré dans son bureau, installé devant une table de travail en contreplaqué couverte de dessins d'architecte, annotés et émaillés de graffitis dans des encres de couleurs différentes. Comme tout le reste du bureau, cette table était dans le plus grand désordre.

« Oui ? dit-il sans comprendre lorsqu'elle entra.

— Je vous avais promis que je vous apporterais du thé.

— Oh merci… Rachel, c'est bien ça ?

— C'est ça.

— Bon, écoutez, si vous êtes venue vous plaindre du bruit, qu'est-ce que vous voulez que j'y fasse ? On ne creuse pas un trou de cette taille dans un silence de cathédrale, voyez-vous.

— Je ne suis pas venue me plaindre du bruit, je vous ai apporté du thé parce que je trouvais que vous n'aviez pas l'air dans votre assiette. »

Elle dégagea un espace sur la table et y posa le

mug avec précaution. Il y avait deux sièges dans le bureau minuscule, mais il ne l'invita pas à s'asseoir.

« Vous… vous travaillez pour elle, hein ?

— Oui.

— Est-ce qu'elle est… » Il déglutit. « … complètement folle, d'après vous ? »

C'était la dernière question à laquelle Rachel s'attendait. « Lady Gunn, vous voulez dire ?

— Oui.

— Qu'est-ce qui vous fait penser une chose pareille ? »

Il aperçut enfin le mug, le prit, but une première gorgée pour goûter, puis une plus longue.

« J'ai travaillé sur plus de cinquante conversions de sous-sol. Plus de cinquante. Dans tout Londres. Mais personne ne m'a jamais demandé… quoi que ce soit de ce genre. Est-ce que vous savez… » Il la regarda en face, avec une urgence dans la voix. « Est-ce que vous savez à quelle profondeur nous descendons ?

— Je n'en ai aucune idée, mais c'est vrai que le trou paraît impressionnant quand même.

— Impressionnant quand même ? Impressionnant quand même ? Elle veut qu'on descende jusqu'à cinquante mètres. Plus profond que la plupart des stations de métro.

— Et c'est techniquement possible ? Vous ne risquez pas de vous trouver au niveau de l'eau tôt ou tard ? Ça ne va pas déclencher une inondation ?

— Oh, il y a longtemps que cette difficulté est réglée. On a installé trois énormes pompes qui fonctionneront vingt-quatre heures sur vingt-quatre. Tout est possible, en fait, voyez-vous. C'est bien le problème, d'ailleurs. » Il prit son mug et but une gorgée de thé, les yeux dans le vague. « Les gens dont nous prenons la relève ont jeté l'éponge, vous savez. Ils n'en pouvaient plus. Et il y a eu un mort. Vous m'entendez ? Un mort.

— Oui, je suis au courant.

— Elle s'en fiche. Ça n'a absolument rien changé.

— Cinquante mètres, c'est l'équivalent de combien d'étages ?

— Tout dépend de la hauteur des étages, bien entendu. Et elle ne cesse de changer d'avis sur cette question aussi. Mais pour l'instant, nous en sommes à onze.

— Onze ? Qu'est-ce qu'elle peut bien vouloir en faire ?

— Ça aussi, ça change tout le temps. Elle vient de me donner une série de nouvelles instructions. Il y a dix minutes. Tenez, regardez. Il serait bon que vous compreniez avec qui nous travaillons. »

Rachel s'assit enfin et rapprocha son siège de celui de Mr Blake. Il farfouilla dans les papiers étalés devant lui, et finit par trouver celui qu'il cherchait. L'excavation y était représentée sous la forme d'une longue colonne, divisée en onze sections distinctes, dotées chacune d'un nom et d'un numéro.

« Voilà le niveau moins un, dit-il. C'est là qu'ils garent leurs voitures, comme vous savez. Et là, c'est le niveau moins deux, qui sera la salle de jeux des enfants, avec une allée de bowling homologuée. Au-dessous, la salle de projection. Puis le gymnase. Et ensuite, nous avons la *pièce de résistance**, la piscine. Qui occupera trois étages.

— Trois étages ? Pourquoi ?

— Parce qu'elle veut un plongeoir. Un grand. Et des palmiers. Des palmiers ! » Il éclata d'un rire à la limite de l'hystérie. « Il va falloir qu'on fasse rentrer des palmiers ! » Bientôt, il tremblait de nouveau. Mais quelques gorgées de thé lui rendirent son calme et il désigna le niveau inférieur. « Là, nous en sommes au moins huit. C'est la cave à vin, avec thermostat, bien entendu. Le neuf, c'est le coffre-fort. Sécurisé. L'ascenseur commun ne s'y arrêtera pas, on y accédera par un ascenseur spécial. Au niveau moins dix, eh bien, petits veinards, c'est là que vous allez habiter. Appartements du personnel.

— Vous voulez dire qu'on n'habitera plus la maison ?

— Non, pas dans sa partie supérieure. Vous pourrez dire adieu à la lumière naturelle quand les travaux seront achevés.

— Soit, dit Rachel. Et celui-là ? » Elle montrait le niveau le plus bas sur le schéma. « Au moins onze, qu'est-ce qui est prévu ?

— Au onze ? » Il se mit à rire. « C'est celui dont elle m'a parlé ce matin. C'est nouveau, ça vient de sortir, le onze.

— Alors ? Qu'est-ce qu'il y aura ?

— Rien. Elle ne voit pas ce qu'elle pourrait vouloir y mettre. »

Rachel fronça les sourcils. « Mais pourquoi le creusez-vous, alors ? Pourquoi le veut-elle ?

— Elle le veut parce qu'elle peut l'avoir. Parce qu'elle en a les moyens. Et puis parce que, je ne sais pas, parce que personne n'a onze niveaux de sous-sol. Ou bien parce qu'elle a entendu dire que quelqu'un en a dix, alors elle en veut un de mieux. Qui sait ? Elle est folle, ces gens sont des furieux. » Il jeta un dernier regard au dessin, et désigna de nouveau le niveau moins onze d'un doigt tremblotant. « La preuve. »

12

De : Val Doubleday
À : Rachel Wells
Objet :
23/01/2015 21:55

Chère Rachel,
J'ai l'intention de t'écrire depuis que je t'ai revue, il y a deux mois, mais ce que j'ai à dire ne se dit pas facilement.
Mais bon, je ne vais pas tourner autour du pot. J'aurais aimé t'écrire que j'avais été ravie de te revoir mais, tu l'as bien remarqué, j'étais beaucoup trop gênée pour me réjouir. Pour parler franc, je me suis sentie totalement humiliée. Tu l'as compris de toute évidence, je n'étais pas venue chercher un colis pour une voisine âgée, je n'ai pas de voisine âgée. Il était pour moi, le colis.
C'est vrai, oui, on m'a vue à la télévision il y a quelques années ; j'ai participé à une infecte émission de téléréalité sauf que mes gains n'ont pas fait long feu. Le plus gros est passé dans le remboursement de mes dettes et puis j'ai claqué le reste comme une imbécile pour enregistrer des maquettes qui n'intéressent personne et ne m'ont

menée nulle part. Pendant un temps, j'ai travaillé dans une bibliothèque, mais les horaires se sont réduits comme peau de chagrin et, à la fin, il y a eu un plan social (un plan social, expression suave ! Voilà que je parle comme eux). Après mon passage à la télé, on m'a diagnostiqué un syndrome post-traumatique, ce qui m'a valu des indemnités maladie, mais à part ça je vis des allocations chômage et de l'aide sociale. Ç'a été dur, cet hiver surtout, c'est tout juste si je me suis autorisée à allumer le chauffage. Pourtant c'était la première fois que j'allais dans une banque alimentaire et, grâce à toi, ce sera la dernière.
Enfin bon, je ne voulais pas te parler de moi, je voulais te parler d'Alison. Je t'ai dit qu'elle « tenait la pleine forme », encore un mensonge. J'aurais mieux fait de te dire qu'elle « tirait de la taule ferme », pardon pour la fausse contrepèterie, mieux vaut en rire ! Elle est incarcérée à Eastwood Park dans le Gloucestershire ; elle a pris vingt-six semaines pour fraude aux allocations. Officiellement vingt-six, mais elle n'en fera que treize, ce qui veut dire qu'elle sortira dans quelques semaines. Je ne vais pas te raconter toute l'histoire, mais en gros elle s'est fait épingler par cette garce de journaliste qui s'appelle Josephine Winshaw-Eaves et qui a écrit un article assassin sur elle. (Tu trouveras le lien ci-dessous.) Ça s'est passé il y a plus d'un an, un vrai cauchemar. Le jour où je t'ai rencontrée, elle était sur le point de commencer sa peine. Bien sûr, je lui ai dit que je t'avais vue et elle m'a fait jurer de ne pas t'en parler, seulement depuis la semaine dernière j'ai l'impression qu'elle a changé d'avis. Et si tu as envie de lui rendre visite, je crois que ça lui fera plaisir. Tu peux réserver un parloir en ligne, et je vais te mettre ce lien-là aussi en fin de mail. Mais j'imagine qu'entre une chose et l'autre tu as beaucoup à faire.
Je dois dire que je t'ai trouvé bonne mine, Rachel. Il faut

croire qu'Oxford t'a réussi. Mais je ne comprends toujours pas ce que tu faisais à travailler dans cet endroit. Tu me raconteras ? Ça me ferait plaisir de revoir ta maman. Je repense souvent à ce voyage dingue qu'on avait fait à Corfou, elle et moi, il y a quoi, dix ans ? Le bon temps.
Bises,
Val

*

L'ART, LA FAUSSAIRE ET LES ALLOCATIONS

La lesbienne noire handicapée qui vivait de l'aide sociale n'était autre qu'une lesbienne noire handicapée FRAUDEUSE

PAR JOSEPHINE WINSHAW-EAVES

Alison Doubleday est l'archétype, le modèle même de ces gens qui considèrent que tout leur est dû. Le type de personne que les instances de la gauche progressiste assistent avec dévotion.

Ayant souffert de la jambe gauche dans son adolescence, elle s'en est fait poser une toute neuve, à la pointe de la technologie médicale, par le personnel aux petits soins de l'hôpital public de Birmingham – ville où elle ne résidait que depuis quelques semaines, soit dit en passant.

Dès qu'elle a pu prétendre à une pension d'invalidité, elle s'est empressée d'en faire la demande, et elle la perçoit depuis. Cette indemnité vient s'ajouter à une aide au logement qui lui est versée pour un petit bijou de quatre pièces qu'elle partage avec sa compagne Selena, dans le quartier tendance d'Acocks Green.

Aucune des deux femmes ne travaille. Elles vivent l'une comme l'autre des allocations chômage. Et pourtant Alison a un métier – et un métier qui rapporte !

Car cette soi-disant artiste a converti l'une des

chambres de son appartement en atelier. C'est là qu'elle crée ses portraits dits « politiques » de SDF.

Elle fait poser ses modèles des heures durant dans des attitudes qui rappellent celles des grands portraits de monarques européens par Titien ou Van Dyck.

« Dans mes tableaux, j'essaie de donner à ces déshérités la dignité et la grandeur des rois et des reines de jadis », déclare-t-elle.

Faut-il le dire, alors que des artistes talentueux mais au travail moins racoleur moisissent dans l'anonymat, on s'arrache les portraits d'Alison chez les Grands Initiés de Londres.

Lors d'une exposition privée de ses toiles chez Reck-tall Brown, galerie branchée de Hoxton, le prix de ses tableaux a pu atteindre 20 000 livres. Beaucoup se sont vendus comme des petits pains chez ces amateurs gauche caviar et autres chatteurs distingués.

Et quelle part de ses gains notre artiste engagée a-t-elle déclarée au fisc pour redistribution aux malades et aux sans-logis ?

Vous avez gagné ! Zéro, zéro pointé !

Alison, fille de Val Doubleday, elle-même chanteuse ratée et épave de la téléréalité, n'a pas souhaité s'exprimer lorsque nous l'avons sollicitée. Quelle surprise…

13

Faustina et Jules étaient originaires de Majuro, la plus vaste des îles Marshall, poignée d'atolls coralliens au nord de l'équateur dans le Pacifique. Ils travaillaient pour les Gunn depuis un peu moins de deux ans.

Ils étaient réservés, gentils et ne se plaignaient jamais. Si le style de vie de Sir Gilbert, Madiana et leur famille leur semblait insolite, ils n'en disaient rien. Ils s'acquittaient de leurs charges respectives avec un soin exemplaire. Faustina veillait à ce que les jumelles soient propres et agréables à regarder en toutes circonstances mais aussi qu'elles se restaurent à intervalles réguliers. Pendant ce temps, Jules remplissait la même fonction auprès des voitures. Ils sortaient rarement goûter aux distractions que Londres aurait pu leur offrir car ils économisaient tout ce qu'ils pouvaient sur leurs salaires. Le soir, ils s'installaient à la cuisine pour regarder la télévision et tenter de décoder les subtilités de la culture britannique à travers son filtre. Comme Rachel, comme le reste du pays, comme le reste du monde aurait-on pu croire, ils étaient tout spécialement passionnés par *Downton Abbey*, série à gros budget sur ITV déclinant splendeur et misères de la famille Crawley dans l'Angleterre post-édouardienne. Ils n'en rataient jamais un épisode et, une fois par semaine, ils s'abandonnaient au message discret, insistant et infiniment rassurant véhiculé par la superproduction qui présentait comme un axiome l'existence d'une classe de maîtres et d'une classe de domestiques. Étant bien entendu que celle des maîtres, surtout, aurait à cœur de se conduire de façon exemplaire et que, malgré une hiérarchie intransgressible, il n'était pas exclu que les deux mondes entretiennent des sentiments de camaraderie et des contacts respectueux et amicaux. Le dimanche soir, donc, Faustina et Jules n'allaient pas se coucher sans cette piqûre de rappel : tel était l'ordre naturel et immuable des choses, tant dans le Londres de 2014 que dans l'entre-deux-guerres troublé. Leur arrivait-il de se poser des questions sur l'absence de camaraderie et de contacts amicaux dans leur relation avec Sir Gilbert et Madiana, Rachel n'aurait su le dire.

Le soir, la télévision éteinte, la maison devenait silencieuse. D'ailleurs, Rachel s'aperçut bientôt que cette partie de Londres était caractérisée par les deux extrêmes du silence et du bruit. Le jour, la pollution sonore causée par les travaux était assourdissante, alors que, la nuit, un calme profond et comme surnaturel descendait sur tout le quartier. La plupart des demeures avaient été achetées à titre d'investissements. On y vivait très peu et, à la tombée de la nuit, le silence et le désert des rues avaient de quoi surprendre. L'une des choses qui impressionnaient le plus Rachel chez ces riches qu'elle découvrait peu à peu, c'était leur faculté de disparaître. Elle en avait parlé à Jamie, un jour qu'ils discutaient de sa thèse sur les « invisibles » dans cette nouvelle ère d'austérité. « Mais tu ne devrais pas te limiter à parler des pauvres, les riches aussi savent se rendre invisibles. »

Rachel et Jamie se voyaient deux ou trois fois par semaine, les jours variaient, mais ils se réservaient le dimanche. Le dimanche, ils se retrouvaient pour partager un petit déjeuner tardif ou un déjeuner précoce, avant d'aller visiter une galerie ou un musée, ou encore voir un film dans un cinéma Curzon ou au British Film Institute. Jamie plaisait beaucoup à Rachel mais elle le sentait très absorbé par son travail et, de son côté, elle n'était pas encore prête à une relation sérieuse ; ses expériences des derniers mois lui avaient fait réaliser qu'il lui restait beaucoup à apprendre, non seulement sur le monde en général, mais sur elle-même. Si bien qu'ils prenaient leur temps.

Un dimanche de janvier, en fin de matinée, alors qu'elle sortait le retrouver dans un pub de Little Venice, le mobile de Rachel se mit à sonner et elle vit s'afficher le nom de Madiana sur l'écran.

« Rachel ? dit la voix de celle-ci, neutre et impérieuse à la fois. Les petites ont besoin de vous. Il faut que vous veniez tout de suite.

— Euh, bien sûr, dit Rachel, consternée. De quoi s'agit-il ?

— Vous ne m'aviez pas dit qu'elles avaient un examen de maths demain matin.

— C'est-à-dire… ce n'est qu'une petite interrogation écrite, pas un examen.

— Mais elles ne comprennent RIEN à ces équations. Il va falloir que vous veniez les leur expliquer.

— D'accord. » Selon toute vraisemblance, elle devrait les rejoindre au cottage. « Où êtes-vous ? Où voulez-vous que je vienne ? »

Information prise, Sir Gilbert, Madiana et les jumelles n'étaient pas au cottage, ce week-end, ils étaient à Lausanne.

Elle y fut en moins de trois heures. Jules la conduisit à l'héliport de Battersea. Elle envoya un texto à Jamie depuis la voiture pour le prévenir qu'elle avait un contretemps. Un hélicoptère l'emmena dans un aérodrome privé à la périphérie d'Oxford, où un Learjet l'attendait pour la transporter en Suisse.

C'était la première fois qu'elle prenait l'avion privé de Sir Gilbert ou de qui que ce soit d'ailleurs, et le vol lui parut voluptueux à souhait. Elle alla se servir une salade César à la cuisine du bord, et l'arrosa avec une bouteille de Peroni bien fraîche. Ensuite, elle s'affala dans l'un des vastes fauteuils club moelleux, lisses et rembourrés et tua le temps en feuilletant des numéros sur papier glacé de *Vogue* et de *Tatler*. Elle se rappelait ce que Frederick Francis lui avait dit lorsqu'ils se dirigeaient vers Soho dans la Mercedes. « Tout le monde devrait rouler dans une voiture comme celle-ci au moins une fois. Ça donne un but à atteindre dans l'existence. » Un de ces jours, tôt ou tard, tôt sans doute, elle allait quitter les Gunn, après quoi elle ne connaîtrait plus jamais un tel luxe. L'atterrissage risquait d'être brutal…

Les quatre-vingts minutes du vol passèrent trop vite. Ils se posèrent à trois kilomètres du centre-ville, sur un autre petit aérodrome. Un chauffeur l'attendait, et la conduisit au Beau-Rivage Palace, où Madiana et le reste de la famille étaient en train de déjeuner. Leur groupe occupait deux tables, l'une pour les enfants, où Grace et Sophia avaient été rejointes par deux garçons et une fille de leur âge, et l'autre pour les adultes, où Sir Gilbert et Madiana étaient assis en compagnie d'un autre couple, d'un homme que Rachel ne connaissait pas, ainsi que de l'inévitable Frederick Francis, qui lui fit un petit signe de connivence auquel elle s'abstint de répondre, tandis qu'un serveur la menait vers eux. Les deux tables donnaient sur la terrasse pour l'instant déserte et le lac Léman. Dans le mobilier du restaurant et la conversation feutrée des autres clients, il régnait une atmosphère d'élégance froide et aseptisée.

« Rachel, que c'est aimable à vous d'être venue nous rejoindre, dit Madiana en se levant à moitié de son siège pour lui serrer la main. Vous êtes avec les enfants. Commandez ce que vous voulez. Tous leurs livres sont prêts, voyez si vous arrivez à comprendre quelque chose à ces fichues équations. »

Ainsi écartée de la grande table, Rachel prit place à côté des jumelles et parcourut la carte. Le restaurant pouvait se flatter d'avoir deux étoiles Michelin mais, au lieu de langoustines à la plancha ou de canard de Challans au confit de betteraves, tous les enfants avaient pris des cheeseburgers-frites.

Elle commanda des raviolis au fromage à fondue sans trop réfléchir, et s'intéressa aux maths. On avait simplement demandé aux filles de réviser des équations linéaires sans difficultés particulières, et il ne lui fallut pas plus de dix minutes pour les amener à jongler avec. Elle leur en proposa cinq ou six de plus pour les tester ; l'une comme l'autre eurent tout juste. Mission accomplie, conscience tranquille, elle acheva de déjeuner sans rien dire en contemplant le lac et en écoutant le bavardage contraint des enfants. Les deux garçons et leur sœur venaient d'une famille suisse, et parlaient un mélange d'anglais parfait et de français non moins parfait, mais ils n'avaient pas grand-chose à dire aux jumelles Gunn qui, de toute façon, s'intéressaient davantage à leurs iPhones.

« Alors, les filles ont fini leurs maths ? s'enquit Madiana à la fin du repas.

— Oui, sans difficulté. Elles sont parfaitement au point pour demain.

— Très bien. Bon, Pascale nous invite chez elle pour le thé. » Rachel crut tout d'abord qu'elle était peut-être incluse dans ce « nous », mais la phrase suivante la détrompa. « Vous avez donc trois heures pour vous amuser. Le chauffeur viendra vous prendre ici, et vous rentrerez avec les filles et Mr Francis.

— Parfait, répondit Rachel. Est-ce que par hasard vous sauriez s'il y a un distributeur de billets près d'ici ? Je n'ai pas eu le temps…

— Oh, bien sûr, tenez, dit Madiana en lui tendant deux billets de 50 francs suisses. Nous ferons les comptes plus tard. »

Rachel la remercia, laissa un serveur lui enfiler son manteau, et sortit faire connaissance avec les rues de Lausanne.

*

Elle marcha près d'une heure, le long des berges du lac d'abord puis sur les grands boulevards quasi déserts du centre-ville, qui lui parut moderne et confortable mais sans âme. Lausanne avait beau être beaucoup plus près de Londres que le parc Kruger, et le temps qu'il faisait on ne peut plus britannique, c'est-à-dire gris et frisquet, elle se sentait tout aussi désorientée par cette transplantation abrupte dans un pays qu'elle ne s'attendait pas à découvrir. Elle aurait volontiers appelé Jamie pour entendre sa voix familière mais, ne sachant pas trop ce que coûterait la communication, elle n'en fit rien.

Dix minutes plus tard, ses déambulations l'amenaient avenue des Bergières, où elle fit halte devant un musée. Sous les dehors d'une modeste maison particulière, en face du palais de Beaulieu, celui-ci promettait à ses visiteurs une collection d'Art brut. C'était la première fois que Rachel rencontrait ce terme, mais son attention fut attirée par les affiches de la façade, qui représentaient des animaux bizarres et des paysages grotesques aux couleurs magnétiques. Elle s'aventura dans l'exposition après avoir tendu l'argent du billet et pris un dépliant où le conservateur avait rédigé la note suivante : « En 1945, Jean Dubuffet décide de désigner sous le nom d'Art brut les créations d'autodidactes travaillant hors de tout cadre institutionnel, sans tenir compte de règles ni de considérations artistiques. Ces gens sont pour la plupart des solitaires qui vivent en marge de la société, parfois internés dans des hôpitaux psychiatriques. »

Malgré cette définition, elle était loin d'imaginer les surprises, l'extrême diversité des œuvres et les révélations inquiétantes que le musée lui réservait. Pendant l'heure et demie qui suivit, elle se promena dans un monde onirique, un chaos de visions surréalistes et de représentations cauchemardesques. Des silhouettes humaines difformes étaient esquissées d'une main minimaliste et primitive. Des créatures hallucinatoires mi-humaines mi-animales se cabraient sur des feuilles de papier intégralement noircies de fragments de texte microscopiques dont seul l'artiste pouvait sonder le sens. Des toiles pointillistes aux couleurs exubérantes et aux détails extravagants mettaient le spectateur au défi de savoir s'il avait sous les yeux une œuvre tout à fait abstraite ou au contraire figurative pour qui saurait en déchiffrer les codes. Des slogans politiques bizarres côtoyaient des nus difformes, des faces d'un réalisme hideux, bricolées avec des matériaux de récupération, coraux, coquillages. Une sculpture terrifiante de tête d'animal était ainsi dotée de vrais crocs noircis et d'une corne acérée, visiblement meurtrière, en haut de son mufle allongé. Il y avait un artiste dont l'œuvre consistait exclusivement en lettres de réclamation et de contentieux, écrites sur de grandes feuilles de papier sans marges en pattes de mouche têtues, les mots se chevauchant et s'étouffant les uns les autres jusqu'à créer (disait le catalogue) une impression de « logorrhée graphique ».

Il devait y avoir des visiteurs pour qui ces productions sentaient la camisole de force. Pour Rachel, au contraire, elles étaient tout aussi logiques et sensées que ce qu'elle avait vu au cours des quatre derniers mois. Elle se sentit profondément chez elle, d'emblée.

Le musée abritait une collection permanente, mais il y avait aussi une exposition temporaire dans la partie arrière du bâtiment. Cet espace était consacré pour l'heure au « Bestiaire » d'un artiste barcelonais nommé Josep Baqué.

Baqué avait passé sa jeunesse nomade entre Marseille, Düsseldorf et l'Avesnois – où il sculptait des pierres tombales, entre autres choses – mais il était rentré à Barcelone en 1928 pour y exercer durant les quarante ans qui lui restaient à vivre le métier d'agent de la circulation. Pendant cette période, on savait qu'il faisait des dessins, dont certains étaient recherchés par les collectionneurs, quoique, « *modeste jusqu'à l'excès** », il refusât de les vendre. Cependant, personne ne mesura sa productivité jusqu'à sa mort, en 1967, où sa famille découvrit 1 500 dessins de tous formats et de toutes formes. Presque tous représentaient des animaux fabuleux ou semi-fabuleux, rendus en couleurs vives et d'un pinceau rudimentaire avec un souci du détail qui confinait à l'obsession. Il avait peint des dragons, des lézards, des créatures mi-chevaux mi-flamants, des serpents de mer, des tortues, des poissons multicolores, le regard hanté par la tristesse tous tant qu'ils étaient ; il avait peint de drôles d'insectes, des scarabées aux ailes de papillons, des millepattes aux lèvres rouges et lippues découvrant leurs dents d'hydre. Et puis, il avait peint des araignées.

Elle était sur le point de quitter le musée, recrue d'émotions diverses, lorsqu'elle tomba sur les araignées de Josep Baqué. Ce fut un choc : elle les connaissait, ces araignées. Depuis plus de dix ans, partout où elle allait, elle emportait avec elle la carte à jouer donnée par Phoebe, la « Folle à l'Oiseau », au pied de la tour noire, à Beverley. C'était la carte qu'Alison avait découverte dans les bois un soir, et dont Phoebe avait donné le double à Lu en cet été 2003 si lointain. Elle représentait une araignée, que Rachel avait toujours trouvée affreuse : debout sur ses pattes de derrière, elle levait celles de devant d'un air farouche, comme le boxeur qui provoque son adversaire au combat. Or elle était là. En tout point semblable. Comment était-ce possible ? Comment cette illustration morbide à vomir, que le catalogue datait de la manière la plus approximative « entre 1932 et 1967 », avait-elle pu se retrouver dans un jeu de Pelmanism ayant appartenu aux parents de Phoebe ? Mystère. Et pourtant, la preuve était là. Rachel regardait la peinture, encadrée, numérotée, étiquetée, accrochée au mur d'un musée en Suisse, où un concours de circonstances improbable l'avait menée, et elle comprenait qu'elle était en train de contempler une des icônes-clés de son passé. La carte trouvait sa place au milieu de toutes les autres œuvres qui lui apparaissaient aujourd'hui comme de purs cris d'angoisse ; des cris d'une beauté terrible, jaillis de la pauvreté et de l'isolement des déshérités.

« Ces gens n'avaient rien, c'est ça qui est stupéfiant », dit-elle à Frederick dans l'avion du retour, où elle continuait d'étudier le volumineux catalogue illustré. Les reproductions ne rendaient pas justice aux originaux, mais elle était médusée non pas tant par les illustrations que par la biographie de ces différents artistes. Ainsi, Fernando Nannetti, électricien à Rome, victime sa vie durant d'hallucinations et de délire de persécution, qui n'en avait pas moins produit une œuvre considérable, gravée à la main sur les murs de son hôpital psychiatrique. Puis Joseph Giavarini, le « prisonnier de Bâle », qui avait abattu sa maîtresse d'un coup de fusil, et qui avait passé la durée de sa peine à fabriquer de merveilleuses statuettes en mie de pain mâchée, faute d'autre matériau à sa disposition. Ou encore Marguerite Sir, fille de paysans du sud-est de la France, persuadée à l'âge de soixante-cinq ans qu'elle en avait dix-huit et qu'elle était à la veille de se marier ; cette schizophrène avait consacré le reste de sa vie à créer et broder une somptueuse robe pour des noces qui n'auraient jamais lieu. Clément Fraisse, enfin, qui à l'âge de vingt-quatre ans avait tenté d'incendier la ferme familiale au moyen d'une liasse de billets enflammés représentant toutes les économies de la famille ; placé dans un asile, il avait vécu un an entre les murs d'une cellule de moins de deux mètres sur trois, qu'il avait décorée intégralement de sculptures d'une habileté et d'une précision prodigieuses. Au fil des pages, Rachel lisait une succession de récits du même ordre, enfermement à perpétuité, maladie incurable. « Ils n'avaient rien, et pourtant ils ont produit ces œuvres stupéfiantes, ils ont créé, ils ont donné, ils ont rendu ces beaux objets à la société qui leur avait tout enlevé. »

Freddie répondit par un vague grognement, il l'écoutait d'une oreille distraite : les pages affaires du *Sunday Times* mobilisaient son attention. Devant sa posture, son arrogance, son indifférence, Rachel fut soudain saisie d'une indignation véhémente.

« Ça fait une moyenne avec certaines personnes que je ne nommerai pas et qui ont tout mais ne rendent jamais rien.

— Épargnez-moi vos leçons de morale, dit-il d'une voix lasse en reposant enfin son journal. Pour votre information, Sir Gilbert, si c'est lui que vous visez, a déjà créé plus d'emplois que la plupart des gens n'en créeront leur vie durant. Il embauche, il paie des salaires, il dépense son argent dans des restaurants, des hôtels, des showrooms de voitures. Tout le monde en profite. Tout le monde.

— Ah oui ? Et pourtant c'est tout juste s'il paie des impôts. Grâce à vous.

— Vous parlez sans savoir.

— Oh, je commence à me faire une idée. Vous les suivez à travers le monde, vous leur donnez des petits papiers à signer, fonds de placement par-ci, compte offshore par-là. Vous déplacez leur argent pour le mettre à l'abri du fisc. Madiana possède probablement le statut fiscal de non-domiciliée. Je parie que la plupart des sociétés de Sir Gilbert sont à son nom. Je parie qu'il déclare le même niveau de revenus qu'une infirmière.

— Tout ce que nous faisons est parfaitement légal.

— Eh bien, la loi changera peut-être un de ces jours.

— Pourquoi changerait-elle ?

— Parce que les gens commencent à en avoir marre.

— Et donc, nous sommes à la veille du Grand Soir ? Le bon peuple se prépare à monter des barricades, il astique la guillotine ? Je n'en crois rien. Qu'on lui donne assez de barquettes cuisinées et de soirées télé à regarder des célébrités se faire humilier dans la jungle, vous verrez qu'il ne voudra même plus quitter son canapé, le peuple. Bien sûr que non, la loi ne va pas changer à brève échéance. Il se trouve que j'étais invité à une réception au Numéro 11, l'autre jour ; j'ai eu une longue conversation avec le Chancelier et je crois pouvoir dire qu'il a de tout autres priorités.

— Vous vous connaissez, si je comprends bien ?

— Par nos familles. Nos pères sont passés par la même école. »

Rachel leva les yeux au ciel. « Oh mon Dieu, rien n'a changé en cent ans, dans ce pays !

— C'est que le système fonctionne parfaitement.

— Que les riches soient riches, reprit Rachel, ça ne gêne personne. Seulement, il vient un moment où trop c'est trop. »

Freddie se mit à rire.

« C'est vrai, quel besoin ont-ils de creuser un sous-sol de onze étages ? Quel besoin avaient-ils de m'expédier par avion en Suisse alors que nous aurions fait le travail sans aucune difficulté ce soir, à la maison ?

— Une des choses qui me plaisent chez vous, Rachel, c'est la modestie. Je pense que vous ne mesurez pas quel atout vous représentez pour cette famille. Madiana vous a fait venir en avion à Lausanne pour montrer à Pascale, une des femmes les plus riches et les plus snobs de Suisse, que ses filles ont un professeur particulier qui accourt dès qu'elle claque des doigts. Il fallait l'entendre, au déjeuner, elle n'a pas cessé de parler de vous : et elle a fait des études de latin à Oxford, et elle a eu ses diplômes avec mention très bien.

— Mais il n'y a pas de diplôme de latin. J'ai fait anglais, moi. Et j'ai eu la mention bien.

— Alors bravo. Ça m'impressionne. Prenez une coupe de champagne pour arroser ça. »

Mais Rachel n'allait pas se laisser distraire à si bon compte. « La moitié la plus pauvre du monde possède autant que les quatre-vingt-cinq personnes les plus riches. Vous le saviez ?

— Bien sûr, que je le savais, dit-il avec une pointe d'impatience dans la voix. C'était dans tous les journaux il y a quelques mois. Cette statistique ne veut rien dire.

— Elle ne veut rien dire ? Elle ne vous donne pas à penser ?

— Elle me donne à penser que la moitié la plus pauvre du monde se débrouille bien mal.

— Ah oui ? » Rachel le dévisagea pour déceler une pointe d'ironie, car elle répugnait à croire qu'il pensait ce qu'il disait. Mais force lui fut de conclure que si. « Je ne vous comprendrai jamais, ni vous ni vos pareils. Quels sont vos plaisirs au fond ? Quel est le but de votre vie ?

— Je vais vous dire ce qui me branche, répondit Freddie en sortant légèrement de la question. Ces torrents de naïveté juvénile. Follement excitants. Avec l'accent du Yorkshire en prime, il n'y a pas plus sexy. » Il regarda autour de lui et lorgna vers les toilettes, à l'arrière de la cabine. « Allez, venez, c'est notre seule chance d'entrer au club du Septième Ciel. Dans un jet privé ! Une occasion pareille, vous ne la retrouverez pas de sitôt. »

Rachel lui rappela qu'il y avait des enfants à bord et, en bonne logique, elle alla passer le reste du vol à côté d'elles.

*

La Mercedes les attendait à l'héliport de Battersea. Chose inhabituelle, Faustina accompagnait son mari. Sur le trajet du retour, Rachel étant montée devant, et Freddie rentré chez lui en taxi, la gouvernante s'installa entre les petites sur la banquette arrière. Les bras passés autour d'elles, elle les serrait fort. Jules et elle étaient peu bavards. L'atmosphère était tendue, il flottait un malaise.

« Il y a quelque chose qui ne va pas ? » demanda Rachel lorsqu'ils arrivèrent à la maison. Tandis que Faustina entraînait les jumelles sur le perron, les poussant presque, Rachel et Jules passèrent par-derrière, comme d'habitude.

« Je vais vous montrer. »

Au lieu de prendre l'entrée de service qui desservait la petite cuisine, il précéda Rachel en haut des marches menant au jardin. Comme toujours, le terrain était encombré de matériaux de construction, et des barrières lumineuses entouraient l'énorme fosse.

Jules emmena Rachel devant le mur est, puis il lui désigna quelque chose, sur le sol. C'était un pan de bâche, qui recouvrait une vague forme animale.

« Mortimer, dit-il, laconique.

— Oh, nooon. » Rachel s'agenouilla et tendit la main vers le ballot inerte. « Pas Mortimer. » Sa voix se brisa, les larmes lui vinrent aux yeux.

« Touchez pas. Regardez pas. C'est affreux.

— Pourquoi ? Pourquoi ? Qu'est-ce qui s'est passé ?

— Il a été attaqué. On a entendu des bruits épouvantables dans le jardin, et le temps qu'on sorte, il était mort.

— Mais qu'est-ce qui a bien pu l'attaquer ? Un renard ? Non, il aurait eu le dessus contre un renard…

— Plus gros qu'un renard, sûrement. Regardez pas ! »

Rachel était sur le point de soulever la bâche malgré elle.

« C'est affreux. Sa tête, y en a plus. La moitié de son corps… y en a plus. Dévoré. » Il prit Rachel par le bras et l'aida tout doucement à se relever. « Venez. Rentrez à la maison boire un verre. On attendra demain matin pour le dire aux filles. »

14

Par la suite, Rachel expliquerait aux médecins que c'était ce jour-là, le jour où elle s'était rendue à Lausanne, le jour où Mortimer était mort, que tout était parti à vau-l'eau, et que l'horreur avait commencé.

Le mardi, elle avait réservé un parloir pour rendre visite à Alison à la prison d'Eastwood Park.

C'était la première fois qu'elle se rendait dans une prison et elle ne savait pas du tout ce qui l'attendait. La maison d'arrêt se trouvait en milieu rural ; une fois descendue à la gare, elle fit tout un périple en bus avec des passagers dont la physionomie fermée ne réussissait pas à masquer l'appréhension. Le portail de la prison ressemblait plutôt à l'entrée d'une cité HLM. Rachel avait apporté toutes les pièces d'identité en sa possession, et elle avait bien fait car elle dut les montrer toutes pour avoir accès à la salle d'attente, où on la fit patienter vingt-cinq minutes avec les autres visiteurs jusqu'à ce qu'une sonnerie retentisse et qu'on les conduise au parloir.

Elle n'avait pas revu Alison depuis au moins

cinq ans. La fameuse semaine qu'elles avaient passée ensemble à Beverley, l'été 2003, lui semblait se perdre dans la nuit des temps. Son amie lui parut amaigrie, et elle ne lui avait jamais vu les cheveux aussi courts. Était-elle heureuse de voir sa vieille camarade… ce n'était pas flagrant. Le parloir était plein et les tables plus serrées que Rachel ne l'aurait imaginé. Au début, elles furent mal à l'aise l'une comme l'autre, leur conversation contrainte et limitée à des questions-réponses sur le quotidien en prison.

« On s'emmerde à un point, répétait Alison. Heureusement qu'on a la télé en cellule, sinon on deviendrait dingues. Et attention, si on te le permet c'est parce qu'il revient moins cher de te boucler que de te laisser dehors et d'avoir à te surveiller.

— Tu suis des cours, quelque chose ?

— Ouais, ils sont archinuls, mais ça occupe. J'en ai même *donné*, des cours – de dessin. Le pire, c'est le week-end. Ils nous bouclent à cinq heures et quart. Je te dis pas comme c'est déprimant. »

Rachel tendit la main par-dessus la table pour serrer celle de son amie.

« Ça me fait tellement plaisir de te revoir. Tu viendras chez moi, quand tu sortiras, d'accord ?

— Mouais… si tu veux, répondit Alison sans conviction.

— Évidemment que je veux. Tu m'as manqué. On n'aurait pas dû laisser passer tout ce temps. »

Après un instant d'hésitation, Alison observa : « Enfin, c'est pas vraiment ma faute. »

Rachel fronça les sourcils. « Qu'est-ce que tu veux dire ?

— Tu le sais, ce que je veux dire, répondit Alison en la défiant du regard.

— Attends, je t'ai écrit, je t'ai téléphoné, je t'ai envoyé des textos. Tu ne m'as jamais répondu. Pourquoi ?

— Pourquoi ? » Alison étouffa un petit rire incrédule. « Parce que… parce que… comment rester amie avec quelqu'un qui vous juge et vous condamne ?

— Moi ? Moi, je te juge et je te condamne ?

— Oui, toi. Tu m'as traitée de perverse, si j'ai bonne mémoire.

— Jamais de la vie.

— Tu l'as sous-entendu.

— Comment ça ? Comment est-ce que je l'aurais sous-entendu ? »

Alison baissa la voix, mais sans abandonner l'emphase qui était la sienne. « Tu m'as dit que l'inceste, j'adorerais. »

Rachel la regarda, ébahie, désarçonnée par cette allégation. « Et je t'aurais dit ça quand ?

— Quand je t'ai écrit que j'étais gay.

— Je ne comprends pas de quoi tu parles. Sincèrement. »

Alison se pencha en avant, plus insistante que jamais. « On venait juste de passer par Snapchat, tu te souviens ? Et je t'ai mis un message pour savoir si tu avais eu ma lettre.

— Exact. J'étais à Harewood House, avec mon frère.

— Alors tu m'as envoyé une réponse disant que "ça se passait au pieu" avec ton frère. »

Bras croisés, Alison attendait la réponse de Rachel.

Celle-ci se creusa la tête. Elle essaya de se replacer dans cette soirée avec son frère sur la terrasse de Harewood House, au coucher du soleil, à l'été finissant. Elle et Alison commençaient tout juste à se servir de Snapchat, et elle n'y avait que rarement eu recours depuis. Elle se revit écrire avec son index. Elle ne se rappelait pas mot pour mot le message qu'elle avait rédigé, mais l'ombre d'une explication lui vint. Bientôt un sourire flotta sur ses lèvres, puis s'élargit, s'élargit. Elle cacha son visage dans ses mains et se mit à se balancer d'avant en arrière, agitée de soubresauts. Au bout de quelques secondes, elle leva les yeux et dit : « Je crois qu'il y a une chance, une toute petite chance, que j'aie simplement écrit "ça se passe au mieux". » Voyant Alison sidérée, elle répéta : « Au *mieux*, Al, pas au *pieu.* Pourquoi j'aurais dit au pieu ? »

Elle regardait son amie, les commissures de ses lèvres tremblantes, un rire dansant dans ses yeux. Alison lui rendit son regard, elle n'en revenait pas. Le silence parut durer une éternité.

Puis Alison mit sa tête dans ses mains à son tour, et son rire fut si violent qu'il n'émit aucun son, secouant seulement son corps comme un séisme, un séisme sans fin. Quand son hilarité se calma et qu'elle fut en mesure de se redresser et de regarder Rachel bien en face, elle lui sourit, de son plus grand, de son plus beau sourire, un sourire plein d'affection et de chaleur, mais aussi de soulagement. D'un énorme soulagement. Elle se leva et, penchée sur la table, serra son amie dans ses bras longtemps, passionnément. « Oh, Rache, tu peux pas savoir quel bien ça me fait de te voir.

— Et à moi donc !

— Alors, plus jamais ça ?

— Plus jamais quoi ?

— On passera plus jamais par les réseaux sociaux quand on pourra se parler en direct ?

— D'accord, dit Rachel avec élan. Je trouve que c'est une bonne idée. »

Alison reprit sa place de l'autre côté de la table, rit encore et regarda autour d'elle, considérant ce morne décor institutionnel comme si elle le voyait pour la première fois, avec une forme de désespoir incontrôlé.

« Je la déteste, cette prison. Merci d'être venue, j'étais si seule ! Je sais, il ne me reste plus que deux semaines à tirer, mais ç'a été affreux, affreux. Dès que je sors, je vais trouver cette salope et, ma parole, je la déchire.

— Tu veux dire Josephine ? » Rachel baissa la voix. « Comment ça s'est passé, au juste, comment tu t'es retrouvée ici ?

— J'avais une copine, Selena. On était ensemble depuis deux ans, à peu près. C'est une fille adorable, mais pas toujours très futée. Un soir qu'elle avait décroché un job de serveuse pour un mégaévénement à Birmingham où Josephine était invitée, elles se sont mises à parler, je ne sais comment. De moi. Quand Josephine a appris que j'étais artiste, elle a proposé d'organiser une expo privée à Londres pour mes toiles. Selena ne m'a pas dit qui elle était, elle m'a simplement dit qu'un mécène avait eu le coup de cœur pour mon travail. J'aurais dû faire preuve d'un peu de bon sens, poser quelques questions. Seulement voilà, ça paraissait une occasion en or. Une chance pareille, j'en revenais pas.

« J'avais fait pas mal de portraits de SDF, que j'allais chercher dans les rues pour les peindre dans des postures de princes et d'empereurs. Je voulais parodier cet art au service du pouvoir qu'on ne reconnaît jamais comme politique malgré l'évidence. J'avais commencé quand j'étais à la fac. L'idée était simplette, quoi, mais je trouvais qu'elle fonctionnait. En tout cas, la galerie en question a été louée pour la soirée, et il s'est amené des célébrités, des huiles en tout genre. C'était rudement excitant, faut être honnête, même si j'en ai pas tiré grand-chose au bout du compte, financièrement. La plupart des toiles étaient autour de 500 livres et je n'en ai vendu que deux. Dans l'ensemble, les gens sont venus vider une coupe, et puis ils ont foutu le camp.

« Bref, je sais que j'ai déconné. J'aurais dû déclarer les deux ventes aux allocs. J'ai cru passer au travers, sans doute. On m'avait payée en liquide, et puis, tu sais, je ne m'étais fait que 900 livres. Pas un pont d'or, vu le coût de la vie, je me suis dit. J'en ai donné la moitié à ma mère parce qu'elle avait vraiment besoin de changer sa cuisinière qui donnait des signes de fatigue depuis l'hiver. Mais il n'en a pas fallu plus pour Josephine. J'ai eu droit à toute une tartine dans son canard.

— Je sais, je l'ai vu, ta mère m'a envoyé le lien.

— Là-dessus le juge a voulu faire un exemple, du coup j'ai pris le maximum. Et me voilà. »

Après ce récit, elles demeurèrent silencieuses un moment. Rachel n'avait pas le pouvoir d'arranger les choses. Elle ne pouvait que tendre la main pour serrer de nouveau celle d'Alison. Tout d'abord, celle-ci ne lui rendit pas sa pression, et les mots qu'elle prononça furent lents à venir, et hésitants.

« Il y a un avantage à être ici. Ça te laisse du temps pour penser. Surtout pendant ces foutus week-ends. Tu as beau regarder *Casualty* et *Pointless Celebrities*, les épisodes sont pas infinis. Alors j'ai beaucoup pensé à Josephine et à ce qui pouvait l'avoir poussée à me faire une crasse pareille.

— Vendre de la copie, dit Rachel en haussant les épaules.

— Bien sûr. Ses affaires s'en sont bien portées. Ma mère m'a dit qu'elle avait son espace, à présent. Un créneau hebdomadaire. Il faut croire que ça a plu à certains. Seulement pourquoi moi, tu vois ? C'est vrai que je coche toutes les cases de ce qu'elle déteste. Noire. Lesbienne. Handicapée. Au chômage. Alors d'accord, je percevais une pension d'invalidité, une aide au logement, c'est vrai, mais qu'est-ce que j'avais donc fait pour lui inspirer tant de haine ?

— Elle est sans doute… déjantée elle-même. Une enfance de merde, va savoir… »

Alison marqua un temps pour y réfléchir. « J'ai reçu des tas de lettres, après l'article.

— Des lettres de soutien, tu veux dire ?

— Une ou deux, oui, mais dans l'ensemble elles étaient virulentes. Elles prenaient le parti de Josephine. On me faisait des reproches. Ce que je veux dire, c'est que ce n'était pas tellement la fraude que réprouvaient ces gens, pas tant ce que j'avais fait. Non, ils me reprochaient plutôt d'être ce que je suis. Ce que je suis. » Elle sortit un kleenex et se moucha violemment. « Seulement ça, je n'y peux pas grand-chose, hein ? »

*

Mais Rachel n'était pas au bout de ses émotions, elle allait l'apprendre sur le chemin du retour.

Le train venait de s'arrêter en gare de Didcot Parkway et elle regardait par la fenêtre les tours de la centrale électrique en se rappelant le village de Little Calverton, et la chaumière de carte postale que Laura et Roger y avaient achetée, en rêvant d'inventer une enfance idéale pour leur fils. Pendant qu'elle se perdait dans ses souvenirs, son portable se mit à sonner et la tira de sa rêverie. Elle répondit : c'était Faustina, folle de douleur, qui parvenait tout juste à parler entre ses sanglots.

« Il est arrivé un accident… chez nous. »

Rachel mit un moment à comprendre que « chez nous » renvoyait aux îles Marshall, et elle mit plus longtemps encore à démêler ce qui s'était passé.

« Une bombe ? Dans son jardin ? Oh, Faustina, quelle horreur ! C'est incroyable. »

En jouant au jardin, la petite-fille de Faustina, qui avait six ou sept petits-enfants, avait trouvé une grenade vieille de soixante-dix ans. Les îles avaient servi de base militaire à l'armée américaine dans la campagne contre les Japonais pendant la Seconde Guerre mondiale, et il restait un peu partout un nombre considérable de mines qui n'avaient pas explosé. Dans l'ignorance de ses sept ans, l'enfant avait ramassé la grenade et l'avait lancée comme une balle de tennis ; l'engin avait explosé, la tuant sur le coup.

Le premier mouvement de Rachel fut de conseiller à Faustina et Jules de rentrer au pays tout de suite mais, prise d'un scrupule, elle demanda : « Qu'est-ce qu'en dit Lady Gunn ?

— On n'arrive pas à la joindre, expliqua Faustina. Je crois qu'elle est en avion. Pour New York. Elle doit organiser un bal de charité, elle a dit.

— Bon, mais je suis sûre qu'elle serait d'accord. »

Faustina précisa que le voyage était long et compliqué, avec au moins deux correspondances et deux escales, à Séoul, ou à Kuala Lumpur, ou bien à Manille. À supposer qu'ils décollent d'Heathrow le soir même, il leur faudrait dans les trente-six heures pour arriver. Les billets coûteraient une fortune et l'essentiel de leurs économies y passerait. Mais Rachel voyait bien qu'ils n'avaient pas le choix.

« Et les enfants ? objecta Faustina. Il faut que quelqu'un s'occupe de Grace et Sophia.

— Pas grave, je peux. Non, sérieusement, il suffit de les faire manger, de vérifier qu'elles se sont lavées et de les mettre au lit. Je m'en charge. Ne vous inquiétez pas. Allez faire vos valises, Faustina, préparez-vous à partir. »

Et en effet, lorsque Rachel arriva ce soir-là à cinq heures, la gouvernante et son mari étaient assis à la cuisine, leurs manteaux sur le dos, n'attendant plus qu'elle pour s'en aller. Elle les prit dans ses bras, embrassa Faustina avec émotion, et leur fit un bout de conduite à travers les décombres jusqu'à la porte du panneau. Elle les vit cheminer péniblement vers la station de métro la plus proche sur la Piccadilly Line ; ils se tenaient par la main et le poids de leur valise commune déportait légèrement Jules vers la gauche. Quand elle rentra dans la maison, elle la trouva plus silencieuse, plus vaste et plus solitaire que jamais.

Elle appela Madiana pour la mettre au courant de ce qui venait de se passer. À New York, c'était l'heure du déjeuner et Lady Gunn était manifestement attablée dans un restaurant bruyant. Rachel avait vaguement caressé l'idée, l'espoir absurde qu'elle vienne en personne s'occuper de ses filles pendant deux semaines, mais elle n'en exprima pas l'intention. Elle avait toute confiance en Rachel, lui dit qu'elle était un ange, et la gratifia d'autres termes à la limite de l'affectueux. Elle l'invita à occuper les deux parties de la maison pour la circonstance, et à faire comme chez elle.

*

Rachel composa le code de la porte magique sur le palier du deuxième étage, et elle traversa le miroir pour pénétrer dans le royaume enchanté mais fantomatique des Gunn, où vingt personnes auraient vécu à l'aise et qui n'était pour le moment occupé que par deux fillettes de neuf ans livrées à elles-mêmes.

De ce côté du miroir ne régnait pas un silence absolu. On entendait la télévision dans la salle de jeux des filles.

Elles étaient en train de suivre une redif de

Friends sur une chaîne satellite de comédies. L'un des personnages féminins expliquait à un personnage masculin où se trouvaient les zones érogènes de la femme, et la meilleure manière d'amener sa partenaire à l'orgasme. Grace et Sophia regardaient l'épisode avec une expression grave et impassible, mais il est vrai qu'elles riaient peu d'une manière générale.

« Excusez-moi d'être en retard pour vos leçons, leur dit-elle, mais je suis allée voir une amie à la campagne. Comme vous le savez sans doute, Faustina et Jules ont reçu de mauvaises nouvelles et ils ont dû retourner chez eux immédiatement. Ils ne vont probablement pas rentrer avant une quinzaine de jours. »

Là encore, elle aurait eu du mal à savoir si cette information les affectait vraiment. Rien ne paraissait les atteindre. Même l'annonce que leur chien avait été mortellement blessé ne semblait pas les avoir secouées outre mesure. Plus elle vivait avec ces étranges fillettes dépourvues d'émotions, plus elle avait l'impression d'avoir affaire à deux enfants du *Village des damnés*, le roman de John Wyndham.

« Je crois qu'on va oublier les livres pour le moment, en tout cas. Je descends voir si je nous trouve quelque chose à manger. »

Grace fit oui de la tête, et Sophia leva un pouce pour signifier son approbation. Rachel se retira donc et descendit à la cuisine des maîtres en se disant que ces gestes pourtant infimes représentaient déjà une petite victoire.

*

Les filles ne récriminèrent pas, ne se chamaillèrent pas ni avec Rachel ni entre elles, elles furent en somme de bonne volonté, mais les faire manger, s'assurer qu'elles prenaient leur bain puis leur lire une histoire au lit se révéla étonnamment fatigant. Rachel avait décidé de continuer à dormir dans sa chambre, mais elle avait veillé à bloquer en position ouverte les portes de séparation entre les deux domaines. Si les filles avaient peur, si quelque chose n'allait pas, elles n'auraient qu'à venir la trouver ou l'appeler par l'interphone. Il était presque dix heures lorsqu'elles furent enfin bordées et endormies. Rachel ne tenait pas en place. Elle monta et descendit à plusieurs reprises l'étroit escalier de bois au fond de la maison pour s'assurer que portes et fenêtres étaient fermées. Le départ précipité de Faustina l'avait fortement ébranlée, de même que le terrible sort de Mortimer. Deux jours, déjà. Qu'est-ce que Jules avait fait du corps ? Elle alla jusqu'à la fenêtre de sa chambre, l'ouvrit et s'y pencha pour regarder dans le jardin. Il ne l'aurait jamais laissé sur place. Le spectacle aurait été trop macabre.

En effet, le ballot canin avait disparu. Une brise légère se levait et un pan de bâche se mit à claquer assez fort. Elle espéra que le bruit n'allait pas l'empêcher de dormir. C'était un coin de la bâche qui recouvrait ou était censé recouvrir la fosse. Il avait dû se détacher.

Puis un autre bruit se fit entendre dans le jardin. Un fracas métallique, comme celui d'un seau renversé. Y avait-il quelque chose, là ? Faute de toute autre explication, Rachel n'avait pas abandonné sa théorie qu'un renard urbain plus gros que les autres et particulièrement téméraire était entré dans le jardin où il avait attaqué Mortimer. Elle tendit le cou davantage, et plissa les paupières pour apercevoir le mur du fond sous son manteau de lierre. Il faisait trop noir pour en être sûr, mais plus elle regardait, plus elle soupçonnait qu'il y avait bien quelque chose là-bas, une bête sauvage, tapie dans les ombres les plus profondes.

Ce fut alors qu'elle la vit. Elle surgit depuis le fond du jardin, crapahuta jusqu'au bord de la fosse, et disparut sous la bâche. Son corps était noir, affreusement boursouflé, ses mouvements ceux d'un insecte à n'en pas douter, et Rachel crut bel et bien voir des poils sur une de ses pattes de derrière quand elle se jeta dans la fosse et en dégringola les parois pour plonger au fin fond des ténèbres d'où elle venait.

15

« Le problème, évidemment, c'est que quand je suis là assise avec toi, à parler comme maintenant, tout me paraît tellement normal.

— Et pour cause. Tout est normal.

— Je sais. J'ai eu des visions. J'avais passé une journée vraiment stressante, j'étais fatiguée au-delà de tout… peut-être même que je me suis assoupie et que j'ai rêvé.

— Ça se tient, comme explication. En plus, tu venais de voir le dessin au musée, et tu étais allée regarder la carte donnée par ton amie il y a des années. Alors cette créature, ou une autre qui lui ressemble, elle te trottait dans la tête. »

Ce jour-là encore, Rachel et Livia prenaient un café au Lido, dans Hyde Park. Elles n'avaient pas voulu renoncer à leur amitié naissante pour la seule raison que Mortimer ne leur servait plus de prétexte. À vrai dire, plus que jamais, Rachel trouvait précieux le sourire de Livia, son équilibre, son heureux caractère, le calme qu'elle dégageait en toute circonstance avec ses conseils mesurés et sa voix grave et mélodieuse de violoncelle.

« Alors tu ne penses pas que je deviens folle ? lui demanda-t-elle avec un sourire qui cachait mal la sincérité de sa question.

— Bien sûr que non. Tu vis une période difficile. Il faut seulement que tu arrives à prendre les choses plus sereinement.

— On dirait que tout se déglingue en même temps. Les ennuis se succèdent en cascade. Ma grand-mère m'a appelée ce matin. Elle venait de recevoir une lettre de l'oncologiste.

— Oui ? Et qu'est-ce qu'elle disait, cette lettre ?

— Rien de bon. Il avait fait une demande au Cancer Drugs Fund pour obtenir ce médicament dont tu m'as parlé, mais ils ont refusé. Trop cher, il faut croire. Bizarrement, ça ne semble pas avoir posé de problème à ta cliente, la duchesse ou la baronne je ne sais quoi.

— Je suis désolée. Je n'avais pas réfléchi au prix que ça coûte. Oui, en effet, c'est une femme très riche, il se peut qu'elle ait payé de sa poche. Ce qu'il y a, c'est que je ne comprends pas toujours comment les choses fonctionnent dans ton pays. Alors je me renseigne. J'ai pensé que ce livre me serait utile. »

Elle tendit à Rachel le livre qu'elle était en train de lire, un gros bouquin d'un vert fané, sans jaquette, *L'Héritage Winshaw*, par Michael Owen.

« Je l'ai trouvé dans une boutique de charité. Les Winshaw sont une famille célèbre, en Angleterre. Le livre raconte leur histoire. Tu l'as lu ? »

Rachel secoua la tête. « Je devrais peut-être. Leur nom ne cesse de revenir un peu partout, ces derniers temps. Mon amie Alison s'est fait épingler par l'une d'entre eux, elle me l'a raconté pas plus tard que l'autre jour.

— Ah oui ? Par une femme de cette famille ? Laquelle ?

— Josephine. »

Les yeux de Livia s'étrécirent, des yeux couleur d'ambre, très singuliers.

« Josephine ? Ah oui, je la connais.

— Tu la connais ?

— Elle habite à côté d'ici. Pas loin de chez toi, d'ailleurs. Il m'arrive de promener son chien. Mais il y a quelques jours qu'on ne la voit plus.

— Elle jouit d'un repos bien mérité à Maurice ou dans un endroit de ce genre, sûrement.

— Je ne crois pas. La police la recherche. » Elle fourra l'ouvrage dans les mains de Rachel. « Tiens, je te le prête. S'il te plaît.

— Merci, mais je n'ai pas le cœur à lire, en ce moment.

— Si, prends-le. Il faut que tu saches qui sont ces gens. »

Cédant à l'insistance de Livia, Rachel feuilleta un instant les pages d'une main machinale, puis mit le livre dans son sac à dos. « D'accord, j'y jette un coup d'œil. Merci. Et puis merci d'essayer de m'aider par rapport à mon grand-père. J'ai mal de penser qu'il souffre comme ça. » Elle serra la main de Livia. « Tu es une vraie amie. Il n'y a pas beaucoup de gens comme toi dans ma vie en ce moment.

— Et avec ton copain, comment ça va ?

— Oh, ça va. Il essaie de finir un chapitre de sa thèse. Je n'ai pas l'impression qu'il ait beaucoup de temps à consacrer à autre chose.

— Bon, eh bien moi, je suis là pour toi. Et je peux m'occuper des enfants, si tu as besoin de décompresser. »

Rachel la regardait droit dans les yeux à présent ; elle avait honte d'être en train d'imaginer on ne sait quoi d'ambigu, de béant et d'indéchiffrable là où il ne fallait voir qu'une gentillesse sans arrière-pensées. C'était symptomatique de sa méfiance croissante envers autrui. Son emploi la rendait cynique et circonspecte. Elle détourna le regard et but son café, mal à l'aise.

*

Cet après-midi-là, elle alla chercher Grace et Sophia à trois heures et demie, comme d'habitude. Au moment où elles entraient sur le chantier de la maison, elles trouvèrent les ouvriers roumains au complet, rassemblés autour du bureau – cellule de crise, visiblement. Au milieu, Dumitru, le chef de chantier, semblait poser un ultimatum à Tony Blake. Les ouvriers suivaient l'affrontement d'un œil morose.

« Venez, vous deux, dit Rachel aux jumelles en les poussant sur les marches du perron. Ça ne nous regarde pas. »

Néanmoins, quand elle leur eut fait passer la porte et dit de se changer, elle redescendit aussitôt écouter la querelle. Mais déjà la réunion se dispersait. Dumitru retirait son gilet fluo et son casque ; il gesticulait en vociférant d'un air furieux et partit en trombe. Ses camarades lui crièrent quelque chose, sans doute de revenir, mais sa décision était prise, il démissionnait. Tony Blake, qui brandissait une bouteille vide, le regarda partir, lèvres serrées.

« Il a démissionné, c'est ça ? demanda Rachel à deux ouvriers qui se tenaient là.

— Ouaip, il est parti, dit le premier.

— Pourquoi ils se disputaient ?

— Il avait bu.

— Enfin, ça, c'est ce que dit Tony, rectifia son camarade.

— Tu l'as vue, la bouteille, ce matin elle était pleine de vodka.

— Tu le lui reproches ? Tu te verrais faire ce qu'il a fait ? Tu te vois, toi, mener une équipe dans ces conditions ? C'est de la folie. C'est dangereux. C'est pas un chantier, c'est une mine, ici. Tu te mettrais pas à boire ?

— D'accord, mais quand on commence à avoir des visions…

— Des visions ? répéta Rachel. Quel genre de visions ?

— Dumitru a dit à Tony qu'il ne voulait plus descendre dans la fosse. Il a dit qu'il avait vu quelque chose de maléfique, tout au fond. » Son camarade secoua la tête pour l'avertir de tenir sa langue, mais l'homme continua comme si de rien n'était. « Il paraît que quand on descend là-dedans jusqu'au niveau moins onze, il y a un tunnel. Ils l'ont découvert hier. Personne ne l'avait remarqué avant. Dumitru y est descendu, il a rampé pendant un moment, et puis il a vu…

— Il a rien vu du tout ! C'est un poivrot, ce type, et c'est pas d'aujourd'hui.

— Qu'est-ce qu'il a vu ? demanda Rachel.

— Il sait pas au juste. Il tenait sa torche pour éclairer devant lui, et puis tout d'un coup il a vu deux yeux. Qui le regardaient. Qui le regardaient dans le noir. »

Rachel crut que son cœur allait s'arrêter de battre. Elle articula avec effort : « C'était… un chat, peut-être ? Ou un chien qui serait tombé au fond, et qui aurait réussi à…

— D'après lui c'était beaucoup plus gros. Beaucoup, beaucoup plus gros. »

L'homme se tut. Qu'il ait ou non ajouté foi à cette histoire, il était clair qu'il n'avait plus goût à faire ce qu'on leur demandait dans cette maison. Son camarade en profita pour glisser :

« Dumitru n'a rien vu. Il était ivre. Il n'y a rien, là-dedans. C'est un grand trou dans la terre, voilà tout. »

16

De fait, Rachel était coincée. Rester dans cette maison la nuit l'angoissait mais il n'était pas question qu'elle parte puisqu'on lui avait confié les enfants.

Elle aurait tant voulu, plutôt, faire ses valises, prendre un train et aller voir son grand-père à l'hôpital. Tout portait à penser qu'il s'affaiblissait de jour en jour et qu'elle risquait de ne pas le revoir avant que le cancer finisse par l'emporter. Mais pas moyen de bouger. Elle devait rester à son poste, veiller sur les jumelles, monter la garde.

Une nuit, ne trouvant pas le sommeil, elle se leva vers deux heures et s'assit au petit bureau qui donnait sur le jardin. Comme toujours, et comme elle le faisait toutes les cinq minutes durant ses heures de veille, elle sonda l'obscurité du regard pour y détecter un mouvement autour de la fosse – mais rien. Les ouvriers avaient arrimé la bâche plus serré encore qu'auparavant.

Elle alluma la lampe de bureau et prit deux objets dans le tiroir du haut. L'un était le luxueux carnet à reliure en lin acheté à Venise par Lucas pour la remercier de l'avoir préparé à son entretien à Oxford, l'autre la carte de Pelmanism donnée par Phoebe l'été 2003, avec son dessin d'araignée qui ressemblait si mystérieusement à l'œuvre de Josep Baqué. Elle regarda celle-ci quelques minutes, comme elle l'avait fait tant de fois, avec un questionnement et un malaise profonds, durant les dix dernières années. Puis elle ouvrit le carnet et se mit à écrire.

*

Tel est le paradoxe : pour ne pas perdre la raison, j'en suis réduite à me dire que je deviens folle.

Car quelle serait l'autre hypothèse ? L'autre hypothèse serait de croire que la chose que j'ai vue l'autre nuit existe bel et bien. Or si je me laissais aller à le croire, il ne fait aucun doute que l'horreur même me ferait perdre la tête. Autrement dit, je suis coincée. Coincée entre deux voies, qui mènent l'une comme l'autre à la démence.

C'est le calme. Le silence, le vide. Voilà ce qui m'a réduite au point où j'en suis. Je n'aurais jamais imaginé qu'au cœur même d'une cité aussi vaste il se trouve une maison enclose d'un tel silence. Certes, depuis des semaines, il m'a fallu supporter le boucan des ouvriers qui travaillent à l'extérieur, sous la terre, et qui creusent, qui creusent, qui creusent. Mais c'est presque fini aujourd'hui, et puis le soir, une fois qu'ils sont rentrés chez eux, le silence descend. C'est là que mon imagination prend le pouvoir (tout se passe dans mon imagination, il faut que je m'accroche à cette idée) ; alors, dans l'obscurité et le silence, je me mets à croire que j'entends des bruits. D'autres bruits. Des grattements, des froissements. Le transit des entrailles de la terre. Quant à ce que j'ai vu l'autre nuit, ce ne fut qu'une apparition fugace, quelques secondes, une turbulence dans l'épaisseur des ombres au fond du jardin, suivie d'une vision de la chose elle-même, de la créature, mais qui ne saurait avoir d'existence réelle. Cette vision ne peut que renvoyer à un souvenir qui me hante, et c'est pourquoi j'ai décidé de plonger dans ma mémoire afin de voir ce qu'elle pourra m'apprendre, de comprendre le message qu'elle m'envoie.

Et puis, je prends la plume pour une autre raison tout aussi bonne et fort banale, à savoir que je m'ennuie, et c'est cet ennui et rien d'autre, bien sûr, qui m'égare et engendre ces chimères absurdes. J'ai besoin de m'occuper, de me fixer une tâche (que je croyais trouver, naturellement, en travaillant pour cette famille, mais mon emploi se révèle singulier, bien différent de ce à quoi je m'attendais). J'ai donc décidé que ma tâche serait d'écrire. Je n'ai rien tenté de sérieux dans ce domaine depuis ma première année à Oxford, alors même qu'avant de partir Laura m'avait dit que je devrais continuer, qu'elle aimait ce que j'écrivais, qu'elle me trouvait du talent. Ce qui, venant d'elle, m'importait beaucoup. M'importait au-delà de tout.

Laura m'a également dit qu'il est essentiel de s'organiser quand on écrit. Il faut commencer par le commencement, et tout raconter dans l'ordre. Comme elle l'a fait, je suppose, en me confiant l'histoire de son mari et du Jardin de cristal. Mais, pour l'instant, il semble que j'aie du mal à suivre son conseil.

Eh bien soit. Je vais mettre fin à ces élucubrations et tenter de restituer une autre visite à Beverley chez mes grands-parents, l'été 2003. Une visite que je n'avais pas faite avec mon frère, cette fois-là, mais avec ma chère Alison, celle que j'ai enfin retrouvée après toutes ces années d'éloignement incompréhensible et avec laquelle j'ai pu renouer une précieuse amitié. C'est notre histoire, en fait, l'histoire de notre premier rapprochement avant que des forces bizarres, pour ne pas dire absurdes, nous séparent. Et puis c'est aussi l'histoire de…

Mais il ne faut pas que j'en dise trop tout de suite. Reprenons au commencement.

*

Rachel veilla presque toute la nuit pour écrire les premiers chapitres de ce récit. Le matin, elle était fatiguée, mais curieusement dispose et pleine d'une énergie nouvelle. Après avoir fait déjeuner les filles et les avoir accompagnées à l'école, elle s'accorda un petit somme et se remit au travail. Elle écrivit toute la journée sans relâche. Dehors, tout était silencieux ; aucune trace de Mr Blake ou de l'équipe roumaine. Sans doute les travaux étaient-ils suspendus jusqu'à ce qu'on trouve un nouveau chef de chantier. À trois heures et demie, elle alla chercher les jumelles à l'école, sans leur faire cours ni leur réclamer le moindre travail jusqu'au soir. Cette fois, avec un peu plus d'entraînement, elle réussit à les mettre au lit plus vite et sans faux mouvements. À neuf heures, elle était de nouveau à son bureau. En remontant le fil des années pour se remémorer son amitié enfantine avec Alison, revoir les bois de Beverley sous le soleil d'été, essayer d'évoquer l'amour qui unissait ses grands-parents du temps qu'ils étaient encore en bonne santé tous deux, elle réussit à échapper à l'effroi qui se serait emparé d'elle si elle n'avait eu dans son champ de conscience que cette maison pétrifiée et son jardin éventré, hanté par des terreurs sans forme.

Elle écrivit pendant quarante-cinq minutes, puis, à dix heures moins le quart, on sonna à la porte. Elle courut jusqu'à la caméra de surveillance sur le palier du premier étage et l'alluma. Frederick Francis lui apparut, en noir et blanc, sur une image au grain épais. Il attendait qu'on lui ouvre. Elle pressa le bouton et descendit déverrouiller la grande porte.

« Hello, dit-il. J'espère que ça ne vous ennuie pas que je passe à l'improviste.

— Pas du tout, seulement Gilbert n'est pas là. Madiana est à New York mais lui, euh, je ne sais pas au juste où il se trouve.

— Je sais. C'est vous que je suis venu voir.

— Ah, dans ces conditions… entrez. »

Elle le conduisit au salon, pièce où elle pénétrait rarement.

« Vous n'allez pas m'offrir un verre ? » dit Freddie en s'asseyant sur le canapé le plus proche de la porte.

Il était éméché, elle le sentit à son haleine.

« Je ne suis pas sûre de pouvoir me le permettre…

— Vous plaisantez ! Avec ce que vous faites pour cette famille en ce moment, vous pourriez prétendre à vous baigner dans le champagne tous les soirs.

— Dans une baignoire cloutée de diamants ? dit

Rachel en souriant. Bon, d'accord, où mettent-ils les bouteilles ? »

Frederick se leva et fit la preuve qu'il savait exactement où se trouvait le bar, en l'occurrence contre une bibliothèque garnie d'éditions princeps datant du XVIIIe siècle et jamais lues. Après un inventaire rapide, il sortit une bouteille d'un air de triomphe.

« Un Lagavulin de vingt ans d'âge, observa-t-il en la débouchant pour remplir deux gobelets à ras bord. Vous êtes à peu près contemporains, lui et vous.

— En principe, je ne bois pas de wh…

— Ce n'est pas un whisky, c'est un nectar. » Il trinqua contre son verre. « Tchin-tchin. »

Rachel but une gorgée du scotch tourbé, brun comme un cuir, et dut avouer qu'il était superbe. Elle résolut tout de même de ne pas en abuser.

« Alors, qu'est-ce qui me vaut le plaisir… ?

— Eh bien, je prenais un verre dans le coin, et je me suis dit que je pourrais passer voir comment vous vous en sortiez, toute seule. Et puis… et puis il se trouve que j'ai beaucoup réfléchi à notre conversation de l'autre jour, dans l'avion. »

Il ne s'était pas rassis et arpentait la pièce d'un air peu assuré en lui jetant des regards interrogateurs à mesure qu'il parlait.

« Ah ?

— Le fait est, Rachel, que vous avez de toute évidence une triste opinion de moi, et… ça me dérange.

— Je suis navrée de vous avoir donné cette impression, j'avais passé une drôle de journée, c'est tout…

— Je ne crois pas que votre hostilité date de cette journée-là. Vous me détestez, ce que je fais vous déplaît.

— Non, dit Rachel, qui but une autre gorgée de whisky en réalisant que cette conversation prenait un tour aussi inconfortable qu'elle le craignait. Jc ne vous déteste pas. Mettons que je trouve votre métier... pas très éthique, peut-être...

— Peut-être ! Allons donc, Rachel, ce que je fais pue ! Ça pue la mort ! »

Elle fut désarçonnée. « D'accord, dit-elle. De toute évidence, vous avez eu comme un revirement, ces jours derniers. Mais moi, je n'ai jamais rien dit de tel, Freddie, ça n'engage que vous.

— J'ai pensé qu'il fallait parler franc, pour une fois. C'est exact, j'ai connu un revirement. Et je vous ai menti dans l'avion, Rachel. Je vous ai dit que tout ce que nous faisons, Gilbert et moi, est légal. Il n'en est rien. Parmi les fonds que j'ai mis au nom de Madiana, il y en a au moins un qui pourrait nous envoyer en prison. Et ce serait peut-être justice.

— Le hasard veut que j'aie rendu visite à une amie en prison, cette semaine. Elle a pris trois mois pour fraude aux allocations.

— Je parie qu'elle n'a pas siphonné le millième de ce que je détourne au profit de Gilbert depuis deux ans. »

Rachel aurait bien aimé qu'il se rasseye, ses déambulations commençaient à lui donner le tournis.

« C'est bien gentil, tout ça, Freddie. Et vous allez faire quoi ?

— Je songe à aller tout avouer au fisc. Ou à tout raconter aux journaux. »

Rachel but une gorgée circonspecte et s'autorisa un long coup d'œil sur lui à travers son verre. Cette conversion éclair sonnait faux de A à Z.

« Je me garderais bien d'un geste irréparable, à votre place. Je viens de voir une prison de l'intérieur, je ne crois pas que vous vous y trouveriez bien. Et puis, je vous en prie, n'allez pas changer de vie pour moi. Quelle que soit votre éthique, je n'ai rien contre vous à titre personnel. Rien du tout.

— C'est vrai ?

— C'est vrai.

— Parce que, au risque de vous surprendre, votre opinion m'importe énormément.

— Pourquoi donc ? »

Brusquement il se jeta sur elle et la plaqua contre la bibliothèque en chahutant son whisky ; il écrasa ses lèvres sur sa bouche, le poids de son corps sur elle. « Parce que t'es tellement somptueuse, putain, lui chuchota-t-il entre deux relents d'alcool, parce que je pourrai pas mourir tranquille tant que je me serai pas glissé dans ta petite culotte…

— Lâchez-moi ! » hurla Rachel en le repoussant avec une force qui l'envoya valdinguer dans la pièce. Il s'affala contre le piano à queue, se remit d'aplomb et ils se toisèrent un instant. Voyant qu'il ne tentait aucun geste, elle lui lança : « Sortez ! Sortez tout de suite ! »

Elle eut l'impression qu'il allait obtempérer. Il s'essuya la bouche et se dirigea vers la porte mais, au moment où il passait devant elle, il la saisit par la taille et la jeta par terre. Il la clouait au sol de tout son poids.

« Lâchez-moi ! » cria-t-elle de nouveau, et c'est alors qu'on entendit une voix enfantine qui appelait « Rachel ». Ils se tournèrent tous deux vers la porte, où s'encadraient Grace et Sophia, côte à côte dans leurs pyjamas assortis, toutes fripées de sommeil.

Fuyant le regard interrogateur des enfants, Freddie se releva tant bien que mal et s'avança jusqu'au miroir de la cheminée pour rajuster sa cravate et lisser ses cheveux. Rachel était restée par terre. La chute l'avait contusionnée, et elle ne pensait pas avoir la force de se remettre sur pied tout de suite.

« Tu vas bien ? » lui demanda Sophia, et les jumelles s'avancèrent main tendue pour l'aider.

Sans un mot, sans un regard dans leur direction, Freddie quitta la pièce et traversa le vestibule pour gagner la porte d'entrée. Elles l'entendirent l'ouvrir, puis la claquer derrière lui.

Au prix de contorsions douloureuses, Rachel parvint à se mettre en position assise, et elle resta ainsi un moment, Grace et Sophia agenouillées auprès d'elle, l'entourant de leurs bras. Ce fut surtout ce témoignage de sympathie, qu'elle n'avait pas sollicité ni attendu, qui lui donna la force de se relever, et de se tenir debout.

« Venez, leur dit-elle. On retourne se coucher. Je crois qu'il va nous falloir une autre histoire du soir, qu'est-ce que vous en pensez ?

— Tu raccompagnes pas Mr Francis ?

— Non. Je crois qu'il connaît le chemin. » Alors,

en se tenant par la main, elles remontèrent toutes trois au deuxième étage.

*

Freddie connaissait le chemin, en effet. Mais il n'était pas pressé de partir. Il resta une dizaine de minutes dans le jardin côté rue, derrière le panneau, histoire de se calmer. Il respirait lentement et à pleins poumons, exhalant de la buée dans l'air de la nuit. Elle était claire, cette nuit, sans nuages, étoilée. La lune, aux trois quarts pleine, jetait des ombres fantasmagoriques sur les dalles, les carrés de boue séchée, le ciment, les planches. Le fatras de ces matériaux de construction lui parut le parfait miroir de son propre égarement. Il n'avait aucune envie de sortir de la propriété tout de suite. L'idée de héler un taxi pour rentrer chez lui l'écœurait.

Lorsqu'il s'aperçut qu'il était observé, il prit tout d'abord la chose avec un calme surprenant. Il ne savait pas d'où venait la créature ni comment elle avait fait pour arriver sur lui sans faire le moindre bruit ; il se posa la question un instant, avec une curiosité parfaitement détachée. Ce n'est que petit à petit qu'il commença à se dire qu'il était en danger de mort. Et qu'en outre il allait connaître une fin des plus bizarres et des plus horrifiques. Les yeux, hauts sur la tête, largement écartés, de petits yeux couleur d'ambre, le regardaient fixement, maléfiques. Les pattes de la bête étaient longues, avec deux articulations, et plus hautes que lui. Le ventre, cette panse distendue, énorme, se couvrait de poils courts qui prenaient des reflets verdâtres sous la lune. Il traînait contre le sol, poche obscène regorgeant de secrets liquides infects.

Les pattes de la créature palpitèrent et tressaillirent : elle s'apprêtait à bondir sur sa proie.

Ce fut alors seulement que Freddie battit en retraite vers le mur. Mais, au bout de trois ou quatre pas, il trébucha et tomba de tout son long, réduit à l'impuissance face à l'araignée qui s'avançait vers lui, sur lui, en tricotant des pattes. Elle traîna sa panse sur les jambes de l'homme, ses genoux, ses cuisses, puis son torse et enfin son visage ; elle l'écrasa de son poids putride, la texture rugueuse de son corps le fit vomir, et l'expédia aussitôt sans rémission dans des ténèbres dont il ne devait jamais revenir.

17

« É-norme ! beugla Grace.

— C'est é-norme ! » reprit Sophia en écho, beaucoup plus lentement et d'une voix bien plus grave ; là-dessus, balayées par le fou rire, les jumelles se roulèrent sur le sol de la salle de jeux.

Le générique du film et la musique-titre arrivèrent bien trop vite à leur gré et elles se mirent à crier :

« Rachel, on peut le repasser ? Oh, Rachel, s'il te plaît !

— La dernière scène, juste. Rachel, s'il te plaît… ? »

Qui l'eût cru ? se dit Rachel en remontant trois minutes en arrière sur le DVD. Qui aurait cru que de tout ce qu'elle aurait pu leur montrer ce soit cette consternante comédie britannique des années soixante en noir et blanc, grinçante et imbécile, qui les réjouisse à ce point et vienne enfin à bout du quant-à-soi glacial qu'elles adoptaient en sa présence ? Si elle avait acheté ce DVD deux ans auparavant, c'était seulement parce que Laura en avait parlé comme faisant partie de son corpus de recherches, tout en l'avertissant que visionner de A à Z un pareil navet risquait de lui ôter le goût de vivre. Mais la dernière scène, ou du moins le gag final, était un prodige de bêtise audacieuse. Après quatre-vingt-dix minutes d'ennui où le film tâchait laborieusement de faire rire avec de faux monstres du Loch Ness, le vrai (navrant bricolage d'effets spéciaux à petit budget) redressait sa tête en plastique et prononçait les mots immortels que Grace et Sophia trouvaient tellement hilarants et qu'elles n'arrêtaient pas de répéter en essayant d'imiter le ton du monstre pour tromper l'attente, le temps que Rachel ait rembobiné.

« Encore une fois, dit Rachel, mais c'est la dernière. Sinon, on va rater le train. »

On était dimanche matin, et elle venait d'annuler un nouveau rendez-vous avec Jamie. Cette fois, ce n'était pas parce qu'elle venait d'être subitement convoquée à l'étranger pour faire répéter dix petites minutes les leçons du jour ; non, la décision venait d'elle (ils se retrouveraient le lendemain, pendant que les filles seraient à l'école), parce qu'elle était résolue à les faire sortir de chez elles et à les emmener non pas au musée, dans une galerie ou dans un restaurant gastronomique, mais dans un endroit où elles puissent tout simplement s'amuser sans arrière-pensées. Le parc d'attractions de Chessington lui avait paru l'option la plus indiquée. Il n'était pas d'un accès commode par le train, mais cet inconvénient faisait partie de son plan. Elle voulait en effet leur montrer que tout le monde ne se déplaçait pas en limousine avec chauffeur. Qu'on avait d'autres moyens de transport à sa disposition.

Toujours est-il qu'elles passèrent une journée fabuleuse. L'attraction préférée de Grace fut le Scorpion Express et Sophia eut un faible pour le Crotale. Elles adorèrent toutes deux se faire doucher dans la Vengeance de Ramsès, et elles sortirent de la Fureur du Dragon dûment chahutées, tourneboulées, sonnées – pour leur plus grande joie. Quant à Rachel, elle passa le plus clair de son temps à faire la queue avec elles, les regarder s'amuser d'une attraction à l'autre, et essayer de les photographier au vol chaque fois qu'elle les voyait fuser devant elle sur un grand huit ou un manège. Quelques mois plus tôt, elle n'aurait jamais imaginé vouloir passer un dimanche de cette façon. Mais une récompense l'attendait en fin de parcours, une récompense inestimable. Sur le chemin du retour, les petites furent plus animées et plus causantes qu'elle ne les avait jamais vues, et elles lui jurèrent que c'était de loin le plus beau jour de leur vie. Tout leur avait plu, y compris l'infecte malbouffe et le trajet dans un train bondé qui avait pris un gros retard. Assise en face d'elles dans le wagon surpeuplé, à les voir regarder les autres passagers d'un œil brillant de curiosité, médusées par la nouveauté de ce contact avec une masse d'humanité ordinaire, Rachel se demandait même si ce n'était pas ce qu'elles avaient préféré.

*

Le lendemain, elle alla voir Jamie à Crouch End, où il partageait une maison avec six colocs, tous étudiants comme lui. Pour 200 livres par semaine, il occupait une chambre minuscule au deuxième étage. Toutes les pièces de la maison, y compris le salon et la salle à manger, avaient été converties en chambres et louées. Jamie s'aventurait donc rarement hors de la sienne, sinon pour descendre à la cuisine commune se faire un café soluble ou chauffer un plat cuisiné au micro-ondes. Sa chambre était tout juste assez grande pour loger un lit à une place et une coiffeuse d'enfant qui lui servait de bureau.

« Je n'ai que deux heures », dit Rachel en expliquant qu'il lui fallait rentrer à Chelsea chercher les filles à la sortie de l'école. Elle fut donc contrariée que Jamie lui propose de regarder un film et ne veuille pas en démordre. Surtout que ce film, c'était *Ghosts,* un docufiction sur la tragédie des pêcheurs de coques survenue en 2004 à Morecambe Bay : il fallait absolument qu'il le voie pour le dernier chapitre en date de sa thèse.

« Pourquoi tu ne penses qu'à ton travail ? dit Rachel qui, après le stress de la semaine passée, était venue avec des intentions tout autres en tête.

— Le film ne dure qu'une heure et demie, dit Jamie avec un coup d'œil sur le boîtier. Ça nous laissera le temps de faire autre chose après. »

Malgré elle, Rachel ne put s'empêcher de trouver le film prenant et dérangeant. Il suivait les infortunes d'une jeune immigrante chinoise clandestine forcée d'accepter des emplois de plus en plus périlleux dans l'industrie agro-alimentaire, pour pouvoir rembourser les snakeheads qui l'avaient fait passer au Royaume-Uni. L'histoire offrait un écho frappant au souvenir qu'elle gardait de Lu.

Curieuse coïncidence que de regarder un film lui rappelant si précisément l'épisode même qu'elle tentait de coucher sur papier depuis quelques jours. Quand le film fut fini, Jamie s'assit à son bureau et prit des notes.

« Ça peut pas attendre ? demanda Rachel. Il faut que je parte dans une demi-heure, quarante minutes au max.

— J'en ai pour un instant. Il y aurait tant de choses à dire sur ce film, il mériterait un chapitre à lui tout seul. »

Il griffonna encore deux ou trois minutes, le front tellement ridé par la concentration qu'il ne s'aperçut même pas de ce que Rachel faisait derrière son dos. Lorsqu'il se retourna pour lui parler, il vit qu'elle s'était déshabillée et couchée sous sa couette.

Il reposa son crayon.

« Waouh ! Je savais pas que… enfin…

— Allez viens ! On le fait, oui ou non ? »

Il retira sa chemise et se glissa auprès d'elle. Elle le prit dans ses bras et l'embrassa longuement, à pleine bouche.

« Je me suis fait agresser, la semaine dernière », lui dit-elle en sentant ses mains se promener sur son corps. Aussitôt il s'écarta d'elle.

« Quoi ?

— Un type que je connais est venu à la maison et… il a essayé.

— Un type ? Quel type ? C'est qui ?

— Quelqu'un que je connais. Un ami de Gilbert.

— Tu as porté plainte ? Il t'a fait mal ?

— Il ne s'en serait sans doute pas privé, mais il n'a pas pu aller bien loin. »

Jamie se recula davantage et, s'asseyant sur le lit, la considéra d'un air furieux.

« Dis-moi son nom.

— Mais non, pourquoi ?

— Dis-moi comment il s'appelle, ce salaud.

— Et qu'est-ce que tu feras ?

— J'irai lui casser la gueule. »

Elle ne put s'empêcher de pouffer.

« Arrête tes bêtises ! Toi ?

— Oui, moi. »

Elle lui tendit les bras et l'attira de nouveau contre elle.

« Je suis très touchée, mon cœur, mais c'est bien la dernière des choses que je souhaite. »

Elle l'embrassa de nouveau.

« Qu'est-ce que tu veux, alors ?

— Un peu d'affection et de tendresse, je ne dirais pas non », souffla Rachel en lui prenant la main qu'elle plaça soigneusement entre ses cuisses.

Ils firent l'amour deux fois ; la première lentement, en douceur, à leur profonde satisfaction mutuelle, la seconde sauvagement. Sauf qu'au moment où elle allait atteindre son deuxième orgasme le mobile de Jamie se mit à sonner. À la stupéfaction de Rachel, il se pencha pour répondre.

« Qu'est-ce que tu fais, bon sang ?

— Excuse-moi, c'est peut-être important.

— Rien à foutre, c'est ce qu'on est en train de faire qui est important », dit-elle en lui mordant désespérément la nuque.

Mais Jamie tendit le cou et regarda le nom qui s'affichait sur l'écran.

« Il faut que je réponde, c'est Laura. »

Il prit son téléphone et répondit en effet. Rachel se laissa retomber sur le lit, furieuse et pantelante – de frustration cette fois. Elle était sur le point de jouir ! Comment avait-il pu la laisser en plan à l'instant crucial ?

Elle se passa la main dans les cheveux puis le long de la nuque et sentit qu'elle était en nage. Pendant un moment, elle fut trop exaspérée pour faire attention à ce qu'il disait, puis elle comprit que Laura et lui étaient en train de se fixer un rendez-vous pour le lendemain soir. Il était question d'un trajet en train. Ensuite Jamie demanda à Laura des nouvelles de quelqu'un qui était censé les rejoindre et qui avait disparu. « Quand a-t-il été vu pour la dernière fois ? » disait-il. Rachel entendait la voix de Laura au bout du fil, et elle devinait que la conversation allait se prolonger. Sa patience était à bout. Elle sortit du lit en se drapant dans la couette pour cacher sa nudité et enfila ses vêtements en toute hâte. Le temps que Jamie raccroche, elle était rhabillée de pied en cap et se préparait à franchir le seuil de la chambre.

« Où tu vas ? lui demanda-t-il, sincèrement surpris.

— Je rentre travailler. Et toi, où tu vas ?

— Moi ? Nulle part.

— Demain, je veux dire.

— Ah, demain. Laura m'a demandé de l'accompagner en Écosse. Je ne t'en avais pas parlé ?

— Non, tu ne m'en as pas parlé.

— C'est pour son comité. Ils vont faire une virée à Inverness.

— À Inverness ?

— L'Office de tourisme écossais lui a demandé de venir estimer le monstre du Loch Ness en termes financiers.

— On touche le fond du ridicule ! Et toi tu y vas parce que… ?

— Elle pense que c'est une expérience que je devrais faire. Ça ne t'ennuie pas, si ? »

Comme elle ne répondait rien, il fronça les sourcils.

« Il y a tout de même quelque chose de bizarre, ajouta-t-il. Lord Lucrum, qui préside le comité, est introuvable. Il aurait disparu. »

Dans d'autres circonstances, Rachel se serait intéressée à la nouvelle. Mais en l'occurrence, elle était trop tourneboulée pour y réfléchir, même en passant.

« Eh bien salut, alors. Merci de m'avoir fait découvrir ce film, il est super. »

En partant, elle lui mit un baiser sur la bouche, un baiser aussi bref que poli, celui-là, scellant l'arrêt de mort d'une liaison qui n'avait jamais vraiment commencé.

18

Le silence était revenu. Dès que les filles se couchaient, dès que leur télévision était éteinte et que leur aimable babillage se taisait, le silence s'immisçait dans la maison, montait les escaliers, et se coulait dans toutes les pièces comme une nappe de brume.

Rachel tâcha de l'ignorer. De faire comme si de rien n'était. Elle alluma son ordi et écouta de la musique en streaming. Elle consulta Google sur le drame des pêcheurs de coques de Morecambe Bay et, après avoir parcouru quelques reportages datant de l'époque, ajouta deux ou trois paragraphes à son récit. Mais elle continuait de se sentir mal à l'aise, pleine d'appréhension ; l'anxiété lui raidissait les muscles.

Pendant qu'elle était en ligne, elle en profita pour jeter un coup d'œil aux journaux et lire les faits divers.

AIDEZ-NOUS À RETROUVER NOTRE CHÈRE JOSEPHINE, disait l'une des manchettes.

Croyant avoir perçu un petit bruit discret au fond du jardin, elle éteignit la musique et ouvrit la fenêtre de sa chambre. On n'entendait que le ressac de Londres, incessant, éternel. Elle contempla la nuit. Elle regarda vers la fosse : rien ; pas le moindre son ; pas le moindre mouvement.

La mort d'une fillette de sept ans survenue récemment dans les îles Marshall aurait pu être évitée, selon un expert.

Chris Baxter, directeur de SafeSpace Ordnance Removal, une petite ONG qui milite pour sensibiliser l'opinion aux dangers des mines de la Seconde Guerre mondiale non explosées sur ce petit groupe d'îles, affirme que la zone où jouait l'enfant aurait dû être décontaminée depuis longtemps.

« Malheureusement, nous avons dû nous interrompre alors que le programme de sécurisation n'était rempli qu'à soixante-dix pour cent », précise-t-il. « L'un de nos concurrents, Winshaw Clearance, a été choisi pour terminer les opérations. Et, au jour d'aujourd'hui, j'ai cru comprendre que rien n'avait encore démarré. »

La P-DG de Winshaw Clearance, Helke Winshaw, n'a pas souhaité s'exprimer.

Un claquement lui parvint depuis le jardin. On aurait dit qu'un coin de la bâche s'était de nouveau détaché. Comment était-ce possible ?

Un froissement. Des pattes sur le gravier ?

Tout dans sa tête. Tout dans son imagination.

L'inquiétude croît sur le sort de Lord Lucrum, président de l'Institut pour l'Évaluation de la Qualité, qui n'a pas été vu depuis dix jours.

Le claquement de la bâche se fit plus insistant. Elle décida de sortir voir ce qu'il en était. Elle descendit aussitôt la première volée de marches sur la pointe des pieds, sans savoir pourquoi elle s'appliquait tant à ne pas faire de bruit. La porte-miroir était maintenue entrebâillée, comme depuis ces derniers jours. Elle se glissa dans l'embrasure et jeta un coup d'œil dans la chambre de Sophia par la porte entrouverte. Les jumelles avaient préféré dormir dans le même lit, allez savoir pourquoi, dans les bras l'une de l'autre. Elles respiraient doucement.

Elle dévala encore deux étages et parvint à la cuisine du personnel. Là, elle alluma toutes les lumières puis tira le verrou avec circonspection et ouvrit la porte sur le jardin. L'air de la nuit s'engouffra aussitôt, hostile, il l'assaillit. Immobile sur le seuil, hésitant à le franchir, elle tendait l'oreille au bruit le plus ténu, marquant l'arrêt tel le chien de chasse à l'affût du gibier.

Elle resta ainsi vingt secondes, plus peut-être, et tout à coup un bruit déchira le silence de la nuit et la fit sursauter violemment. On sonnait à la porte d'entrée.

Le cœur battant, elle grimpa quatre à quatre interroger la première caméra de surveillance.

Dans sa hâte, elle avait oublié deux choses : de bien refermer la porte, et de regarder à ses pieds. L'eût-elle fait qu'elle aurait vu, à quelques centimètres du sol, un filament argenté, poisseux et luisant, qui courait au ras du seuil comme le fil de déclenchement d'une mine et s'enroulait ensuite à une gouttière pour replonger dans la fosse.

*

Les deux visiteurs ne lui étaient pas connus mais, lorsqu'elle descendit leur parler, ils lui montrèrent leurs cartes de policiers. L'un d'entre eux paraissait avoir une cinquantaine d'années, l'autre était beaucoup plus jeune, vingt ans de moins, peut-être.

« Je suis le PC Pilbeam, déclara ce dernier. Et voici mon collègue, le DCI Capes.

— Plus connu sous le nom de Superflic à la cape », dit son camarade avec un sourire plein d'espoir.

Rachel lui rendit son sourire, non sans s'étonner de cette remarque.

« Entrez », dit-elle en les conduisant au salon. Aucun des deux ne fit mine de retirer son manteau, mais ils s'assirent sur le canapé le plus proche avec l'air de gens qui vont se mettre à l'aise.

« Je ne savais pas qu'on vous appelait comme ça, dit à mi-voix Pilbeam à son collègue.

— C'est-à-dire ?

— Superflic à la cape.

— Eh bien si », répondit le DCI sèchement.

Rachel se demanda si elle devait leur proposer un verre puis décida de s'en abstenir. Le geste aurait été cordial, mais ils n'étaient sûrement pas censés boire en service.

« Et qui ? insista Pilbeam, apparemment pas prêt à passer à autre chose.

— Hmm ?

— Qui vous appelle comme ça ?

— Tout le monde.

— Première nouvelle…

— Est-ce que… dit Rachel, qui commençait à s'impatienter. Est-ce que vous pourriez me dire la raison de votre visite ?

— Ah, oui, naturellement. » Le DCI Capes se redressa et prit un ton officiel pour demander : « Nous avons bien affaire à Ms Rachel Wells, je présume ?

— C'est exact.

— Et vous travaillez ici comme préceptrice des filles de Sir Gilbert et Lady Gunn ?

— Oui.

— Très bien. Nous sommes venus dans le cadre d'une enquête de voisinage sur une disparition inquiétante. Pouvez-vous nous confirmer que vous connaissez un certain Frederick Francis, Senior Partner chez Bonanza Tex Management ?

— Je connais Mr Francis, oui. Est-ce lui qui a disparu ?

— Mr Francis n'est pas rentré chez lui depuis plusieurs jours, et personne ne l'a vu dans le même temps. Ses amis commencent à s'inquiéter. Est-ce que cette nouvelle vous surprend ?

— La nouvelle de sa disparition, ou l'inquiétude de ses amis ? »

Le PC Pilbeam sourit mais pas le DCI Capes.

« Ms Wells, je vous en prie, la question est peut-être grave.

— En quoi saurait-elle me concerner ?

— Jeudi soir dernier, dit le PC Pilbeam en consultant son carnet, Mr Francis prenait un verre au *Henry Root*, le pub du coin de la rue. Il a engagé la conversation avec l'une des barmaids et lui a annoncé son intention de faire un tour ici. Pour vous voir. Selon la dame, il était déjà très éméché. » Pilbeam leva les yeux. « Vous a-t-il rendu visite ce soir-là ?

— Oui, en effet.

— À quelle heure ?

— Vers dix heures moins le quart.

— Pourriez-vous nous raconter comment s'est passée votre entrevue ?

— Bah, rien de spécial, répondit Rachel, soudain nerveuse et évasive. Nous avons bu un verre, parlé de choses et d'autres.

— Quel était le but de sa visite, selon vous ?

— Il avait appris que je me trouvais toute seule pour m'occuper des enfants et… il se faisait du souci pour moi, j'imagine. Où est-il allé ensuite, vous le savez ?

— À quelle heure vous a-t-il quittée ?

— Je dirais vers dix heures moins cinq.

— Je vois. C'était donc une visite courte. Une visite éclair, même.

— Oui, sans doute.

— Et avez-vous vu Mr Francis quitter les lieux ?

— Non, je l'ai entendu sortir par la grande porte, mais ensuite j'ai emmené les enfants dans leurs chambres.

— Les enfants ? Elles ont donc été témoins de sa visite ?

— Oui, en effet.

— Mais si je vous comprends bien, vous ne pouvez pas assurer que Mr Francis ait quitté les lieux.

— Non, sauf que s'il se cachait ici depuis une semaine, il me semble que je m'en serais aperçue.

— Cette brève conversation que vous avez eue

avec lui, demanda le DCI Capes, elle était… détendue, amicale ? »

Rachel acquiesça : « Oui, amicale, c'est le mot.

— Vous ne vous êtes pas disputés du tout, pas de… querelle d'amoureux ?

— Cet homme n'était pas mon amant ! »

Pour donner plus de poids à sa protestation, Rachel avait haussé le ton, or sa voix se brisa. La jeune femme s'effondra dans un fauteuil, tête dans les mains. Le PC Pilbeam bondit aussitôt du canapé. Il s'accroupit à ses côtés et posa une main réconfortante sur son genou.

« Ça va aller, Ms Wells ? Vous avez l'air désemparée…

— Oh, je suis… non, pas vraiment. Je sais pas, ça va. C'est juste… c'est cette maison, bredouilla-t-elle en refoulant ses larmes. Je ne supporte pas d'être ici. La nuit il fait noir, la solitude règne, je me fais les idées les plus bizarres. Et puis je m'inquiète pour les petites. Je me fais un sang d'encre. J'ai peur qu'elles ne soient pas en sécurité.

— Pourquoi ne seraient-elles pas en sécurité ?

— Je ne sais pas. Il y a… comme un danger qui rôde, ici. J'en suis convaincue.

— Est-ce que c'était votre sentiment quand Mr Francis est venu vous voir ? lança le DCI Capes depuis l'autre bout de la pièce. Pensiez-vous qu'il représentait un danger pour les fillettes ? »

Le PC Pilbeam lui jeta un coup d'œil pour le rappeler à l'ordre : il n'aimait pas le ton incisif de sa question. Il reprit lui-même d'une voix plus lisse et plus rassurante :

« Je vais vous en dire un peu plus sur cette

affaire, Ms Wells, et pourquoi nous la prenons très au sérieux. »

Rachel essuya ses larmes et opina.

« Il se trouve que Mr Francis n'est pas la seule personne à avoir disparu dans le voisinage, ces derniers temps.

— Ah bon ?

— Le DCI Capes et moi-même soupçonnons que sa disparition est liée à cinq autres, toutes survenues ces dernières semaines. D'abord, Ms Josephine Winshaw-Eaves, l'éditorialiste. Puis Mr Giles Trending, P-DG de Stercus Television. Ont disparu ensuite Philip Stanmore, un des directeurs de Sunbeam Foods, et Helke Winshaw, P-DG de Winshaw Clearance SA. Enfin, Lord Lucrum, président de l'Institut pour l'Évaluation de la Qualité. Mr Francis est donc la sixième personne à disparaître. Or, ce que ces gens ont en commun, c'est qu'ils habitaient, ou ont été vus pour la dernière fois, à quelques centaines de mètres de Turngreet Road.

— Ce n'est pas leur seul point commun, ajouta le DCI Capes.

— Absolument, dit le PC Pilbeam, qui se leva et se mit à arpenter la pièce. Mais sur ce sujet mon collègue et moi-même divergeons.

— Mon *subalterne*, souligna le DCI Capes, est un jeune homme remarquable. Il croit que pour résoudre un crime il faut le voir sous un angle politique – au sens large du terme, bien entendu. Il faut reconnaître que tout récemment ses théories ont donné des résultats impressionnants. C'est donc l'approche qui sera plus ou moins la nôtre en l'occurrence.

— Cependant, reprit le PC Pilbeam, l'expérience nous a appris que nous devons nous garder de tirer des conclusions par trop évidentes et hâtives, même si les apparences semblent…

— Sur le point commun entre ces six personnes, il n'y a pas de mystère, Nathan. Ce n'est pas parce que c'est moi qui ai trouvé le lien…

— Quel lien ? s'enquit Rachel pour couper court à ce différend qui menaçait de prendre des proportions démesurées.

— C'est très simple, expliqua le DCI. Ils étaient tous les six à une réception au 11 Downing Street, le mois dernier. » Il se tourna vers le PC Pilbeam, une lueur de défi dans le regard. « Eh bien ? C'est vrai ou pas ?

— Si, absolument, et je ne le nie pas. Mais je crois qu'il nous faut voir plus loin…

— Plus loin, grogna le DCI avec dérision. Vers quoi ? Qu'est-ce qu'il pourrait bien y avoir, plus loin ?

— Autre chose. La famille Winshaw elle-même.

— Encore eux ! Combien de fois faudra-t-il que je vous le rappelle ? Il n'y a que deux membres de cette famille parmi les disparus, et l'un des deux par alliance.

— C'est vrai, concéda Pilbeam, mais regardez les autres liens. Mr Trending pilote le comité du prix Winshaw, fondé en l'honneur de Roderick Winshaw. Quant à Mr Francis, il a fait ses débuts comme trader sous l'aile de Thomas Winshaw. Lord Lucrum, de son côté, travaillait…

— … avec Henry Winshaw au sein du comité qui a entrepris de détricoter la sécurité sociale, compléta Rachel.

— Tout à fait, opina Pilbeam, si concentré dans son propos qu'il s'aperçut tout juste que la remarque venait d'elle. Et Philip Stanmore, de Sunbeam Foods…

— … est le membre le plus important du groupe Brunwin, fondé par Dorothy Winshaw dans les années soixante-dix et quatre-vingt.

— Exactement ! » Pilbeam se tourna vers son collègue. « Vous voyez bien ! Il faut creuser. Vous l'avez lu, finalement, le bouquin ? Celui que je vous ai prêté ?

— Quel bouquin ? » demanda le DCI.

Pilbeam leva les yeux au ciel. « *L'Héritage Winshaw*, dit-il, de Michael Owen. On y trouve tout ce qui… »

Soudain, son attention fut attirée par un objet posé sur le piano à queue. Il s'en empara, c'était un livre.

« Mais… voilà qui est extraordinaire, c'est justement celui dont je parle. Comment… qu'est-ce que… ? »

Rachel tendit la main et le lui prit ; ses doigts tremblaient.

« J'étais en train de le lire. C'est une amie qui me l'a prêté l'autre jour.

— Je vois, dit le PC Pilbeam qui recula d'un pas et la regarda d'un tout autre œil – c'est-à-dire de plus près. Et je suppose que c'est la raison pour laquelle les liens que j'établis vous sont familiers ?

— Oui, sans doute.

— Intéressant, très intéressant. » Le PC Pilbeam la regardait, il la regardait si intensément qu'elle dut détourner les yeux et bredouiller d'une voix forte mais tremblante :

« Je n'ai rien à voir avec la disparition de Mr Francis. Ou de n'importe laquelle de ces personnes. Je n'ai rien à voir avec tout ça. Je ne devrais même pas me trouver ici. Ce n'est pas mon milieu. »

Ses lèvres frémirent et elle se tut. Mais cette fois, ce fut le DCI et non pas son jeune collègue qui la prit en pitié. Il se leva et lui dit gentiment :

« Bien entendu, vous n'avez rien à voir avec tout ça. Nous le savons. Ne faites pas attention à Pilbeam et ses théories. » Il tapota le bras de son collègue. « Allez, Pilbeam, il est temps que nous partions. Et puis, écoutez-moi, pour changer : cette affaire, je l'ai déjà éclaircie. Jetez un coup d'œil sur la liste des invités à cette réception, et vous y trouverez votre suspect. La clé, c'est le Numéro 11, c'est moi qui vous le dis. Pas plus compliqué. »

*

Les deux hommes partis, la maison retomba dans son silence.

Rachel retourna dans le salon, ouvrit le bar des Gunn, et y prit la bouteille de Lagavulin de vingt ans d'âge. Il était certes dommage de boire un whisky aussi rare et délectable dans le seul but de se calmer les nerfs, mais elle ne s'arrêtait plus à ce genre de détail. Ayant rempli son gobelet aux trois quarts, elle s'assit sur le tabouret du piano, et but lentement, méthodiquement. De temps en temps, elle jetait un coup d'œil au livre posé sur l'instrument : comment était-il arrivé là ? Elle ne se rappelait pas l'y avoir apporté, mais il fallait bien admettre qu'elle avait des absences ces derniers temps.

Elle avait presque fini son whisky lorsqu'un bruit se fit entendre dans le vestibule. Un froissement agile et affairé, des pattes sur les dalles de marbre. Elle se leva et traversa la pièce sans précipitation, s'immobilisant en chemin, l'oreille aux aguets. Puis, à pas de loup, elle atteignit la porte et regarda à droite et à gauche.

Personne dans le vestibule.

Personne dans le vestibule, et pourtant quelque chose avait changé. Elle mit quelques instants à comprendre ce qui se passait. Dans l'escalier, quelque chose s'enroulait à la rampe. Elle s'avança, soulagée à présent, persuadée que les enfants avaient voulu lui faire une farce. Elles étaient montées en catimini, et elles avaient entouré la rampe d'une pelote de ficelle ou de corde à linge. Mais non, pourtant. En s'approchant, elle vit qu'il ne s'agissait pas d'une ficelle. C'était plus fin, et argenté. Elle tendit la main, le fil était poisseux.

Après avoir secoué les doigts pour s'en dépêtrer, elle le suivit dans le vestibule, jusqu'à l'escalier menant à la cuisine familiale. Mais là, la voie était barrée. Cette fois, impossible de se leurrer sur la nature de l'obstacle. C'était une toile d'araignée géante, au fil gluant et translucide.

Elle la regarda, frappée d'horreur, mais bientôt, sans qu'elle sût d'où lui venaient ce courage ou cette force, elle la déchirait frénétiquement toutes griffes dehors. La toile lui collait au corps, aux épaules, aux jambes, et surtout au visage. Mais, tout en haletant sous l'effort et le dégoût, elle réussit à en venir à bout. Elle fonça jusqu'à la cuisine plongée dans le noir. Le cœur sombrant dans la poitrine à l'idée du spectacle qu'elle risquait d'y découvrir, elle alluma les lumières.

Rien. Elle retourna dans le vestibule à toute vitesse, puis monta dans la chambre de Sophia. Les fillettes dormaient comme des anges, bien sagement. Elle repassa la porte-miroir, côté appartements du personnel, descendit l'escalier étroit, et pénétra dans la cuisine. Des toiles qui la traversaient en tous sens rendaient l'atmosphère irrespirable. Elle se força un passage ; un filament particulièrement coriace lui entra dans la bouche ; elle dut le couper avec ses dents et crut vomir en sentant le fiel du poison. Puis elle arriva devant le tiroir à couteaux, qu'elle ouvrit pour en sortir le spécimen à découper le plus gros, le plus aiguisé, le plus meurtrier qu'elle trouva – long comme son avant-bras.

Elle se retourna vers la porte donnant sur le jardin : ouverte ! Comment était-ce possible ? Si elle l'avait laissée ainsi, quelle imprudence !

Une toile particulièrement épaisse et serrée était tissée en travers de l'embrasure mais elle réussit à la déchirer et se précipita vers le coin de la bâche qui s'était soulevé. Une sirène hurla de plus en plus fort en s'approchant puis décrut avec la distance. Ailleurs, pas loin, la vie suivait son cours, lui rendant plus flagrante l'irréalité cauchemardesque de sa propre situation.

Le fil qui menait à la fosse était gros comme une corde. Après qu'elle l'eut cisaillé quelques secondes, il cassa avec une vibration sonore qui lui fit plaisir à entendre. Elle souleva la bâche et regarda dessous.

Rien. Rien qu'un vide béant. Un lac noir sans fond.

Elle tenta d'aiguiser son regard. Peut-être distinguait-elle des contours ? Une plateforme, en bas ? Un échafaudage ? Une immense échelle fixée à la paroi ? Impossible à dire.

Elle scruta l'obscurité ainsi trois minutes, plus peut-être. Le manche du couteau devenait moite de sueur. Et puis, enfin, elle vit quelque chose. À près de trente mètres de profondeur, deux têtes d'épingle lumineuses venaient d'apparaître. Une paire d'yeux. À quelle créature appartenaient-ils, mystère, mais la créature en question l'avait vue, et lui rendait son regard, très loin.

Rachel le croisa, et le soutint. Elle retint sa respiration. Sa main se crispa sur le couteau. Elle était incapable de faire un geste, médusée.

Et puis, tout au fond de la fosse, deux autres têtes d'épingle couleur d'ambre s'allumèrent. Puis deux autres encore, puis quatre, puis une douzaine et, bientôt, Rachel se sentit observée par au moins cinquante paires d'yeux.

Elle ne bougeait toujours pas. Elle fut incapable de s'arracher à sa position avant de voir les yeux avancer. Car, comme pour obéir à une volonté collective, les créatures se mirent en mouvement et, sans se bousculer ni faire de bruit, avec une agilité prodigieuse, elles s'engagèrent à l'assaut des parois lisses de la fosse dans une ascension aussi rapide qu'inexorable. En quelques secondes, elles n'étaient plus qu'à une quinzaine de mètres. Leurs yeux se rapprochaient sans jamais se détacher de Rachel.

Alors, et alors seulement, elle poussa un cri. Elle poussa un cri et prit ses jambes à son cou. Elle retourna dans la maison, claqua la porte de la cuisine derrière elle, la verrouilla, fonça dans l'escalier dont elle ferma l'issue, puis monta les marches quatre à quatre, rez-de-chaussée, premier, deuxième, pour passer à travers le miroir qui menait de l'autre côté de la maison.

Avant de le franchir une dernière fois, elle regarda par la fenêtre du palier. Les araignées se massaient dans le jardin, elles renversaient les outils des maçons, elles escaladaient les murs, crevaient le treillage. Quelques-unes tentaient de s'introduire dans la maison.

Rachel se précipita dans la chambre de Sophia et secoua les jumelles.

« Debout ! Habillez-vous, on part tout de suite ! »

Les fillettes tombèrent du lit, ensommeillées, en se frottant les yeux.

« Quoi ? Où ils sont, nos habits ?

— Pas le temps, mettez vos peignoirs ! »

Elles les enfilèrent tant bien que mal, Grace se coinça le bras dans une manche et s'aperçut qu'elle avait passé le vêtement à l'envers ; Sophia mit des heures à nouer sa ceinture.

« Suivez moi », leur enjoignit Rachel.

Elle saisit la main de Sophia qui prit celle de Grace, et c'est ainsi qu'elle les entraîna en farandole dans l'escalier. Elles trouvèrent leur chemin barré par deux toiles serrées et luisantes, qu'elle déchiqueta en deux coups de couteau.

« Pourquoi tu donnes des coups dans le vide ? demanda Grace.

— Et pourquoi tu as un couteau ? » ajouta Sophia.

Elles parvinrent dans le grand vestibule, et Rachel ouvrit toute grande la porte principale. Trois araignées s'étaient postées au pied des marches, leur interdisant la sortie. Elles étaient énormes et leurs corps bouffis brillaient sous la lune, avec des reflets verdâtres.

« Restez ici, lança Rachel aux fillettes. Il va falloir qu'on passe devant elles. »

Elles attendirent sur le palier, tandis que Rachel descendait, une marche à la fois, couteau en avant. Les créatures fixaient la lame de leurs petits yeux maléfiques et globuleux. Quand Rachel se jeta sur elles, elles se dressèrent sur leurs pattes de derrière avec un sifflement mais battirent peu à peu en retraite.

« Allez-y ! cria Rachel aux enfants. Foncez vers la porte ! Courez ! »

Grace et Sophia dégringolèrent au bas des marches, elles traversèrent les décombres du chantier et attendirent Rachel, hors d'haleine. Elle les rejoignit à reculons, couteau toujours brandi pour tenir les monstres en respect, puis elle actionna l'ouverture électronique et poussa la porte d'un coup d'épaule. Elles étaient dans la rue.

« Où on va ? se plaignit Sophia. Je veux aller nulle part, moi. Je veux retourner me coucher. »

Elles étaient dans la rue, mais pas en sécurité pour autant : les créatures les y avaient précédées. Elles grouillaient, infectes, se répandaient sur les trottoirs et la chaussée, détruisant tout sur leur passage. Elles grimpaient sur les voitures et les renversaient, retournant ainsi des rangées entières de Range Rover, de Porsche et de Jaguar. Elles cavalaient à l'assaut des demeures seigneuriales, lacérant la brique, fracassant les vitres. Elles s'en prenaient d'abord aux biens mais les personnes ne perdaient rien pour attendre. Sous la pleine lune, partout où Rachel regardait, elle ne voyait que les corps verts de ces odieux insectes mutants, qui s'élançaient contre les murs de stuc et se dressaient triomphants en haut des cheminées. Un concert assourdissant déchira bientôt la nuit : les alarmes se déclenchaient d'un bout à l'autre de la rue.

« Dépêchez-vous ! cria Rachel aux jumelles. On a encore le temps ! »

Elle reprit la main de Sophia et les entraîna de nouveau toutes deux en piquant un sprint. Miracle, les créatures hideuses et arrogantes reculaient sur leur passage, si bien que ce qui finit par arrêter Rachel et les jumelles dans leur fuite ne fut pas une araignée, mais un obstacle tout à fait humain, qui n'était autre que le DCI Capes, posté au coin de la rue. Il plaqua Rachel au sol dans la plus pure tradition du rugby, tandis que le PC Pilbeam lui arrachait son couteau.

« Tout va bien, lui dit l'un des deux. Calmez-vous. Tout va bien, à présent. Vous êtes en sécurité toutes les trois. »

Ils la maintinrent ainsi, contre le bitume, jusqu'à ce que sa respiration s'apaise, que le vacarme des sirènes se taise, que les araignées aient réintégré leur souterrain, et qu'elle comprenne qu'hormis Sophia et Grace qui sanglotaient le monde était désormais désert et silencieux.

19

Alison laissait vagabonder ses pensées. Elle était assise dans le fauteuil, devant la baie vitrée, et regardait le soleil projeter des arabesques sur les festons jaune et rouge du tapis vieillot. Curieux, comme elle se le rappelait, ce tapis, qu'elle n'avait pourtant pas vu depuis plus de douze ans. La maison n'avait pas beaucoup changé. Beverley non plus, d'ailleurs, à l'exception du numéro 11, Needless Alley, dont elle découvrit qu'il avait perdu sa volière sous feuillage, et accueillait aujourd'hui une famille prospère et chic, qui avait fait une toilette au jardin, changé la porte d'entrée, et repeint les fenêtres. Qu'était devenue Phoebe ? Personne ne le savait, apparemment.

À première vue, la grand-mère de Rachel donnait l'impression d'être gaie. Bien entendu, elle était enchantée de recevoir Rachel et Alison, ne serait-ce que pour la journée. Mais on ne pouvait ignorer que l'absence de son mari remplissait chaque pièce, telle une pellicule de poussière recouvrant chaque objet, et ce bien davantage que sa présence hier. Sous la pression de cette absence, la grand-mère elle-même ployait, se désincarnait presque. Elle passait les portes, allait de la cuisine au séjour, de la salle de bains au palier sans faire plus de bruit qu'un spectre. En cet instant précis où Alison rêvassait dans le fauteuil, la jeune femme ne s'était pas aperçue qu'elle venait d'entrer et de s'asseoir discrètement sur le canapé. Il fallut que la vieille dame lui dise :

« Rachel m'a raconté que ta maman a eu un sacré coup de chance ? »

Alison sursauta et se tourna vers elle. « C'est vrai.

— Qu'est-ce qui s'est passé ?

— Eh bien… » Alison avait beau raconter l'histoire à tout le monde ces dernières semaines, elle avait encore du mal à y croire elle-même. « Un après-midi qu'elle rentrait à la maison en bus, comme d'habitude, voilà que son téléphone sonne, et c'était cette femme avec qui elle était passée à la télé, Danielle Perry. Elle est plus ou moins chanteuse, actrice, je ne sais pas comment il faut dire.

— Je vois qui c'est. Très jolie fille.

— Danielle Perry lui dit qu'elle a envie d'enregistrer une de ses chansons, celle qu'elle leur avait chantée dans la jungle, pendant le tournage de l'émission, et qui s'appelle *Sink and Swim.* Et elle l'enregistre ! Et voilà que la chanson se vend bien, elle entre dans les hit-parades et tout et tout.

— Qu'est-ce que je suis contente ! Et ta mère, ça va lui rapporter un peu ?

— Oui, ça lui rapporte déjà. Pas mal, même.

— Tout le monde mérite un petit coup de pouce de la chance de temps en temps. Jim jouait à la loterie, tu sais. Toutes les semaines. Il n'a jamais rien gagné. » Elle regardait le fauteuil où Alison était assise, comme si la jeune femme était transparente. « Je le vois encore, en train de cocher les numéros. C'était son fauteuil préféré, c'était là qu'il aimait s'asseoir. »

Alison voulut se lever. « Mais prenez-le, je vous en prie…

— Non, non, ne sois pas sotte. Reste là où tu es bien. Profite du soleil. C'est le meilleur moment de la journée pour se mettre dans ce fauteuil. »

La vieille dame était perchée sur le bord du canapé, et serrait entre ses mains un mug qui proclamait « Meilleure Mamy du Monde », cadeau de Noël de Rachel, il y avait bien des années.

« Le matin aussi, je le trouvais toujours assis là quand je descendais. Il attendait le livreur de journaux, tu comprends. »

Alison hocha la tête en souriant. Elle ne savait que dire.

« C'était comme ça que la journée commençait. Je descendais, je mettais la bouilloire sur le feu, et je faisais le thé. »

Elle eut un pâle sourire. Le souvenir semblait la réchauffer.

« Et puis le journal arrivait. Il le lisait le premier. Je préparais le petit déjeuner, je lui versais ses céréales. On mangeait à la cuisine, tous les deux.

« Ensuite, il se mettait à l'ordinateur. Il l'adorait, son ordinateur. C'était son meilleur achat. Il écrivait des lettres, il payait des factures, enfin, ce qui se présentait.

« Moi, pendant ce temps, je restais en bas. Je commençais mes mots croisés.

« En milieu de matinée, on prenait une autre tasse de thé. Ensemble. Ici même. C'était son fauteuil, celui où tu es assise. Après, je sortais faire les commissions.

« On déjeunait à la cuisine. En général, une simple soupe. À la tomate pour moi, aux champignons pour lui. À une heure, il mettait la radio, il aimait bien écouter le journal.

« Quand il faisait beau, on allait au jardin. Il en était fier, de son jardin. On n'a jamais eu de jardinier, jamais personne pour nous aider. Jusqu'à la fin, on l'a fait nous-mêmes. On entretenait les bordures, on taillait la haie.

« Après ça, il rentrait s'asseoir un moment, dans le fauteuil où tu es. Il connaissait les bons coins où prendre le soleil.

« Un peu plus tard, j'allais regarder la télé, les jeux, tout ça. Il aimait pas trop, alors il retournait en haut, sur son ordinateur. On n'était pas dans la même pièce, mais je savais qu'il était là, je savais qu'il était dans la maison.

« On dînait à six heures. Jamais beaucoup plus tard. On n'a jamais été portés sur la cuisine chichiteuse. Son plat préféré, c'était les champignons sautés. J'aurais pu lui en servir avec n'importe quoi. Des fois, je me contentais de les mettre sur du pain grillé.

« On n'était jamais d'accord sur les programmes de télé. Lui, il aimait les reportages d'actualité, les affaires courantes, tout ce qui était politique. Moi, je préférais les pièces et les émissions comiques, tout ce qui fait rire. Mais c'est plus ce que c'était, hein ?

« Il prenait un whisky tous les soirs, juste avant de se coucher. Il n'y avait pas de mal à ça. Il n'en prenait jamais plus. Ça l'aidait à dormir.

« Il se couchait tôt. À onze heures il était au lit. Il mettait la radio, pas fort. Je crois qu'il aimait entendre les voix. Moi, j'étais encore en bas. En train de finir mes mots croisés, le plus souvent. Je n'entendais pas son poste, mais ça me suffisait. Ça me suffisait de savoir qu'il était là. »

Elle se tut. Recroquevillée sur son mug, elle ne pleurait pas, mais elle paraissait frêle et lasse. Le soleil de l'après-midi éclairait son visage, il détaillait ses rides, se posait sur les plis de son cou.

Alison se leva et s'approcha d'elle. Elle la prit dans ses bras et sentit ses os fragiles sous sa tunique ; en se penchant au-dessus d'elle, elle vit la blancheur de son cuir chevelu sous les cheveux clairsemés couleur de givre. Elle lui embrassa le front, un long baiser léger.

« Rachel t'appelle, dit la grand-mère. Je crois qu'elle a besoin d'un coup de main. »

*

Rachel était perchée en haut du prunier, le visage tourné vers le soleil, profitant de sa chaleur. Elle adorait s'asseoir sur une branche de l'arbre – et cela depuis tout enfant – parce qu'on y découvrait les jardins voisins, le patchwork impeccable de la vie de banlieue, avec, au loin, les tours grèges monumentales du Minster.

Elle baissa les yeux à l'approche d'Alison.

« C'est pas trop tôt, où tu étais ?

— Je causais avec ta grand-mère. Ça va, là-haut ?

— Comme dans un fauteuil.

— Tu n'es pas censée faire d'efforts…

— Je suis en pleine forme. J'ai récupéré depuis longtemps. J'aimerais bien que tout le monde arrête de s'inquiéter pour moi. »

Et c'était vrai. Elle n'avait pas eu aussi bonne mine depuis longtemps. Elle était retournée vivre chez sa mère après qu'on lui eut donné son congé, et elle était reposée, elle avait retrouvé sa joie de vivre. Toute cette histoire n'était plus qu'un souvenir.

« Alors vas-y, les prunes vont pas se cueillir toutes seules. Lance-les-moi, que je les mette dans le panier. »

Rachel tendit la main vers le rameau le plus éloigné. La récolte était magnifique, cette année encore, les fruits pulpeux, rouge sombre, mûrs à point, leur peau comme poudrée.

Au moment où elle cueillait la première prune, une araignée s'échappa de dessous. Rachel plaça son bras de sorte à lui faire une passerelle vers la branche voisine où la bestiole se carapata et se mit à l'abri. Elle la regarda disparaître par une fente dans l'écorce. Puis elle lança la prune à Alison.

« Tiens, attrape ! »

Elles continuèrent ainsi une minute ou deux, l'une lançant, l'autre attrapant, jusqu'à ce qu'Alison s'interrompe.

« Il te manque, Jamie, Rache ?

— Un peu. » Elle lui lança une autre prune. « Et toi, elle te manque, Selena ?

— Un peu.

— N'empêche, si tu veux mon avis, on est mieux célibataires.

— T'as raison ! Mais tu sais quoi ? ajouta Alison, comme saisie d'une illumination. On devrait peut-être se mettre en couple, toutes les deux.

— Toi et moi ? répondit Rachel avec un rire de dérision. Tu peux toujours rêver. Pas demain la veille que je vais changer de bord.

— Comme tu voudras. De toute façon, t'es pas mon genre. »

Rachel rit de nouveau, et cueillit une des quatre prunes accrochées à la branche. Elle prit le fruit, l'essuya contre son T-shirt et mordit dedans. Le jus coula dans sa bouche, délicieusement sucré. C'était le goût de son enfance. Le goût de chez elle. Le goût du soleil d'automne.

20

Je m'appelle Livia et je viens de Bucarest. Je vis à Londres depuis plus de cinq ans, et je promène les chiens des très riches tous les jours.

Mais ce n'est pas tout.

Il s'est passé des choses curieuses dans ce quartier de Londres. Six personnes ont disparu, et on ne les a jamais retrouvées. Les policiers continuent d'enquêter, ils cherchent à établir des liens. Ils sont venus me poser des questions. Mais le lien entre ces six personnes leur a toujours échappé.

Ces gens avaient tous des chiens.

Moi, je suis Livia. Je viens de Bucarest. Je vis à Londres depuis plus de cinq ans. Je ne me contente pas de connaître les rues de la ville. Je sais ses secrets, en surface comme dans les profondeurs. Et il n'y a pas de lieu plus profond, plus secret, que ce qui se trouve sous la grande maison de Turngreet Road, au niveau moins onze, sous la cave à vin, le coffre-fort et la piscine où poussent des palmiers.

Il y a un tunnel. Et, au bout du tunnel, il y a une salle. C'est là qu'ils sont suspendus, dans le noir, chacun d'entre eux dans un cocon de fils d'argent, avec pour geôlier une créature vengeresse aux yeux d'ambre.

Ma vengeance prend bien des formes. Mon corps prend bien des formes.

Dans mon pays, il y a un proverbe qui dit : *După faptă şi răsplată.* Qui vit par le glaive par le glaive périra. Retour à l'envoyeur.

Comprenez ce proverbe et vous comprendrez ma nature. Je ne suis pas clémente et je ne suis pas juste. On ne me domestique pas. J'attaque qui je veux, j'attaque ce que je veux.

Je ne suis pas en colère. Je suis la colère même.

Vous éprouverez peut-être de la pitié pour mes victimes, c'est votre droit. Vous prendrez leur parti, ou le mien. Vous avez le choix.

Au bout du compte, je crois, nous sommes tous libres de nos choix.

REMERCIEMENTS

La partie de ce livre intitulée « Le Jardin de cristal » m'a été inspirée par le morceau éponyme de Harold Budd, enregistré dans son album *The Pavilion of Dreams* (OBS 10) en 1978.

Michele O'Leary, Andrew Hodgkiss, Ralph Pite, Philippe Auclair, Georgia Powell et Vera Michalski m'ont apporté leur précieux concours pour préciser certains éléments du contexte de ce roman et je les en remercie du fond du cœur, comme je remercie tout particulièrement Louise Le May, qui m'a permis de lui emprunter son beau « *Sink and Swim* » pour le placer au centre de l'histoire de Val.

REMERCIEMENTS

[illegible]

DU MÊME AUTEUR

Aux Éditions Gallimard

TESTAMENT À L'ANGLAISE, 1995 (Folio n° 2992). Prix du Meilleur Livre étranger.

LA MAISON DU SOMMEIL, 1998 (Folio n° 3389). Prix Médicis étranger.

LES NAINS DE LA MORT, 2001 (Folio n° 3711).

BIENVENUE AU CLUB, 2003 (Folio n° 4071).

LE CERCLE FERMÉ, 2006 (Folio n° 4541).

LA FEMME DE HASARD, 2007 (Folio n° 4472).

LA PLUIE, AVANT QU'ELLE TOMBE, 2009 (Folio n° 5050).

LA VIE TRÈS PRIVÉE DE Mr SIM, 2011 (Folio n° 5381).

DÉSACCORDS IMPARFAITS, 2012 (Folio n° 5645).

EXPO 58, 2014 (Folio n° 5961). Prix du roman étranger du Salon de Saint-Maur en poche.

LES ENFANTS DE LONGBRIDGE (BIENVENUE AU CLUB – LE CERCLE FERMÉ), 2015 (Folio XL n° 5972).

NOTES MARGINALES ET BÉNÉFICES DU DOUTE, 2015.

NUMÉRO 11, 2016 (Folio n° 6486).

Aux Éditions Gremese

JAMES STEWART, 1996.

Aux Éditions du Rocher

UNE TOUCHE D'AMOUR, 2002 (Folio n° 3975).

Aux Éditions Pleins Feux

UN VÉRITABLE NATURALISME LITTÉRAIRE EST-IL POSSIBLE OU MÊME SOUHAITABLE ? (avec Will Self), 2003.

Aux Cahiers du Cinéma

HUMPHREY BOGART, 2005.

Aux Éditions Quidam

B. S. JOHNSON : HISTOIRE D'UN ÉLÉPHANT FOUGUEUX, 2010.

COLLECTION FOLIO

Dernières parutions

6305. Henry David Thoreau — *De la simplicité !*
6306. Érasme — *Complainte de la paix*
6307. Vincent Delecroix/ Philippe Forest — *Le deuil. Entre le chagrin et le néant*
6308. Olivier Bourdeaut — *En attendant Bojangles*
6309. Astrid Éliard — *Danser*
6310. Romain Gary — *Le Vin des morts*
6311. Ernest Hemingway — *Les aventures de Nick Adams*
6312. Ernest Hemingway — *Un chat sous la pluie*
6313. Vénus Khoury-Ghata — *La femme qui ne savait pas garder les hommes*
6314. Camille Laurens — *Celle que vous croyez*
6315. Agnès Mathieu-Daudé — *Un marin chilien*
6316. Alice McDermott — *Somenone*
6317. Marisha Pessl — *Intérieur nuit*
6318. Mario Vargas Llosa — *Le héros discret*
6319. Emmanuel Bove — *Bécon-les-Bruyères* suivi du *Retour de l'enfant*
6320. Dashiell Hammett — *Tulip*
6321. Stendhal — *L'abbesse de Castro*
6322. Marie-Catherine Hecquet — *Histoire d'une jeune fille sauvage trouvée dans les bois à l'âge de dix ans*
6323. Gustave Flaubert — *Le Dictionnaire des idées reçues*
6324. F. Scott Fitzgerald — *Le réconciliateur* suivi de *Gretchen au bois dormant*
6325. Madame de Staël — *Delphine*
6326. John Green — *Qui es-tu Alaska ?*

6327.	Pierre Assouline	*Golem*
6328.	Alessandro Baricco	*La Jeune Épouse*
6329.	Amélie de Bourbon Parme	*Le secret de l'empereur*
6330.	Dave Eggers	*Le Cercle*
6331.	Tristan Garcia	*7. romans*
6332.	Mambou Aimée Gnali	*L'or des femmes*
6333.	Marie Nimier	*La plage*
6334.	Pajtim Statovci	*Mon chat Yugoslavia*
6335.	Antonio Tabucchi	*Nocturne indien*
6336.	Antonio Tabucchi	*Pour Isabel*
6337.	Iouri Tynianov	*La mort du Vazir-Moukhtar*
6338.	Raphaël Confiant	*Madame St-Clair. Reine de Harlem*
6339.	Fabrice Loi	*Pirates*
6340.	Anthony Trollope	*Les Tours de Barchester*
6341.	Christian Bobin	*L'homme-joie*
6342.	Emmanuel Carrère	*Il est avantageux d'avoir où aller*
6343.	Laurence Cossé	*La Grande Arche*
6344.	Jean-Paul Didierlaurent	*Le reste de leur vie*
6345.	Timothée de Fombelle	*Vango, II. Un prince sans royaume*
6346.	Karl Ove Knausgaard	*Jeune homme, Mon combat III*
6347.	Martin Winckler	*Abraham et fils*
6348.	Paule Constant	*Des chauves-souris, des singes et des hommes*
6349.	Marie Darrieussecq	*Être ici est une splendeur*
6350.	Pierre Deram	*Djibouti*
6351.	Elena Ferrante	*Poupée volée*
6352.	Jean Hatzfeld	*Un papa de sang*
6353.	Anna Hope	*Le chagrin des vivants*
6354.	Eka Kurniawan	*L'homme-tigre*
6355.	Marcus Malte	*Cannisses* suivi de *Far west*
6356.	Yasmina Reza	*Théâtre : Trois versions de la vie / Une pièce espagnole / Le dieu*

		du carnage / Comment vous racontez la partie
6357.	Pramoedya Ananta Toer	*La Fille du Rivage. Gadis Pantai*
6358.	Sébastien Raizer	*Petit éloge du zen*
6359.	Pef	*Petit éloge de lecteurs*
6360.	Marcel Aymé	*Traversée de Paris*
6361.	Virginia Woolf	*En compagnie de Mrs Dalloway*
6362.	Fédor Dostoïevski	*Un petit héros. Extrait de mémoires anonymes*
6363.	Léon Tolstoï	*Les Insurgés. Cinq récits sur le tsar et la révolution*
6364.	Cioran	*Pensées étranglées* précédé du *Mauvais démiurge*
6365.	Saint Augustin	*L'aventure de l'esprit et autres confessions*
6366.	Simone Weil	*Pensées sans ordre concernant l'amour de Dieu et autres textes*
6367.	Cicéron	*Comme il doit en être entre honnêtes hommes...*
6368.	Victor Hugo	*Les Misérables*
6369.	Patrick Autréaux	*Dans la vallée des larmes* suivi de *Soigner*
6370.	Marcel Aymé	*Les contes du chat perché*
6371.	Olivier Cadiot	*Histoire de la littérature récente (tome 1)*
6372.	Albert Camus	*Conférences et discours 1936-1958*
6373.	Pierre Raufast	*La variante chilienne*
6374.	Philip Roth	*Laisser courir*
6375.	Jérôme Garcin	*Nos dimanches soir*
6376.	Alfred Hayes	*Une jolie fille comme ça*
6377.	Hédi Kaddour	*Les Prépondérants*
6378.	Jean-Marie Laclavetine	*Et j'ai su que ce trésor était pour moi*
6379.	Patrick Lapeyre	*La Splendeur dans l'herbe*

6380. J.M.G. Le Clézio	*Tempête*
6381. Garance Meillon	*Une famille normale*
6382. Benjamin Constant	*Journaux intimes*
6383. Soledad Bravi	*Bart is back*
6384. Stephanie Blake	*Comment sauver son couple en 10 leçons (ou pas)*
6385. Tahar Ben Jelloun	*Le mariage de plaisir*
6386. Didier Blonde	*Leïlah Mahi 1932*
6387. Velibor Čolić	*Manuel d'exil. Comment réussir son exil en trente-cinq leçons*
6388. David Cronenberg	*Consumés*
6389. Éric Fottorino	*Trois jours avec Norman Jail*
6390. René Frégni	*Je me souviens de tous vos rêves*
6391. Jens Christian Grøndahl	*Les Portes de Fer*
6392. Philippe Le Guillou	*Géographies de la mémoire*
6393. Joydeep Roy-Bhattacharya	*Une Antigone à Kandahar*
6394. Jean-Noël Schifano	*Le corps de Naples. Nouvelles chroniques napolitaines*
6395. Truman Capote	*New York, Haïti, Tanger et autres lieux*
6396. Jim Harrison	*La fille du fermier*
6397. J.-K. Huysmans	*La Cathédrale*
6398. Simone de Beauvoir	*Idéalisme moral et réalisme politique*
6399. Paul Baldenberger	*À la place du mort*
6400. Yves Bonnefoy	*L'écharpe rouge* suivi de *Deux scènes et notes conjointes*
6401. Catherine Cusset	*L'autre qu'on adorait*
6402. Elena Ferrante	*Celle qui fuit et celle qui reste. L'amie prodigieuse III*
6403. David Foenkinos	*Le mystère Henri Pick*
6404. Philippe Forest	*Crue*
6405. Jack London	*Croc-Blanc*
6406. Luc Lang	*Au commencement du septième jour*

6407. Luc Lang *L'autoroute*
6408. Jean Rolin *Savannah*
6409. Robert Seethaler *Une vie entière*
6410. François Sureau *Le chemin des morts*
6411. Emmanuel Villin *Sporting Club*
6412. Léon-Paul Fargue *Mon quartier et autres lieux parisiens*
6413. Washington Irving *La Légende de Sleepy Hollow*
6414. Henry James *Le Motif dans le tapis*
6415. Marivaux *Arlequin poli par l'amour et autres pièces en un acte*
6417. Vivant Denon *Point de lendemain*
6418. Stefan Zweig *Brûlant secret*
6419. Honoré de Balzac *La Femme abandonnée*
6420. Jules Barbey d'Aurevilly *Le Rideau cramoisi*
6421. Charles Baudelaire *La Fanfarlo*
6422. Pierre Loti *Les Désenchantées*
6423. Stendhal *Mina de Vanghel*
6424. Virginia Woolf *Rêves de femmes. Six nouvelles*
6425. Charles Dickens *Bleak House*
6426. Julian Barnes *Le fracas du temps*
6427. Tonino Benacquista *Romanesque*
6428. Pierre Bergounioux *La Toussaint*
6429. Alain Blottière *Comment Baptiste est mort*
6430. Guy Boley *Fils du feu*
6431. Italo Calvino *Pourquoi lire les classiques*
6432. Françoise Frenkel *Rien où poser sa tête*
6433. François Garde *L'effroi*
6434. Franz-Olivier Giesbert *L'arracheuse de dents*
6435. Scholastique Mukasonga *Cœur tambour*
6436. Herta Müller *Dépressions*
6437. Alexandre Postel *Les deux pigeons*
6438. Patti Smith *M Train*
6439. Marcel Proust *Un amour de Swann*
6440. Stefan Zweig *Lettre d'une inconnue*

Composition Nord Compo
Impression Maury Imprimeur
45330 Malesherbes
le 03 avril 2018.
Dépôt légal : avril 2018.
Numéro d'imprimeur : 226540.

ISBN 978-2-07-046985-7. / Imprimé en France.

296709